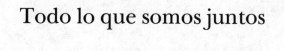

Todo lo que somos juntos

Alice Kellen

Todo lo que somos juntos

Bilogía Deja que ocurra 2

Planeta

Obra editada en colaboración con Editorial Planeta – España

© 2019, Alice Kellen
Autora representada por Editabundo Agencia Literaria, S. L.

© 2019, Editorial Planeta S.A. – Barcelona, España.

Derechos reservados

© 2020, Editorial Planeta Mexicana, S.A. de C.V.
Bajo el sello editorial PLANETA M.R.
Avenida Presidente Masarik núm. 111,
Piso 2, Polanco V Sección, Miguel Hidalgo
C.P. 11560, Ciudad de México
www.planetadelibros.com.mx

Primera edición impresa en España: mayo de 2019
ISBN: 978-84-08-20538-8

Primera edición en formato epub en México: septiembre de 2020
ISBN: 978-607-07-7075-3

Primera edición impresa en México: septiembre de 2020
Décima tercera reimpresión en México: octubre de 2022
ISBN: 978-607-07-7073-9

Impreso en los talleres de Impresora Tauro, S.A. de C.V.
Av. Año de Juárez 343, Colonia Granjas San Antonio, Iztapalapa
C.P. 09070, Ciudad de México.
Impreso en México –*Printed in Mexico*

Para Elena, Dunia y Lorena,
gracias por acompañarme en este viaje

Todo el mundo lo sabe:
cuando te rompen el corazón en mil pedazos
y te agachas a recogerlos,
solo hay novecientos noventa y nueve trozos.

CHRIS PUEYO,
Aquí dentro siempre llueve

NOTA DE LA AUTORA

En todas mis novelas hay canciones que acompañan muchas escenas que se quedan sobre el papel. La música es inspiración. En esta ocasión, es algo más. Una envoltura en ciertos momentos, un hilo que jala un poco a los personajes. Pueden encontrar la lista completa de canciones que escuché mientras escribía la historia, pero, si gustan, los animo a que escuchen algunas de las más importantes en el instante exacto en que marcaron la novela. En el capítulo 50, *Too young to burn*. En el 48, *Let it be*. Y en el epílogo, *Twist and shout*.

PRÓLOGO

—

Me asustaba que la línea que separaba el odio del amor fuera tan fina y estrecha, hasta el punto de poder ir de un extremo al otro de un solo salto. Yo lo quería…, lo quería con las entrañas, con la mirada, con el corazón; todo mi cuerpo reaccionaba cuando él estaba cerca. Pero otra parte de mí también lo odiaba. Lo odiaba con los recuerdos, con las palabras nunca dichas, con el rencor, con ese perdón que era incapaz de ofrecerle con las manos abiertas por mucho que deseara hacerlo. Al mirarlo, veía el negro, el rojo, un púrpura latente; las emociones desbordándose. Y sentir algo tan caótico por él me hacía daño, porque Axel era una parte de mí. Siempre iba a serlo. Pese a todo.

NOVIEMBRE

—

(PRIMAVERA. AUSTRALIA)

1

LEAH

Aún tenía los ojos cerrados cuando sentí sus labios deslizándose por la curva de mi hombro, antes de bajar un poco más y dejar un reguero de besos al lado del ombligo; besos dulces y delicados, de esos que te hacen estremecer. Sonreí. Y luego la sonrisa desapareció cuando noté su aliento cálido cerca de las costillas. Cerca de él. De las palabras que un día Axel trazó con sus dedos en mi piel, ese «Let it be» que llevaba tatuado.

Me removí inquieta antes de abrir los ojos. Apoyé una mano en su mejilla y lo jalé hasta que su boca encajó con la mía y una sensación de calma me inundó. Nos quitamos la ropa en el silencio de aquella mañana tranquila y soleada de un sábado cualquiera. Lo abracé cuando se deslizó dentro de mí. Lento. Profundo. Fácil. Arqueé la espalda cuando necesité más, ese empuje final duro e intenso. No lo encontré. Colé una mano entre nosotros y me acaricié con los dedos. Nos vinimos al mismo tiepo. Yo respirando agitada. Él gimiendo mi nombre.

Se apartó a un lado y me quedé mirando el techo blanco y liso de la habitación. No pasó mucho tiempo antes de que me incorporara en la cama y él me sujetara de la muñeca.

—¿Ya te vas? —Tenía la voz suave.

—Sí, tengo muchas cosas que hacer.

Me levanté y fui descalza hasta la silla en la que había dejado tirada mi ropa la noche anterior. Mientras me vestía, Landon me miraba, aún acostado entre las sábanas, con las manos tras la nuca. Me ajusté el cinturón fino de la falda antes de ponerme la blusa de tirantes por la cabeza. Me colgué del hombro el maletín que mi hermano me había regalado por Navidad y terminé haciéndome una coleta de camino a la puerta.

—Eh, espera. Un beso antes de irte, ¿no?

Me acerqué a la cama sonriendo y me incliné para besarlo. Me acarició la mejilla con ternura antes de suspirar satisfecho.

—¿Nos vemos esta noche? —preguntó.

—No puedo, estaré en el estudio hasta tarde.

—Pero es sábado —insistió—. Vamos, Leah.

—Lo siento. ¿Cenamos mañana?

—De acuerdo.

—Yo te llamo.

Bajé por las escaleras del edificio. La luz del día me recibió templada bajo el cielo grisáceo. Saqué los audífonos del maletín mientras caminaba, tomé una paleta y me la llevé a la boca. Crucé corriendo por un paso de peatones justo cuando el semáforo estaba a punto de cambiar a rojo y atravesé un parque salpicado de flores que me servía de atajo hasta mi estudio.

En realidad, no era mío, no completamente.

Pero había trabajado duro durante aquellos años de universidad para conseguir una beca que me permitía disponer de un pequeño espacio para mí.

Cuando llegué, el olor a pintura lo envolvía todo. Dejé mis utensilios encima de un sillón redondo y tomé la bata que estaba colgada tras la puerta. Mientras me la anudaba, fui acercándome al cuadro que presidía la vieja buhardilla.

Me estremecí al contemplar los trazos delicados de la curvatura de las olas, las salpicaduras de espuma y la luz iridiscente del sol que parecía resbalar por la tela. Tomé la paleta de madera y mezclé algunos colores mientras seguía mirando de reojo aquel lienzo que parecía desafiarme de algún modo retorcido. Alcé el pincel y noté que me temblaba la mano cuando los recuerdos se desbordaron. Se me revolvió el estómago al rememorar la noche que tuve que ir corriendo allí porque de repente necesité pintar aquel tramo de playa que conocía tan bien, a pesar de que hacía ya tres años que no lo pisaba…

Tres años sin ese trozo de mar, diferente de los demás.

Tres años en los que yo había cambiado mucho.

Tres años sin verlo. Tres años sin Axel.

2

AXEL

Me deslicé por la pared de la ola bajo el sol tenue del amanecer antes de caer al agua. Cerré los ojos mientras me hundía y los sonidos del mundo exterior se volvieron lejanos. Me impulsé hacia arriba cuando noté que me ahogaba. Con esfuerzo, pude sujetarme a la tabla de surf. Inspiré hondo. Una y otra vez. Pero ninguna de esas bocanadas de aire me llenó por dentro. Me quedé allí, flotando en la soledad de mi mar, contemplando el rastro de espuma y la luz moteada que brillaba entre las olas mientras me preguntaba cuándo volvería a respirar.

3

LEAH

Llevaba toda la semana trabajando sin descanso. A veces me asustaba al pensar que ni siquiera era eso, trabajo, sino más bien necesidad, o una mezcla de ambas cosas. La pintura era el motor de mi vida, la razón por la que me había mantenido en pie, fuerte, llena de cosas que plasmar y volcar. Recuerdo el día que Axel me preguntó cómo conseguía hacerlo y yo le respondí que no lo sabía, que simplemente lo hacía. Si me hubiera hecho esa pregunta tiempo después…, no le habría contestado lo mismo. Le habría confesado que era mi válvula de escape. Que lo que no sabía expresar con palabras lo transmitía con colores y formas y texturas. Que era más mío y solo mío que ninguna otra cosa en el mundo.

Si no hubiera sido mi cumpleaños, aquella noche me habría quedado pintando en mi pequeña buhardilla hasta las tantas de la madrugada, como hacía a menudo los fines de semana, pero mis amigos de la universidad se habían empeñado en prepararme una fiesta y yo no podía negarme a ir. Me vestí mientras recordaba la llamada de Blair unas horas atrás para felicitarme y, de paso, darme la noticia de que el bebé que esperaba con Kevin iba a ser un niño. Era el mejor regalo que iba a recibir ese día, sin duda.

Me acerqué al espejo para hacerme una trenza. Llevaba el pelo tan largo que ya casi nunca me lo dejaba suelto; había pensado en cortármelo varias veces, pero la melena me recordaba a esos días en los que caminaba descalza y vivía en una casa alejada del resto del mundo, días en los que no me preocupaba demasiado la idea de peinarme o no. Hasta en eso había cambiado. La forma de vestir, más cuidada. Intentaba controlarme cuando sentía algún tipo de impulso jalándome, porque había aprendido que los estímulos no siempre conducen por los caminos adecuados. Me esforzaba por ser más sosegada, pensaba las cosas antes de lanzarme al vacío y me molestaba en sopesar las consecuencias.

El teléfono sonó otra vez. Como siempre, mi corazón pareció saltarse un latido al ver ese apellido en la pantalla: Georgia Nguyen. Tomé aire antes de descolgar.

—¡Feliz cumpleaños, cielo! —exclamó ella—. Veintitrés años ya. No puedo creer lo rápido que pasa el tiempo, si parece que fue ayer cuando te tomaba en brazos y te paseaba por el jardín para que dejaras de llorar.

Me senté en el borde de la cama y sonreí.

—Gracias por llamar. ¿Cómo están ustedes?

—A punto de tomar un avión, en la zona de embarque. —Se echó a reír como una niña porque, al parecer, su marido estaba intentando hacerle cosquillas para quitarle el teléfono—. ¡No seas pesado, Daniël, ahora te la paso! Lo que te decía, cielo, que estamos en el aeropuerto de San Francisco y en una hora sale nuestro vuelo a Punta Cana.

—Vaya ruta están haciendo. Y qué envidia.

—Te llamo en unos días para hablar con más calma y sin interrupciones.

—No te preocupes, deja que hable Daniël.

—¡Feliz cumpleaños, Leah! —exclamó él de inmediato—. ¿Vas a celebrarlo con tus colegas? Pásatela bien. Disfruta.

—Gracias, Daniël. Intentaré hacerlo.

Colgué y me quedé unos segundos mirando la pantalla del teléfono con nostalgia, pensando en todas las felicitaciones que había recibido aquel día…, y también en las que no.

Era una tontería. Una de esas que de vez en cuando me azotaban porque, al final, el recuerdo de las personas permanece en detalles que parecen poca cosa, pero que terminan siendo los que de verdad importan. Axel siempre había sido una presencia importante en todos mis cumpleaños; la única persona que yo deseaba ver cuando llegaba el día de celebrarlo, el que me hacía los regalos que más me gustaban y el que formaba parte de mis deseos cuando soplaba las velas siendo apenas una niña.

Sentía que hacía una eternidad de aquello…

Volví a mirar el celular. No sé qué esperaba, pero no sonó.

Suspiré hondo y me levanté para acercarme al espejo alargado que seguía apoyado en la pared, exactamente en el mismo lugar en el que Oliver lo colocó casi tres años atrás, cuando lo compré por un impulso en una tienda cerca de mi residencia.

Me toqueteé distraída el extremo de la trenza, sin dejar de mirar mi reflejo. «Vas a estar bien —me repetí más por rutina que por otra cosa—; vas a estarlo.»

Ya había anochecido cuando salí a la calle para ir caminando al restaurante en el que habíamos quedado. Apenas había dado un par de pasos cuando él apareció.

—¿Qué haces aquí? —me reí.

—Quería acompañarte. —Landon me tendió la rosa que llevaba en la mano antes de darme un beso lento.

Miré la flor cuando se apartó y acaricié los pétalos, de un rojo escarlata. Me la llevé a la nariz para olerla mientras retomábamos el paso en silencio.

—Cuéntame qué hiciste hoy, ¿te rindió el día?

—Sí, estoy a punto de terminar un cuadro… —Tragué al recordar aquel trozo de mar tan mío, tan nuestro, y sacudí la cabeza—. No quiero aburrirte con eso. Háblame de ti.

Landon me detalló cómo le había ido la semana, lo mucho que había trabajado en el proyecto que estaba desarrollando para terminar su carrera empresarial, las ganas que había tenido de verme durante los últimos tres días en los que no habíamos encontrado un hueco libre, lo guapa que iba esa noche…

Caminamos más despacio cuando divisamos el restaurante.

—Espero que te guste tu fiesta sin sorpresa —bromeó, y luego se puso serio—. Vino todo el mundo. A veces, cuando te encierras tanto en ti misma y en esa buhardilla, me preocupo por ti, Leah. Quiero que disfrutes de esta noche.

Me enternecí ante sus palabras y lo abracé con fuerza.

Le prometí que lo haría.

Una sonrisa me cruzó la cara al traspasar el umbral del restaurante y ver a nuestros amigos levantándose de la mesa del fondo al tiempo que cantaban *Cumpleaños feliz*. Recibí apapachos y besos antes de sentarme junto a ellos. Habían venido casi todas las personas que formaban parte de mi vida en Brisbane: algunos compañeros de clase y Morgan y Lucy, las chicas a las que conocí el primer mes en la residencia y de las que no me había separado desde entonces. Ellas fueron las primeras en tenderme su regalo.

Lo desenvolví con cuidado, nada que ver con la impaciencia que antaño me dominaba; quité la cinta adhesiva con la uña y doblé el papel antes de dar las gracias al encontrar material de dibujo, utensilios que sabían que necesitaba.

—Son increíbles y no tendrían que haber hecho…

—¡No vale llorar! —gritó Morgan de inmediato.

—Pero si yo no iba a…

—Te conocemos —me cortó Lucy.

Me eché a reír al ver su expresión.

—Está bien, ¡nada de lágrimas, solo diversión! —Dirigí la mirada hacia Landon, que sonreía satisfecho y me guiñó un ojo desde el otro lado de la mesa.

Cuando la fiesta terminó, eran las tantas de la madrugada y yo había bebido más de lo aconsejable teniendo en cuenta que mi hermano Oliver iba a venir a verme al día siguiente. Pero no me importó. Porque bajo las luces de aquel lugar en el que acabamos pidiendo algunas copas, me sentí bien, feliz, arropada entre los brazos de Landon y las risas de mis amigas. Dejé de pensar en los que ya no estaban, en la voz ronca de Axel felicitándome y en lo que me habría regalado aquel año en una realidad paralela en la que nosotros siguiéramos siendo las mismas personas que creyeron que jamás se alejarían.

Había tardado un tiempo en entenderlo, pero… la vida seguía. Axel no había sido el destino, tan solo el inicio de un tramo de camino que recorrimos juntos y de la mano antes de que él decidiera tomar un desvío.

Me tumbé en la cama borracha y la habitación parecía dar vueltas a mi alrededor. Abracé la almohada. Había épocas en las que apenas pensaba en Axel, ocupada entre las clases, las horas que pasaba en la buhardilla y las que estaba con Landon o las chicas, pero siempre regresaba. Él. Esa sensación de seguir llevándolo bajo la piel que cada vez me molestaba más. Los recuerdos despertaban en el momento menos esperado: al ver a un desconocido sujetando un cigarro entre el índice y el pulgar, por el olor del té, por una canción, un gesto tonto…, por cualquier detalle.

Recordé lo que guardaba en el primer cajón de mi mesita, pero aguanté las ganas de abrirlo y tomar ese objeto que había comprado en un mercadillo poco después de llegar a Brisbane.

Cerré los ojos con fuerza. Todo seguía dando vueltas.

Me pregunté qué estaría haciendo él en ese instante…

4

AXEL

Le eché un último vistazo a la galería antes de salir y regresar a casa. Volví caminando, porque nunca tenía prisa por llegar, nadie me esperaba.

Aquel día me equivoqué.

Oliver estaba sentado en el escalón de la puerta.

Por alguna razón, me impactó tanto como la primera vez que lo vi ahí mismo cuatro meses atrás. Porque no me lo esperaba, claro, y porque…, carajo, porque me quedé sin aire al darme cuenta de lo mucho que lo había echado de menos durante aquellos años de ausencia.

Así que Oliver regresó una tarde cualquiera a mi vida, de golpe, tal como se fue.

Me quedé paralizado y tardé unos segundos en convencerme de que era real; estaba igual, como si nada hubiera cambiado. Me dirigió una mirada cohibida y, cuando abrí la puerta de mi casa y le pregunté si quería entrar, no dijo nada, sencillamente me siguió dentro. Tomó la cerveza que le tendí, salimos a la terraza y nos fumamos un cigarro en silencio. No sé cuánto tiempo estuvimos allí, si fueron horas o tan solo veinte minutos, estaba tan perdido en mis pensamientos que ni siquiera me percaté. Solo sé que, cuando se incorporó, me abrazó con rabia y con cariño a la vez, todo mezclado, y luego se fue sin despedirse.

Repitió aquello un par de veces más. Lo de aparecer por sorpresa en mi casa. Yo era consciente de que venía cuando iba a visitar a su hermana a Brisbane; de paso, siempre intentaba acercarse a estar un rato con mi familia. Durante los tres años que habían pasado desde la última vez que nos vimos, había seguido esa rutina sin molestarse en venir a saludarme a mí. Hasta tiempo después no supe qué fue lo que un día lo hizo cambiar de opinión y llamar a mi puerta. Entonces no se lo pregunté. Tampoco volvimos a hablar jamás de Leah. Fue un acuerdo tácito entre los dos sin que hiciera falta comentar las normas, porque ambos conocíamos cuáles eran. Y empezamos a ser amigos de nuevo. Pero fue una amistad… distinta, porque cuando algo se rompe y vuelve a unirse, nunca queda perfecto, tal y como estaba, sino que aparecen grietas y bordes desiguales.

—No sabía que ibas a venir —dije la cuarta vez que me visitó.

—Yo tampoco. —Me siguió cuando entré en casa—. En realidad, no tenía días libres, pero pude hacer un cambio a última hora para…

«El cumpleaños de Leah.» Carajo. Cerré los ojos.

—¿Una cerveza? —lo interrumpí.

—Muy fría. Puto calor que hace.

—Normal, con esa ropa que llevas.

—Es lo que tiene no vivir como un ermitaño.

Negué con la cabeza tras echarles otro vistazo a sus pantalones oscuros y a esa camisa que seguía siendo calurosa incluso con las mangas subidas.

—¿Todo bien, Oliver? —Salimos a la terraza.

—Sí, ¿qué tal tú con la galería? —preguntó.

—No me quejo. Es entretenido. Diferente.

Hacía poco más de un año que había empezado a trabajar en esa pequeña galería de Byron Bay en la que un día muy lejano deseé exponer mi obra. Y que también estaba relacionada con una promesa. Pero no había aceptado el puesto por eso, más bien me decidí porque… no encontré ninguna razón para negarme. Tenía poco que hacer. Estaba aburrido. El silencio a veces resultaba demasiado abrumador. Y pensé que me vendría bien pasarme por allí para ayudar ocasionalmente, sin horarios.

No me equivoqué. Era una de las pocas decisiones acertadas que había tomado en los últimos tiempos. Seguía ilustrando, pero era más exigente con los encargos que aceptaba.

El requisito fundamental para que una galería funcione correctamente es tener un proyecto claro y sólido. Yo me había encargado de trazarlo, señalar qué tipo de arte y qué tipo de artistas íbamos a promocionar, algo que era, en esencia, la labor básica en la que se sustentaba aquel negocio. El dueño, Hans, era un empresario que se dejaba ver solo muy de vez en cuando y que me daba libertad para hacer y deshacer a mi antojo, siempre apoyado en la gestión de Sam, que trabajaba la jornada completa.

Los primeros meses fueron duros, pero por fin teníamos un catálogo más definido, uniforme y coherente gracias a los vínculos que establecíamos entre los estilos de los artistas a los que representábamos. Yo me ocupaba de buscarlos y convencerlos para que formaran parte de nuestro proyecto, animándolos a que montaran una primera exposición en Byron Bay, y luego Sam se encargaba de mantener una relación más estrecha con ellos. A ella se le daba bien esa parte que los galeristas solían considerar «la poesía de su trabajo», quizá porque era una mujer dulce, madre de tres hijos y con una paciencia infinita, capaz de soportar el ego de cualquier artista engreído, algo que yo no estaba por la labor de tolerar. Sabía la magia que tenía aquel proceso para Sam: ver crecer a las promesas más jóvenes en las que habíamos confiado, estar en contacto habitual con los artistas y, sobre todo, visitar sus estudios.

A mí seguía costándome involucrarme de lleno.

Había algo…, algo que me retenía.

—¿A cuántos artistas llevas ahora? —Oliver me miró con curiosidad mientras jugueteaba con el borde de la etiqueta de la cerveza.

—¿Yo? —alcé las cejas—. A ninguno.

—Ya sabes a qué me refiero.

—Los lleva Sam. Yo solo los encuentro y los atraigo a la galería.

Nos quedamos callados mientras el sol caía tras el horizonte. Volver a tener a Oliver en mi vida me daba una falsa sensación de normalidad, porque todo era distinto, claro. O quizá era yo, que había cambiado mucho desde aquellos años universitarios en los que éramos inseparables. Seguía siendo una de las personas a las que más apreciaba, pero tenía la sensación de que poco a poco habíamos ido colocando ladrillos hasta levantar una pared entre nosotros. Peor aún. Que hablábamos a través de esa pared. Y que empezamos a hacerlo incluso antes de mi relación con su hermana. Esa certeza de saber que la otra persona te escucha y asiente, pero que no te entiende del todo, no porque no quiera, sino porque no puede. Y yo odiaba palpar esa incomprensión en el ambiente cuando hablábamos, porque me recordaba que la única persona que sentía que me había visto del todo, capa a capa, pedazo a pedazo, era una chica que sabía a fresa y a la que echaba tanto de menos…

Me puse bastante nerviosa cuando la profesora Linda Martin me llamó al terminar la clase para concertar una hora de tutoría conmigo. Así que mientras aguardaba en la sala de espera, no podía dejar de mordisquearme la uña del meñique. Ella abrió la puerta de su oficina un minuto después de la hora acordada y me sonrió. Eso me relajó un poco. Me había volcado tanto en los estudios que me aterrorizaba la idea de haber cometido algún error en el último examen, haber bajado la media o decepcionar a alguien.

Ella ocupó su silla en cuanto me acomodé al otro lado de la mesa. Me mordí el labio para intentar contenerme, pero fue en vano.

—¿Qué es lo que he hecho? —solté inesperadamente.

Odiaba esa parte de mí. La impulsiva. La que me impedía gestionar bien las emociones, controlarlas y digerirlas poco a poco. Ese lado un tanto oculto que tiempo atrás me hizo desnudarme una noche cualquiera delante de él, preguntándole por qué nunca se había fijado en mí. Por alguna razón, aquel recuerdo me asaltaba con frecuencia.

—No has hecho nada, Leah. O sí. Has hecho mucho y muy bien. —Abrió una carpeta que estaba encima de la mesa. Sacó algunas fotografías en las que se veían obras mías—. Te recomendé para la exposición que se celebrará dentro de un mes en Red Hill. Creo que serías la candidata perfecta, porque encajas con el perfil.

—¿Lo dice en serio? —parpadeé para no llorar.

—Será una gran oportunidad. Te lo has ganado.

—Es…, no sé qué decir, señorita Martin.

—Un «gracias» bastará. Solo serán tres obras, pero es perfecto porque la exposición atraerá a bastantes visitantes. ¿Qué te parece?

—¡Me parece que voy a gritar de la emoción!

Linda Martin se echó a reír y, tras comentar por encima algunos detalles, yo le di las gracias un millón de veces mientras me ponía en pie y tomaba mi maletín. Cuando salí de la facultad, alcé la vista al cielo y respiré hondo. El viento era cálido y agradable. Pensé en mis padres, en lo orgullosos que estarían, en lo mucho que me habría gustado compartir ese éxito con ellos..., y luego busqué rápidamente el celular entre todos los utensilios que llevaba en el bolsillo pequeño de la cartera y marqué el número de Oliver. Esperé impaciente hasta que contestó al quinto tono.

—¿Estás sentado? —pregunté excitada.

—Esto..., sí, bueno, en la cama. Acostado. ¿Te sirve?

—Oh, carajo, ¡no me digas que estabas con Bega!

—Va, suelta lo que ibas a contarme.

—Me seleccionaron..., voy a exponer... —Tomé aire—. Solo tres obras, pero es...

—Carajo, Leah. —Hubo unos segundos de silencio y supe que mi hermano se había emocionado. Y que se levantaba de la cama, porque oí sus pasos antes de que recuperara el aliento—: No tienes ni idea de lo orgulloso que estoy de ti. Enhorabuena, enana.

—Todo es gracias a ti... —susurré.

Y aunque él lo negó, sabía que era cierto.

Cuando todo se rompió tres años atrás, había estado unas semanas enfadada con mi hermano, casi sin dirigirle una palabra. Así me comporté al principio, antes de comprender que él no tuvo la culpa. Oliver no tomó la decisión. Oliver no lo arruinó todo. Oliver no eligió qué camino recorrer.

Pero por aquel entonces no quería verlo. No quería admitir que Axel se desbordaba cada vez que algo resultaba excesivo para él, que a la mínima complicación tomaba un desvío y dejaba encima del armario las cosas que no podía controlar, que nunca terminaba de implicarse con nada ni nadie del todo.

Y quizá la culpa fue mía, por idealizarlo.

Axel no era ideal. Como él mismo me había enseñado, había partes feas, de esas que todos deseamos rascar y pulir hasta hacerlas desaparecer. También zonas grises. Virtudes que a veces pueden llegar a convertirse en defectos. Cosas que un día fueron blancas y que con el paso del tiempo terminaron oscureciéndose: los sueños, la valentía.

Sacudí la cabeza y giré en una esquina a la derecha.

Llamé al timbre. Landon respondió y abrió.

Cuando terminé de subir las escaleras, él ya estaba esperándome apoyado en el marco de la puerta. Llevaba el pelo despeinado y la camisa remangada; pensé que estaba guapo y sonreí antes de lanzarme sobre él y abrazarlo con fuerza.

—Vaya entusiasmo… —bromeó.

—¡Voy a exponer tres obras! —grité.

—Carajo, cariño, no sabes cuánto me alegro…

Tragué saliva, con el rostro escondido junto a su cuello, odiando que hubiera dicho esa palabra que no me gustaba escuchar y que siempre le pedía que no usara.

«Cariño…» La seguía oyendo con la voz ronca de Axel. Con deseo. Con amor.

Abracé más fuerte a Landon, obligándome a dejar de pensar en otra cosa que no fuera la buena noticia. Le di un beso en el cuello y subí hasta encontrar sus labios suaves. Él cerró la puerta mientras yo le rodeaba la cintura con las piernas. Nos movimos por su departamento hasta que me dejó caer en la cama. Lo miré mientras, de pie frente a mí, se desabrochaba la camisa.

—Vuelvo en un segundo —me dijo y, tras un par de minutos en los que oí ruido en la cocina, regresó con dos cervezas en la mano—. Pensaba que tenía una botella de champán, pero no. Tendrá que servirnos esto.

—Esto es perfecto. —Tomé el destapador y quité las corcholatas.

—Por ti. —Nuestras cervezas tintinearon al chocar—. Por tus sueños.

—Y por nosotros —añadí.

Landon me miró agradecido antes de darle un trago y terminar de quitarse la camisa. Se acostó a mi lado, en la cama, y me atrajo hacia él. Me besó. Me calmó. Me llenó. Enredé las piernas entre las suyas pensando que nada podría ser mejor.

6

LEAH

Conocí a Landon poco después de llegar a Brisbane.

Había aceptado salir un rato con Morgan y Lucy tras un día terrible, de esos que a veces me golpeaban durante los primeros meses y que llegaban cargados de recuerdos. Quizá por eso me animé a lavarme la cara, porque aún tenía los ojos hinchados de tanto llorar, a ponerme un vestido que todavía no había sacado del clóset y a terminar en un lugar tomándome una copa con ellas.

En algún momento de la noche nos pusimos a bailar. Cuando empezó a sonar una canción lenta, yo me alejé diciendo que iba a pedir otra copa, pero lo que pretendía era dejarlas a solas. Sentada en un taburete delante de la barra, las contemplé mientras se movían al son de la música, sonriéndose y regalándose besos y susurros al oído.

—¿Pintas? —me preguntó un chico.

—¿Cómo lo sabes? —fruncí el ceño.

—Tus uñas —respondió mientras se sentaba en el taburete de al lado y buscaba con la mirada al mesero. Tenía el cabello castaño oscuro, unos ojos rasgados y una sonrisa contagiosa—. ¿Y qué es lo que pintas exactamente?

—No lo sé. Depende —respondí bajito.

—Ya veo. Eres una de esas chicas misteriosas…

—Te aseguro que no —sonreí porque me hizo gracia su deducción. Yo era más bien todo lo contrario: demasiado transparente—. Es solo… un mal día.

—Entiendo. Volvamos a empezar. Me llamo Landon Harris.

Me tendió la mano. Yo se la estreché.

—Encantada. Leah Jones.

Estuvimos toda la noche hablando. No sé qué hora sería cuando ya había bebido lo suficiente como para decidir que era una buena idea desahogarme con un completo desconocido. Le conté por encima la muerte de mis padres, mi historia con Axel, los meses difíciles que había pasado al llegar a Brisbane…, todo.

Landon era una de esas personas que desprenden confianza. Escuchó atentamente, me interrumpió cuando era necesario y compartió también detalles de su vida: lo exigentes que eran sus padres con él, lo mucho que le gustaba la fotografía y escalar cada vez que podía escaparse.

Cuando mis amigas quisieron irse, les dije que me quedaría un rato más con Landon. Él se ofreció a acompañarme a la residencia dando un paseo. Mientras recorríamos las calles y nuestras voces rompían el silencio de la noche, me di cuenta de que hacía mucho tiempo que no me sentía tan tranquila. Al llegar a la puerta del bloque de edificios, él se acercó un poco inseguro, apoyó una mano en la pared y me dio un beso; no fue incómodo, sino bonito.

Se apartó y me miró bajo la luz anaranjada de los faroles.

—Sigues enamorada de él.

No fue una pregunta, tan solo una afirmación, pero, de todas formas, yo asentí con la cabeza e intenté no echarme a llorar, porque me habría gustado que no fuera así; habría querido tener el corazón en blanco y conocer mejor a un chico como Landon, tan encantador.

Desde aquel día, se convirtió en uno de mis mejores amigos. Durante los siguientes años, conocí a muchos otros chicos y él tuvo un par de novias que no terminaron siendo lo que esperaba. Yo me limitaba a relaciones de una noche en las que buscaba algo que nunca llegaba a encontrar. Entendí pronto la diferencia entre coger y hacer el amor, entre desear a alguien y quererlo. Era una línea tan gruesa que no me veía capaz de volver a cruzarla.

Era una madrugada de invierno cuando llamé al timbre de su casa llorando y con el corazón latiéndome con fuerza contra las costillas. Landon abrió de inmediato.

—¿Qué te ocurre? —preguntó tras cerrar la puerta.

Ansiedad. Conocía bien los síntomas. Tragué saliva.

—Creo que no siento nada, Landon, creo…, creo que…

No podía hablar. Él me abrazó y yo escondí la cabeza en su pecho reprimiendo un sollozo. Estaba pasando una mala época.

Me aterraba volver a estar vacía, la idea de entumecerme. Dejar de pintar... Solo pensar en esa posibilidad hacía que se me formara un nudo en la garganta. Pero es que, cada día que pasaba, las emociones parecían empequeñecerse y me veía a mí misma levantándome cada mañana tan solo porque sabía que tenía que hacerlo. Ya no me satisfacían los besos de cualquier desconocido ni tampoco los recuerdos a los que me había aferrado cuando necesitaba pintarlos, volcarlos.

—Tranquila, Leah —Landon me acarició la espalda.

Yo sentí un leve estremecimiento conforme su mano se movía arriba y abajo. Y después no pensé, tan solo me dejé llevar por el impulso. Respiré contra su mejilla, temblando de miedo, notando lo bien que olía, lo suave que era su piel...

Nuestros labios se encontraron como si fuera algo natural. Landon me apretó más contra él y estuvimos besándonos durante lo que pareció una eternidad, sin prisa, solo disfrutando del beso. Cuando empezamos a quitarnos la ropa, me sentí segura. Cuando aterrizamos en el colchón de su dormitorio, me envolvió una sensación confortable. Y cuando lo sentí moverse dentro de mí, me sentí querida. Y hacía mucho tiempo que no me sentía así, de modo que me aferré a él; a su espalda, a su amistad, a su mundo, porque tenerlo cerca era serenidad y la calma después de la tormenta.

Una semana después, mi hermano vino a verme. Quedamos en una cafetería tranquila en la que hacían un sándwich de pollo delicioso. Pedimos dos y unos refrescos, como siempre, y entonces vi cómo se frotaba la nuca antes de suspirar.

—¿Pasa algo? —pregunté intranquila.

—Yo... creo que debo decírtelo.

—Adelante. Dime lo que sea.

—Volví a ver a Axel.

Se me encogió el estómago al escuchar su nombre. Ojalá pudiera decir que no provocaba en mí ninguna reacción, ojalá pudiera ser indiferente ante esas cuatro letras, ojalá...

—¿Por qué me lo cuentas? —protesté.

—Es justo, Leah. No quiero que existan mentiras entre nosotros. Ni siquiera lo tenía planeado, solo sé que, después de pasar un rato con los Nguyen el otro día, conduje hasta su casa, sin pensar. O pensando. Porque desde que me comprometí con Bega no puedo dejar de darle vueltas..., me preguntó quién sería mi padrino y yo..., carajo...

—No hace falta que sigas. Está bien, Oliver.

Él me miró agradecido. Lo entendía, de verdad que sí.

Sabía lo importante que Axel había sido para mi hermano y no pensaba interponerme entre ellos si tenían algo que recuperar..., pero eso no significaba que doliera menos. Me dolió durante toda la comida, aunque no volvimos a mencionarlo. Y me dolió después, mientras caminaba por la calle. El dolor solo se calmó cuando llegué al departamento de Landon y sus brazos me acogieron. La seguridad. Lejos de todo lo demás.

Desde entonces, nosotros éramos algo más.

No estaba segura de qué implicaba ese «más» y tampoco me sentía preparada para intentar averiguarlo. No éramos pareja, pero tampoco solo amigos. Landon había intentado en varias ocasiones que habláramos de ello, y yo... le pedía tiempo.

7

AXEL

Caía una llovizna fina cuando apareció.

Apagué el cigarro que me estaba fumando y me agaché delante de ella. Estaba muy delgada y respiraba con dificultad. Hacía semanas que no la veía. Se acostó en el suelo de la terraza y yo le acaricié el lomo con suavidad. Gimió bajito, como si le doliera.

—¿Qué te ocurre, bonita?

La gata tenía sus ojos rasgados entrecerrados.

Y no sé cómo ni por qué, pero la entendí.

Entendí que había venido a morir conmigo, a pasar los últimos minutos de su vida cobijada entre mis brazos. Me ardieron los ojos al pensar en la soledad, en lo cruda que puede llegar a ser a veces. Me senté en el suelo, con la espalda apoyada en una de las vigas de madera, y la acosté sobre mi regazo. La acaricié despacio, calmándola, acompañándola hasta que su respiración se fue volviendo cada vez menos sonora, como si se quedara dormida…

Quise pensar eso. Que fue una muerte tranquila.

Me quedé un rato más allí, viendo llover, contemplando el cielo oscuro de aquella noche templada. Me levanté cuando ya tan solo chispeaba. Entré en casa y busqué en el mueble en el que guardaba las herramientas hasta que encontré una pala pequeña.

Cavé y cavé, haciendo un hoyo mucho más hondo de lo necesario, pero no podía dejar de profundizar más y más. Ya era de madrugada cuando paré. Estaba lleno de barro. La enterré allí, con un nudo en la garganta, y luego volví a poner la tierra en su lugar.

Regresé a casa, me metí a bañar y cerré los ojos.

Me llevé una mano al pecho.

Seguía sin poder respirar.

8

AXEL

—Tienes mala cara —me dijo Justin preocupado.

—No he dormido mucho. Mi gata decidió que prefería morir conmigo que hacerlo sola.

—Lo curioso es que la primera vez que te refieres a ese animal como algo tuyo sea justo cuando ya no está —reflexionó mi hermano mientras secaba un par de vasos.

Resoplé, me terminé el té que había pedido y salí de la cafetería tras despedirme con un gesto vago. Caminé hasta la galería y estuve un rato echándoles un vistazo a las pinturas que colgaban de las paredes, pensando en los secretos que se escondían detrás de cada trazo, en que cada obra representaba pensamientos, emociones, algo humano plasmado en un trozo de tela para siempre. Tragué saliva, preguntándome por qué nunca había podido lograrlo. Hacer aquello. Pintar. Dejar partes de mí mismo sobre un lienzo.

—Vaya, hoy llegas temprano —Sam me sonrió.

—Deja que te ayude. —Agarré las dos bolsas que llevaba en la mano y la acompañé hasta su oficina.

Sam tenía las mejillas sonrosadas. Yo me dediqué a contemplar las paredes de aquel rincón suyo, que, casi de forma irónica, estaban llenas de obras más… *amateur*. Sonreí al ver el último dibujo que había colgado al lado de los demás: representaba a cinco personas dibujadas con palitos de colores bajo los que podía leerse «Para la mejor mamá del mundo», con letra infantil e irregular.

—Tiene futuro —bromeé señalándolo.

—Me conformaría con que me dejaran dormir más de dos horas seguidas alguna noche.

—Un punto importante sobre el que reflexionar antes de continuar.

—¡Axel! —Me lanzó un bolígrafo en mitad de las risas.

—¿Acoso laboral? —alcé una ceja.

—Eres un caso perdido. Centrémonos. Mañana quedé con Will Higgins a las diez para visitar su estudio; dice que algunos de sus nuevos trabajos pueden resultarnos interesantes. Espero que sí, porque lo último que hizo… —puso una mueca graciosa.

—Saca fotografías. Quiero verlo.

—¿No sería más fácil que me acompañaras?

—Paso. Visitar un estudio, ver todos esos cuadros, soportarlo a él… Sam dejó escapar un suspiro antes de hacerse un chongo.

—Eres la persona más rara que he conocido en mi vida.

—¿Y has conocido a muchas? —repliqué.

—A unas cuantas. Cielo, ¿a ti te gusta el arte o lo detestas?

—Todavía no lo he decidido. —Me levanté—. ¿Almorzamos juntos más tarde?

—Claro. Voy a adelantar algunas cosas.

Me dediqué a repasar el calendario del siguiente mes, las obras que tenían que entrar y las que saldrían, también las diferentes ferias de arte que estaban programadas y a las que habíamos remitido a varios de los artistas que llevábamos. Era la mejor forma de promocionar sus trabajos; eso y los contactos que Hans tenía por toda Europa, claro.

Una hora más tarde salimos a almorzar.

Sam solía relatarme con puntos y comas cada una de las proezas de sus tres hijos. Uno de ellos, el mayor, coincidía con mis sobrinos en la escuela y parecían llevarse bien en el arte de inventar nuevas travesuras. Según mi hermano Justin, los gemelos habían heredado «los genes malos» de la familia; es decir, los míos.

—Así que, cuando llegué, los tres estaban llenos de jarabe de chocolate y los metí en la tina directamente, con ropa y todo, para ahorrar tiempo. —Se llevó el tenedor a la boca, masticó y pareció ponerse más seria—. ¿Y qué hay de ti, Axel? ¿No te tienta la idea de tener hijos? Serían adorables, con esos ojitos tuyos y ese ceño fruncido…

—¿Yo? ¿Hijos? —Sentí una presión en el pecho.

—Sí, no dije extraterrestres ni dinosaurios.

—Creo que eso sería más probable.

Sam tenía dosis de «instinto maternal» para dar y regalar. A menudo, cuando pasaba por mi lado, me pellizcaba una mejilla, me revolvía el pelo o venía corriendo a tomarme la temperatura con la mano en la frente cada vez que me dolía la cabeza, algo que empezaba a sucederme con frecuencia. También llevaba siempre a cuestas un bolso inmenso con todo tipo de cosas útiles: toallitas, dulces de menta para el dolor de garganta, pañuelos, pomada para las picaduras de mosquitos...

Removió su café con leche y me miró pensativa.

—¿Nunca has estado enamorado, Axel?

La pregunta me tomó por sorpresa. Leah apareció como una llamarada en mi cabeza, una de las tantas fotografías mentales que tenía de ella. La sonrisa que le llenaba toda la cara, su mirada penetrante, el tacto de su piel en mis dedos...

—Sí. Fue hace mucho —dije con la voz ronca.

—¿Y qué pasó?

Me moví en la silla incómodo.

—Nada. Que no pudo ser —resumí.

Sam pareció compadecerse y esperó sin más preguntas a que me levantara y fuera a pagar la cuenta. Después nos dirigimos en silencio hasta la galería y cada uno se centró en sus gestiones pendientes. Sam llamó a mi puerta más tarde, casi a la hora de cerrar.

—Solo quería asegurarme de que estabas bien.

—¿Por qué no iba a estarlo? —fruncí el ceño.

—Me voy ya. ¿Necesitas algo?

—No. Cierra al salir, voy a quedarme un rato más.

—De acuerdo. —Pasó por mi lado, me revolvió el pelo como si fuera uno de sus hijos pequeños y me dio un beso en la mejilla al que respondí con un gruñido.

Me froté la cara. Saqué del cajón los lentes para ver de cerca, que había empezado a necesitar cuando estaba cansado, y seguí leyendo algunos currículums interesantes que me había mandado Hans. Cuando salí de allí ya era de noche. Pensé en pasar por casa de mi hermano, porque de repente la idea de cenar con alguien me resultó agradable; poder pasar un rato con él y Emily y los niños, lejos del silencio. Al final lo deseché y fui rumbo a casa.

Me prepararé un sándwich y salí a la terraza a fumarme un cigarro. Sin música. Sin ganas de leer. Sin estrellas en el cielo nublado. Sin ella.

Debería haber dejado de echarla de menos..., debería...

DICIEMBRE

—

(VERANO. AUSTRALIA)

—Vamos, deja que te acompañe. Quiero verlo.

Landon me dirigió una mirada adorable, pero me negué. No podía dejar que entrara en la buhardilla, en mi estudio. En realidad, no quería. La idea de que invadiera ese espacio me aterraba, porque de algún modo aquel lugar era solo mío, un sitio que pisaba con el corazón abierto, sin nada que esconder. Y no había nadie en quien confiara lo suficiente como para permitirle entrar así, de sopetón, ni siquiera cuando se trataba de mi hermano.

—Sería raro —insistí—. Tú no lo entiendes…

—Pues vuelve a explicármelo —sonrió.

—Es que es… demasiado personal.

—¿Más personal que compartir cama con alguien?

«Sí, mucho más», quise decir, pero me mordí la lengua.

—No es eso, Landon. Es como algo muy mío.

—Y yo quiero ser parte de todo lo tuyo.

Sentí una pequeña presión en el pecho. Él pareció darse cuenta de que estaba agobiándome un poco y dio un paso hacia atrás antes de darme un beso suave.

—Está bien, perdona. ¿Nos vemos luego?

—Sí, te llamo en cuanto acabe.

Fui caminando hasta el estudio un poco absorta, sin fijarme en todo lo que me rodeaba. Subí las escaleras del edificio antiguo de dos en dos y, al llegar a la buhardilla, me invadió una sensación de tranquilidad. El olor a pintura. Los lienzos que me devolvían la mirada. El crujido de la madera del suelo. Me puse la bata y abrí la ventana pequeña, esa que siempre se atascaba y terminaba levantando a golpes.

Contemplé de nuevo el trozo de mar bañado por la luz del sol en el lienzo, pensando que quizá el cuadro no le hacía justicia a aquel lugar, no por el sitio en sí, sino por todo lo que significó para mí, aquel tramo de playa en el que me recompuse pedazo a pedazo antes de volver a romperme. Por suerte, cuando eso ocurrió, lo hice de una manera diferente. No a trozos pequeños, no. Sencillamente me partí en dos. Una rotura rápida y limpia; eso fue Axel.

Tomé la paleta y estuve un rato mezclando colores antes de decidirme a volver a empuñar el pincel. Suspiré hondo y luego solo pinté y pinté y pinté hasta que el estómago empezó a rugirme de hambre y decidí bajar a la calle por una de las empanadas de pollo que hacían en la cafetería de la esquina. Una vez estuve de vuelta, me senté en el pequeño sillón para comérmela, sin dejar de observar el cuadro, los colores, cómo la luz resbalaba hasta el agua…

Últimamente pensaba más en Axel.

Puede que fuera porque estaba dibujando algo que, para mí, era él desde todos los ángulos. El mar. Inmenso, misterioso en sus profundidades, bonito y transparente cerca de la orilla. La fuerza de las olas. También su cobardía cuando lamían la arena antes de echarse atrás…

O quizá no lo recordaba solo por eso, sino también por la exposición. Porque en algún momento de mi vida, quizá antes de cumplir los quince, o a los diecinueve años, cuando me enamoré de él, di por hecho que él siempre estaría a mi lado si lograba ese primer éxito. Que el día que un cuadro mío estuviera colgado en una pared con una etiqueta debajo tendría a Axel justo a mi lado, sonriendo orgulloso antes de decir alguna tontería para calmar mis nervios.

Pero eso ya no iba a ser… Y dolía. No por lo que vivimos, no por no tenerlo a él como pareja, sino por no tenerlo como persona, como amigo. Que no fuera a estar…

Dejé los restos de la empanada a un lado cuando el nudo que tenía en la garganta me impidió tragar un solo bocado más. Me levanté, sujeté el pincel con el corazón latiéndome con fuerza, contundente, fuerte. Y en vez de seleccionar un poco del azul pastel que estaba usando para el cielo, busqué el bote de un tono más oscuro.

Observé las nubes esponjosas que había dibujado.

Unas horas después, un cielo de tormenta las tapaba.

10

AXEL

Lo vi al entrar en mi dormitorio, como siempre.

El único cuadro que había pintado en los últimos años. El que hice con Leah, mientras la cogía lento sobre ese lienzo y llenaba su piel de color, de besos y de palabras que ya se habían perdido en el olvido. Contemplé los trazos, las manchas caóticas. Y luego alcé la mirada hacia el altillo del mueble y respiré hondo. Dudé. Como había dudado muchos otros días. Seguí la estela de la rutina cuando salí de la habitación y tomé la tabla de surf.

11

AXEL

Oliver estaba sentado en los escalones de la entrada cuando llegué casi al caer la noche. Lo saludé con un gesto rápido y él entró en casa conmigo. Abrió el refrigerador como si nunca hubiéramos perdido esa confianza y sacó dos cervezas.

Parecía feliz, pletórico.

—¡Brindemos! —dijo.

—Vaya, ¿y a qué se debe?

—No quería decírtelo, pero luego pensé… —Se frotó la nuca incómodo—. Pensé que era justo. Leah va a exponer este mes en Red Hill. Solo tres obras. Pero es un gran paso, su profesora la recomendó. Y creí que… merecías saberlo. Porque, pese a todo, esto es gracias a ti. —Alargó la mano y chocó su cerveza con la mía.

Pero yo no me moví. No podía hacerlo. No podía…

Me quedé allí mirándolo fijamente. Odiándolo. Y odiándome aún más a mí. Me di cuenta de que me molestaba que me hubiera contado aquello, que trajera de golpe tantos recuerdos. Pero lo peor es que aún me hubiera molestado más que no lo hiciera, que se lo callara. Daba igual. Ninguna de las dos alternativas me satisfacía y estaba… teniendo serios problemas para fingir delante de él que no pasaba nada, que todo estaba bien.

—Axel… —me miró con cautela.

—¿Cuándo es? —gruñí por lo bajo.

—La próxima semana.

—¿Estarás?

—Trabajo, no puedo.

—Voy a ir. —No fue una pregunta, tampoco una sugerencia. Fue una decisión en firme. Iba a ir, tenía que hacerlo, verlo con mis propios ojos.

Oliver dejó la cerveza encima de la barra.

—No puedes hacer eso. ¿Pretendes arruinarle el día? Yo solo quería contártelo porque estoy orgulloso y porque, carajo, porque sé que tú la ayudaste, aun con todo lo demás… He pensado mucho en ello últimamente… —Se calló, como si no supiera cómo seguir.

—Me da igual lo que digas. Iré.

Un músculo se tensó en su mandíbula.

—No vuelvas a arruinarlo todo otra vez.

El corazón me latía fuerte, rápido.

—Necesito un cigarrillo.

Salí a la terraza. Oliver me siguió. Me encendí uno y le di una fumada profunda, intentando calmarme, aunque ya sabía que estaba lejos de conseguirlo. Porque aquello… me había desestabilizado. Imaginarlo. A ella en una galería, delante de algo suyo…

—¿Por qué?

Yo no esperaba esa pregunta.

—Porque lo necesito… —me esforcé en razonar como una persona normal—. Porque ha sido toda una vida, Oliver, y no puedo no estar en un momento así. Porque… —«La sigo queriendo.» Me tragué las palabras—. Pero tienes razón. No le arruinaré la noche. No me acercaré a ella. Intentaré que no me vea.

Oliver se frotó la cara con las manos y resopló.

—Me lleva, Axel. Odio esto. La situación. Todo.

Me mordí la lengua para no decirle lo que pensaba, porque él aún seguía siendo una parte de mi vida, por mucho que las cosas fueran diferentes; más frías, más tensas.

Apagué la colilla. Nos miramos. Vi en sus ojos la duda, la incertidumbre. Y supongo que él encontró en los míos determinación, porque terminó apartando la vista antes de quitarme un cigarro del paquete que sujetaba entre las manos. Y supe que, al menos, había ganado esa batalla. No me di cuenta de que fue una de las primeras veces que me enfrenté a algo de frente.

12

LEAH

Le di un trago al segundo té de tila del día, pero no parecía surtir mucho efecto, porque seguía estando muy nerviosa. Faltaban aún varias horas para la inauguración de la exposición y no dejaba de pensar en todas las cosas que podían salir mal: críticas destructivas, miradas de indiferencia, tropezar con mis propios pies y caerme en medio de la galería…

El teléfono sonó. Era un mensaje de Blair dándome ánimos. Después de saber que no se encontraba muy bien durante esas primeras semanas de embarazo, le había prohibido venir. Y no solo a ella, también a Justin y a Emily, que habían sugerido dejar a los gemelos con una vecina para escaparse un rato; les aseguré que no era necesario. También intenté calmar a Oliver, que le pidió otro día libre a su jefe y, después de haberle concedido uno por mi cumpleaños, no cedió.

Volví a pensar en mis padres… En que ojalá estuvieran…

Respiré hondo y fui al diminuto cuarto de baño para peinarme. Me había vestido casi a media tarde, poco antes de maquillarme. Volví al dormitorio, removí el resto del té y me lo terminé de un trago justo cuando llamaban a la puerta.

Lo abracé con tanta fuerza que temí hacerle daño.

—¡Estoy tan nerviosa! —Alcé una mano delante de él—. Mira. Tiemblo.

Landon se echó a reír, me agarró esa mano y me obligó a dar una vuelta completa.

—No seas exagerada. Estás preciosa. Todo saldrá bien.

—¿Tú crees? Porque tengo ganas de vomitar.

—¿Es un peinado bajo o quieres que te sujete el pelo?

—No lo sé. Tengo el estómago revuelto.

Me tranquilicé pasado un rato en el que Landon me dio conversación a propósito, contándome las tonterías que hacía constantemente su compañero de proyecto, como aparecer en pijama a trabajar o meterse un lápiz por la nariz porque decía que eso despertaba su creatividad. Cuando quise darme cuenta, estaba riéndome y era casi la hora de irnos. Me puse en pie con lentitud y busqué mi bolso por la habitación.

—Seguro que olvido algo importante.

—Siempre dices eso y nunca pasa.

—Pero… —Miré ansiosa a mi alrededor.

—Tenemos que irnos, Leah. Vamos.

Asentí, aún intranquila, y lo seguí mientras bajábamos las escaleras y salíamos a la calle. La galería no quedaba lejos. Caminamos tomados de la mano, en silencio, juntos. Sabía que él estaría a mi lado aquella noche. También algunos amigos que se acercarían más tarde y Linda Martin, mi profesora. Me calmé un poco.

El local era pequeño, porque no era una de las grandes galerías de la ciudad, pero a mí me pareció el mejor lugar del mundo. Tenía el tejado a dos aguas, un letrero verde con el nombre y la fachada pintada de color granate.

Todavía no estaba abierto al público, así que nuestros pasos resonaron con fuerza en la duela de madera cuando avanzamos hasta la primera sala, de la que provenían las voces.

Linda ya estaba allí. Me sonrió antes de presentarme al director de la galería y a otras personas que colaboraban con la exposición, incluidos varios artistas.

Intenté relajarme y acepté la copa que nos tendieron a mí y a Landon. Durante la siguiente media hora charlamos con los demás y paseamos por las estancias aún vacías de asistentes contemplando las obras que colgaban de las paredes. Cuando llegamos al rincón en el que estaban las mías, me estremecí. Busqué la mano de Landon y la apreté entre mis dedos.

Había discutido mucho con Linda sobre qué tres cuadros elegir. No fue fácil, porque se me metió una idea en la cabeza y a ella le costó entender la importancia que tenía para mí. Al alzar la mirada hacia esa pared vestida con mis cuadros, por primera vez me sentí orgullosa de mí misma. Noté que me temblaban las rodillas.

El primero estaba pintado solo con colores oscuros. Una noche cerrada. Un corazón destrozado. La angustia. La incomprensión. El miedo.

El segundo era agridulce, con algunos trazos luminosos y llenos de intención, pero otros más apagados, como si el propio lienzo los consumiera. La nostalgia.

El tercero era luz. Pero una luz real, con sus sombras. La esperanza.

No tenían títulos individuales. Llamé *Amor* al conjunto de los tres.

Miré a Landon de reojo y me pregunté si entendería el significado que escondían. Una vez, cuando todavía éramos solo amigos, le había pedido que me dijera qué veía en una lámina que le enseñé y fue incapaz de escarbar entre las líneas enredadas. Yo no lo culpaba, porque entendía que no tenían el mismo sentido para alguien que lo veía desde fuera. Porque no podía sentir de la misma manera esas líneas; quizá de un modo diferente, sí, pero no igual.

Empezaron a llegar algunos visitantes. Yo me sentí más tranquila conforme las salas se fueron llenando y las voces se alzaron a mi alrededor. Mis amigos aparecieron un poco después y Landon me dejó a solas con la profesora Martin para que habláramos mientras él los acompañaba a la sala contigua.

—Ya preguntaron dos personas por ellos.

—¿De verdad? ¿Quién puede querer…?

—¿Tener algo tuyo? —Linda me interrumpió—. Ya lo irás asimilando.

Me froté las manos, nerviosa, cuando el ayudante del director de la galería se acercó a nosotras y entabló conversación con mi profesora. Me quedé allí, entre ellos dos, sin saber muy bien qué decir ni qué hacer. No me atrevía a ir a la otra sala para ver las reacciones de los visitantes mirando mis cuadros; me daba pavor.

Respiré hondo, porque lo peor ya había pasado.

Y entonces lo sentí. No sé cómo. En la piel. En el cuerpo. En el corazón. ¿Cuántos latidos hacen falta para reconocer a una persona? En mi caso, fueron necesarios seis. Dos en los que estuve paralizada, ese instante en el que el mundo parece quedarse en un completo silencio de repente. Otros tres para decidirme a darme la vuelta, porque me daba terror hacerlo. Y uno…, solo uno para tropezarme con esos ojos azules que iban a perseguirme toda la vida.

Después no me moví. No pude hacerlo.

Nuestras miradas se enredaron lentamente.

Y fue vértigo. Como caer al vacío de golpe.

13

AXEL

No era mi intención cruzarme con ella, pero la vi en cuanto entré en la galería. Me quedé sin aire, como si acabaran de darme un golpe en el estómago. Leah estaba de espaldas. Pensé en las veces que la había besado en la nuca antes de abrazarla mientras hacíamos la cena en la cocina; o en la terraza, cuando me acercaba a ella por detrás. Me fijé en el cabello rubio que llevaba recogido en un chongo apretado, aunque algunos mechones suaves ya se habían desprendido del gel y los pasadores que los sujetaban.

Y entonces, como si pudiera sentirme, se dio la vuelta.

Lo hizo despacio, muy despacio. Me quedé quieto en medio de la sala. Sus ojos tropezaron con los míos. Nos contemplamos en silencio y yo sentí que todo desaparecía a nuestro alrededor: las voces, la gente, el mundo. Luego di un paso al frente, casi sin darme cuenta, como si algo me jalara hacia ella. Y otro. Otro más. Hasta que la tuve delante. Leah no apartó su mirada de mí en ningún momento; una mirada desafiante, peligrosa, dura.

Contuve el aliento. Tenía un nudo en la garganta. Quería decir algo, carajo, cualquier cosa, pero ¿qué se le dice a la única persona que te lo hizo sentir todo antes de que tú le destrozaras el corazón? No encontraba las palabras. Solo podía mirarla y mirarla como si fuera a desaparecer de un momento a otro y necesitara retener esa imagen lo más nítida posible en mi cabeza. Me fijé en la curva de su cuello. En sus manos temblorosas. En su boca. Esa boca.

Justo cuando encontré el valor para intentar que me saliera la voz, la mujer que estaba a su lado se volteó de repente y tomó a Leah del brazo con firmeza.

—Ven, tengo que presentarte a unas personas.

Ella me lanzó una última mirada penetrante antes de alejarse hacia el otro extremo de la sala. Yo casi agradecí la interrupción porque… necesitaba recomponerme.

«Mierda.» Todo había salido al revés.

Me moví inquieto, echándole un vistazo a algunos cuadros mientras intentaba tranquilizarme. Avancé hasta la siguiente sala. Había potencial bajo aquel techo, en unas obras más que en otras. Me concentré en eso, en analizarlas para no pensar en ella, en que la tenía apenas a unos pasos de distancia y en que no estaba muy seguro de qué decirle.

Frené en seco cuando los vi. No me hizo falta acercarme para leer el nombre y saber que eran los de Leah, porque podría haber reconocido sus trazos en cualquier lugar. No sé cuánto tiempo estuve allí quieto mirando esos tres cuadros, pero cuando sentí su presencia a mi lado, me estremecí y tomé una bocanada brusca de aire.

—Amor —susurré el nombre de la composición y me resultó irónico que esa fuera la primera palabra que terminara diciéndole después de tres largos años de ausencia—. El dolor. La nostalgia. La esperanza.

Los dos mantuvimos la mirada fija en las obras.

—Muy intuitivo —susurró en voz baja, apenas una caricia.

Sentí una presión en el pecho y me llevé una mano allí. Parpadeé. No recordaba haber llorado en toda mi vida. Sí tener las emociones ahí, a flor de piel, a punto de desbordarse, aunque siempre conseguía controlarlas. Pero aquella noche, delante de ese *Amor* que un día fue nuestro, lloré. Una lágrima, en silencio. Y no fue de tristeza, sino todo lo contrario. Le dije con la voz ronca:

—Estoy orgulloso de ti, Leah.

14

LEAH

Cerré los ojos cuando sus palabras me atravesaron, llenándome y quedándose dentro de mí. Ese «estoy orgulloso de ti» que odié y amé casi a partes iguales. Tuve que reunir todo el valor que me quedaba para atreverme a mirarlo. Axel tenía los ojos un poco rojos, y yo... no supe qué decir. Solo podía pensar en que lo tenía delante y en que no parecía real. En que su presencia se apoderaba de toda la sala, de cada rincón, cada pared...

—Leah, estabas aquí. No te veía.

Volteé hacia Landon.

Y creo que solo le hizo falta un vistazo rápido para deducir quién era la persona que estaba a mi lado y también que yo necesitaba salir de allí, porque no podía respirar...

Tomé la mano que me tendió. Y me alejé de Axel...

No miré atrás. No me despedí. Solo seguí caminando, porque era lo que necesitaba: avanzar hacia alguna parte. Casi contuve el aliento hasta que el viento de la noche me acarició la cara. Cuando el silencio de la calle se volvió denso a nuestro alrededor, Landon me abrazó. Yo me aferré a él, a la seguridad.

—¿Estás bien? —No me soltó.

—No lo sé. No sé cómo estoy.

—Vámonos a casa. —Me besó en la frente y me volvió a tomar de la mano.

Cada paso que dábamos me alejaba más, me aliviaba más. Antes de girar en la siguiente esquina, miré hacia atrás por encima del hombro y creí ver su silueta delante de la puerta de la galería, pero cuando parpadeé ya no estaba y me dije que era mejor así, mucho mejor.

No tardamos en llegar al departamento de Landon.

Nos metimos en la cama y me acurruqué a su lado. Luego mi mano se perdió bajo su camiseta y cubrí sus labios con los míos. Él jadeó y nuestras lenguas se encontraron en un beso cargado de necesidad y de más, mucho más. Me quité el vestido y me deshice el chongo dejándome el pelo suelto.

—Leah… —Landon respiró agitado.

Me incliné sobre él y tomé un preservativo del buró. Volvió a susurrar mi nombre sobre mis labios y me sujetó de la muñeca antes de que pudiera seguir.

—Así no, Leah. Esto…

—Pero te necesito —supliqué.

—¿Por qué?

—Porque eres la mejor persona que conozco. Porque cuando estoy contigo me siento segura y hace una eternidad que tengo la sensación de vivir caminando de puntitas, con miedo. Porque me haces ser más fuerte…

Landon rodó hasta acostarse encima de mí, y después ya solo pensé en él y en el momento que estábamos compartiendo: en sus besos, sus caricias y su manera de hacerme el amor, siempre dulce, siempre haciéndome sentir que era preciosa a sus ojos.

15

AXEL

El tiempo…, el tiempo no lo cura todo. El tiempo calma, suaviza y redondea los bordes más punzantes, pero no hace que desaparezcan. El tiempo no me curó de ella. El tiempo no fue suficiente para evitar que todo mi cuerpo reaccionara al verla, como si recordara cada lunar de su piel y cada curva que mis manos acariciaron tres años atrás. El tiempo no hizo nada de todo eso. Y cuando la tuve delante y me zambullí en esos ojos del color del mar, entendí que jamás podría olvidarla, porque para eso tendría que borrarme también a mí mismo.

16

LEAH

Superé la pérdida de mis padres. No, no sería honesto decir eso; en realidad, la asimilé, la acepté, pero a cambio dejé partes de mí en aquel proceso. Y me llevé otras nuevas. Me abrí. Me enamoré. Y me rompieron el corazón. Salí de casa de Axel una noche a finales de primavera con todos esos pedazos en las manos. Fue otro tipo de dolor. Un dolor que mastiqué sola en los días que estuve paseando por Brisbane y perdiéndome entre sus calles.

Uno de esos días visité un mercadillo cerca del río. Estaba lleno de puestos con una increíble variedad de género, pero solo uno de ellos llamó mi atención. Quizá porque por aquel entonces aún seguía echándolo de menos y creí que así me sentiría más cerca de él. Así que compré el objeto que tiempo después metí en el primer cajón de mi mesita, con la esperanza de no volver a necesitarlo. Y esa noche, cuando la nostalgia y la soledad me envolvieron, lo tomé. Saqué la caracola que había comprado, la pegué a mi oreja y escuché el sonido del mar con los ojos cerrados. Lo escuché a él.

17

LEAH

Durante las siguientes semanas estuve un poco aislada, centrada en mis cosas. En primer lugar, porque no le respondí el teléfono a Oliver durante días, después de enterarme de que él sabía que Axel iría a la inauguración de la exposición. No me convencieron sus explicaciones. Pero era mi hermano, terminé por descolgar y, entre el cuarto o el quinto perdón, terminé refunfuñando por lo bajo y aceptando sus disculpas.

Por lo demás, me centré en pintar más que nunca.

La exposición había salido bien. La crítica no había sido excepcional, pero tampoco mala. La experiencia fue como un empujón hacia delante, el impulso que necesitaba para volcarme aún más en ello las noches que empezaba a pasar en la buhardilla. No se lo dije a nadie, pero ya había llegado a dormir allí en un par de ocasiones y, a veces, me obligaba a pisar el freno para hacer una vida normal, ver a Landon o quedar con mis amigas.

Cuando la profesora Linda Martin me pidió otra vez que fuera a reunirme con ella durante la hora de tutoría, ya no estaba tan nerviosa. Ese fue mi error, quizá. Porque no esperaba lo que ocurrió. Tan solo me senté en su oficina con una sonrisa y la miré expectante.

—Tengo una buena noticia, Leah. —Le brillaban los ojos.

—No haga que empiece a suplicar... —dije con un hilo de voz.

Ella se recostó en su silla visiblemente contenta.

—Se interesó por ti un representante —soltó.

—¿Por mí? —parpadeé sorprendida, conteniendo la emoción.

Ni en mis mejores sueños hubiera imaginado algo así; para empezar, porque aún estaba aprendiendo, probando técnicas nuevas, afianzándome en mi estilo. Y, además, el mundo del arte era complicado, duro y competitivo; pocos podían vivir de ello o conseguir que los representaran.

—Sí. Trabaja en una galería de Byron Bay...

—¿Cómo se llama? —sentí que me quedaba sin aire.

—Axel Nguyen. Es una galería importante porque, a pesar de ser pequeña, el dueño, Hans, tiene muchos contactos en Europa y colabora con... Leah, ¿qué te ocurre? —Supongo que me había quedado pálida, porque se mostró preocupada.

—Yo... no puedo... —Me levanté—. Perdóneme.

—Leah, ¡espera! ¿No escuchaste lo que te dije?

—Sí, pero no me interesa —logré decir mientras apretaba el asa del bolso entre los dedos. Me temblaban las rodillas; fue como si la oficina se hiciera más y más pequeña.

—Es una oportunidad de oro. No solo para ti, también para la universidad. El prestigio de que una alumna nuestra sea representada incluso antes de graduarse...

—Lo siento, pero es imposible —la interrumpí, y salí de la oficina.

18

AXEL

Oliver entró en casa como un vendaval en cuanto abrí la puerta. No se molestó en saludar, se puso a recorrer mi sala de un lado a otro hasta que, al final, me miró con las manos en las caderas y el rostro crispado en una mueca de enfado.

—¿Qué mierda hiciste? ¿Cómo se te ocurre? En primer lugar, me dijiste que ella no te vería, que no le arruinarías la noche. Y, en segundo lugar, ¿contactaste con su universidad para representarla?, ¿en serio? ¿No se te pasó por la cabeza comentarme nada al respecto?

—Iba a hacerlo. No he tenido tiempo.

—¿Qué demonios te pasa? —bramó.

—Me pasa que estoy cansado de fingir.

Me apoyé en la barra de la cocina intentando mantenerme tranquilo, porque era la única manera que se me ocurría de tener aquella conversación sin que se nos terminara yendo de las manos, algo que no sabía si acabaría ocurriendo porque todo estaba demasiado… viciado, como si ya hubiéramos hablado antes de Leah, cuando lo cierto era que nunca habíamos llegado a hacerlo en condiciones. No sin darnos golpes el uno al otro, al menos. Esa fue la única vez que intentamos entendernos, y no, no salió bien.

—¿Qué pretendes, Axel?

—No puedo ignorarlo más.

—¿El qué? —Oliver respiró hondo.

—A ella. Lo que pasó. Que existió, carajo. No puedo seguir hablando contigo a través de esa maldita pared que hay entre nosotros y fingir que no pasa nada, que todo sigue igual —alcé la voz sin darme cuenta.

—¿Qué intentas decirme? —preguntó Oliver, y me pareció que estaba sorprendido de verdad.

Me revolví el pelo y procuré sopesar cada palabra.

—¿Por qué volviste? ¿Por qué apareciste un día cualquiera en mi casa?

Él seguía sorprendido, ahora por la pregunta que cambiaba el rumbo de nuestro enfrentamiento reciente. Me señaló con la cabeza la terraza y lo seguí cuando salió. Le di un cigarro. Tomé otro. Tardó un par de minutos en decidirse a seguir con la conversación. Yo no estaba dispuesto a dar marcha atrás esa vez.

—Me voy a casar —soltó de repente.

—¿Y qué carajos tiene eso que ver?

No es que no me alegrara por él, pero…

—Que cuando Bega me preguntó quién iba a ser mi padrino de boda, entonces… entendí que no podría ser nadie más que tú. Y me di cuenta… de que nosotros no habíamos sido solo amigos, habíamos sido familia. —Me miró—. Y la familia es para siempre, Axel. Yo no podía dejar de darle vueltas, de pensar en todo lo que pasó, lo que se hizo mal…

Le di una fumada larga al cigarro. Carajo, llevaba tres años adormecido, estancado en mi rutina, y de repente todo parecía desbordarse de golpe, y yo quería que ocurriera, que las cosas rebasaran el borde y estallaran de una vez por todas, porque no soportaba más esa indiferencia en mi vida, esa monotonía que me arrastraba a pasarme el día rememorando el pasado, tiempos mejores y llenos de color que habían desaparecido.

—Me lleva, Oliver…

—Así que me pasé semanas pensando en ti, en todo lo que hemos vivido juntos y, al final, un día me acerqué aquí. Ni siquiera lo pensé. Y fue fácil no hablar de temas incómodos, como si no hubiera ocurrido nada.

—Pero es que ocurrió —susurré.

—Quería olvidarlo. Dejarlo atrás.

Ya. El problema era que yo no quería lo mismo. Que el tiempo no me había curado. Que no había conseguido olvidarla. Que dejar atrás a Leah era como borrar lo mejor que había tenido y no podía hacer eso. Sacudí la cabeza.

—Lo siento, Oliver. No puedo…

—¿Ser mi padrino? —frunció el ceño.

Sentí que una parte de mí se rompía entonces.

—Eso, ni tampoco ser tu amigo. No como antes.

Oliver resopló enfadado y aturdido.

—¿Qué demonios te pasa, Axel?

—Es solo que las cosas no pueden ser iguales. No por ti, es que…, es que cuando la vi…

Carajo. Iba a soltar una barbaridad. Me di la vuelta, pero él me sujetó del hombro antes de que pudiera irme.

—Espera. Explícamelo. Quiero entenderte.

—Cuando la vi el otro día…, cuando la vi…

—¿Aún la quieres? ¿Después de tanto tiempo?

Eso dolió casi más. Que él siguiera pensando que Leah había sido un capricho para mí, que en ningún momento se hubiera planteado la verdad: que me había enamorado de ella, que lo que sentía era real. Me pregunté cómo sería ante sus ojos; cínico, cobarde, impulsivo.

—Yo la voy a querer toda la vida, carajo.

—Pero, Axel… —me miró confundido.

—Ya. Ya sé que la cagué por cómo hice las cosas, por no contártelo. Y también que no era el momento y que creíste que sería algo pasajero. —Me debatí entre ser totalmente sincero o disfrazar las cosas. Me decanté por la primera opción, supongo que porque ya no tenía nada que perder, todo estaba tan roto…—. Tú eres importante para mí, pero ella siempre lo será más, de una manera diferente…, y no podemos ser amigos porque es tu hermana y pensaba que podría llevarlo bien, pero… no, porque lo único en lo que pude pensar en cuanto la vi en la galería fue en quitarle ese vestido que llevaba puesto y en cogérmela en algún rincón.

—Axel, ¡eres un maldito loco!

—Así están las cosas.

—¡Filtra lo que dices!

—Quería ser sincero.

—¡Me lleva! Es mi hermana. —Se revolvió el pelo y se volteó hacia la puerta de casa.

Pensé que entraría y se largaría por la de delante, pero no lo hizo. Volvió a darse la vuelta y respiró hondo mientras me miraba.

—Yo no quiero perderte. Y tienes razón, no pensé que fueras en serio con ella, pero, mierda, porque tú nunca vas en serio con nada. Y no hiciste bien las cosas, Axel, me mentiste, me traicionaste, lo arruinaste todo…

Me aferré con fuerza al barandal de madera.

—Ya lo sé… —Tenía la mandíbula tensa.

Oliver se encendió otro cigarro y yo lo imité. A veces pensaba que lo hacíamos por tener las manos ocupadas cuando la situación nos sobrepasaba. Una pausa para encenderlo, dar una fumada, expulsar el humo despacio…

—¿Y ahora qué? —me planteó Oliver.

—Ahora quiero que firme conmigo.

—No es una buena idea…

—Sabes que sí que lo es. Nadie podrá representarla mejor, nadie mirará más por sus intereses. Y créeme, alguien la fichará pronto, porque es muy buena.

—Pensaba que tú no representabas a nadie, que solo los encontrabas —dijo repitiendo las palabras que le había dicho el mes anterior en esa misma terraza.

—Pero con ella lo haré. Te juro que la cuidaré y…

—Carajo, no, no hagas eso, no me digas que vas a cuidarla —espetó.

Y yo recordé que no era la primera vez que se lo había prometido.

—Intentaré hacerlo lo mejor que pueda. Y tiene futuro, Oliver. Sé que hará algo grande si tiene las herramientas necesarias para conseguirlo. Puedo darle eso.

Oliver se frotó la cara. Parecía agotado.

—Creo que está saliendo con alguien…

—Nadie te preguntó por eso —siseé.

El silencio nos envolvió durante unos instantes.

—¿De verdad crees que le puede ir bien?

—No lo creo, lo sé. Siempre ha tenido talento.

—Intentaré hablar con ella, pero no te prometo nada.

Cuando se fue unos minutos más tarde, fui directo a la cocina, tomé una botella sin molestarme en mirar la etiqueta y salí de casa. Avancé por el camino de la playa, di un trago largo y me acosté en la orilla. Cerré los ojos respirando…, o intentándolo al menos. Ojalá el murmullo del océano hubiera podido acallar mis pensamientos.

Yo había creado todo aquello. Yo solo.

Recordé al chico que la acompañaba en la galería, el que la había sacado de allí como yo mismo hubiera hecho tres años atrás, alejándola de lo dañino. Qué pinche ironía fue que la persona que más la quería terminara pidiéndole una noche cualquiera que conociera a más gente, que viviera, que disfrutara, que cogiera. Porque pensé que eso sería todo. Que le ocurriría lo mismo que a mí, que entre todo ese mar de desconocidos siempre terminaría eligiéndome a mí, incluso aunque no le hubiera dado la opción. Que volveríamos a vernos tarde o temprano. Que, de algún modo, entonces estaríamos en igualdad de condiciones.

El problema era que había una distancia infinita entre imaginármela en una cama, entre otros brazos, y saber que sentía algo por otra persona. Una conexión. Una relación. Algo como lo que tuvimos nosotros.

Lo primero escocía. Lo segundo dolía tanto…

19

LEAH

No quería ver a nadie. No quería pensar. Me limité a ir a las clases, dormir y pintar. Tenía la sensación de estar atrapada en una de esas bolas de nieve que se agitan para que los copos se muevan y caigan lentamente. Una bola gigante. Podía caminar y caminar, pero, de algún modo, siempre terminaba volviendo al mismo lugar, a la misma calle, a los mismos ojos. Y daba igual cuánto corriera o intentara alejarme, porque al final del camino… seguía estando él.

—¿No podemos ofrecer algo más? Mejorar el contrato. Hablar con la universidad.

—Axel, ¿por qué te importa tanto fichar a esa chica? —Sam se recostó en su silla y me miró como cuando descubría a sus hijos haciendo alguna travesura, con el ceño arrugado—. Es buena, pero nunca te había visto tan interesado en nadie.

—Es… —tragué saliva incapaz de confesarle la verdad, de hablar en voz alta sobre ella con otra persona.

Tan solo había tenido un par de conversaciones con mi hermano y fueron al principio, cuando apenas encontraba las palabras que pudieran definir cómo me sentía porque, bueno, no sentía.

—Tengo una corazonada —concluí.

Me levanté y regresé a mi oficina. Abrí el cajón del escritorio y me tomé una pastilla para el dolor de cabeza, a pesar de que solía evitar hacerlo. No me gustaban los medicamentos, pero ese día me iba a explotar el cerebro. Llevaba una temporada así. Por supuesto, mi madre había insistido en que fuera al médico y terminé cediendo solo para que dejara de llamarme a todas horas para recordármelo. ¿El diagnóstico? La tensión, el consumo de alcohol, fumar, estrés emocional, ansiedad, no dormir lo suficiente…

Hice un par de llamadas que tenía pendientes y el resto del tiempo lo dediqué a contemplar la fotografía que la galería de arte me había facilitado la semana anterior. Esos tres cuadros llamados *Amor* capturados en una imagen que no podía contener todo lo que representaban. Suspiré antes de meter la fotografía en una carpeta.

Me fui temprano aquel día porque había quedado con Justin por la tarde. Ya no recordaba cuándo fue la primera vez que él apareció en casa acompañado por sus hijos y cargado con una tabla de surf bajo el brazo, dispuesto a dejar que le enseñara a hacer algo que siempre parecía haber odiado; pero de algún modo se convirtió en un momento familiar y, de vez en cuando, nos poníamos de acuerdo para pasarlo juntos.

Mis sobrinos me acorralaron en cuanto llegaron, hablándome a la vez a gritos mientras su padre intentaba controlarlos y que mantuvieran la calma. No habían salido a él, no. Eran escandalosos, alocados y poco dados a seguir las normas que sus padres les imponían.

—¿Puedo llevar hoy tu tabla? —preguntó Max.

—Por supuesto que no. —Intenté no reírme.

—¡Vamos, tío Axel! —rogó otra vez.

—¡Yo también quiero! —Connor nos miró.

—Chicos, cada uno su tabla —zanjó Justin—. Vayan yendo al agua, ¡vamos!

Los chiquillos corrieron por la arena de la playa hacia la orilla mientras mi hermano y yo los seguíamos a un paso más relajado. Podía sentir su mirada aguda fija en mí. Puse los ojos en blanco, porque la semana anterior le había contado que me presenté en la galería para verla y, por supuesto, él no iba a dejar el tema de buenas a primeras, claro.

—¿Contestó algo sobre la oferta?

—Si hubiera dicho que sí, ya lo sabría, ¿no?

Nos metimos en el agua. Mis sobrinos estaban a unos metros de distancia, cerca de unas olas más pequeñas casi al lado de la orilla. Creo que mi ceño fruncido fue suficiente para que mi hermano entendiera que necesitaba un rato a solas con la tabla para descargar la energía acumulada y terminar agotado, aunque, por desgracia, eso no hacía que durmiera mejor. Así que me concentré solo en mi cuerpo, en la postura, en equilibrar el peso y en recorrer las paredes de las olas como si no hubiera nada más a mi alrededor.

Cuando Justin se cansó de hacer lo mismo, vino a buscarme. Connor y Max ya estaban en la orilla riéndose de alguna de esas bromas que solo ellos dos parecían comprender. Me quedé allí, acostado en la tabla al lado de mi hermano, bajo el cielo anaranjado.

—No puedes seguir tan jodido, Axel.

—Lo que no puedo es dejar de estarlo.

—Sabes que te entiendo, pero...

—Sale con alguien —lo solté de golpe, y fue como si las palabras me picaran en la garganta, afiladas y duras—. No sé qué esperaba, pero no eso, carajo.

—¿No se te pasó por la cabeza que pudiera conocer a alguien en tres años?

—Que conociera, sí. Que se enamorara, no.

—¿Acaso no es lo mismo?

—No, no es ni siquiera parecido. Son dos cosas de un puto planeta distinto.

Mi hermano se había casado con su novia del instituto, Emily, la única chica por la que había sentido algo. Yo me había tirado a tantas mujeres que no recordaba a la mitad y, para mí, todas ellas representaban ese «conocer a alguien» que nunca terminó conduciendo a ninguna parte. No tenía nada que ver con lo que había vivido con Leah. Nada. Ni siquiera en el sexo, porque con ella no era buscar placer, era... necesidad, tan simple como eso.

—Axel, ¿qué esperabas? —sentado en la tabla, mi hermano me miró serio.

—No lo sé. Esperaba... —Respiré hondo, hice una pausa, intenté aclarar todos esos pensamientos enredados que me asaltaban—. Creo que una parte de mí siempre pensó que volveríamos a vernos y que, entonces, sería como si no hubiera cambiado nada. Que quizá no pudo ser hace tres años porque no era el momento ni la situación, pero ahora...

Puede que hubiera intentado engañarme a mí mismo, porque durante ese tiempo había sido más fácil aferrarme a esa idea que valorar otra, la de que todo estaba roto para siempre.

—¿Y qué vas a hacer?

—Ni idea. Intentar que acepte que la represente. —«Y morirme un poco por dentro cada vez que la vea.»—. Creo en ella. Necesito hacerlo...

—¿Por Douglas? —adivinó Justin.

—Sí. Y también por mí. Y por ella.

—Te vas a meter en un buen lío, lo sabes, ¿verdad?

—Las cosas con Leah nunca fueron fáciles.

—¡No puedes estar hablando en serio!

—Leah... —La voz de Oliver era suave. Pero me daba igual lo tierno que intentara ser mi hermano o sus esfuerzos por sonar delicado, porque solo podía pensar en que un día intentó alejarme de los brazos de Axel y en aquel momento parecía dispuesto a arrojarme hacia él con los ojos cerrados. Y estaba furiosa. Muy furiosa. Yo había aceptado que retomaran su amistad sin pedirle ningún tipo de explicación, pero a mí no me incumbían sus cambios de parecer, lo volátil que resultaba todo.

—Escúchame, es una buena oportunidad. —Suspiró al otro lado de la línea de teléfono—. Ya sé que es una situación complicada, pero ha pasado el tiempo. Tú estás con un chico, ¿no? Axel representa artistas y es..., es nuestra familia, Leah.

—No es verdad. Ya no. —Y colgué.

Colgué porque no podía seguir escuchando cosas que no eran ciertas, porque me dolía todo aquello y porque no entendía a Oliver. Yo sabía que a él le importaba que me fuera bien y que lograra hacerme un nombre, pero ¿a qué precio? No estaba segura de que valiera la pena cruzar una línea tan peligrosa. Sobre todo, porque conocía bien a Axel y solía haber una razón detrás de cada cosa que hacía.

Me dejé caer en la cama del departamento de Landon y hundí la cabeza en la almohada. Desde el día de la exposición me sentía inestable, descentrada. Cada vez que recordaba el instante en que lo vi allí parado en medio de la sala y mirando mis pinturas, sentía que unas garras me aferraban los pulmones hasta dejarme sin aire. Y no soportaba esa sensación, volver a sentirme tan débil, estremecerme al recordar sus ojos irritados, su expresión...

Sus palabras: «Estoy orgulloso de ti».

Me levanté de la cama en cuanto oí el ruido de la cerradura al girar. Tomé las bolsas del supermercado que Landon traía y lo ayudé a guardarlas en el refrigerador. Era viernes y había decidido quedarme a pasar la noche en su departamento; cenar algo sencillo, ver una película juntos y luego dormir abrazados.

—Esto va en el congelador.

—¡Helado! —sonreí contenta.

Le di un beso en la mejilla antes de agarrar el bote y guardarlo, para seguir organizando las papas fritas de bolsa y algunas cosas más que él me fue pasando.

Oí la melodía de mi celular, que había dejado en el dormitorio.

—Te están llamando, Leah.

—Ya lo sé.

—¿Y no piensas responder?

—Es mi hermano. Y me enfadé con él, así que no.

—¿Qué ocurrió esta vez?

Oliver y yo solíamos tener desencuentros a menudo, pero por cosas tontas, como dos hermanos que se quieren a pesar de los tropiezos del día a día. Sin embargo, Axel no era eso para nosotros; Axel era un golpe seco, la barrera más alta que nos separaba, y yo no estaba dispuesta a saltarla de un lado a otro según a Oliver le viniera en gana.

Miré a Landon un poco incómoda.

—Quiere que acepte… —susurré.

—¿Que él te represente? —quiso asegurarse, porque solo se lo había comentado de pasada la semana anterior, cuando fui a su departamento alterada tras salir de la oficina de Linda Martin todavía con el corazón en la garganta.

Después yo había intentado no mencionarlo siquiera, a pesar de que no podía quitármelo de la cabeza.

—Sí. Así de coherente es Oliver.

Landon se apoyó en la barra.

—¿Y tú qué opinas?

—No tengo nada que opinar —respondí mientras guardaba en el refrigerador un tetrapack de jugo.

Landon me miraba mordiéndose el labio.

—¿Qué pasa?

—Nada. Solo…, quizá deberías pensártelo.

—¿Qué? ¡No puedes estar hablando en serio!

Me agarró de la muñeca antes de que pudiera salir de la cocina. Intenté mantener el control, respirar hondo y escuchar lo que quería decirme.

—Espera, Leah, cariño…

—No me llames así —supliqué.

—Lo siento. —Se pasó una mano por el pelo, tenso.

No estábamos acostumbrados a discutir; Landon y yo no teníamos broncas de pareja, tan solo pasábamos buenos ratos abrazados en el sofá o paseando por la ciudad.

—Me expliqué mal. Si tú no quieres hacerlo, no hay nada que hablar, ¿de acuerdo? Tienes tus razones, lo sé. Créeme, soy el primero que no quiere ni pensar en que te acerques a él… —le falló un poco la voz antes de mirarme de nuevo—. Pero puedo imaginar por qué tu hermano cree que es una gran oportunidad para ti en ese mundo tan complejo. Ven, dame un abrazo.

Me aferré a él. Cerré los ojos cuando sentí su pecho contra mi mejilla. Yo lo comprendía. Si me esforzaba mucho, podía llegar a entender que pensaran en mi futuro, valorar que habían pasado tres años y que eso parecía tiempo suficiente para enfrentar demonios del pasado que habían quedado atrás. Tenía sentido, pero… en la práctica me resultaba asfixiante, porque Axel me estaba poniendo delante un dulce al que él sabía que no me podía resistir: la pintura, mis sueños. Y la condición para alcanzar eso era remover sentimientos que quería seguir manteniendo enterrados.

Landon me separó de él con suavidad.

—Olvidémoslo. ¿Qué se te antoja cenar?

Me mordí el carrillo nerviosa, inquieta.

—Es que sería muy complicado…

Él se quedó callado cuando entendió que seguía hablando de lo mismo. Me colocó tras las orejas los mechones de cabello que habían escapado de la coleta y tomó aire antes de hacer una pregunta que parecía que llevaba meses guardada en su interior:

—¿Sigues enamorada de él?

—No.

No lo estaba, porque Axel no había sido la persona que yo creía conocer, porque con el paso de los meses y los años había ido quitando las capas de las que me había enamorado: su sinceridad, su forma de vivir, su mirada transparente… Y cuando las quité todas y miré de nuevo, vi que no quedaba nada. Solo vacío. No había encontrado al chico que pensaba que era bajo todo aquel papel de envolver brillante y bonito.

Percibí que Landon respiraba aliviado.

—Entonces, ¿qué te preocupa?

—¡No lo sé! Que sería difícil e incómodo. Que no me veo capaz de comportarme con él como si no hubiera pasado nada después de todo el daño que me hizo. No es solo por lo que ocurrió entre nosotros mientras vivía en su casa, fue por todo lo demás, lo de antes. Éramos amigos, familia. Éramos ese tipo de personas que, al mirarlas, piensas que jamás se separarán porque sus vidas están entretejidas de algún modo.

Me di cuenta de que había estado dando zancadas de un lado a otro de la cocina, alterada, cuando Landon me obligó a frenar parándose delante de mí. Agachó la cabeza para que estuviéramos a la misma altura.

—¿Y no puedes recuperar eso? —preguntó.

Lo pensé. Separar una parte de Axel, la de sus besos, la de nuestros cuerpos unidos y las noches en la terraza, de otra que había sido la raíz de aquello: la amistad, el cariño, ese amor incondicional de toda una vida...

—No lo sé, pero esta situación es…

—Incómoda. Ya lo imagino. Lo único que quiero es que valores bien todas tus opciones, que lo pienses con calma antes de tomar una decisión. —Landon me dio un beso en la frente y me rodeó con un brazo—. Y ahora vamos a dejar el tema. Hoy eliges tú la peli, ¿de acuerdo?

LEAH

Estaba enfadada.

Enfadada con el mundo por ponerme en esa situación. Enfadada con Oliver por ser tan contradictorio. Enfadada con Landon porque no me había dicho lo que deseaba oír. Enfadada con la señorita Linda Martin por seguir insistiendo y volver a llamarme durante la hora de tutoría. Enfadada con Axel por todo. Y especialmente enfadada conmigo misma por estar a punto de perder una oportunidad, porque me resistía a descubrir si de verdad había superado esa parte de mi pasado e, irónicamente, mis sueños cruzaban ese sendero que llevaba años esquivando. Y tenía que decidir si iba detrás de ellos o los dejaba escapar.

LEAH

Las dudas envuelven. Es como tener encima una cobija gruesa que no te puedes quitar y, cuanto más tiempo pasas debajo, más te ahoga. Yo había intentado desprenderme de ella, pero no lo conseguía: cuando levantaba un extremo, el otro volvía a caer; cuando pensaba que tenía la respuesta delante de mí, el miedo acechaba de nuevo y me hacía dar marcha atrás y seguir caminando en círculo bajo todas esas dudas que me aplastaban.

Hasta que una mañana cualquiera respiré hondo y me decidí a arrancar esa cobija de un jalón. Intenté pensar fríamente, sin dejar que el enredo de sentimientos me atrapase una vez más. Me levanté de la cama, miré por la ventana y tomé una decisión.

Me llevé el teléfono a la oreja aún sorprendido.

—¿Aceptó? —pregunté otra vez.

—No exactamente. Quiere hablarlo. Es un paso.

—Oliver… —Tomé aire, nervioso porque una parte de mí ya se había hecho a la idea de que su silencio era un «no» y la otra parte, bueno, había hecho grandes esfuerzos durante las últimas semanas para no agarrar el coche y plantarme delante de la puerta de su residencia con la amenaza de no marcharme hasta que consiguiera lo que quería—. Gracias por esto.

Hubo un silencio tenso al otro lado de la línea.

—Me dio la dirección de una cafetería para que se reunan allí el próximo lunes a media tarde. ¿Tienes a mano un papel y una pluma? Pues apunta.

Anoté lo que me dictó mientras sujetaba el teléfono entre el hombro y la oreja, preguntándome por qué Leah había decidido usar a su hermano como intermediario. Y entonces pensé…, pensé que quizá había eliminado mi número de la agenda. Puede que un día lo hiciera, enfadada, apretando el botón con rabia, como cuando quieres borrar para siempre de tu vida algo que has dejado atrás al pasar a una nueva etapa.

—Entonces, el lunes a las cinco —repetí.

—Sí. Una cosa, Axel…, sé delicado. Sé como tú nunca eres. —Yo puse los ojos en blanco y agradecí que no pudiera verme—. Solo cíñete a la pintura.

—Oliver, tranquilo —dije, y él resopló.

—Qué fácil es decirlo. Qué jodido sentirlo.

—Leah es adulta, carajo. Tiene veintitrés años, creo que podrá mantener una conversación normal conmigo en una cafetería.

Irónicamente, yo no estaba muy seguro de poder conseguirlo, teniendo en cuenta que en la galería apenas me habían salido las palabras. Sin embargo, quería tranquilizar a Oliver, que esto no hiciera que nuestra relación fuera aún más tensa e incómoda; porque a veces parecía que estábamos bien, como siempre, y al minuto siguiente me sentía como si fuéramos dos extraños.

Estaba a punto de colgar cuando él añadió:

—Axel, una cosa más...

—Dime. —Tomé aire.

—No hagas que me arrepienta de esto.

Valoré la leve súplica que escondían sus palabras preguntándome qué sentiría él, porque parecía dispuesto a dejar que me acercase de nuevo a Leah, pero también se mostraba reacio.

No llegué a contestar, porque Oliver se despidió rápidamente.

Me quedé unos segundos aún con el teléfono en la mano, mirando por la ventana cómo el viento sacudía los árboles que crecían alrededor de la cabaña, sin dejar de pensar en ella, en que la vería en apenas unos días y en que no estaba muy seguro de qué esperar. Y eso me jodía. La incertidumbre cuando se trataba de esa chica a la que había visto crecer, con la que lo había compartido todo después: mi casa, mi vida, mi corazón.

¿Y qué pasaba con todo eso?

Porque las personas van y vienen todo el tiempo, cierran y abren puertas por las que entran o se van. Ocurre a menudo. Alguien sale de tu mundo o no vuelve a responder el teléfono más, pero ¿qué pasa con todo lo que no puede llevarse? Los recuerdos, los sentimientos, los instantes... ¿Pueden desaparecer y convertirse en polvo? ¿Dónde permanecen? Quizá se queden más en los brazos de uno que de otro. Quizá en mi caso yo me había quedado con todas esas pertenencias invisibles, una maleta enorme y llena, pero ella había conseguido seguir caminando sin llevar una carga pesada en su espalda.

Tomé un cigarro y salí a la terraza. Lo encendí.

Me lo fumé despacio, en el silencio de la noche. Uno de esos recuerdos que siempre llevaba conmigo me sacudió mientras el humo se perdía en la oscuridad. Las notas de esa canción se arremolinaron a mi alrededor y volví a escuchar *The night we met* mientras bailaba con Leah pegada a mi cuerpo, justo antes de besarla y cruzar esa línea que lo cambió todo.

Cerré los ojos y suspiré hondo.

AXEL

No recordaba haber estado tan nervioso jamás.

La cafetería en la que habíamos quedado tenía un aspecto rústico, con las paredes recubiertas de madera y estanterías llenas de plantas y objetos antiguos cuya función era ahora decorativa. Cuando entré, Leah aún no había llegado, así que me senté en una de las mesas del fondo, cerca del ventanal que daba a una calle poco transitada. Pedí un café cargado, a pesar de que sabía que no sería de ayuda para calmarme, y me masajeé las sienes con los dedos mientras me fijaba en uno de los balcones del edificio de enfrente, con sus maceteros a juego, los colores extendiéndose en las ramas que se deslizaban hacia abajo por haber crecido demasiado, las flores amarillas salpicando el verde intenso…

Todo era arte. Todo. Lástima que no pudiera plasmarlo.

Alcé la mirada al oír las campanitas que colgaban sobre la puerta de la entrada. Se me secó la boca. Leah avanzó despacio, con sus ojos clavados en los míos, justo como pensé que no haría, porque parecía que siempre tenía la capacidad de sorprenderme.

Tan imprevisible…

Había dado por hecho que su mirada sería escurridiza, pero no. Era desafiante. Contuve el aliento mientras se acercaba. Vestía unos jeans ajustados y una playera sencilla y gris de manga corta, pero solo pude pensar en que era la chica más brillante que había visto en mi vida. Porque era eso. Brillaba. Me pregunté cómo era posible que nadie más en esa cafetería se diera cuenta de la luz que parecía reflejar su piel, de sus ojos resplandecientes y de la fuerza que desprendía a cada paso que daba.

Apoyé las manos en la mesa y me levanté.

Leah se quedó parada delante de mí. Yo me incliné hacia ella y le di un beso en la mejilla, aunque, en realidad, más que un beso fue un roce, porque ella se apartó rápido antes de sentarse y colgar el bolso del respaldo de la silla. Me acomodé enfrente.

Nos miramos. Me faltaba el aire.

¿Cómo empezar? ¿Qué decir?

Me fijé en la tensión que se asentaba sobre sus hombros estrechos y deseé poder calmarla de algún modo. Como antaño. Como cada vez que ella estaba mal, cuando yo era su tabla de salvación y no el que causaba los problemas.

—¿Desea tomar algo?

Leah tardó en desenredar su mirada de la mía antes de alzar la vista y centrarse en la mesera que había venido a tomar su orden tras servir mi café. Contemplé el líquido oscuro mientras ella pedía un jugo de manzana y deseé cambiarlo por una copa de cualquier cosa que pudiera beberme de un trago para apaciguar los nervios.

—Así que… aquí estamos —susurré.

—Aquí estamos —repitió ella bajito.

Volvimos a quedarnos callados. Era un puto idiota. Después de años sin hablar con Leah, lo único que se me ocurría decir era eso. Cerré los ojos y respiré hondo, armándome de valor.

—Leah…, yo… —Tenía un nudo en la garganta.

—El contrato —me cortó—, deberíamos hablarlo.

—Ya. Eso. —Hice una pausa cuando la mesera regresó para servirle el jugo—. Se lo mandé a tu profesora.

—No lo habló conmigo —contestó.

—¿Por qué? —la miré intrigado.

—Porque no quise escucharla.

—Vaya, eso es… prometedor.

No sonrió. Ni un poquito. Tampoco debería haber esperado que lo hiciera. Reprimí un suspiro y abrí la carpeta que había dejado a un lado de la mesa. Deslicé una copia hacia ella y tomé la mía. Leah frunció el ceño mientras empezaba a leerlo. No había tocado el jugo. Yo intenté dejar de mirarla como un niño embobado y me centré en remover mi café.

—¿Hay algo que quieras saber? —pregunté.

—Sí, quiero que me lo expliques todo. Sin sorpresas.

—Antes te gustaban las sorpresas…

Me taladró con la mirada. Había sido una cagada decir algo así, pero cuánto había echado de menos esa sensación que despertaba en mí con un solo gesto.

—Axel, no quiero perder el tiempo.

—Está bien. Esto es lo que debes saber...

26

LEAH

Quería levantarme y salir corriendo.

Todo mi cuerpo me pedía que lo hiciera: el corazón latiéndome acelerado, los nervios en la tripa, las palmas de las manos sudorosas y, sobre todo, mi instinto. Esa sensación que no parece atender a la razón, pero que, a veces, sencillamente nos guía.

Axel estaba igual. El pelo un poco más largo rozándole las orejas; los ojos de un azul oscuro que recordaba a las profundidades del mar; la piel bronceada por el sol, los labios llenos y la mandíbula marcada. Me di cuenta de que se había afeitado antes de venir, porque tenía un par de cortes pequeños en un lado de la mejilla; nunca fue demasiado cuidadoso pasándose la cuchilla. Después me fijé en su mano apoyada sobre el papel del contrato: masculina, con los dedos largos, las uñas cortas y algunas pieles levantadas.

Respiré hondo y aparté la vista.

Fue como si necesitara volver a memorizar cada detalle, todas esas pequeñas cosas que quedan olvidadas con el paso del tiempo; la diminuta cicatriz que le cruzaba la ceja izquierda y que se había hecho a los dieciséis años al darse un golpe con el borde de la tabla de surf, los primeros botones de la camisa que siempre se desabrochaba, la curva de sus labios…

—Como artista representada, la galería te asegura mantener al menos diez obras al mes en su catálogo; no es algo estático, la idea es renovarlas cada poco tiempo. También conseguiremos que asistas a ferias de arte y exposiciones. Los beneficios se reparten en un cincuenta por ciento.

—No creo que sea justo.

—¿Perdona? —alzó una ceja.

—No aceptaré menos de un sesenta por ciento.

Axel pareció sorprendido, pero luego lo vi apretar los labios para reprimir una sonrisa. Se quedó callado un minuto largo antes de suspirar.

—De acuerdo. Un sesenta. Pero recuerda que la galería invierte en ti, se encarga del transporte, que no es poca cosa, de asesorarte y darte a conocer, entre otros asuntos.

Entrelacé las manos por debajo de la mesa, pero de cara a Axel me mantuve firme, aunque estaba temblando. Una pequeña parte de mí había esperado que él no accediera tan fácilmente a mi objeción. Quizá entonces no habríamos llegado a un acuerdo y yo… me sentiría menos cobarde por no seguir adelante.

Intenté mantener la calma. Tragué saliva.

—¿De todo eso te encargarás tú?

—Sí —me miró fijamente.

—¿No puede hacerlo otra persona?

Una expresión extraña cruzó el rostro de Axel.

—¿Tan horrible te resulta? —Su voz ronca me acarició.

Parpadeé, y me dejó un poco turbada. ¿Qué responder a eso? Sí, me resultaba horrible calcular todo el tiempo que tendríamos que pasar juntos, constatar que mirarlo me dolía, que echaba de menos lo que habíamos tenido antes de que pusiera un pie en su casa y mi universo cambiara para siempre. Y me entristecía pensar en todo lo que ya no podíamos recuperar.

—¿Qué más harás? —Esquivé la otra pregunta.

—Valoraré las obras. Es complicado, pero debemos tasarlas. Las estudiaremos antes de decidir cómo debemos venderte.

—¿Cuánto dura el contrato?

—Dieciocho meses.

—¿Y qué pasa si me arrepiento y quiero romperlo?

—Leah… —Inspiró hondo—. Eso no pasará. No te arrepentirás.

—¿Te sorprende que dude de tus promesas?

Axel tardó unos segundos en asimilar mis palabras. Un músculo tensó su mandíbula.

—No te fallaré esta vez.

Su voz era apenas un susurro. El primer pensamiento que me azotó fue que parecía sincero, y después me reprendí por seguir confiando en él.

Negué con la cabeza.

—Quiero renegociar la duración.

—Es el contrato estándar, Leah.

—Entonces quiero un contrato «no estándar».

—Esto no funciona así —replicó tenso.

—No firmaré por dieciocho meses.

—Carajo. —Axel se frotó la cara, dejó escapar el aire que estaba conteniendo y se recostó sobre el respaldo de la silla—. Está bien. Un año. Y es algo excepcional, así que no tenses más la cuerda, Leah.

—Lo otro era descabellado —me defendí.

Y lo decía en serio. Todos opinaban lo mismo en el sector. A menudo, las galerías se aprovechaban de los artistas, que firmaban contratos abusivos por la ilusión de ver sus obras colgando de las paredes; no era raro que algunos negocios ofrecieran tan solo el treinta por ciento de los beneficios y se llevaran el setenta, o que el artista tuviera que cubrir los gastos extraordinarios, o que al final no se cumpliera lo pactado.

—Dame tu correo y te mandaré una copia cuando modifique el contrato —dijo mientras tomaba los papeles y volvía a meterlos en la carpeta—. Y en cuanto firmes, acordamos un día para visitar tu estudio.

—¿Mi estudio? —lo interrumpí.

—Tienes una beca de la universidad, ¿no?

Asentí con la cabeza, pero tuve que posar el vaso porque me temblaba la mano. Me fijé en que Axel tampoco había probado su café, que seguía intacto delante de él.

—No quiero que nadie entre ahí.

Axel frunció el ceño contrariado.

—¿Estás bromeando?

—No, claro que no.

—Eso no es negociable, Leah.

—Todo es negociable —repliqué.

—Tengo que ver tus obras. Tengo que hacer un estudio de todas ellas. Tengo que valorarlas, tasarlas y catalogarlas, ¿lo entiendes?

—Sí, pero… —Quería llorar. Quería huir.

—Leah… —Axel alargó la mano por encima de la mesa para buscar la mía cuando me vio parpadear rápido, pero la aparté y retomé el control—. Lo haremos poco a poco, ¿de acuerdo? El primer día solo les echaré un vistazo rápido. Tenemos tiempo.

Asentí, porque no podía hablar.

Me levanté cuando me serené.

—Tengo que irme.

Axel abrió la boca, pero debió de pensarlo mejor, así que la cerró y se mantuvo callado mientras yo me inclinaba y escribía en una servilleta mi dirección del correo electrónico de la universidad. Antes de que pudiera darme la vuelta, él se levantó y me sujetó de la muñeca. Sentí un escalofrío. Seguía teniendo la piel cálida y un agarre firme, decidido.

—¿Aún tienes mi número?

—Lo borré —admití.

La nuez de su garganta se movió cuando tragó saliva. Trazó su teléfono en otra servilleta que terminé guardándome en el bolsillo trasero de los jeans. No le dije que me sabía su número de memoria. No le dije que ojalá muchas otras cosas pudieran borrarse así, sencillamente apretando un botón.

Salí de la cafetería sin mirar atrás.

Necesitaba aire; alejarme, encontrarme.

27

AXEL

Me senté en el taburete y le pasé una mano por el hombro a mi hermano, zarandeándolo un poco hasta que él empezó a protestar. Me reí mientras el mesero se acercaba.

—¿Dos de ron? —miré a Justin.

—De acuerdo, pero no muy fuerte.

—Solo tenemos una marca —respondió el chico.

—Pues entonces… —Justin frunció el ceño.

—Entonces, dos de esa —lo corté.

El mesero se fue y Justin me dio un codazo.

—¡No decidas por mí! —se quejó enfurruñado.

—Son las consecuencias de llamarme para salir.

—Solo quería saber cómo estabas. —Tomó la bebida que acababan de servirnos, dio un trago e hizo una mueca—. ¡Es como beber fuego!

—Va, demuestra que eres hermano mío.

Justin sonrió antes de negar con la cabeza y chocar su vaso con el mío en un brindis improvisado. Después nos terminamos la copa mientras él me contaba las últimas fechorías de los gemelos o asuntos de dudoso interés, como el pasador que había colocado en la puerta de su dormitorio para poder tener algún tipo de intimidad con Emily sin interrupciones. Lo frené cuando empezó a relatarme su último encuentro.

—En serio, Justin, no es necesario dar detalles.

Durante los últimos años, mi hermano y yo habíamos acercado posturas y, casi sin darnos cuenta, nos habíamos convertido en dos amigos que podían quedar de vez en cuando a tomar algo o a pasar el rato. Él seguía siendo demasiado correcto para mi gusto, un tanto impertinente y poco dado a hacer ninguna de las cosas que a mí me divertían, pero, en su defensa, aguantarme después de lo que ocurrió con Leah no había sido una tarea sencilla y fue el único que estuvo disponible de forma incondicional, incluso cuando mis padres me dieron el regaño más grande de mi vida a la preocupante edad de treinta años.

Con mi padre había sido más fácil, pero en cuanto a mi madre…, bueno, no estaba seguro de que no siguiera guardándome aún un poco de rencor. Se pasó meses farfullando que «no lo podía creer», llorando al cerciorarse de que, tras la muerte de Douglas y Rose, nuestra familia se había quebrado todavía más, porque ya no habría más comidas familiares los domingos ni nada parecido. Irónicamente, la situación fue el detonante que provocó que mis padres hicieran las maletas unos meses más tarde y emprendiesen su primer viaje. Ese había sido el más corto, casi como algo experimental. Y lo siguieron muchos más, cada vez más largos. Se habían convertido en dos trotamundos.

—Sírvenos otra ronda —le dije al mesero alzando la copa.

—¿No podemos compartir una? —Justin me miró, y creo que mi expresión fue suficiente para que suspirara resignado.

—¿Tú sabes dónde están ahora los papás? —pregunté.

—Creo que en Panamá. ¿No te han llamado?

—No. —Di un trago largo.

—Eso es porque mamá se queja de que, cuando lo hace, siempre tienes el teléfono apagado. ¿Tanto te cuesta mantenerlo cargado?

—En mi idioma, que te pongas en modo «hermano mayor» significa que aún no has bebido lo suficiente. Y para tu información, hace días que lo tengo encendido —añadí mientras me sacaba el celular del bolsillo del pantalón—. ¿Lo ves? ¡Magia!

—Vaya, todo un logro para ti. ¿A qué se debe?

—Quiero estar comunicado —me encogí de hombros.

No aclaré que, desde el día que le había escrito a Leah mi número en esa servilleta de la cafetería, me había convertido en una de esas personas que no se separan de su teléfono. ¿Y para qué? Para nada, porque ella no había llamado. Tampoco me había contestado al correo electrónico que le había mandado con el nuevo contrato.

—Pareces un niño de quince años que acaba de conocer a una chica —dijo Justin con esa voz seria que no le quedaba en absoluto a la hora de bromear. Yo no pude evitar reírme, porque era cierto, aunque jamás fuera a admitirlo en voz alta—. ¿No te ha respondido?

—No. Nadie quiere llamarme, como ves.

—Eso es porque eres inaguantable.

Le di un puñetazo en el hombro y él soltó un quejido ridículo que hizo que termináramos riéndonos. En realidad, nos reímos durante toda la noche y, cada vez que Justin pensaba en irse, lo convencía para que se quedara un rato más y pidiéramos otra ronda. No quería estar solo. No quería volver a casa, porque cuando estaba allí pensaba y recordaba, y me moría un poco por dentro entre tanto silencio.

Suspiré hondo y él me dio un codazo.

—¡Alegra esa cara! Se supone que estamos celebrando que accedió a firmar. —Justin tenía los ojos brillantes y una expresión tonta que indicaba que lo había dejado beber demasiado.

—Sí, algo es algo, supongo.

—No te odiará para siempre, Axel.

Ya, era fácil decirlo sin conocer a Leah. El problema era ese, que nadie la conocía mejor que yo: esa costumbre suya de abrirse en canal y de darlo todo, o de pasar justo a lo contrario, a cerrarse en banda y a mirarte con esa frialdad que ponía los pelos de punta. Porque con Leah las cosas nunca podían ser a medias; era emocional, impulsiva, de esas personas que, cuando de verdad quieren algo, van por todas y luchan con uñas y dientes para conseguirlo.

Tan especial. Tan opuesta a mí…

—Espera aquí, ahora vuelvo.

Me levanté y crucé el lugar para ir al baño. La sala central estaba llena de gente que charlaba y bailaba bajo las guirnaldas de luces de colores. Sonaba una música *chill out* de fondo, como en casi todos los sitios de tragos en el paseo de la playa.

Cuando regresé, Justin no estaba.

Puse los ojos en blanco, tomé el mojito que seguía en la barra y di una vuelta para intentar encontrarlo. Saludé a varios conocidos y aclaré las dudas de dos turistas cuyas intenciones no parecían limitarse a saber un poco más sobre Byron Bay, porque tuve que sujetarle la mano a una de ellas para que dejara de asaltar a los pobres botones de mi camisa, que llevaba ya medio desabrochada.

Me alejé de ellas en cuanto distinguí a mi hermano en la terraza. Mientras me acercaba a él, vi que se tambaleaba un poco. Estaba hablando con un chico joven.

—¿Y qué tipo de chocolate llevan? —le preguntaba.

Me quedé sorprendido cuando comprendí que el tipo estaba intentando venderle pastelitos de marihuana. Tuve que recurrir a todo mi autocontrol para no echarme a reír. Le rodeé a mi hermano el cuello con un brazo.

—Justin, esto no es lo que crees...

—Yo tengo una cafetería. Hacemos pasteles.

El tipo frunció el ceño un poco confundido.

—Si lo que quieres es chocolate en vez de marihuana, tengo un amigo que...

Lo interrumpí intentando parar la situación.

—No quiere nada. Es que se exaltó.

—¡Claro que quiero! —exclamó Justin—. Dame uno.

—Justin, te aconsejo que no hagas eso...

Dudé mientras él pagaba el pastelito, justo un segundo antes de metérselo de golpe en la boca y masticar sin molestarse en cerrarla. El chico desapareció buscando nueva clientela y yo me limité a reprimir una sonrisa y a darle un sorbo a mi mojito al tiempo que recostaba la espalda en uno de los pilares de la terraza del lugar.

—Está *buenísimo* —masculló Justin.

—¿Qué tipo de juventud tuviste?

—¿Qué quieres decir? —me miró.

—Me refiero a qué carajos hacías cuando eras joven para no conocer estos pastelitos.

No era un secreto que en Byron Bay estaba bastante extendido el consumo de marihuana en todos sus usos y preparaciones. A veces tenía la sensación de que mi hermano vivía en otro puto planeta diferente al mío o algo así. Le palmeé la espalda cuando se atragantó.

—Pues lo normal. Salía con Emily.

Lo envidié durante un instante. Si Leah y yo nos hubiéramos conocido teniendo los dos dieciséis años, probablemente tampoco me habría interesado demasiado probar mierda o salir hasta las tantas. Porque, claro, habría estado demasiado ocupado mirándola y cogiéndomela cada noche.

Carajo. Tragué saliva y suspiré.

—En unos minutos vas a empezar a sentirte raro —le expliqué—. Así que, por tu bien y el de tus huevos, voy a llamar a tu mujer para decirle que te encuentras mal y que hoy vas a dormir en mi casa.

Él me ignoró antes de empezar a bailar una canción con las manos en alto. Un grupo de chicas le siguió la onda mientras reían y danzaban a su alrededor como si fuera de lo más divertido ver a un tipo, que probablemente se planchaba los calzoncillos, haciendo el ridículo.

Lo perdí de vista un segundo para llamar a Emily, que lo primero que quiso saber fue en qué problema se había metido su marido. Terminé confesándole la verdad.

—Bueno, le vendrá bien divertirse un rato —contestó.

—¿Nadie te ha dicho nunca que eres increíble?

—No me hagas la barba, Axel, que nos conocemos.

—Contigo me sale natural.

Al final acordamos que lo mejor sería evitar que los gemelos pudieran verlo así, de modo que cuando regresé al lugar lo busqué y conseguí separarlo de aquel grupo jalándolo. Justin protestó, pero terminó cediendo cuando lo empujé hacia la salida. Fuimos caminando a mi casa por el sendero sin asfaltar. Justin se tambaleaba, hablaba en voz alta de lo primero que se le pasaba por la cabeza y se apoyaba en mi hombro cada vez que sentía que le faltaba el aliento. Cuando traspasamos el umbral y él se dejó caer en el sofá como un peso muerto, me di cuenta de que hacía tiempo que no me la pasaba tan bien. ¿Quién me iba a decir años atrás que mi hermano terminaría siendo un buen compañero de fiesta? Salí a la terraza y me encendí un cigarro acostado en el suelo de madera. Era de madrugada, y yo solo podía pensar en ella y en las ganas que tenía de volver a verla. Contemplé ensimismado el humo que se ondulaba hacia el cielo estrellado. Me pregunté qué estaría haciendo Leah en aquel mismo instante y me obligué a dejar de hacerlo cuando la imaginé entre otros brazos y sábanas enredadas, porque dolía, dolía demasiado…

—¿Qué estás haciendo?

Giré la cabeza mientras Justin se acostaba a mi lado.

—Nada. Pensar. ¿Cómo te encuentras?

—Relajado. —Aguanté una carcajada—. ¿En qué piensas?

—En ella…

—Tú antes eras distinto.

—Ya.

—O quizá siempre fuiste así, pero no lo supiste hasta que apareció la persona adecuada. Aunque eso no tiene sentido, porque ella siempre estuvo cerca, pero…

—No te esfuerces.

Nos quedamos un rato callados. Hasta que me saqué el celular del bolsillo y busqué su nombre en la lista de contactos.

—¿Qué estás haciendo? —Justin frunció el ceño.

—Voy a mandarle un mensaje.

—¿Qué tipo de mensaje?

—Uno que dice que, si no me contesta y quedamos un día para firmar el contrato, me tomaré la libertad de aparecer por sorpresa en su residencia.

—¿Estás seguro de que es una buena opción?

—No, pero no me está dejando muchas más.

Le di al botón de enviar y luego volví a fijar la mirada en las estrellas, que parecían temblar. No era la primera vez que sentía que tenía que presionar a Leah y tensar la cuerda, porque sabía que, si no lo hacía, ella se escaparía. Y me daba tanto miedo…

Ya había pasado una vez por eso y no estaba dispuesto a repetir la experiencia y dejarla ir. Verla había hecho que lo reviviera todo con fuerza, como si los recuerdos hubieran permanecido un poco adormecidos hasta entonces. Había estado tres años sin tener contacto con Leah y, de repente, la idea de no saber nada de ella durante una semana me resultaba insoportable. Y era un camino en el que no podía dar marcha atrás.

El teléfono vibró. Dejé el pincel a un lado y me estremecí en cuanto vi su nombre en la pantalla. Entonces leí el mensaje, la amenaza implícita en esas palabras que parecían casuales, pero que no lo eran.

Suspiré hondo.

Era un viernes por la noche y yo seguía en la buhardilla pintando algo a lo que ni siquiera sabía ponerle nombre, porque tan solo eran trazos temblorosos, una explosión de colores intensos, un grito contenido en un lienzo. Valoré mis opciones, porque una parte de mí todavía se negaba a permitir que Axel irrumpiera en mi nueva vida y era consciente de que, en cuanto firmara esos papeles, él se colaría sin remedio.

Pero tampoco podía dar un paso atrás…

Subí los escalones de la residencia de dos en dos y llamé con los nudillos a la puerta de su habitación. Esperé inquieto. Leah me había contestado el mensaje para quedar el lunes en un rato libre entre clase y clase, algo que, evidentemente, había hecho a propósito para no alargar demasiado nuestro encuentro. Yo había accedido porque…, bueno, porque le habría dicho que sí a cualquier cosa que ella me hubiera pedido, ¿a quién iba a engañar? Estaba así de chingado.

Leah abrió. Me miró antes de apartarse.

Entré en su habitación y contemplé cada rincón mientras ella cerraba la puerta a mi espalda. Había esperado ver alguna lámina suya, pero las paredes estaban vacías. En cambio, tenía el escritorio repleto de libros y material. Me acerqué para ver mejor un dibujo a carboncillo que sobresalía entre varias hojas, pero ella lo alejó de mí con brusquedad en cuanto lo rocé con los dedos.

—No toques nada —susurró casi sin aire.

Me fijé en cómo su garganta se movía y deseé besarla justo ahí, en ese hueco de piel que siempre pensé que estaba hecho para mis labios.

—De acuerdo, aunque ya sabes que tocar es una de mis especialidades…

Leah me taladró con la mirada. Yo sonreí, porque prefería esa reacción que la indiferencia. Me bastaba con despertar de nuevo algo en ella, aunque fuera enfado.

—Tengo poco tiempo, Axel.

—Está bien —suspiré hondo.

LEAH

Me obligué a tragar con fuerza para deshacer el nudo que tenía en la garganta mientras él se sentaba en mi cama y abría la carpeta. Me tendió dos contratos engrapados.

—Uno es para mí, la otra copia es tuya.

—De acuerdo. ¿Puedo echarle un vistazo?

—Claro. No soy yo el que tiene prisa.

Estuve a punto de poner los ojos en blanco, pero lo evité en el último momento porque conocía a Axel y sabía lo que quería: provocarme, desestabilizarme. Me senté en la silla que estaba delante del escritorio y lo leí en silencio. Tan solo levanté la vista cuando vi por el rabillo del ojo que él se acostaba en la cama. Mi cama. Tomé aire, incómoda, porque la idea de tener que descubrir esa noche que las sábanas olían a él era más de lo que podía soportar. Me sujeté un mechón tras la oreja mientras sentía cómo la habitación se iba haciendo más y más pequeña a cada segundo que pasaba, como si Axel encogiera las paredes con su mera presencia, hasta el punto de que su aroma masculino me envolvió y me transportó a otro lugar: el mar, el sol, la sal...

Terminé pasando las páginas casi sin leerlas tan solo para llegar cuanto antes a la última, firmar y evitar que el encuentro se alargara más.

—Ya está. Toma —le tendí su copia.

—¿Ves como no era tan difícil?

Un «cállate» me bailó en la punta de la lengua, pero conseguí tragármelo, porque no quería darle la satisfacción de caer en lo que buscaba. Noté que el bocado también estaba lleno de rabia. ¿Qué sabría él de cosas difíciles? ¿Qué sabría él de todas las noches que me había dormido llorando en esa misma cama en la que estaba acostado? ¿Qué sabría él de sentimientos, de ser fiel a ellos, de luchar por algo aunque no fuera fácil?

—Tengo que irme ya —dije secamente.

—¿A la universidad? —preguntó.

—Sí. —Tras salir, cerré con llave.

—Te acompaño —comentó.

Yo frené en mitad de los escalones y me sujeté al barandal de madera antes de mirarlo por encima del hombro. Él me sonrió de lado. Quise borrar el gesto.

—No puedes hacer eso.

—¿Por qué no?

—Porque no quiero.

Seguí bajando hasta llegar al rellano. Agradecí el viento que soplaba aquel día cuando salí a la calle, porque sentía que Axel no solo encogía los espacios, también acaparaba el aire que había a mi alrededor. Empecé a caminar hacia la universidad, al menos hasta que él me cerró el paso colocándose delante de mí y posando sus manos en mis hombros.

—¿Cuál es el problema? —preguntó.

—Axel, no empeores las cosas…

Hasta pronunciar su nombre me dejaba un regusto amargo en la boca. «Axel.» Esas cuatro letras que siempre parecían perseguirme. «Axel.» Una vida entera resumida en una sola persona. Inspiré hondo, tomando fuerzas, cuando él se inclinó más hacia mí.

—Ya sé que esto no es fácil —susurró.

—Pues entonces no lo compliques más.

—La cuestión es que vamos a tener que trabajar juntos y, carajo, no soporto que me mires así, Leah. Deberíamos, no sé…, hablarlo. O darnos una tregua. Lo que necesites.

Se me aceleró el corazón. «Hablarlo.» No, no estaba preparada, porque eso significaría remover en cajones llenos de polvo que había cerrado con llave, y solo pensarlo me aterraba. Porque no había algo concreto sobre lo que tuviéramos que ponernos de acuerdo, era todo, era una relación de una vida entera que se había hecho añicos de forma brusca y todavía seguía pisando trocitos que no había recogido del suelo.

La gente continuaba recorriendo la banqueta o cruzando el paso de peatones que estaba a unos metros, pero durante unos segundos, mientras nos mirábamos, fue como si el mundo se congelara por completo.

—Una tregua —logré decir en un murmullo.

Axel dio un paso atrás. No sé si parecía decepcionado o aliviado. Quizá ambas cosas.

Yo retomé el paso y Axel me imitó caminando a mi lado. No hablamos. Fueron diez minutos que se me antojaron eternos y efímeros a la vez. Su presencia me inquietaba, lo cerca que estaba su mano de la mía, la firmeza de sus pisadas, su respiración calmada…

—Ya llegamos —me paré delante de la puerta de la universidad.

—Todo sigue igual —Axel contempló los jardines y luego bajó la vista hasta encontrar mis ojos—. Dime qué día puedes quedar para que visite tu estudio.

—Aún no lo sé…

—Leah…

—El viernes, quizá.

—¿Quizá o seguro?

Odiaba cuando presionaba y presionaba y presionaba. Algo que a Axel se le daba muy bien. Él no era de los que sabían cuándo aflojar o mantener la boca cerrada, no, iba por todas, aunque solo ante ciertas situaciones, no cuando se trataba de él mismo.

—Seguro. Salgo de clase a las cinco.

—Te estaré esperando aquí mismo.

—De acuerdo. —Me fui sin despedirme.

31

LEAH

Landon suspiró hondo y se frotó la mandíbula con gesto cansado. Yo no soportaba verlo así, porque él siempre solía estar alegre y animado, era una de esas personas que tienden a ver el vaso medio lleno.

Me senté en el otro extremo del sofá.

—Entonces, el viernes irá a tu estudio —repitió.

—Sí, es…, es por trabajo.

Él fijó la mirada en sus manos.

—Carajo, Leah, es que…

—Ya lo sé —lo corté—. Y lo siento.

—Si al menos pudieras dejarme verlo a mí también…

—Quizá algún día, más adelante.

En esos momentos no era una opción. Si hubiera podido, habría evitado que Axel pusiera un pie en mi buhardilla, pero, por alguna razón, no me incomodaba tanto la idea de que lo hiciera. Puede que fuera porque, en cierto modo, Axel ya me había visto del todo, desde mil ángulos distintos, sin ninguna capa que me protegiera. No me quedaba nada que esconder. Lo que me demostraba que, en el pasado, me había equivocado. Porque lo que ocurre cuando te abres de arriba a abajo delante de otra persona es eso, que después pasas a ser transparente a sus ojos. Y cuando lo das todo, te vacías por dentro. Yo no quería volver a cometer ese error. Durante el tiempo que estuve con Axel, fui tan inconsciente que no me guardé nada para mí, tampoco le entregué mi corazón pedacito a pedacito, no, se lo ofrecí entero con los ojos cerrados y sin dudar. Justo todo lo contrario a lo que estaba viviendo con Landon…

Con él era diferente. Un camino que estábamos recorriendo con pasos cortos, a un ritmo tranquilo pero seguro, como avanzar agarrada a un barandal. Yo no me sentía inestable como con Axel, temiendo que tras cada esquina fuera a tropezar o a tambalearme. Tenía el control en la mano y me aterraba volver a soltarlo.

—Ven aquí. —Landon me abrazó.

—Siento que esto sea tan complicado…

—Ya nos iremos acostumbrando. —Me dio un beso en la cabeza—. Va a ser una gran oportunidad para ti, seguro. Es curioso, porque justo hace un par de noches soñé eso, que triunfabas y tus cuadros terminaban en las mejores galerías del mundo.

Separé la cabeza que tenía recostada contra su pecho para mirarlo.

—¿Por qué eres tan bueno conmigo? —gemí.

—Porque soy tu mejor amigo.

—Eres mucho más que eso.

Escondí el rostro en su clavícula; no sé cuánto tiempo me quedé allí sintiendo el tacto cálido y confortable de la piel de su cuello contra mi mejilla. Landon era un pilar sólido y yo giraba alrededor de él, incapaz de alejarme lo suficiente por miedo a caerme.

Supongo que el primer amor siempre suele estar lleno de carencias e inseguridades, pero también es especial y mágico. Porque, cuando descubres lo que es enamorarse, no estás preparado para sentir todas esas emociones abrazándote, ni mucho menos para gestionarlas. Así que solo sientes, amas, te lanzas. Vas sin frenos porque todavía no sabes que al final del camino hay una pared contra la que terminarás chocando. El problema es que luego sí lo sabes. Cuando vuelves a sentir ese cosquilleo, recuerdas lo que te ocurrió, el dolor del golpe, así que decides ir más despacio, pero, claro, eso tiene sus consecuencias; la reflexión frente al acto impulsivo, la calma frente a la intensidad. Y empiezas a ver gris lo que antes eran colores vibrantes.

Más tarde, lo ayudé a recoger la cocina antes de irme. Tras salir apresurada de la habitación esa mañana con Axel pisándome los talones, no se me había pasado por la cabeza tomar los libros del día siguiente por si quería pasar la noche en el departamento de Landon. Así que, aunque no me daban ganas de estar sola, me despedí de él y me fui caminando hasta la residencia, porque tenía ganas de dar un paseo y despejarme.

Me di una ducha en cuanto llegué. Dejé que el agua caliente cayera durante un buen rato y me concentré en esa sensación, en cómo los músculos se iban relajando y la tensión de todo el día se desvanecía. Había estado distraída durante las clases, pensando en lo surrealista que era que Axel me hubiera acompañado hasta la puerta de la universidad unas horas antes, como si nada, después de tres años sin vernos.

Pero así eran las cosas con él. Distintas. Ilógicas. Quizá por eso me costaba tanto entenderlo, porque no razonábamos igual. Yo era incapaz de sentir o pensar algo y no hacerlo o gritarlo en voz alta; me perdía el impulso, el primer burbujeo de las emociones. Él no. Él podía contener más. Él tomaba esas mismas emociones y las dejaba en el altillo de un armario o enterradas en cualquier sitio y después... seguía adelante con su vida.

Salí de la ducha dejando un reguero de agua porque había olvidado agarrar una toalla. Me sequé tras alcanzar una del clóset y me puse una pijama cómoda antes de cepillarme el pelo y dejármelo suelto para que se secara. Cuando me miré en el espejo alargado, que seguía apoyado en una de las paredes, volví a pensar que debería cortarme el pelo porque lo llevaba demasiado largo.

Me metí en la cama. Y entonces lo olí. A él.

Con la mejilla apoyada en la almohada, noté que se me llenaban los ojos de lágrimas. Los cerré para evitar derramarlas. Respiré despacio, llevándome aquel aroma conmigo... Pensé en la caracola que aún tenía guardada, esa que me ayudó a dormir tantas noches durante los primeros meses, pero resistí el impulso de buscarla. Y sabía..., sabía que tenía que levantarme, arrancar las malditas sábanas, meterlas en la bolsa de la ropa sucia y sacar unas nuevas de la cómoda. Georgia me había regalado tres juegos distintos el año anterior, tan previsora ella: «Seguro que Oliver no piensa en estas cosas», y estaba en lo cierto.

Pero, por alguna razón, no lo hice. Me quedé allí tragándome las lágrimas, oliéndolo a él a mi lado y recordando lo bonito que era tenerlo en mi vida: enseñarle cada cuadro que pintaba, invitarlo a mis cumpleaños, verlo sonreír lentamente o que nuestras miradas se cruzaran en medio de la comida familiar de los domingos...

Echaba de menos mi vida de antes. Todo. A mis padres. A los Nguyen. Que fuéramos una familia. Despertarme cada mañana en Byron Bay y contemplar el cielo azul, tan azul...

32

AXEL

Llegué media hora antes, así que me apoyé en el muro de la puerta principal de la universidad y esperé mientras contemplaba las nubes enmarañadas que atravesaban el cielo plomizo. Llevaba toda la noche sin dormir y tenía dolor de cabeza, pero estaba tan acostumbrado a ambas cosas que ni siquiera pensé en tomar una pastilla antes de salir de casa, aunque me arrepentí después, porque quería verlo todo bien, quería estar al cien por cien en cuanto entrara en su estudio.

Por primera vez, entendí a Sam.

Entendí lo expectante que se mostraba antes de visitar a cada artista y descubrir en qué había estado trabajando durante los últimos meses; ella solía decir que era mágico, como contemplar todo un mundo contenido entre cuatro paredes. Y no había nada que deseara más que poder ver el mundo de Leah entre colores y trazos.

La distinguí a lo lejos mientras caminaba distraída por el sendero rodeado de plantas. Llevaba los audífonos puestos, parecía perdida en sus pensamientos, y vestía unos pantalones cortos y deshilachados que dejaban a la vista esas largas piernas que tiempo atrás me rodeaban las caderas cada vez que me hundía en ella. Inspiré hondo e intenté apartar aquellos recuerdos, porque en aquel momento estábamos tan lejos de ellos… que casi parecía que hubieran pertenecido a otras personas y no a nosotros.

Levantó la cabeza y me vio. Cuando llegó al muro, se quitó los audífonos sin prisa y yo me incliné para darle un beso en la mejilla, a pesar de que sabía que el gesto le molestaría. Me fijé en que llevaba las uñas un poco mordidas y en la inquietud que reflejaba su mirada.

—Te prometo que no será tan horrible como estás pensando —susurré—. Solo echaré un vistazo rápido, no hace falta que lo hagamos todo hoy.

—No, mejor terminemos cuanto antes.

Yo entendí que evitara pasar conmigo más tiempo del necesario, pero no por ello me molestaba menos. Me metí las manos en los bolsillos mientras la seguía por la banqueta. En silencio, avanzamos varias calles más antes de llegar hasta un edificio antiguo que tan solo parecía tener tres alturas. Leah buscó las llaves en su maletín y abrió la puerta. No había ascensor, así que subimos por las escaleras. Enseguida empecé a distinguir el olor a pintura y, cuando llegamos al estudio, se intensificó hasta inundarlo todo. Respiré hondo, porque ese olor eran recuerdos: Douglas, ella, mis sueños olvidados, una vida entera concentrada en algo invisible.

—Perdona, está todo un poco desordenado —dijo Leah mientras recogía algunos tubos vacíos que estaban por el suelo y un par de trapos manchados.

Yo no contesté, porque estaba demasiado ocupado intentando absorber todo lo que veía a mi alrededor. Leah se apartó cuando di un paso al frente para acercarme a la hilera de cuadros apoyados en una de las paredes. No sé si era por ella, por el techo inclinado y el suelo de madera, o por el torrente de color que inundaba aquel lugar, pero esa buhardilla era… mágica. Me estremecí mientras avanzaba despacio recorriendo con la mirada cada rincón, fijándome en la fuerza que todos poseían, a pesar de que algunos cuadros eran muy distintos de otros, porque probablemente los habría pintado en épocas distintas.

—¿Cuánto tiempo necesitas?

Me volteé al oír su voz temblorosa.

Leah se había sentado en un sillón negro y redondo, en la esquina más alejada de mí. Parecía tan indefensa que, durante unos segundos, volví a encontrar en ella a la niña que había visto crecer ante mis ojos. Le sonreí para intentar tranquilizarla.

—Es un proceso largo, tengo que evaluar cada obra de forma individual y dividirlas por estilos, pero, si quieres, ya te dije que puedo volver cualquier otro día.

—No, está bien, solo era… por hacerme una idea.

Asentí, deseando que no se sintiera así, porque aún recordaba aquella época en la que le hacía ilusión enseñarme cada cuadro y dejar que formara parte de todos sus progresos. Qué lejos quedaba todo aquello. Cuánto podían cambiar las cosas.

Estuve un rato más echando un vistazo general, sintiendo un hormigueo extraño en la piel, porque por alguna razón aquello me parecía más íntimo que la idea de desnudarla en medio de esa buhardilla. Podía verla a ella. Podía encontrar dolor en las manchas de pintura, palabras no dichas, emociones en cada línea, confusión, esperanza, nostalgia, valentía, retazos de tiempos pasados, murmullos de lo que llegó después...

Contuve el aliento y me quedé parado en medio de la buhardilla. Casi rozaba el techo con la cabeza. Durante ese momento de quietud, me fijé en un lienzo que estaba resguardado en un rincón, justo donde la altura se reducía más. Y fue como si me atrajera de alguna forma inexplicable. Avancé hacia allí decidido.

—Axel, no...

Pero no la escuchaba, no podía escucharla, porque estaba tan metido en mis propias emociones, en lo que estaba sintiendo, que no podía asimilar nada más. Porque entrar en su estudio había sido como recibir un puñetazo, ver de golpe lo que Leah había sido durante aquellos tres años de ausencia, abrazar cada instante en el que yo no había estado junto a ella a través del rastro que había dejado...

Así que no paré hasta llegar al lienzo.

Y al girarlo, me quedé sin aliento.

Porque éramos nosotros..., nuestro trozo de mar...

Estuve a punto de ponerme a llorar como un maldito niño. Me arrodillé en el suelo y deslicé los dedos por el cielo, notando las capas de pintura, las veces que lo había corregido; deseé rascar la superficie para descubrir qué había debajo, cuál fue su primera versión..., porque lo que tenía frente a mis ojos era un cielo de tonos púrpuras y azules, oscuros, intensos. Era una tormenta. Me pregunté si así se sentiría Leah al recordar lo que habíamos sido y odié esa posibilidad, porque para mí seguía siendo un cielo azul y despejado..., el cielo más bonito del mundo.

Carajo. Me temblaban las manos. Dejé el lienzo y me puse en pie despacio. Se me encogió el estómago al darme la vuelta.

Porque Leah estaba allí parada en medio de la buhardilla, de su mundo, mirándome fijamente mientras las lágrimas se deslizaban por sus mejillas y yo... me rompí un poco más en ese momento. El corazón se me iba a salir del pecho. Di un paso por cada latido, acercándome a ella. No sabía si se apartaría en cuanto la rozara, si me daría un empujón o si simplemente se quedaría como estaba, sin moverse, pero no conseguí reprimir el impulso que me gritaba que necesitaba tocarla…

La abracé. La abracé tan fuerte que temí hacerle daño.

Y, como siempre, Leah me sorprendió cuando se aferró a mí rodeándome el cuello, porque esa ni siquiera era una de las tres opciones que yo había barajado segundos antes. Enterré la cabeza junto a su hombro y ella se apretó contra mi pecho y dejó escapar un sollozo entrecortado mientras su cuerpo se sacudía. Quise fundirme con ella. Llevarme su dolor conmigo. Cerré los ojos sintiendo tanto, sintiéndola tanto…, que me pregunté cómo era posible que pudiera soportar seguir allí abrazado a ella, respirando contra la piel de su cuello.

Yo no sabía que un abrazo podía ser más que un beso, más que cualquier declaración, más que el sexo, más que todo. Pero aquel abrazo lo fue.

Le acaricié el pelo con una mano, sin soltarla.

—Ya está, cariño, cálmate…

—Te he odiado mucho… —susurró con la frente aún apoyada en mi pecho. Sentí que me temblaban las rodillas, carajo. Respiré hondo—. Tanto como te he echado de menos…

Una sensación cálida me sacudió. Seguí aferrado a ella, porque aún no estaba preparado para soltarla y dejarla ir de nuevo, así que me concentré en el tacto suave de su pelo en mi mejilla y en sentir las curvas de su cuerpo acoplándose en las mías como si aquel hueco le perteneciera y lo reclamara como suyo. Era un espejismo perfecto. Y efímero.

Cuando lo entendí, me separé de ella lentamente. Antes de que pudiera darse la vuelta o huir de mí, la retuve a mi lado y le limpié las lágrimas con los pulgares, pasando los dedos bajo sus ojos. Le sujeté el rostro para obligarla a que me mirara. Tomé aire.

—Quiero ponértelo fácil, Leah. Sé que arrastramos muchas cosas, pero, si me dejas entrar de nuevo en tu vida, te prometo que intentaré que no te arrepientas. Cariño… —gemí cuando ella quiso apartar la vista, y acuné su mejilla en la palma de mi mano—. No voy a pedirte nada que tú no quieras darme.

Leah tenía los ojos brillantes y húmedos.

—¿Por qué ahora? ¿Por qué volviste?

—Porque el día que Oliver me contó que ibas a exponer pensé que me moriría si no podía ser testigo de ese momento. Tenía que estar, Leah. Yo no quería fastidiarte la noche, pero, carajo, necesitaba verlo. Además, habría ocurrido tarde o temprano, y tú lo sabes.

—Yo había cerrado esa puerta —replicó.

—Pero quizá nunca tiraste la llave…

Leah se fue al sillón y agarró su bolso.

—Necesito salir a que me dé el aire.

—Iré adelantando trabajo —contesté.

Sus pasos se volvieron menos audibles conforme se alejaba escalera abajo. Yo me quedé allí parado en medio de esa buhardilla que era el mundo de Leah, contemplando los cuadros que parecían devolverme la mirada y sintiendo aún el tacto de su piel en la yema de los dedos.

33

LEAH

Cerré los ojos al dejar atrás el portal. Inhalé. Exhalé. Intenté mantener la calma concentrándome en sentir el aire entrando y saliendo con lentitud. Tal como ya imaginaba, había tardado tan solo unos días en derrumbarme delante de Axel.

Al encontrarnos en la galería, estaba tan bloqueada que apenas asimilé el momento. Unas semanas más tarde, en la cafetería, conseguí mantenerme serena, a pesar de la tensión. El día que apareció en mi habitación, empecé a caer un poco, sobre todo cuando, al regresar por la noche, descubrí que la cama seguía oliendo a él. Y después…, después el suelo se había agitado bajo mis pies al verlo en la buhardilla observándolo todo con esa mirada curiosa y aguda que parecía ver más de lo que las pinturas mostraban a simple vista. Me había quedado sin aire al sentir sus brazos rodeándome y su cuerpo pegado al mío.

Deseé poder contenerme como él y guardarme para mí lo que sentía, pero no pude. Porque era cierto. Lo había odiado, sí. Pero también lo había echado de menos.

Era casi antinatural que ambos sentimientos pudieran coexistir, pero de algún modo retorcido lo hacían. Porque detestaba la última parte de nuestra historia, esa en la que descubría que Axel no era el chico que creía conocer, sino que tenía muchas más capas, algunas llenas de cobardía, de sentimientos que se quedan por el camino. Seguía recordando las últimas palabras que él había pronunciado justo antes de que me fuera corriendo de su casa en mitad de la noche. Me sentía muy niña al escuchar en mi cabeza mi propia voz diciéndole: «Eres incapaz de luchar por las cosas que quieres». Y luego la suya inundándolo todo, la terraza, aquella madrugada, mi corazón: «Entonces quizá no las quiera tanto».

Yo no quería saber nada de ese Axel. Nada.

Pero sí del otro, del que había sido amigo y familia, al que no tenía que pedirle más de lo que podía darme, porque la situación no lo exigía. A ese Axel lo echaba mucho de menos. A él y sus bromas, sus sonrisas y su buen humor. A tenerlo en mi vida.

El problema era que resultaba duro separar ambas partes, porque en ocasiones se entremezclaban como dos gotas de pintura de diferentes colores que, al juntarse, terminan formando una nueva tonalidad con la que no sabía qué hacer.

Di un par de vueltas a la manzana a paso tranquilo.

Cuando me sentí más calmada, regresé sobre mis pasos, pero en vez de subir de nuevo a la buhardilla, entré en la cafetería de esa misma calle y me senté en una de las mesas del fondo. Pedí un café con leche antes de sacar del bolso una libreta con algunos apuntes de clase que empecé a repasar en silencio.

El teléfono sonó casi una hora después.

Era Axel. Tomé aire y descolgué.

—¿Dónde estás? —preguntó.

—Abajo, en la cafetería.

—Voy para allá —dijo antes de colgar.

Y cinco minutos más tarde, Axel estaba sentado enfrente de mí, con un codo apoyado con despreocupación encima de la mesa de madera y gesto pensativo mientras decidía qué tomar. La mesera esperó mientras lo miraba con interés; había olvidado las reacciones que Axel podía despertar a su paso si se lo proponía.

—¿Qué tal está el sándwich vegetal?

—Nadie se ha quejado hasta el momento. —Ella le sonrió y él correspondió al gesto.

—Pues uno de esos. Y té frío. Gracias.

—No hay de qué —le guiñó un ojo.

La mesera se alejó y yo alcé una ceja.

—No iba a tardar en irme… —aclaré, aunque pensé que no sería necesario, teniendo en cuenta que la taza de mi café estaba ya vacía.

—Todavía no he terminado con los cuadros.

—¿Cuánto tiempo vas a tardar?

—Bastante más. Leah, tengo que organizar las obras, algo en lo que deberías ayudarme, y también tasarlas, aunque para eso necesitaré la opinión de Sam; no te preocupes, ya tomé algunas fotografías. Y luego está el asunto de elegir algunos cuadros para llevarlos a la galería. Quizá tengas una opinión al respecto.

—¿Qué quieres decir?

—¿Hay algún cuadro que sea especial para ti?

—Supongo. En cuanto a lo de antes…

—No hace falta que hablemos nada, Leah.

Ya lo sabía, con Axel los silencios decían más que las palabras, pero necesitaba que los cimientos fueran sólidos antes de seguir adelante.

—¿De verdad vas a ponérmelo fácil?

Sus ojos me atravesaron. Temblé.

—Sí. ¿Y tú a mí?

—¿Yo? Yo siempre te lo puse fácil…

—Qué equivocada estás, Leah.

La mesera regresó y dejó encima de la mesa el sándwich y el té. Axel se apoyó en el respaldo de la silla, suspiró y le dio un par de bocados con gesto distraído, como si un minuto antes no estuviéramos hablando de nosotros, de todo.

Me concentré en las líneas de madera de la mesa.

—Así que… sales con alguien —susurró con la voz ronca. Yo alcé la cabeza hacia él y me limité a asentir con la cabeza—. Bien. Me alegro por ti. —Suspiró hondo, y se puso en pie tras terminarse el té de un trago—. ¿Quieres dejarme las llaves? Puedo pasar luego por la residencia para devolvértelas si no quieres esperar aquí.

Pensé en lo liberador que sería eso, irme dando un paseo y no tener que atravesar la puerta del estudio con Axel pisándome los talones de nuevo, pero algo en su expresión me hizo cambiar de opinión. No sé qué fue. No había nada especial, ningún gesto revelador. De hecho, su rostro parecía casi inexpresivo, y sin embargo…

—No, te acompaño —contesté.

El crujido de los escalones fue el único sonido que nos acompañó mientras subíamos a la buhardilla. En esa ocasión, me quedé a su lado mientras él sacaba fotografías de cada cuadro desde diferentes ángulos y los organizaba en tres grupos.

—Lo bueno es que es fácil diferenciarlos. —Los señaló—. Esos de ahí son más oscuros, más viscerales. Los del otro lado, son más luminosos. Y el resto…, bueno, no estoy muy seguro de cómo catalogarlos —añadió deteniéndose en el último grupo.

Ahí había metido el cuadro en el que se veía nuestro trozo de mar. También otros más, algunos que ni siquiera yo misma tenía muy claro qué simbolizaban, pero que, sencillamente, había sentido la necesidad y las ganas de pintarlos.

—¿Y qué pasa con ellos? —pregunté.

—Nada, pero no me interesan.

Parpadeé un poco sorprendida.

—No lo entiendo. Dijiste que era buena.

—Claro, pero entre todo lo que haces hay cosas mejores y peores, ¿no crees? —Noté que intentaba ser suave, como si mi ego fuera de cristal, y eso me molestó un poco—. En cuanto a este de aquí… —Tomó el lienzo del mar—. Quiero comprarlo. Ponle un precio.

Abrí la boca. Volví a cerrarla. Fruncí el ceño.

—¿Te has vuelto loco? —gemí.

—No. Me gusta. Lo colgaré en la cocina.

—Axel, no bromees con esto —le rogué.

—No estoy bromeando, Leah. Di una cantidad.

Ahí lo tenía, al Axel de siempre, ese que conseguía desestabilizarme con apenas tres o cuatro palabras. Incluso aunque intentara «que las cosas fueran fáciles» para mí, siempre seguiría resultando demasiado complicado. Intenté no caer en eso, salir a flote.

—Puedes llevártelo. Gratis.

—¿Estás segura? ¿A qué debo el honor?

—A que quiero que te calles ya —repliqué—. Y a que es un regalo. Ya sabes, por nuestra tregua. Algo simbólico.

Axel sonrió; vi de refilón el hoyuelo que nacía en su mejilla derecha antes de que se diera la vuelta y dejara ese cuadro al lado de la puerta. Después volvió a centrarse en los demás, caminando por la buhardilla con gesto pensativo.

—Deberíamos elegir cinco de aquí y cinco de allí.

—De acuerdo. Me parece bien —dije—. ¿Alguna preferencia?

—Sin duda. Este es increíble. —Sumido en el silencio, se quedó un rato mirando el dibujo al que se refería.

Yo me sentí… desnuda. En el lienzo, entre tonos oscuros que iban desde el negro hasta el púrpura y el granate, había una chica de perfil a la que apenas se le veía el rostro entre trazos borrosos. Lo que sí se distinguía bien era el corazón que tenía entre las manos.

—¿Puedo hacerte una pregunta?

—Depende de lo que quieras saber.

—Tengo curiosidad por la chica del cuadro. —Chasqueó la lengua—. El corazón que sostiene, ¿acaban de devolvérselo o es el momento en el que ella se lo sacó del pecho?

Me mordí el labio.

—Se lo devolvieron.

Axel asintió antes de dejar atrás esa obra y señalar algunas más que quería llevarse a la galería. Yo quise también participar y elegí dos que me gustaban especialmente. Cuando terminamos de seleccionarlas, él siguió durante un rato echándoles un vistazo a las demás, las que había colocado en el grupo de «inclasificables». Creo que, por alguna razón, eran las que más despertaban su curiosidad. Al verlo allí arrodillado delante de los lienzos, me recordó a uno de esos gatos salvajes que solo se acercan lo suficiente para comer, pero que, al final, siempre terminan alejándose y viviendo en su soledad.

—¿La gata sigue apareciendo…? —Iba a decir «por casa», como si aquel lugar aún siguiera siendo un poco mío.

Axel me miró por encima del hombro.

—Murió.

—¿Qué?

—Era vieja.

—Axel…

—Fue el mes pasado. Murió en mis brazos, no sufrió. La enterré esa noche.

Yo seguía sentada en el suelo de madera con las piernas cruzadas mientras él continuaba el escrutinio. Me di cuenta de que era tarde cuando miré hacia el ventanal y descubrí que el cielo ya empezaba a teñirse de un azul oscuro y denso.

—Estos cuadros…, ¿por qué los pintaste?

Su pregunta me agarró un poco desprevenida.

—No lo sé. ¿A qué te refieres?

—Algo sentirías. Alguna razón.

—No. —Me encogí de hombros—. Lo hice sin pensar. Como

todos los demás. Supongo que la idea o el sentimiento apareció de repente y yo lo volqué ahí.

Axel asintió, aunque supe que mi respuesta no había satisfecho su curiosidad. Recordaba que aquello era lo que más le carcomía por dentro, no poder entender que pintar era tan fácil como eso, como dejarse llevar, sentir, vivir a través de la brocha que sostenía...

Me levanté al oír la melodía del celular.

Era Landon. Descolgué.

—Aún sigo aquí —dije.

—¿Quieres que cenemos juntos?

—De acuerdo. —Me moví para salir de la buhardilla, pero me paré al darme cuenta de que la conversación no se iba a alargar mucho más. Landon se ofreció para acercarse por algo de comida al restaurante mexicano que quedaba a unas manzanas de su departamento—. Sí, los tacos estarán bien. De acuerdo, nachos también. Nos vemos luego.

Cuando colgué, Axel ya estaba casi en la puerta.

—No te entretengo más —dijo con suavidad.

—Yo no pretendía... —comencé a protestar.

—Lo entiendo. Es viernes —me cortó.

Bajamos los escalones en silencio. Al salir a la calle, las tiendas ya habían cerrado y apenas había nadie. Tan solo se percibía el susurro de los árboles que el viento agitaba y el murmullo de algunos coches a lo lejos.

—¿Y ahora qué? —pregunté nerviosa.

Fue la primera vez que Axel apartó la mirada. Arrugó levemente el ceño mientras parecía concentrarse en las líneas de la banqueta y en una piedrecita que golpeó con el zapato.

—Imagino que uno de los dos debería decir algo así como que sería buena idea empezar desde cero, pero suena tan ridículo que lo mejor será que nos lo ahorremos. Así que supongo que ahora nos decimos adiós, tú te vas a cenar con tu novio y yo doy un paseo hasta la universidad para agarrar el coche y volver a casa.

Tomé aire y miré hacia el cielo oscuro.

—Todo esto es... incómodo —dije.

—Ya lo sé —contestó bajito.

—Odio que lo sea.

—Yo también.

—Es horrible. Y raro.

—Será cuestión de acostumbrarse —habló para el cuello de su camisa como si se lo estuviera diciendo a sí mismo.

Nos miramos. Axel dio un paso al frente y me abrazó de nuevo, esta vez con más seguridad, con fuerza, como si quisiera memorizar el instante. Le rodeé el cuello y nos quedamos allí, en silencio, en una calle cualquiera de esa noche templada.

Su aliento cálido me rozó la oreja.

—Pásatela bien, cariño —susurró justo antes de soltarme de golpe y despedirse dándome un beso suave en la mejilla.

Me quedé incelular. Lo contemplé mientras se alejaba bajo la luz anaranjada de los faroles y vi cómo se encendía un cigarro. Después desapareció al dar vuelta en la esquina. Yo tardé unos segundos en reaccionar, pero al final me di la vuelta y me fui en la dirección contraria.

ENERO

(VERANO. AUSTRALIA)

34

AXEL

En teoría, mi madre me quería. En teoría.

Porque verla escupir fuego por los ojos no era lo que entendía como una expresión de amor. Y, sin embargo, ahí estaba, mirándome de una forma que podría haber hecho que el mismísimo infierno se congelara en tres segundos. Por suerte para mí, papá la retenía pasándole un brazo por los hombros, en un gesto que pretendía parecer despreocupado, aunque en realidad desprendía cierta rigidez.

—¿Cómo se te pasó por la cabeza semejante idea? ¿Presentarte en la exposición de la chiquilla así, de repente? —Intenté mantener la calma, porque odié cómo pronunció ese «chiquilla», cuando para mí estaba muy lejos de serlo—. ¡Nos vamos de viaje y cuando volvemos me encuentro con esta situación! ¡No se les puede dejar solos!

Golpeé mi plato vacío con el índice.

—¿Hay algún refresco en el refrigerador?

—¡Axel, maldito seas! —gritó ella.

Para mi desgracia, me siguió cuando me levanté y abandoné el comedor. Era un domingo, mis padres habían regresado el día anterior y por eso decidimos reunirnos para comer como en los viejos tiempos. No estábamos sacándole brillo al concepto familiar, no. Suspiré hondo, abrí el refrigerador y volví a cerrarlo cuando no encontré nada que me interesara. Mi madre estaba ahí, tras la puerta, mirándome con nerviosismo.

—Cálmate —le pedí—. No pasó nada malo.

—Pero Leah dijo… que vas a representarla…

El aeropuerto más cercano era el de Brisbane y, cada vez que iban o volvían de algún viaje, mis padres solían aprovechar la ocasión para quedar con ella y verla un rato.

—Sí, ¿cuál es el problema?

—Después de lo que hiciste...

Carajo, eso dolió. Supongo que los años siempre dan una perspectiva diferente y lo que entonces me parecía algo prohibido o malo después adquirió nuevos matices. Dejé de verlo de esa manera. Y si hubiera podido ir atrás en el tiempo..., bueno, esa última noche en la que Leah y yo nos vimos tendría un final muy diferente. La habría besado antes de tomarla en brazos y llevarla hasta mi cama para hacerle el amor y hablar de nuestros planes de futuro, de mantener una relación a distancia hasta que ella terminara la universidad. Oliver lo hubiera entendido con el tiempo, como hizo después, cuando se alejó y los meses y los años calmaron la situación. Y lo mismo en cuanto a mi familia. Solo tendría que haberme mantenido firme y arriesgarme por lo que quería.

Y lo que quería era a ella, de una forma casi irracional.

Pero no había hecho nada de todo eso, tan solo era una realidad paralela que jamás existiría porque me había limitado a no mover un solo dedo mientras Leah salía de mi vida. Ella había luchado, me había buscado viniendo a mi casa de madrugada, había intentado convencerme de que lo nuestro valía la pena, había llorado delante de mí sin esconderse ni molestarse en limpiarse las lágrimas, y yo... nada. Así era siempre. Nada. Quedarme quieto sin dar un paso hacia delante. Tampoco hacia atrás. Así de anclado me sentía en medio de ninguna parte, atado por mí mismo.

—No hice nada malo —repliqué.

—¡Presentarte allí sin avisar!

La agarré del brazo antes de que siguiera parloteando sin cesar. Mi madre enmudeció.

—No hice nada malo. Antes. Hace tres años.

—Axel... —Me miró con una mezcla de ternura y decepción—. Lo que ocurrió no estuvo bien. Leah era solo una niña y acababa de pasar por una situación muy complicada.

Noté la mandíbula tensa. Respiré hondo.

—No tienes ni idea de todo lo que vivimos mientras estuvo en mi casa. Es fácil juzgar las cosas desde fuera sin molestarte en intentar entenderlo. Yo simplemente... me enamoré. Nunca pensé que fuera a ocurrir, pero pasó. Y lo que tuvimos fue real.

Me aparté de golpe. Nunca le había hablado así a mi madre, porque normalmente con ella me pasaba el día bromeando, refunfuñando o siendo irónico. Ni siquiera después de lo que ocurrió le había dicho ni media palabra; ella se dedicó a gritarme y yo aguanté el mal trago porque pensaba que me lo merecía.

—Axel, cielo… —Dejé que mi madre me abrazara.

Justin y los gemelos entraron en la cocina antes de que pudiéramos seguir hablando, cosa que en parte agradecí, porque no estaba muy familiarizado con la idea de decir en voz alta lo que sentía y, al hacerlo, era como si me vaciara por dentro de golpe.

Al final saqué una cerveza del refrigerador y regresé a la sala. Mi padre estaba sentado al lado de Emily viendo la sección de deportes de las noticias. Me miró. Parecía contento.

—¿Qué pasa, colega? ¿Cómo va la vida?

—Se hace lo que se puede —contesté.

—Paz y amor, hijo. Paz y amor.

Sonreí. Sonreí de verdad.

Sam se quitó los lentes en cuanto me dejé caer en la silla que estaba delante de su escritorio. Contemplé el lugar como siempre, fijándome en esos detalles tontos que ella colocaba en cualquier rincón, como los dibujos de sus hijos, figuritas de juguete que alguno de ellos habría dejado allí durante una visita, fotografías familiares...

—¿Piensas decir algo? —Me miró divertida.

—Solo quería asegurarme de que hablaste con los del transporte.

Había acordado con Leah que la siguiente semana trasladaríamos los cuadros desde su estudio hasta la galería. Aprovechando que acababa de terminar las clases, iba a quedarse unos días en Byron Bay para ayudar con la organización de la exposición.

—Hablé con ellos y está todo previsto.

—De acuerdo. Estupendo. Así que...

—Así que me debes una explicación.

—¿Tus hijos te pusieron algo en el café esta mañana?

—No te salgas por la tangente bromeando —me advirtió—. Quiero saber por qué tienes tanto interés en esa chica. Puede que no llevemos trabajando juntos mucho tiempo, pero te conozco lo suficiente como para saber que debe de ser especial para que decidas implicarte así. Vamos, Axel, no muerdo. De momento.

Reprimí una sonrisa y suspiré hondo.

—Es ella. La chica de la que te hablé.

—¿De la que estuviste enamorado?

—Sí —logré decir con dificultad.

—No me hablaste de nada, Axel.

—Tú ya me entiendes...

—¿Y era necesario que te atosigara durante semanas para que me contaras esto?

—No me resulta fácil.

—Ya veo. ¿Y cuál es el plan?

—Solo quiero que la exposición sea perfecta.

Me guardé lo importante que era el hecho de que, por fin, cumpliría la promesa que le hice a Douglas esa noche cualquiera que pasamos en mi casa, el día que renuncié a mis sueños y los subí encima de un armario, pero que, a cambio, decidí que me implicaría en los de otra persona. Me estremecí al recordar las palabras de Douglas en mi cabeza: «Axel, tú pintas o no pintas. Y un día amarás o no lo harás, porque no sabrás hacer las cosas de otro modo».

Qué jodida razón había tenido.

—¿Quieres que hagamos algo especial?

—No lo sé. —Me froté la mandíbula—. Mi idea es que sea algo familiar.

—¿Familiar? —frunció el ceño.

—Sí. Ella es de aquí. Quiero que sea acogedor. Que quienes asistan no sea solo para echarles un vistazo a los cuadros y ya está, sino que quieran quedarse un rato hablando…

—Creo que lo entiendo. ¿Recuerdas esa exposición en la que contratamos a una empresa de cáterin? Aunque en el caso de Leah Jones sean pocas obras, podemos hacerlo.

—Sí. Y también está la opción de traer algunos cuadros más solo para ese día. Tiene varios que son… inclasificables. —Sam me miró con interés—. No creo que debamos mantenerlos en catálogo, pero sí podríamos vaciar otra sala de forma temporal durante veinticuatro horas.

—Creo que deberías consultarlo con Hans. Pero a mí me parece una buena idea; hace tiempo que no tenemos una exposición fuerte, y si la chica es de aquí, bueno, eso siempre atrae a más público. Puede ser interesante.

LEAH

Frida Kahlo dijo una vez: «Mi pintura lleva consigo el mensaje del dolor». El día que leí esa frase me interesé más por sus obras, por la mujer que se escondía bajo toda esa popularidad que su figura parecía haber despertado en los últimos tiempos. La mujer que había amado, sufrido, gritado. Porque había algo que me conectaba a ella. Creo que esa es la magia de la literatura, de la música, de la pintura y de cualquier otra expresión artística: que te encuentras a ti mismo en lo que otro ha creado.

A veces nos sentimos solos, somos individualistas y creemos que solo nosotros hemos experimentado esa emoción que nos retuerce el alma o esa idea que nos hace sentir raros, pero un día te das cuenta de que no es cierto. Hay un mundo inmenso ahí fuera lleno de personas, de experiencias y de vidas. Cuando asimilas eso, ocurren dos cosas: adquieres conciencia de la inmensidad que te rodea y, por ende, te sientes más pequeño, como una hormiguita que corretea de un lado a otro y que descubre que su hormiguero no es el único que existe, sino que hay millones y millones de ellos. Y en parte alcanzas el alivio por la comprensión que te abraza al encontrar resquicios de ti en la letra de cualquier canción, en un poema o en trazos de pintura.

Es una manera de sentirse acompañado...

Pensé en esa idea durante un rato mientras tomaba una buena cantidad de pintura con un pincel firme. Estaba pintando a una chica de espaldas y de cabello oscuro y largo; de su pelo escapaban mariposas de colores, notas musicales y flores que simbolizaban recuerdos, algunos de pétalos más arrugados, otros recientes. Usé la técnica del impasto, aplicando pinceladas de pintura espesa encima de otras, mezclando los colores estriados sobre el propio lienzo, haciéndolo más real. Era importante vigilar bien el ángulo de cada trazo para que no se escapara la pintura, así que estaba tan concentrada en lo que hacía que tardé un rato en darme cuenta de que ya había anochecido.

Limpié el material, recogí mis cosas y me fui.

Cuando llegué al departamento de Landon, él ya había cenado y estaba sentado en el sofá viendo un capítulo de una serie de humor que le encantaba.

—Te dejé un poco de pescado en el horno.

—Gracias, pero no tengo mucha hambre.

Le di un beso antes de ir a la cocina. Tomé una fruta del refrigerador y me la comí distraída mientras regresaba a la sala y me sentaba a su lado. Había cierta tensión entre nosotros, algo que nunca hasta la fecha había existido. Yo no sabía cómo gestionar aquella situación y esa noche había vuelto a fallarle, porque le prometí que cenaríamos y pasaríamos un rato juntos, y aún no le había contado que pensaba pasar una semana en Byron Bay.

—Lo siento mucho, se me hizo tarde.

—No pasa nada —se encogió de hombros.

—Landon. —Dejé la fruta en la mesa, encima de una servilleta, y me acerqué a él para abrazarlo. No se apartó. Me rodeó la cintura con suavidad—. ¿Estás enfadado?

—No. Es que… —Se mordió el labio antes de suspirar—. Quiero que te vayan bien las cosas, Leah, y entiendo que para eso tienes que trabajar muchas horas.

—Pero… —adiviné.

—Pero todo sería más sencillo si la situación entre nosotros fuera clara. Llevamos muchos meses así y cada vez es más complicado, porque siento que esto no conduce hacia ninguna parte.

Me aparté un poco buscando espacio.

Entendía a Landon. Él siempre había tenido relaciones estables, duraran más o menos. Relaciones en las que podía referirse a la otra persona como «su novia» sin titubeos. Yo había llegado a su vida cuando ya parecía que lo nuestro nunca traspasaría la línea de la amistad. Y ahora ahí estábamos, en un limbo al que no sabía cómo llamar, pero que me daba miedo analizar. Porque lo quería muchísimo y la idea de perderlo me aterraba tanto… Ya había renunciado a demasiadas personas por el camino.

—No sé si estoy preparada para eso —gemí.

—¿Y cuándo vas a estarlo? —preguntó.

—¿No te basta con lo que tenemos?

Landon se frotó el rostro un poco agobiado.

—A veces sí. Otras veces no —admitió.

—Cuéntame qué es lo que te preocupa.

Apartó la mirada de mí antes de contestar.

—Que veas lo nuestro como algo temporal.

—Yo nunca he dicho eso… —protesté.

—¿Y piensas que será para siempre? Mírame, Leah.

Noté un jalón incómodo en el estómago. ¿Para siempre? ¿Estar con Landon para siempre? Una parte de mí quería aquello, porque sería tan sencillo y confortable como acurrucarte debajo de una cobija cuando hace mucho frío. Pero la otra parte no estaba lista para decidir algo así, la otra parte… ni siquiera tenía muy claro qué pensaba de todo eso.

—Déjalo. No respondas.

Landon se levantó y yo lo seguí pisándole los talones hasta llegar al dormitorio que tantas noches habíamos compartido durante los últimos meses. Él se llevó los dedos al puente de la nariz y cerró los ojos. Lo abracé por la espalda sujetándolo.

—Perdóname. Yo te quiero, Landon, pero la idea de plantearme ahora mismo pasar con alguien el resto de mi vida… No quiero que sufras. Creo que estamos pasando por etapas distintas y ni siquiera sé entenderme aún a mí misma.

¿Cómo podía explicárselo? No sabía ni por dónde empezar. Los últimos años habían estado llenos de cambios y era complicado que lo entendiera tal como yo lo había vivido. Porque Landon nunca había conocido a esa chica que se dedicaba a pasear por Byron Bay con una sonrisa permanente antes del accidente de tráfico que lo cambió todo. Tampoco había conocido a la otra, la que se encerró en sí misma, la que dejó de pintar y consiguió salir a flote gracias a cierta persona testaruda que hizo todo lo posible por sacarla de aquel agujero en el que estaba metida. Aunque después…, bueno, después nada salió bien, y cuando llegué a Brisbane, pasé a ser otra versión de mí misma.

Me sentía como si, durante los últimos años, hubiera ido mutando de piel una y otra vez. Quizá por eso ya no estaba muy segura de quién era en aquel momento.

—¿Qué vamos a hacer? —preguntó.

—No lo sé. —Seguí abrazándolo.

Me hubiera gustado poder darle la respuesta que deseaba, pero no quería mentirle. No es que no me viera a su lado durante un futuro lejano, es que ni siquiera me había planteado esa opción. No se me había pasado por la cabeza. Y eso me preocupaba.

—Tengo que ir a Byron Bay por la exposición. Quería decírtelo desde hace unos días.

Él se desprendió de mis brazos, se dio la vuelta y me miró en la penumbra de la habitación.

—Lo entiendo. —Me dio un beso en la mejilla.

—Ven conmigo —susurré sin pararme a pensarlo—. Alquilaré una habitación en un hostal y, no sé, puedo presentarte a mis amigos, enseñarte el sitio en el que crecí…

—Leah, estarás trabajando casi todo el día y yo tengo cosas que hacer aquí, no puedo dejarlo todo. —Me colocó tras la oreja un mechón.

—Pero vendrás a la exposición, ¿no?

—Sí, eso sí. Intentaré estar allí.

Me puse de puntitas para darle un beso lento que me calentó el pecho. Los labios de Landon eran suaves y firmes, y estaban llenos de promesas bonitas que una parte de mí quería alcanzar. El problema era la otra, la que seguía resistiéndose como si se aferrara a algo…

37

LEAH

Axel quiso supervisar él mismo todo el proceso de embalaje y transporte, así que el martes estuvimos desde primera hora de la mañana en el estudio acompañando a los trabajadores que envolvían los cuadros antes de bajarlos hasta la camioneta de mudanzas. Yo agarré un poco del papel de burbujas que usaban para proteger las obras y me entretuve explotándolas entre los dedos mientras me comía una paleta de fresa.

Él se acercó tras hablar con uno de los hombres.

—¿Aburrida? —preguntó.

—No, pero no tengo nada que hacer.

—¿Quieres que comamos en la cafetería?

—De acuerdo. —Me puse en pie y lo seguí hasta la calle.

Nos sentamos en la misma mesa que habíamos ocupado el día que lo dejé entrar en la buhardilla por primera vez. Pedimos un par de sándwiches y refrescos.

—Pareces ausente —Axel ladeó la cabeza.

—No es eso, solo es que… casi no parece real. Tengo la sensación de que esto le está ocurriendo a otra persona y de que yo solo estoy aquí mirándolo todo como un espectador más. Déjalo, suena de locos —sacudí la cabeza.

—No, creo que lo entiendo. No lo has asimilado.

Nos miramos mientras nos servían la comida. Yo rompí el contacto visual cuando agarré mi sándwich y le di una mordida, aunque no tenía demasiado apetito. Axel pidió una porción de papas y cuando me preguntó si quería que las compartiéramos, negué con la cabeza porque, por tonto que pudiera parecer, ese acto tan pequeño me pareció íntimo y todavía me costaba un mundo levantar la vista y enfrentarme al chico que tenía delante. Tampoco eso lo había asimilado.

Él, la exposición…, todo había llegado de golpe.

Me fijé en sus brazos dorados por el sol. En los dedos largos, masculinos. En las uñas un poco mordidas. En la firmeza de cada uno de sus movimientos.

Me fijé en todo, en realidad. Porque había algo en Axel que atrapaba y yo me dedicaba a eso, a capturar pequeños gestos y emociones para después soltarlos de golpe y dejarlos *ser*. Y él siempre *era*, de algún modo retorcido; estaba convencida de que cualquier artista hubiera podido crear una serie de cuadros tan solo observándolo con atención durante un rato.

Cuando acabamos de comer, Axel subió una última vez al estudio para asegurarse de que no habían dejado nada. Se me formó un nudo en la garganta al ver aquel lugar tan vacío, sin todos esos cuadros que había ido amontonando porque nunca me había planteado qué hacer con ellos.

Después revisó que todo estuviera bien colocado en la camioneta y se despidió del hombre que la conducía tras repetirle por tercera vez que una tal Sam estaría esperando su llegada en la galería de Byron Bay.

—Estás un poco obsesionado, ¿no? —le pregunté cuando nos alejamos del vehículo caminando hacia mi residencia, donde habíamos quedado antes de ir al estudio.

—Quiero que todo salga bien. —Me sonrió.

Y esa sonrisa despertó un cosquilleo que me acompañó mientras avanzábamos calle abajo en silencio. Por primera vez desde que nuestros caminos volvieron a cruzarse, no me incomodó la ausencia de palabras. Fue un poco como antes, como cuando podíamos estar horas callados el uno junto al otro.

Cuando llegamos a mi habitación, Axel agarró mi maleta. Lo seguí al tiempo que enumeraba todo lo que había metido para esos días que pasaría en Byron Bay, porque siempre tenía la sensación de que algo se me olvidaba.

—Carajo, ¿qué mierda metiste aquí? —gruñó tras subirla a la cajuela de su coche.

—Lo básico. —Me acomodé en el asiento del copiloto.

—¿Lo básico? ¿Ropa, piedras y un cadáver?

Reprimí una sonrisa, reprendiéndome a mí misma por aflojar las riendas tan pronto. Pero es que Axel tenía ese encanto que me hacía recordar por qué lo había echado de menos y olvidar todas las razones por las que lo había odiado tanto durante aquellos tres años.

Clavé la vista en la ventanilla del coche mientras dejábamos atrás el barrio de Brisbane en el que vivía. Era un día soleado de verano y el cielo azul y sin nubes nos acompañó durante todo el trayecto. Casi habíamos salido de la ciudad cuando él encendió la radio.

La melodía de *3 rounds and a sound* nos envolvió.

—Así que vas a dormir en un hostal… —dijo.

—Sí, la renta me salió bien de precio porque la dueña conoce a Oliver.

—Podrías haberte quedado en casa de mi hermano —alzó un hombro con despreocupación—. O en la mía.

La velocidad a la que giré la cabeza hacia él debió de ser una señal clara de lo mucho que me había perturbado ese comentario. Lo miré con detenimiento mientras conducía tranquilo con las manos en el volante y me pregunté cómo era posible que Axel pudiera asimilar tan bien aquella situación, como si lo que habíamos vivido años atrás no hubiera significado nada para él. Durante un segundo, solo uno, lo envidié. Pero luego lo único que sentí fue pena.

Pena porque Axel jamás moriría de amor por alguien. Y, en cambio, en algún momento de mi vida yo lo había hecho y conocía muy bien esa sensación, que no podía compararse con nada más; el cosquilleo que nacía por apenas un roce, las pulsaciones que podía acelerar una sola sonrisa o que todo un mundo girara alrededor de un chico que, a mis ojos y a pesar de sus muchos defectos, fue perfecto.

Tiempo después me di cuenta de que quizá no era lo mejor para mí y para mantener a salvo a un corazón que me pedía un descanso a gritos. Y entonces me contuve.

Pero tenía conmigo aquel recuerdo.

Podía saber qué sentían dos personas locamente enamoradas con las que me cruzara por la calle un día cualquiera, y él… jamás conocería esa emoción. Porque Axel nunca amaría algo lo suficiente como para luchar por ello con uñas y dientes, pese a todo y contra todo.

—Leah, ¿estás bien? No has contestado.

Me obligué a mirarlo, aunque me costó.

—Prefiero quedarme en el hostal, es más cómodo.

—¿Cómodo para quién? —alzó una ceja.

—Para mí —repliqué secamente.

38

AXEL

Contención. No era la primera vez que esa palabra me sacudía mientras ella estaba cerca. Porque me había contenido años atrás, cuando empecé a sentir algo por ella; pensaba que estaba mal, que no era correcto, que no podía permitirme que ocurriera nada entre nosotros. Pero fallé, porque caí hasta el fondo y porque lo de reprimir mis deseos más primarios no era algo que se me diera tan bien como me hubiera gustado.

Volvía a sentirme en esa misma situación. Contenido. Sin poder dejar de darle vueltas al hecho de que ella había rehecho su vida, que tenía a otra persona, que había dejado lo nuestro atrás. Fue como viajar al pasado, a esas sensaciones olvidadas: la de tenerla cerca y morirme por tocarla a pesar de no poder hacerlo, la de tragarme las palabras, el deseo y las ganas.

Conduje un rato más sin decir nada, concentrado en la carretera. Los árboles frondosos bordeaban el asfalto y tenía la extraña sensación de que cada kilómetro que dejábamos atrás me acercaba más a ella, como si regresásemos a casa. Y en parte, así era; aunque solo fuera de forma temporal. La miré de reojo. Tenía la cabeza apoyada en el asiento y contemplaba el paisaje borroso a través de la ventanilla.

—Te recordaba más habladora.

—¿En serio? —alzó las cejas.

—Sin contar el año en el que dejaste de hacerlo, claro.

—Muy gracioso —masculló, y luego volvió a girarse.

—¿De verdad no tienes nada que contarme? ¿No has hecho ninguna cosa interesante durante estos tres años? —insistí, porque, como siempre, prefería su mal humor y sus réplicas cortantes antes que sus silencios. Porque los silencios de Leah… eran peligrosos.

Ella arrugó la nariz y fijó la vista al frente.

—He pintado. He estudiado. He salido.

—Tantos detalles me abruman.

—¿Por qué no me cuentas algo de ti?

—No he hecho gran cosa, la verdad.

—Cambiaste de trabajo, ¿no?

—Sigo ilustrando, pero elijo mejor los encargos que acepto. El resto del tiempo lo dedico a la galería, aunque no tengo un horario fijo —aclaré.

—¿Cómo terminaste allí? —preguntó.

—¿De verdad quieres conocer la historia?

Leah asintió y cruzó las piernas con lentitud. Yo desvié la mirada de la carretera un segundo. Pensé que, si ese gesto lo hubiera hecho tres años atrás, en aquel momento mi mano ya estaría entre sus muslos, aunque solo fuera para oírla reír antes de que me apartara. Suspiré hondo.

—El último fin de año bebí más de lo que me gustaría tener que reconocer. Estaba solo. Mi hermano, Emily y los niños se habían ido a celebrarlo con unos amigos, mis padres estaban en la otra punta del mundo y a mí no me daban ganas de ver a nadie más, así que me fui a cenar al restaurante más caro que conocía...

—Eso es triste —me interrumpió Leah.

—¿Por qué?

—Podrías haber llamado a Oliver.

—Entonces seguía sin hablarme con él, pero esa no es la cuestión, Leah. Podría haber salido con algunos amigos si hubiera querido, pero no tenía ganas. Así que cené solo. Y cené bien. ¿Recuerdas cuando hablábamos de ser conscientes del momento y de disfrutarlo? Pues eso hice. Después me acerqué al paseo de la playa y pedí un par de copas. No me di cuenta de que había bebido más de la cuenta hasta que un tipo se sentó a mi lado y empezó a hablarme. Me comentó que su familia vivía en Francia y que también estaba pasando la noche solo porque había tenido que quedarse por asuntos de trabajo. Y adivina dónde trabajaba...

—En la galería —susurró.

—Resultó que era el dueño. Y a mí se me fue la lengua por las copas de más que llevaba y le solté que la mitad de las obras que exponían ahí me parecían mediocres. Acabamos charlando sobre arte, el enfoque que ellos estaban ofreciendo..., y al final de la noche tenía una oferta de trabajo, pero teniendo en cuenta que apenas me tenía en pie, no me la tomé muy en serio. Así que me fui sin despedirme; la cuestión es que Hans apareció en la puerta de mi casa un día después y no te haces una idea de lo jodidamente testarudo que es ese hombre.

Leah sonrió con timidez.

—Típico de ti —dijo.

—¿El qué, exactamente?

—Eso. Salir una noche por ahí sin ningún propósito, emborracharte, ser políticamente incorrecto con un tipo al que acabas de conocer y acabar teniendo suerte.

—¿Políticamente incorrecto?

—O sincero de manera innecesaria.

Fruncí el ceño sin apartar la vista de la carretera.

—Explica eso. Creo que me perdí.

—Da igual. Olvídalo. Es una tontería.

—¿Tú prefieres que te mientan, Leah?

—Claro que no. Pero esa sinceridad…

—No, dime. Quiero saber qué piensas.

—Pienso que esa sinceridad no es real.

Leah se inclinó para subir el volumen de la música y zanjar la conversación, pero se lo impedí sujetándola de la muñeca. Apartó el brazo rápidamente.

—¿Ya no quieres seguir hablando?

—¿Tienes algo más que contarme?

—Veamos… —dije pensativo—. Vivo en el mismo lugar, tengo el mismo número de teléfono y uso la misma talla de ropa. Así que, como soy muy poco interesante, pasemos a hablar de ti. Algo divertido habrás hecho en tres años.

—Axel, estoy cansada… —empezó a decir.

—Suena a excusa —la corté.

—Es que es una excusa.

Reprimí una sonrisa ante su aplastante sinceridad, como si quisiese imitarme, aunque ese «no es real» aún me escocía, porque ella tenía buena parte de razón. No siempre había sido honesto, al menos no en cuanto a Leah. A veces era un maldito hipócrita. Y ella lo sabía.

Así que la dejé descansar y me concentré en la carretera mientras sonaba la radio a un volumen bajo. Con las manos en el volante, pensé en lo electrizante que era esa sensación de saber que Leah volvía a estar cerca de mí, aun con todas las barreras que nos separaban, porque tenerla siempre era mejor que nada. Lo había sido antaño, cuando la prefería enfadada y rabiosa antes que ausente y callada. Y lo era ahora, cuando no sabía qué quedaba de «nosotros».

Se quedó dormida antes de que llegáramos a Byron Bay.

Paré el coche delante del hostal en el que iba a alojarse. Era un edificio de dos alturas que tan solo tenía seis habitaciones y que estaba situado en un extremo de la ciudad, no muy lejos de mi casa a pie. Puse el freno de mano y me quedé mirándola unos segundos. No se oía nada. Deslicé la vista por el cabello largo, que llevaba recogido en una trenza, y por su rostro, el mismo que había recorrido a besos años atrás. Sentí el impulso de alargar la mano y acariciarle la mejilla, pero lo reprimí.

—Leah… —la moví despacio—. Llegamos.

Ella parpadeó confundida hasta que entendió dónde se encontraba, y entonces, se incorporó rápidamente y salió del coche. La ayudé a sacar la enorme maleta y me empeñé en acompañarla para subirla hasta la habitación, porque pesaba una tonelada. Leah no protestó demasiado, seguramente porque aún estaba medio dormida.

La dejé encima de la cama cuando entramos tras recoger las llaves. El dormitorio era pequeño, pero estaba limpio y por la ventana que daba al jardín trasero entraba la luz del sol del atardecer.

—¿Cuándo volveremos a vernos? —pregunté.

—No lo sé, dímelo tú. Se supone que hay que preparar las cosas de la exposición…

—Descansa hoy. Yo me encargo de revisar que todo haya llegado bien. —Di un paso atrás hacia la puerta abierta—. ¿Quedamos mañana a las diez en la galería?

—De acuerdo.

Parecía tan incómoda que no quise alargar más el momento y me despedí con la mano antes de bajar por las estrechas escaleras de madera.

Pero, a pesar de todo, cuando me paré en mitad de la calle y respiré hondo, tuve la sensación de que algunas cosas encajaban de repente, como si tener a Leah de vuelta en Byron Bay le diera a la ciudad un nuevo color y, después de unos años oxidado, el motor de mi vida se pusiera de nuevo en marcha, con todos sus engranajes girando en una dirección.

39

LEAH

Saqué algunas prendas de ropa de la maleta y las colgué en el clóset para que no se arrugaran. Luego recordé que estaba de nuevo en Byron Bay y que allí no importaba mucho eso de llevar la ropa planchada o no.

No había dormido muy bien esa semana, así que estaba cansada, pero ignoré esa sensación cuando agarré el bolso y salí del hostal. Mientras caminaba por esas calles que conocía tan bien, llamé a Landon para avisarle que ya había llegado.

Después me dediqué a pasear sin rumbo. Había pasado mucho tiempo desde la última vez que me había tomado un momento para mí, para caminar sin tener que llegar a ningún lugar concreto, tan solo disfrutando del camino, de los escaparates de las tiendas, del cielo azul de aquel día de verano o del aroma suave y agradable que escapaba de las cafeterías que dejaba atrás. Fue como si mi vida se pusiera en pausa. Y aunque pensé que no ocurriría, me sentí en casa de nuevo. Porque había crecido en aquel lugar y, paseando por sus calles, no podía dejar de recordar que allí fue donde empecé a pintar, donde pasé tantas tardes junto a Blair y los compañeros del instituto, donde tuve una infancia feliz con mis padres, donde me despedí entre lágrimas de Oliver cuando él se fue a la universidad y por fin me dio permiso para usar su habitación mientras no estuviera en casa, donde me enamoré, donde me rompí, donde llegué a ser la persona que era en ese mismo momento.

Cuando llegué hasta el paseo de la playa, me quedé un rato contemplando el mar y a los surfistas que se alzaban entre las olas. Se me encogió el estómago al recordar que hacía tres años que no me ponía en pie encima de una tabla. Lo había echado de menos durante meses, al levantarme al amanecer y pensar que Axel estaría acompañando la salida del sol en nuestro trozo de mar. Y ahora la sensación parecía tan lejana que ni siquiera estaba segura de querer volver a surfear.

Terminé sentándome en la terraza de una cafetería y pedí un café con leche y caramelo mientras disfrutaba de la brisa del paseo. Y no sé por qué, pero cuando llevaba allí un rato y el café ya estaba casi frío, agarré el teléfono y busqué el número de Oliver.

—¿Cómo va eso, enana? ¿Ya llegaste a Byron?

—Sí, estoy aquí…

—¿Te encuentras bien, Leah?

—Es solo que salí a dar un paseo y… no paro de recordar cosas… —parpadeé al notar las lágrimas que parecían retarme para salir. No sé por qué estaba derrumbándome así, sin ninguna razón, pero sentía una mezcla de nostalgia, tristeza y alegría a la vez, todo revuelto de forma caótica—. Me siento rara, pero también en casa.

—Leah, carajo, lamento no poder estar ahí…

—No dejo de pensar en los papás. En la suerte que tuvimos, ¿sabes? —Me limpié una lágrima con el dorso de la mano y crucé las piernas bajo la mesa de la cafetería—. Porque fueron los mejores del mundo y te juro que sigo echándolos de menos cada minuto de cada día. Ni siquiera estoy segura de que esa sensación vaya a desaparecer jamás y, ahora, al venir aquí, mientras daba un paseo…, era como si una parte ridícula de mí creyera que, al dar vuelta en cualquier esquina, me los encontraría haciendo compras o riendo mientras papá le susurraba alguna broma al oído a mamá, ¿recuerdas eso?, ¿que solían decirse cosas a escondidas?

—Sí —Oliver tardó unos segundos en responder.

—Yo siempre quería saber qué se decían.

—Seguro que eran cosas no aptas para ti. —Se echó a reír y luego dejó escapar un suspiro que sonó casi como un quejido ahogado—. Yo también los echo de menos, enana. Y siento no haber podido estar ahí contigo estos días, intenté tomar vacaciones, pero…

—Ya lo sé, Oliver. No deberías hacerlo, no quiero que gastes siempre todos tus días libres en venir a verme, no es justo para ti ni para Bega.

—No hay nada más importante que verte a ti, enana.

—Ya soy mayorcita, Oliver.

—Para mí nunca lo serás —bromeó—. Lo que sí conseguí es cambiar el turno con un compañero para ir a la exposición. Y antes de que protestes, Bega me acompañará. Nos quedaremos allí un par de días. Quiero que conozca a los Nguyen y enseñarle la ciudad.

Sonreí, porque a mí me encantaba Bega y me hacía feliz que mi hermano hubiera encontrado a la persona de su vida cuando menos lo esperaba, durante aquella época en la que tuvo que dejar atrás todo su mundo solo para cuidar de mí y pagarme la universidad. Era como si la suerte le hubiera devuelto un poco de esa generosidad. Yo había tenido la oportunidad de conocer mejor a Bega durante los dos veranos que viajé a Sídney para pasar unos días en casa de mi hermano, y era perfecta para él; una chica con carácter y de apariencia algo fría, pero que se derretía cada vez que Oliver la miraba.

—Será fantástico —dije.

—Estaremos todos juntos.

—Sí.

—¿Cómo van las cosas con Axel?

—Van. Creo. A ratos.

—Eso no suena muy bien…

—Es que es complicado, Oliver.

Y hablar con mi hermano de eso también lo era. De hecho, nunca lo habíamos hecho, a excepción de aquellos primeros días en los que yo había llorado sin parar intentando convencerlo de que lo que habíamos tenido era real. Aún recordaba las únicas palabras que Oliver me había dicho: «Tú no conoces a Axel. No sabes cómo es en las relaciones, cómo siente, cómo toma y mete en el altillo de un armario las cosas que dejan de interesarle. ¿Te ha contado acaso cómo dejó de pintar? ¿Te ha explicado que cuando algo se le complica es incapaz de luchar por ello? Él también tiene sus agujeros negros».

Así que, una vez se demostró que él tenía razón, no volvimos a remover aquellos recuerdos. Pero creo que ninguno de los dos contó con que a veces la vida da giros inesperados, o de repente uno echa de menos a un amigo que pensó que no volvería a necesitar, o ese antiguo amor se cuela en tu rutina casi sin pedir permiso...

—¿Ha hecho algo malo? —tanteó.

—No. —Es más, se estaba comportando extrañamente bien, demasiado para ser él. Me sorprendía que aún no me hubiera hecho ninguna pregunta incómoda, aunque lo conocía lo suficiente como para mantener todas las barreras alzadas.

—Si en algún momento tienes algún problema...

—Te lo contaré —lo corté y me reí.

—De acuerdo. Nos vemos en una semana.

—Sí, dale a Bega un beso de mi parte.

—Y tú disfruta por mí de estar en casa.

La voz de mi hermano se tiñó de nostalgia antes de colgar. Me quedé un rato más en la terraza de la cafetería contemplando el brillo del mar bajo la última luz del sol y pensando en la mezcla de colores que usaría para recrearlo, en las sombras y los detalles. Entonces me di cuenta de que allí no tenía mi estudio ni mis pinturas, ningún lugar en el que volcar todo eso que me estaba removiendo por dentro.

Me pregunté cuánto tiempo podría contenerlo.

Era casi de noche cuando dejé atrás el paseo de la playa y me perdí entre calles conocidas y recuerdos. Comprobé la dirección que tenía apuntada en el celular antes de tocar el timbre de una casa pequeña y blanca, de dos alturas y con un jardín cuidado y bonito.

Su sonrisa inmensa me recibió.

—¡Leah! —Blair me abrazó tan fuerte que me eché a reír de inmediato. Hacía meses que no nos veíamos, desde la última vez que ella había ido a Brisbane a hacer recados y habíamos comido juntas—. Perdona, te voy a aplastar —me soltó y dio un paso hacia atrás.

Yo miré emocionada su abultada barriga.

—¡Estás enorme! —grité sonriendo.

—Créeme, lo sé. Soy como una pelota.

—No digas tonterías —intervino Kevin entrando en la sala—. Estás preciosa —le dijo antes de acariciarle la barriga.

Y yo sonreí al ser testigo de ese gesto y le di a él un beso en la mejilla. Los dos estaban resplandecientes.

—Ponte cómoda, porque quiero que me lo cuentes todo —exigió Blair mientras alzaba una ceja de forma cómica.

Le había explicado por encima el inesperado encuentro con Axel y la exposición que haría en Byron Bay, pero no había entrado en demasiados detalles.

—Yo tengo el sartén al fuego, así que los dejo. —Kevin me miró—. ¿Te quedas a cenar?

—No sé, estoy un poco cansada y…

—Se queda —me cortó Blair.

—Te aconsejo que no le lleves la contraria, porque desde hace unos meses tiene el don de poder transformarse en un tiranosaurio furioso en cuestión de minutos.

Blair taladró con la mirada a su novio.

—Sí, lo pensé mejor —acepté divertida.

Kevin se fue a la cocina y nosotras nos quedamos un buen rato en el sofá charlando como en los viejos tiempos. Blair me contó que había dejado de trabajar unas semanas atrás porque tenía que guardar reposo, pero que estaba deseando incorporarse a la guardería en cuanto pudiera inscribir a su hijo en ella. A mí se me pasó el tiempo volando mientras hablábamos de todo y de nada; de vez en cuando, cada vez que notaba que el bebé se movía, colocaba mi mano sobre su barriga para que notara las patadas que daba.

Y era una sensación… única.

Tanto que empecé a preguntarme qué se sentiría al llevar una vida en tu interior, porque no me imaginaba nada más íntimo y profundo.

—¿En qué estás pensando? —preguntó Blair.

—En nada.

—Vamos, Leah, nos conocemos.

Me mordí el labio y sacudí la cabeza.

—En esto. En que es mágico. Y en que me encantaría poder vivirlo algún día.

—Sigues siendo igual de intensa —me sonrió con ternura—. Seguro que lo harás, Leah. Y cuando eso ocurra, tal como tú sientes las cosas, será maravilloso.

—Antes estaba segura de ello, ahora… ya no tanto.

—¿A qué te refieres? ¿Qué cambió?

—Ya lo sabes. Yo. Yo cambié. No sé si podré volver a querer de la manera en que una persona se merece que la quieran. Me gustaría hacerlo. Poder elegirlo. Como cuando vas a una tienda, ves un vestido que te gusta y te lo llevas a casa, sin más. El amor no es así.

—No, no lo es —Blair suspiró.

—Ojalá lo fuera… —dije bajito.

No añadí que, entonces, dentro de esa posibilidad, elegiría a Landon. Elegiría amarlo loca y apasionadamente, como se desea algo cuando no puedes controlarlo ni te paras a analizar las consecuencias. Elegiría no poder estar un solo día sin él y echarlo de menos. Lo elegiría porque sabía que así sería feliz. Pero el amor era mucho más complejo. Y existían muchas formas de amar. Se podía amar de otro modo, con serenidad, confianza, seguridad y amistad, y yo estaba aprendiendo a hacerlo.

Blair me miró un poco cohibida.

—¿Han sido complicadas las cosas con Axel?

Resultaba casi gracioso. La palabra «complicada» siempre envolvía todo lo referente a él.

—Un poco, al principio. Pero lo he superado —me apresuré a decir—, y creo que con el tiempo podremos volver a ser amigos.

—No sabía que lo hubieran sido antes.

—Blair… —le dirigí una mirada de advertencia.

—Perdona, sé que no es asunto mío.

—No es eso, pero… —Me mordí el labio.

—Lo entiendo. Seguro que consiguen ser amigos —se corrigió, aunque no pareció muy convencida—. Además, los dos han cambiado.

—¿Axel ha cambiado? —alcé una ceja.

—Todos lo hacemos con el tiempo, ¿no crees?

Tenía mis dudas. Serias y grandes dudas. Entonces me azotó una pregunta que ya había apartado varias veces de mi cabeza esas últimas semanas. Y me sentí fatal tan solo por pensarlo, por esa curiosidad que jalaba con suavidad como si quisiera llamar mi atención.

—¿Tú sabes si él…, si durante este tiempo él…? Da igual. Olvídalo.

—¿Si Axel ha estado saliendo con alguien? —adivinó Blair.

El miedo se apoderó de mí, temí que mi amiga pudiera leerme tan bien y me aterrorizó pensar en quién más podría hacerlo. Deseé levantarme y escapar de allí, de los recuerdos y de la idea de seguir siendo tan previsible.

—¡Chicas, la cena está lista! —canturreó Kevin.

Me puse en pie de inmediato para rehuir la mirada aguda de Blair. Por suerte, el resto de la velada fue tranquila, sin tocar temas punzantes ni hablar de nada trascendental. Como siempre, pasar el rato cerca de Kevin era tan agradable que, cuando quise darme cuenta, ya estaba comiéndome el postre y relamiéndome tras la última cucharada de mousse de limón.

Sentí un pequeño jalón en el estómago al pensar que, en cierto modo, Kevin se parecía un poco a Landon. Los dos eran personas alegres y optimistas, chicos transparentes que querían con los brazos abiertos, pacientes y sin complicaciones. Yo había perdido la oportunidad de tener aquello de lo que ahora disfrutaba Blair, esa comodidad, la seguridad de saber que tu vida no va a ser como una montaña rusa, con sus altibajos, sino como un trayecto tranquilo del que disfrutar sin la necesidad de abrocharte el cinturón.

Blair me acompañó hasta la puerta mientras Kevin recogía la cocina. Nos dimos otro abrazo de despedida, uno largo y cálido que me emocionó.

—Parecen tan felices… Y se lo merecen. Hiciste bien en no dejar escapar a Kevin, Blair. Te mira como cualquier chica desearía que la miraran. —Mi amiga sonrió despacio y me pasó los pulgares por las mejillas. Hasta ese momento, no me di cuenta de que había empezado a llorar—. Te juro que a veces no sé qué demonios me pasa, soy como una esponja emocional, creo que tengo un problema.

—Sentir como tú lo haces nunca debería considerarse un problema.

—Si tú lo dices… —me reí entre lágrimas.

—Ay, Leah, ven aquí. —Me abrazó otra vez.

Le sonreí antes de irme. Estaba peleándome con el cerrojo de la cerca de madera blanca cuando la voz de Blair rompió el silencio de la noche.

—Por si te interesa saberlo, no lo he visto con nadie durante todos estos años.

La miré tragando saliva. Y luego me fui.

Di un paseo lento hasta el hostal disfrutando de Byron Bay, del cielo estrellado y de la familiaridad que me embargaba a cada paso. Cuando subí a la habitación, me di un baño, me puse la pijama y me acosté en la cama. Busqué en el bolso una paleta de fresa que me metí en la boca antes de agarrar el teléfono.

—¿Te desperté? —pregunté en cuanto descolgó.

—No, aún estaba en el sofá. ¿Qué tal todo?

Por alguna razón, a pesar de que habíamos hablado unas horas antes, tenía la sensación de que hacía días que no lo hacíamos. Y no me gustó ese pensamiento.

—Bien. Cené con Blair y con Kevin.

—¿Cómo sienta volver a casa?

—Es raro —admití—. Por una parte, sigue siendo mi casa. Pero, por otra, hacía tanto tiempo que no venía aquí que me siento como si hubiera perdido un poco la noción del tiempo y de todo, ¿nunca te ha ocurrido eso? Como cuando te vas de viaje y te olvidas de en qué día de la semana estás viviendo.

Landon se rio y a mí me encantó ese sonido. Me acomodé mejor en la cama, recostando la espalda en las almohadas y tapándome con la sábana.

—Creo que sé lo que quieres decir. Es normal.

—Cuéntame qué hiciste hoy —le pedí, porque por alguna razón no quería colgarle tan pronto, su voz me resultaba reconfortante.

—Pues… trabajar, trabajar y trabajar.

—Qué divertido —bromeé.

—Sí. En fin, creo que voy a acostarme.

—Claro. Descansa, Landon.

—Tú también, preciosa.

—Buenas noches.

Dejé el celular en el buró, me di la vuelta en la cama y me acurruqué entre las sábanas antes de cerrar los ojos.

40

AXEL

Llegué a la galería nervioso, porque aquel día las cosas eran diferentes. Despertarme sabiendo que Leah estaba en Byron Bay lo cambiaba todo. Había estado un poco descentrado esa mañana mientras surfeaba y me había caído varias veces de la tabla, así que, de camino al trabajo, pasé por la cafetería y le pedí a Justin que me sirviera un café cargado; una pésima idea, porque poco después empezó a dolerme la cabeza.

—Vaya expresión... —se burló Sam.

—Va, suéltalo de una vez —puse los ojos en blanco.

—Tienes la misma expresión que mis hijos en Navidad justo antes de abrir los regalos que hay debajo del árbol. Ven aquí, deja que te arregle el cuello de la camisa. ¿Acaso no sabes usar una plancha?

—¿Hace falta que responda?

—Debí suponerlo.

Ni siquiera tenía plancha, porque no me parecía necesaria; ¿en qué momento el ser humano quiso complicarse la vida decidiendo que las arrugas no eran bonitas?, ¿por qué no pudo ponerse de moda justo lo contrario? Suspiré agobiado mientras Sam me colocaba bien la camisa y alisaba el resto de la ropa con las manos como si no pudiera soportar la idea de que estuviera arrugada. Le sonreí con cariño, porque apenas tenía unos años más que yo y se comportaba como si fuera mi madre.

—Dudo que una arruga más o una menos evite que siga odiándome —la calmé.

—Así que la cagaste bien, ¿no? —adivinó.

—Hasta el fondo. Así soy yo, cuando me propongo algo, voy por todo.

Sam me dio un golpe en la nuca justo en el instante en el que llamaron a la puerta de la oficina. Por suerte, ella se apresuró a invitarla a entrar, porque yo aún estaba preparándome para el impacto que siempre me causaba volver a verla.

—Lo siento, la galería estaba abierta, así que…

—No te disculpes. Encantada de conocerte, Leah. Me llamo Sam; supongo que ya estarás al tanto de todo, pero me encargo de la gestión general de la galería.

—No, Axel no me ha explicado demasiado. —Me dirigió una de esas miradas que dejarían en el sitio a cualquier otra persona, pero que a mí me zarandeaban como si estuviera despertando de algún tipo de letargo en el que había estado sumido durante mucho tiempo.

—Ven, te enseñaré el espacio —se ofreció Sam.

—Los acompaño.

Sam le hizo un recorrido completo mientras le iba contando anécdotas relacionadas con la galería o le hablaba de cómo funcionábamos y de otros artistas a los que representábamos. Yo me dediqué a seguirlas. También a mirarle el trasero a Leah, para qué mentir. Lo cierto es que escuché más bien poco de todo lo que Sam decía, porque Leah acaparaba toda mi atención. Por eso la pregunta de Sam me agarró desprevenido.

—¿Cómo dices? —fruncí el ceño.

—El enmarcado, Axel.

—Ah, eso. ¿Qué pasa?

Sam se cruzó de brazos.

—Nos urge tenerlo listo y dijiste que te encargarías de ello. Las obras ya están en el almacén, así que pueden organizarlas hoy mismo. Estaría bien estudiar al menos dos propuestas y decidir entre nosotros cuál resulta más atractiva. —Me miró algo preocupada—. ¿Te encuentras bien, Axel?

—Sí. Es la cabeza, como siempre.

Técnicamente, no era mentira.

—Tómate un analgésico —me aconsejó Sam—. Hoy tengo bastante trabajo, pero, si necesitan ayuda, no duden en pedírmela. Y Leah, bienvenida.

—Gracias.

Nos quedamos a solas en medio de una de las salas vacías mirándonos durante unos segundos que se me antojaron eternos. Me obligué a reaccionar cuando el momento empezó a resultar demasiado incómodo.

—Acompáñame a la oficina, tengo que tomar unas cosas.

Leah me siguió sin replicar. Se paró tras traspasar el umbral y contempló la estancia con interés mientras yo me tomaba una pastilla y tomaba una carpeta y los lentes. Me los puse y, cuando alcé la cabeza, ella tenía sus ojos fijos en mí.

—Son unos lentes, no una nariz de payaso —dije.

—Perdona. Es que… —sacudió la cabeza.

—No, vamos, di lo que sea que estés pensando. —Me crucé de brazos y me apoyé en el escritorio.

—Es que no te quedan nada. —Y entonces se empezó a reír.

Sacándome de onda, como siempre.

La primera conversación larga que habíamos tenido años atrás, cuando ella apenas hablaba, fue sobre las orejas de un canguro de una ilustración que estaba terminando. No debería sorprenderme que, en medio de toda aquella tensión que parecía palpitar a nuestro alrededor, ella hiciera algo imprevisto, como reírse de esa manera vibrante que hizo que deseara no quitarme los lentes nunca más. Fingí indignarme.

—¿Pretendes acomplejarme?

—No creo que eso sea posible.

Su risa se extinguió en cuanto nos dirigimos hacia la zona cerrada al público, una especie de almacén con paredes y suelos de hormigón en el que guardábamos las obras antes de exponerlas o después, cuando se retiraban. Al entrar, Leah se detuvo en los cuadros de otro artista colocados en unos paneles deslizantes.

—¿Puedo? —preguntó.

—Claro. Adelante.

Jaló uno y lo sacó para contemplar mejor las dos obras de ese panel. Eran retratos, justo lo único que ella no dibujaba jamás. A veces plasmaba el rostro de una chica o la curva de una mano, pero nunca a nadie real.

—¿De quién son?

—Tom Wilson.

—Es bueno.

—Sí, vende bastante bien.

—¿Son dos cosas que van de la mano?

—¿Las ventas y la calidad? A veces sí. No siempre.

—Es interesante todo esto, tu trabajo aquí.

Asentí mientras ella curioseaba otro panel.

—¿Por qué nunca has pintado rostros, Leah?

Ella me miró por encima del hombro. Arrugó un poco la nariz y siguió estudiando las obras de Wilson.

—No me interesa. No me aporta nada.

—Prefieres distorsionar la realidad —sonreí.

—Yo no diría eso. Más bien, mostrar mi interpretación. ¿Y no es todo así? Porque creo que no hay más realidad que esa. El ser humano es subjetivo, así que todos tenemos nuestra propia versión de cada cosa, de cada historia. Una perspectiva diferente.

Interioricé sus palabras. Sí, así era la vida a veces, una sucesión de formas distintas de ver un mismo hecho que a veces desembocaba en la incomprensión.

—Será mejor que nos pongamos a trabajar.

Leah me siguió hasta el otro extremo del almacén. Sus obras seguían embaladas. Al final, yo había decidido traer casi todos sus cuadros «inclasificables».

—¿Qué hacemos ahora? —me preguntó.

—Tenemos que pensar en el conjunto de la obra, ¿lo entiendes? A la hora de distribuir los cuadros es importante que transmitan cierta continuidad, como si les estuvieras contando una historia a los visitantes.

—El orden tiene que tener una lógica…

—Sí, porque ese orden cambia la percepción. Si por ejemplo colocamos este cuadro al lado de aquel otro, la persona que lo mire verá la luz y, acto seguido, la oscuridad. Eso cuenta algo importante. Un cambio. Una felicidad que se vio sacudida por un suceso doloroso, por ejemplo. Si los colocamos al revés…, pueden expresar justo lo contrario: la esperanza, la superación. Nadie mejor que tú conoce qué quisiste expresar en cada pintura y necesitamos crear una estructura atractiva, que transmita.

Leah se mordió el labio inferior sin dejar de contemplar sus propias obras, como si no supiera muy bien por dónde empezar. Me obligué a dejar de mirarla embobado y me senté en el suelo antes de pedirle que hiciera lo mismo.

—Empezaremos por el principio. Disponemos de tres salas para tu exposición. —Saqué unos papeles de la carpeta que había traído y le tendí uno a ella; eran unos planos de la galería—. Por ejemplo, en esta sala, la más pequeña, solo hay espacio para tres obras, así que creo que es importante que sean impactantes, ¿me sigues?

—Te sigo —susurró.

La siguiente hora se nos pasó volando.

Todavía no habíamos tomado ninguna decisión en firme sobre la primera sala cuando Sam entró y nos preguntó si desayunábamos con ella. Terminamos en la cafetería de la esquina pidiendo lo de siempre, café y pan tostado con Vegemite. Sam empezó a parlotear sin cesar de su marido, de sus hijos y del menú del restaurante al que habían ido a cenar la noche anterior; de algún modo, consiguió que aquel rato fuera agradable y que Leah se relajara.

—Hablando de menús, ayer se me ocurrió una idea para la exposición. ¿Y si mi hermano Justin se encarga de prepararlo? Podría pedirle que hiciera algo salado.

—¡Sería genial! —La sonrisa de Leah me deslumbró—. Incluso puede ser dulce.

—¿Un menú dulce en una exposición? —Sam la miró.

—Sí, ¿por qué no? ¡Y brindar con malteadas de chocolate! —Me mordí el labio para reprimir una sonrisa al ver la cara de estupefacción de Sam mientras Leah gesticulaba emocionada—. Nada de champán. Se pueden servir porciones individuales de pasteles y hojaldres. ¡O incluso dulces!

—Esto… No estoy segura…

—Lo haremos así —interrumpí a Sam.

Me encantó que Leah no deseara una de esas exposiciones ostentosas y refinadas con la que sueñan muchos artistas. No es que fuera mejor ni peor, sencillamente era más ella.

—Supongo que será original —concedió Sam.

—¿Hablarás tú con Justin? —Leah me miró.

—Sí, iré a verlo al mediodía, ¿quieres venir?

Leah se removió incómoda antes de dejar su café.

—Les prometí a tus padres que comería con ellos.

—Así que de repente soy como esa chica del instituto a la que nadie invita a la fiesta de fin de curso. Voy a llorar —bromeé ganándome un codazo de Sam.

—Iré a pagar la cuenta. —Sam se levantó.

Leah deslizó el dedo por el asa de su taza antes de mirarme. Y de nuevo noté la tensión que fluía entre nosotros, pero bajo todo lo malo también percibí el cariño que aún palpitaba entre tantos recuerdos.

—Lo siento. Creo que tu madre pensó que sería incómodo y quiso evitarlo.

—Ya. —No aparté los ojos de ella—. ¿Y para ti lo es?

—A veces sí. Otras veces no.

—Siempre tan ambigua.

Leah sonrió mientras se ponía en pie.

Yo deseé morderle esa sonrisa.

41

LEAH

Me despedí de Axel cuando cerró la galería al mediodía y fui hasta la casa de los Nguyen dando un paseo. Cuando sentí el impulso de buscar en mi bolso los audífonos, me paré para poner música. En medio de la banqueta, me salté varias canciones hasta llegar a ese grupo que había escuchado menos durante los últimos años. Le di al botón y empezaron a sonar los primeros acordes de *Hey Jude*.

Y retomé el paso al ritmo de la canción.

Georgia me recibió dándome un abrazo de esos que casi te dejan sin respiración y Daniël se limitó a darme unas palmaditas en la espalda mientras me acompañaba hasta el salón. La mesa ya estaba puesta y llena de comida.

—Te pasaste, esto es demasiado.

—Sé que te encanta la carne asada. Siéntate, cielo, antes de que se enfríe —me animó al tiempo que ellos se acomodaban también—. Y de postre preparé pay de queso.

—Gracias. —Intenté no emocionarme.

—Estás preciosa, ¡qué largo tienes el pelo! —Georgia me sirvió un poco de agua antes de agarrar los cubiertos para empezar a cortar la carne—. Vamos, nos lo tienes que contar todo sobre esa exposición, ¿verdad, Daniël?

—Claro —él sonrió afable—. Sabíamos que lo lograrías.

—Bueno, lo cierto es que es gracias a Axel.

No sé por qué necesité aclararlo; quizá no fue lo más adecuado, porque advertí que Georgia tuvo que beber un sorbo de agua para tragar el bocado que acababa de llevarse a la boca. Pero, al fin y al cabo, era cierto. Pese a todo, aquello era obra de Axel, como tantas otras cosas. Y todos sus errores no suprimían lo demás.

Georgia me miró un poco nerviosa. En cambio, su marido sonrió con orgullo.

—Mi hijo es muy intuitivo, se mueve bien en el negocio.

—Ya me lo imagino. Parece que le gusta.

—Esperemos que dure. —Georgia soltó un suspiro y vi que retorcía entre los dedos la servilleta de papel—. En cuanto a lo que ocurrió con él, nosotros...

—Lo que mi mujer pretende decir es que no es asunto nuestro —intentó interrumpirla Daniël, pero ella le dirigió una mirada airada antes de seguir.

—En realidad, sí que nos interesa. Quiero decir, sé que Axel puede ser complicado, y lo que hizo estuvo mal. Pero no es un mal chico, tú lo sabes. No nos gustaría que te alejaras de nuevo, Leah, estos años han sido difíciles para todos.

—¿Lo que hizo? —pregunté con un nudo en la garganta.

—Ya sabes. Eras una niña.

—Pero él no hizo nada malo.

—Acababas de pasar por mucho.

Parpadeé dolida. Fue raro. Sentí una ligera opresión en el pecho. Para mí, lo único que Axel había hecho mal fue ser un cobarde, no enfrentarse a los demás ni tampoco a sí mismo, fallarse a sí mismo y fallarme a mí. Y eso era lo que no le perdonaba. Sin embargo, ante ese comentario de su madre entendí un poco su carga. No es que lo justificara, tan solo comprendí que pudiera tener miedo, lo difícil que fue todo...

Y quise liberarlo de eso, al menos con su familia. Dejé los cubiertos a un lado y suspiré hondo.

—Ya sé que no hemos hablado de esto antes, supongo que porque fue más fácil ignorarlo y seguir adelante como si nada —dije mientras Georgia me miraba con atención, un poco cohibida y expectante—. Pero lo cierto es que no me enamoré de Axel durante esos meses que vivimos juntos, sino mucho antes. Yo siempre lo quise. Y deseaba estar con él. Lo que ocurrió entre nosotros no fue nada malo, al contrario.

—Leah, no es necesario que sigas —Daniël extendió una mano por encima de la mesa para apretar la mía.

Pero yo quería continuar, porque necesitaba aclarar las cosas y porque el silencio de Georgia me estaba matando. Parpadeé para contener las lágrimas.

—Si hoy estoy aquí es gracias a él. Porque yo no quería pintar. No quería hablar. No quería vivir. Y Axel… me despertó. Y de algún modo, pese a todo lo malo, me regaló el futuro que tengo ahora.

Georgia se levantó con los ojos brillantes y salió del comedor. El silencio se apoderó de todo durante un minuto largo que se me antojó eterno, antes de que los brazos de Daniël me rodearan con cariño en un abrazo paternal.

—No se lo tengas en cuenta, ella pensaba que debía protegerte. Quizá porque por aquel entonces tú parecías muy niña y muy frágil, mientras que él…

—A veces los fuertes se escudan en esa apariencia para no mostrar todos sus miedos y debilidades.

Él asintió, entendiendo lo que quería decir. Porque Axel no era tan fuerte como todos pensaban, ni yo tan delicada. Pero las primeras capas engañan.

—Iré a hablar con ella.

—No, yo lo haré.

—¿Estás segura?

Asentí y le sonreí antes de ir a la cocina.

Georgia estaba cortando el pay de queso que acababa de sacar del refrigerador en porciones pequeñas y triangulares. Me enternecí al recordar que, siempre que se ponía nerviosa, necesitaba mantener las manos ocupadas. Me acerqué a ella por detrás sin hacer ruido y la abracé. Georgia se quedó quieta, pero noté con cada movimiento los sollozos que se le escapaban. Cuando se dio la vuelta y me miró con los ojos aún húmedos, olvidé por qué me había molestado tanto con ella, porque eso es lo que ocurre con la familia, que cuando quieres recordar qué te había hecho enfadar, pierde importancia.

—Perdóname —susurró—. Es que sentía que era mi obligación protegerte, que era lo que Rose me hubiera pedido y, cuando todo eso pasó…, fue como si le hubiera fallado. Ya me dolió no poder hacerme cargo de ti cuando Oliver tuvo que irse a ese trabajo, no tener espacio en casa, y todo se complicó…

Sonreí y negué con la cabeza.

—Te preocupas demasiado.

—Demasiado poco —bromeó.

—Ya no soy una niña, Georgia.

—Supongo que no. —Suspiró hondo y me miró—. De modo que siempre te gustó Axel. ¿Cómo es posible que no me diera cuenta de algo así?

Me sonrojé y me encogí de hombros.

—Mamá sí lo sabía.

—¿Rose? ¿Y nunca te dijo nada en contra?

—No creo que le preocupara… —Clavé la vista en los azulejos de la cocina mientras Georgia me frotaba los hombros con cariño—. Además, ya pasó, ya no importa.

42

LEAH

Los siguientes dos días estuvimos trabajando codo con codo hasta tener lista la distribución de las salas y los cuadros enmarcados. Y fue fácil. Como antes.

Hacíamos una pausa para almorzar con Sam en la cafetería de la esquina y después regresábamos al almacén de la galería o, a veces, ultimábamos detalles en la oficina de Axel, como aquel día caluroso a media tarde.

—Así que ya está listo todo —comenté.

—Sí, y mañana al final del día iremos a probar el menú que Justin preparó. No son muchos platos, pero parece que se lo tomó en serio.

Me hacía ilusión que lo preparara él.

—De acuerdo. ¿Algo más?

—Hay un periódico local que se interesó; no es gran cosa, pero quiere hacerte una entrevista corta que aparecerá en la sección de Cultura. —Hojeó algunos papeles que tenía encima del escritorio—. Cuando se coloquen las obras, estudiaremos bien la iluminación. Y falta la parte más importante de la exposición: tú, como artista.

—¿Te refieres a socializar y todo eso?

—Sí. Esto no deja de ser un evento. Cuando la gente viene a ver las obras, quiere hablar también con el artista, hacerle preguntas, mantener una conversación…

—Creo que se me dará fatal.

—Yo apuesto por lo contrario.

—Tienes mucha fe en mí.

—Haremos ensayos, no te preocupes.

—De acuerdo. —Lo miré un poco indecisa, sin saber si había llegado ya el momento de despedirme e irme, o aún teníamos más detalles pendientes.

—¿Tienes algo que hacer ahora?

—Nada concreto. ¿Por qué?

—Me preguntaba… —Axel me miró sin rodeos—. Hoy hay buenas olas, así que pensé que quizá te podría gustar, ya sabes, agarrar la tabla un rato.

—No creo que sea buena idea…

—¿Por qué no? —alzó una ceja.

—Para empezar, porque llevo tres años sin hacerlo.

Axel parpadeó confundido antes de apoyar los brazos en el escritorio e inclinarse hacia mí.

—¿Hace tres años que no surfeas? ¿Lo entendí bien?

—Muy bien. —No pude evitar reírme.

—No jodas, Leah.

—Así son las cosas. —Suspiré mientras me ponía en pie.

—Espera. Ven esta tarde.

—Axel…

—Vamos, solo será un rato.

—Lo pensaré —dije antes de salir.

43

AXEL

Lo cierto es que no esperaba que apareciera delante de la puerta de mi casa, pero, incluso sabiéndolo, su ausencia dolió. El sol ya estaba cayendo sobre el horizonte cuando decidí agarrar una de las tablas y avanzar por el sendero hasta la orilla. El mar tenía carácter aquel día y las olas eran buenas; me metí en el agua y dejé de pensar en nada más mientras me deslizaba y me caía y me volvía a levantar.

No sé cuánto tiempo llevaba allí cuando la vi.

Leah estaba casi en la orilla, con una tabla grande que había tomado de mi terraza debajo del brazo y un bikini rojo y minúsculo que captó de inmediato mi atención. Porque…, carajo, quería quitárselo y lamer la piel que había debajo y que todo volviera a ser como antes. Sentir tan lejos esa posibilidad era como recibir un puñetazo en el estómago cada vez que recordaba la realidad.

Me acerqué hasta ella nadando.

—Pensaba que no ibas a venir.

—Yo también —admitió.

—¿Qué te hizo cambiar de opinión?

—Como tú dijiste, solo es «un rato», y ayer ya me pasé la tarde encerrada en el hostal. Eso sí, te prohíbo que te rías, ¿me oíste? Porque hace mucho tiempo…

—No me reiré —le aseguré.

Nos miramos un instante antes de que ella rompiera el contacto y se adentrara más en el agua. La seguí con una sensación cálida en el pecho al volver a tenerla allí, en mi trozo de mar, bajo el cielo anaranjado del atardecer, aunque solo fuera durante un momento efímero…, porque era mejor que nada, cualquier cosa lo era.

Tenía tanto miedo de cagarla, de decir algo que pudiera alejarla, que estuve callado mirándola mientras ella intentaba surcar las olas, a pesar de que terminó cayendo antes de tiempo la mayoría de las veces. Cuando el agotamiento la venció, se acostó sobre la tabla apoyando la mejilla en la superficie. Estaba preciosa.

—Creo que no puedo moverme.

Me reí y me senté en mi tabla, a su lado.

—Pues mañana tenemos mucho que hacer.

—Espero no causarle muchos problemas a Justin. Ya sabes, por el cáterin inesperado.

—Está encantado. Por hacerlo y porque sabe que le deberé un favor gordo.

—Así que siguen en el mismo plan.

—No, estaba bromeando. —Entrecerré los ojos al mirarla, porque los últimos rayos del sol me cegaban—. En realidad, ahora todo es diferente. Somos amigos.

—¿Lo dices en serio? —preguntó incrédula.

—Sí. Hace poco me lo llevé a dar una vuelta y terminó zampándose un pastelito de marihuana y bailando con un grupo de chicas. ¿Lo puedes creer? —me reí.

Leah me miró con curiosidad y se incorporó.

—¿Qué fue lo que cambió su relación?

—Nada. —Tragué saliva—. Todo. Tú. Supongo que a veces la persona que menos esperas que te comprenda te sorprende y te apoya. Eso fue lo que ocurrió.

Ella clavó la vista en el horizonte y nos quedamos allí, en silencio, contemplando las suaves ondulaciones de las olas y el mar bañado de la luz del final del día. Y como siempre que Leah estaba cerca, aquel atardecer fue diferente. Único. Intenso.

44

LEAH

Es curioso cómo el ser humano se acostumbra a las nuevas situaciones. Llevaba tan solo unos días en Byron Bay y tenía la sensación de que había pasado allí los últimos tres años, como si nunca me hubiera ido. Quizá era porque conocía cada calle demasiado bien. O porque, pese a todo, aquel lugar siempre sería mi hogar. Y no hay nada más confortable que el hogar.

Aquella mañana no fui a la galería porque había quedado con el chico que quería hacerme una entrevista para el periódico local. Al principio me sentí tan nerviosa que se ofreció a traerme un vaso de agua antes de hacerme la segunda pregunta, pero después, conforme me limité a responder lo que sentía, sin pensar, todo fluyó y resultó más sencillo de lo esperado.

Comí con Blair y, por la tarde, me acerqué caminando hasta la cafetería de los Nguyen, ese sitio que siempre había estado en mi vida. Allí había pasado largas tardes con mis padres o con Georgia cuando ellos tenían algo que hacer y me dejaban a su cuidado. A pesar de la reforma que Justin había hecho al quedarse con el negocio, podía reconocer cada taza de aquel lugar.

Cuando llegué, todos estaban ya allí. Emily, los gemelos, Georgia y Daniël.

No había ni rastro de Axel. De repente me extrañó llevar todo el día sin verlo. Y volví a pensar en la manera que tenemos de acostumbrarnos a todo, como esponjas. En su momento me costó un mundo dejar de echarlo de menos y en aquel instante, después de años de ausencia, me pareció raro no saber nada de él durante veinticuatro horas.

—Ven aquí. —Justin me recibió con una sonrisa y jaló mi mano para guiarme hasta la mesa que había preparado. Estaba llena de pastelitos diminutos—. Siéntate, hoy mandas tú.

—¿Yo? —Me eché a reír—. ¡Lo dices como si tuviera un gran paladar!

El pequeño Max se sentó a mi lado y los demás se acomodaron alrededor de la mesa. Me encantó estar allí con ellos, rodeada de esa familia que también era la mía y que había echado tanto de menos, porque a pesar de haberlos visto durante esos años, lo hacíamos de vez en cuando y nada era igual, no como estar allí, en Byron Bay.

—Prueba el hojaldre de naranja y chocolate.

—¡La estás agobiando, Justin! —Emily sonrió.

—Hijo, esto es… *alucinante.* —Daniël se relamió.

Georgia puso los ojos en blanco antes de echarse a reír y negar con la cabeza. Me dirigió una mirada llena de ternura y yo noté que me picaba la nariz de tanta felicidad y me obligué a parpadear mientras tomaba uno de los pastelitos.

—¿Te gusta? —Justin parecía inquieto.

—Sabe increíble, de verdad. Todo es perfecto. —Le eché otro vistazo a la mesa llena de platos—. Creo que será la exposición más genial del mundo.

Mi sonrisa se tambaleó un poco cuando miré hacia la puerta de la cafetería y comprobé que seguía cerrada. Sacudí la cabeza. Quizá Axel tenía cosas que hacer. Quizá ni siquiera se le había pasado por la cabeza acudir a una reunión que no dejaba de ser más familiar que profesional, por mucho que fuéramos a servir aquel menú en la galería.

—¿Sabes que ya uso una tabla más pequeña? —me dijo Connor orgulloso.

—¿En serio? ¿Desde cuándo? —pregunté.

—¡Desde hace un mes! ¡Y yo también! —añadió su hermano Max.

Le revolví el pelo y el chiquillo gruñó en respuesta antes de darle un trago a su malteada de chocolate. Yo lo imité; estaba delicioso.

—Justin, gracias por todo, de verdad.

—Yo debería dártelas a ti, porque pienso esclavizar a Axel durante media vida por esto. Y créeme, quiero a mi hermano, pero nada me hace tan feliz como sacarlo de quicio.

—Algunas cosas nunca cambian. —Emily me miró reprimiendo una sonrisa.

—Y hablando de Axel, ¿dónde está?

Todas las miradas se centraron en mí. Y me sentí rara, como muy expuesta.

—¿No te ha llamado? —preguntó Justin—. Le dolía la cabeza. Una de esas migrañas que tiene a veces. Era mejor que se quedara descansando, porque cuando se encuentra mal…, bueno, es absolutamente insoportable.

—¡No digas eso de tu hermano! —se quejó Georgia.

—Es la verdad —se encogió de hombros—. Mamá, admite que aguantarlo cuando está enfermo es peor que una tortura china. Todos lo sabemos.

—Es que no soporta sentirse mal —lo justificó ella.

Daniël sonrió con dulzura y le acarició la mejilla a su mujer con el dorso de la mano; un gesto tan pequeño y tan bonito… Debía de ser increíble darte cuenta de que todo aquello lo habías formado tú: una familia, los hijos, los nietos, el negocio.

Nos terminamos la comida sin dejar de hablar. Ellos me pusieron al corriente y yo les conté más detalles de lo que ya sabían de mi vida en Brisbane. Georgia y Daniël fueron los primeros en irse, y después los siguieron Emily y los niños, pero yo me quedé un poco más porque, para empezar, no tenía nada mejor que hacer y, además, quería ayudar a limpiar. Así que, codo con codo con Justin, recogí la mesa y organizamos los platos en el lavavajillas.

El silencio era cómodo. Me tendió un trapo al acabar.

—Así que vas a conseguirlo al final. Todo lo que siempre quisiste.

—Ni siquiera estoy muy segura de qué es lo que quiero —admití.

—¿No es esto? ¿Vivir de la pintura?

—Sí, supongo. Pero nunca tuve un sueño concreto, tan solo quería eso, pintar. Suena muy conformista, ¿no crees? O simple, no lo sé.

—No. Yo solo deseaba tener una cafetería. No hay sueños grandes o pequeños, Leah.

—Tienes razón. —Me quité el delantal mientras salíamos de la cocina—. Y siempre puedo averiguar por el camino qué es lo que busco.

Nos despedimos con un abrazo cuando ya casi estaba anocheciendo y empecé a caminar hacia el hostal. Y quizá debería haberme sorprendido más cuando mis pasos cambiaron de dirección dos calles más adelante, pero no lo hice. Porque una parte de mí quería hacerlo, aunque la otra me gritara que diera media vuelta.

Así que, quince minutos más tarde, llegué a aquel lugar que tan bien conocía. No llamé, porque pensé que podría estar durmiendo, y rodeé la casa para ir a esa terraza trasera en la que habíamos pasado tantas horas. Las tablas de surf estaban a un lado, apoyadas sobre la pared, el viento balanceaba la hamaca y una enredadera salvaje trepaba por el barandal de madera. Todo seguía igual, como si el tiempo se hubiera parado allí.

Me detuve tras subir los escalones del porche.

Tomé aire. Aún podía irme por donde había venido. Pero no lo hice. Me debatí durante unos segundos más, nerviosa, hasta que me decidí a abrir la puerta y a colarme en aquella casa llena de recuerdos.

Avancé despacio. La sala estaba vacía. Empecé a notar un agujero incómodo en el pecho conforme fui reconociendo cada mueble, cada objeto, cada detalle. Me sentí como si acabara de viajar atrás en el tiempo, pero siendo otra persona diferente, la que era en aquel momento contemplándolo todo desde un prisma mucho más amplio.

Di un paso tras otro, dejando atrás el miedo.

Al llegar al dormitorio, contuve el aliento.

Axel estaba durmiendo. Solo llevaba puesto un traje de baño y tenía un brazo por encima del rostro, como si hubiera intentado protegerse del sol de la tarde que entraba por la ventana horas atrás. Su pecho subía y bajaba con cada respiración. Y encima de él, el cuadro que un día pintamos juntos mientras hacíamos el amor seguía colgado en la pared. Me sujeté al marco de la puerta cuando noté que me temblaban las piernas.

¿Por qué lo había conservado?

Quise despertarlo y gritarle todas las cosas que todavía no le había dicho. Que me había hecho daño. Que me rompió el corazón. Que no entendía cómo podía haber significado tan poco para él todo lo que vivimos. Que muchas noches me había dormido con lágrimas en los ojos. Que seguía siendo la misma niña tonta que pensaba lo que no hacía y hacía lo que se prometía que no volvería a ocurrir.

Porque ahí estaba.

Mirándolo…

Temblando…

Me di la vuelta y regresé a la sala.

Estuve un rato allí hasta que logré calmarme y recordar por qué había ido a verlo. Fui hasta la cocina y abrí algunos cajones para curiosear qué tenía. Demasiado alcohol, para empezar. Y poca comida. Sonreí al ver algunos sobres de sopa que seguramente Georgia le seguiría comprando a menudo. Tomé uno y encendí otra luz para leer las instrucciones, porque ya no recordaba las medidas exactas del agua. Cuando parte de la sala dejó de estar sumida en la penumbra, distinguí encima de su escritorio el cuadro que le había regalado semanas atrás en el estudio, el de nuestro trozo de mar.

Suspiré hondo y saqué un cazo en el que puse agua a calentar. Le prepararía la cena, lo despertaría y me aseguraría de que se encontrara bien antes de irme.

Eso era todo.

No sabía qué hora era cuando me desperté.

El dolor había disminuido, pero me seguía palpitando la cabeza. Me levanté despacio evitando hacer movimientos bruscos, y caminé descalzo hacia la sala. Me detuve en cuanto percibí el aroma que flotaba por toda la casa y la vi ahí, sentada en uno de los taburetes de la cocina con la mirada clavada en mí. Un silencio denso nos abrazó.

—¿Sigo soñando? Porque entonces no tengo muy claro por qué aún estás vestida.

Leah puso los ojos en blanco antes de sonreír.

—Quería ver cómo estabas —dijo.

Me senté en el taburete que quedaba libre al otro lado de la barra de madera, frente a ella. La miré con el ceño fruncido intentando comprender qué hacía allí, porque, por mucho que me alegrara de verla, también estaba sorprendido.

Me quedé callado mientras ella se levantaba y servía la sopa en un tazón que me puso delante antes de tenderme una cuchara. Me estaba costando encajar la situación.

—Ya me encuentro mejor. Esto no es necesario.

—Solo es una cena normal —contestó ella.

—Te lo agradezco, pero no se me antoja mucho.

Me había pasado la tarde con náuseas. Ya no las tenía, pero los días de migraña prefería aferrarme a una botella o a mi cama. Nada de sopas calientes.

—Tu familia tiene razón. Eres insoportable, Axel —resopló—. Cuando alguien pasa por tu casa para hacerte las cosas más fáciles, basta con un «gracias» y con meterte en la boca lo que sea que te haya preparado. Se llama educación.

—Ya sabes que de eso yo no tengo.

—Cierto. Debería irme ya, así que…

—No, espera. Cena conmigo. La mitad.

Señalé el tazón con la cuchara y la miré suplicante. Carajo, si esa mirada de imbécil no conseguía ablandarla, nada lo haría, porque empezaba a avergonzarme de mí mismo.

Leah dudó, pero terminó sentándose.

Repartimos la sopa en dos tazones y nos la terminamos perdidos entre silencios que decían demasiado. O quizá solo los percibía yo. Quizá me resultaba más fácil pensar que aún quedaba algo de «nosotros» que aceptar la realidad, el dolor.

Me levanté para recoger los tazones.

—Debería irme ya —dijo Leah.

—No vas a irte caminando y de noche.

—Deja de decir tonterías —replicó.

—Yo te llevaré. Solo espérate un rato, mientras me fumo un cigarro. Vamos. —Tomé el paquete de tabaco. Ella me miró con desconfianza antes de seguirme a la terraza—. Si no te conociera, cualquiera pensaría que acabo de secuestrarte o algo así. No pongas esa cara.

Leah resopló y yo me encendí el cigarro. Se quedó a mi lado, con las manos sobre el barandal. Las estrellas salpicaban el cielo oscuro de la noche.

Cuando el silencio se volvió denso, la miré fijamente.

—Así que…, ¿qué sentido tiene esto? —pregunté.

—¿Sentido? No sé qué quieres decir.

—Que estés aquí…

—Quería saber cómo estabas —repitió.

Me armé de valor para hacerle la pregunta que más temía, porque puede que en el fondo ya la conociera tanto como para sentir a través de su piel, así que sabía…, sabía que me haría sufrir. Y me seguía costando afrontar las cosas. Encajarlas.

—¿Eso significa que me has perdonado?

Leah tomó aire antes de atreverse a contestar:

—Perdoné al Axel que era mi amigo, mi familia.

—¿Y al que cogía contigo? —Mi voz sonó ronca.

—No, a ese no. —Su mirada me atravesó. Y fue dolor.

Pero de algún modo, en medio de todo ese dolor, entendí su necesidad de separar las cosas, porque puede que fuera la única manera que había encontrado para acercarse a mí sin reproches. No habíamos hablado nada. No me había pedido explicaciones. No había reaccionado como esperaba que lo hiciera. Fue como si aquello nunca hubiera pasado y se quedara con lo de antes, lo que teníamos hasta que los dos decidimos cruzar esa línea que lo cambió todo.

Di una fumada larga y expulsé el humo.

—Lo entiendo —susurré.

Leah apartó la mirada, incómoda.

Apoyé la cadera en el pilar. Ella dio un paso atrás, como si necesitara alejarse, y caminó por la terraza de un lado a otro nerviosa. No sé qué estábamos haciendo allí en medio del silencio que se colaba entre los minutos que dejábamos pasar. En contra de lo que acabábamos de hablar, solo podía pensar en las ganas que tenía de acortar la distancia que nos separaba y besarla hasta que los dos nos olvidáramos de quiénes éramos y de la historia que arrastrábamos.

Me aferré con fuerza al barandal.

—Está bien, Leah, deja de…, deja de hacer eso. —Ella se quedó quieta. Se pasó una mano por el cuello y tragó saliva—. Lo que te dije iba en serio. Entiendo cómo te sientes…

—Y una mierda.

—Cariño…

—No vas a entenderlo nunca, Axel.

Tomé una bocanada de aire y supe que no iba a ganar esa guerra. Porque ella acababa de cerrar una puerta antes de tirar la llave lejos, y yo no estaba muy seguro de si la mejor opción era abrirla de un empujón o esperar hasta que me permitiera entrar.

—¿Y él sí que lo entiende? —pregunté.

Ella abrió los ojos sorprendida, luego negó.

—No pienso hablar de eso contigo.

—¿Por qué? —Decidí apostarlo todo a una carta—. Me perdonaste como amigo, ¿no? Demuéstramelo. Estoy aquí y solo quiero hablar. Según tu lógica, debería ser fácil.

Nuestras miradas se enredaron un segundo.

—Es una buena persona —susurró.

—¿Cómo se llama?

No sé si es que necesitaba torturarme, pero solo deseaba jalar más y más de la cuerda frágil y rota que aún nos unía, hasta que estuviéramos tan cerca que apenas quedara espacio para respirar. Y me daba igual que doliera. Me daba igual todo ya.

—Landon.

—¿Estudia contigo?

—No.

—¿No pinta?

—No. ¿Y tú?

—¿Yo? —pregunté confundido.

—¿Sigues sin pintar?

—Sí, ¿esperabas que lo hiciera?

—No lo sé, nunca sé qué esperar contigo.

—¿Y eso es bueno o malo?

Negó con la cabeza, como si no estuviera muy segura de qué estaba haciendo allí, en mi terraza, y se llevó los dedos al puente de la nariz.

—¿Puedes llevarme al hostal, Axel?

—Puedo. Ahora pregúntame si quiero.

Me miró fijamente bajo el cielo de estrellas.

—¿Quieres llevarme…?

Iba a responder. Iba a decir que no, carajo, que lo que quería era que se quedara para siempre allí, conmigo, en la casa que un día fue nuestra, pero cambié de opinión al ver la súplica que escondían sus ojos; casi podía escucharla dentro de mi cabeza: «Por favor, no me hagas esto. Por favor, por favor, por favor». Y pensé que, por chingado que fuera, siempre sería mejor tener un pedazo de su amistad que volver a perderla.

—Espera aquí, iré por las llaves.

Cinco minutos después estábamos en el coche.

Apenas hablamos mientras dejábamos atrás las calles. Frené delante del hostal; no apagué el motor, pero sí aparté el coche a un lado de la calzada.

—Gracias por venir. Y por la cena.

—No fue nada —susurró.

Nos miramos en la oscuridad. La luz de un farol lejano se reflejaba en el cristal del coche, la calle estaba desierta y había empezado a chispear un poco.

—Así que… ¿amigos? —pregunté.

—Amigos —contestó con suavidad.

Leah fue a abrir la puerta, pero la sujeté.

—Espera, ¿piensas irte sin darme un beso?

—Axel... —me taladró con la mirada.

—Vamos, que estoy malito...

Señalé mi mejilla con el dedo y vi que reprimía una sonrisa antes de inclinarse hacia mí y darme un beso tan leve que apenas noté un roce. Salió del coche antes de que pudiera protestar y me quedé allí sonriendo como un idiota mientras ella atravesaba la calle y subía los escalones del hostal.

46

LEAH

Estaba leyendo una revista en el porche de casa de mis padres cuando Axel apareció. Recuerdo que era verano, porque disfrutaba de las vacaciones de la escuela, y que no podía sacarme de la cabeza lo que una compañera llamada Jane Cabot nos había contado a Blair y a mí unos días atrás: que había besado a un chico. Era la primera de nuestro curso que hacía algo así.

—¿Qué haces aquí fuera, cariño? —Axel me miró. Parecía tan mayor…

La semana anterior él había cumplido los veinte y todos nos habíamos reunido en el jardín para celebrarlo, a pesar de que él había protestado porque decía que ya no tenía edad para esas fiestas. Yo no entendía por qué tenía que haber una «edad» para los cumpleaños y quería que todos comiéramos juntos siempre, aunque cumpliera más de noventa años y tuviéramos la piel llena de arrugas.

—¿Viniste a ver a papá? —pregunté.

—Sí. ¿Está dentro? —señaló la puerta de casa.

—Discutiendo con Oliver por alguna tontería. —Puse los ojos en blanco, y él se echó a reír y me revolvió el pelo—. Espera, quédate un rato. Necesito saber una cosa.

Axel alzó una ceja intrigado y se sentó a mi lado, en el suelo de madera. Soplaba un viento cálido y él llevaba una camisa arremangada con dibujos de palmeras que captaron mi atención.

—¿Qué quieres saber?

Casi lo había olvidado. Solté la revista que había estado leyendo porque en la portada ponía algo así como «Tres trucos infalibles para un beso de infarto». Me sonrojé mientras intentaba encontrar las palabras adecuadas y al final lo dije de golpe:

—¿Cómo es besar, Axel?

—¿Besar? —me miró sorprendido.

—Sí. Cuando un chico besa a una chica.

Él se quedó callado unos segundos mientras reprimía una sonrisa y se frotaba el mentón con gesto pensativo. Dejó escapar un suspiro largo antes de responder.

—A tu edad, no debería interesarte eso.

—El otro día, una amiga le dio un beso a un chico.

—Vaya… —frunció el ceño—. Esa amiga tuya se equivocó. Y el problema de equivocarte con los besos es que no hay vuelta atrás. Solo debes dárselos a la gente a la que quieres mucho, ¿lo entiendes, Leah?

—Sí. Yo a ti te quiero —repliqué sonrojándome.

Axel sonrió de lado antes de sacudir la cabeza.

—No así, cariño. Lo que intento decir es que algún día encontrarás a alguien que te guste tanto que no sepas cómo decirle lo que sientes sin usar la boca.

—¡Puaj! ¡Suena asqueroso, Axel! —me reí.

—Entonces no lo será, ya verás.

Me quedé pensativa mientras toqueteaba con las manos el extremo de una de las dos trenzas que mamá me había hecho esa misma tarde.

—¿Y tú, has besado a mucha gente?

—¿Yo? —Axel se sorprendió de nuevo.

—Sí, tonto, ¿quién si no? —sonreí.

Me miró muy serio. A mí me encantaba eso de Axel, que, al contrario que mi hermano o los demás, siempre me hablara como si confiara en que podía entender todo lo que fuera a decirme. Con él me sentía más fuerte. Más mayor. Cuando necesitaba una respuesta sincera sobre cualquier duda, lo buscaba.

—¿Te cuento un secreto? —Asentí de inmediato—. Yo fui un poco como esa amiga tuya y me equivoqué muchas veces. Por eso puedo aconsejarte sobre lo que no debes hacer. ¿Y sabes qué? Aún no he dado nunca un beso de verdad.

Parpadeé un poco confundida, porque no estaba muy segura de a qué se refería con «un beso de verdad» y cómo sería dar «un beso de mentira». Quizá tenía que ver con lo que durara el beso, pensé; estaba a punto de preguntárselo cuando mi padre salió al porche.

—¡Axel! No sabía que habías llegado. —Le palmeó la espalda cuando él se levantó—. Sé un buen chico y sube un rato al estudio conmigo antes de largarte con Oliver.

Me quedé acostada en el suelo mientras ellos entraban en casa y sus voces se alejaban. Y aquella tarde de verano pensé en besos, en lo difícil que parecía no equivocarse y en que tenía que contárselo todo a Blair cuanto antes.

47

AXEL

Me senté delante del escritorio y contemplé aquel cuadro en el que Leah había dibujado nuestro mar bajo una tormenta. Pasé los dedos por encima, como ya había hecho otras veces, notando los bordes irregulares, las capas de pintura, los errores que había intentado tapar. Al final lo hice; tomé un cuchillo de la cocina y, muy despacio, con la punta, rasqué la pintura de una de las esquinas. Me incliné y contuve la respiración al distinguir entre las virutas más oscuras algunas de un tono más claro, de un azul cobalto.

En algún momento, ese cielo sombrío había estado despejado.

48

AXEL

Preparar la exposición fue fácil con la ayuda de Sam y la colaboración de Leah. Trabajamos sin descanso durante los siguientes días. Yo no volví a tener dolor de cabeza, quizá porque usé más esos lentes que a Leah parecían hacerle tanta gracia cada vez que me veía con ellas puestas, y me concentré en conseguir que todo fuera perfecto.

El viernes por la mañana ya estaba todo listo.

Con Leah pisándome los talones, di un paseo por las tres salas admirando el resultado final como si no lo hubiera visto antes una docena de veces.

—¿Satisfecha? —le sonreí.

—Sí. Y nerviosa también.

—En poco más de veinticuatro horas esta sala estará llena de gente. —Se había extendido la noticia de que la hija de los Jones era la artista, lo que había despertado bastante interés. Y por si eso no fuera suficiente, la tarde anterior había convencido a mis sobrinos para que pegaran algunos carteles por las calles más cercanas a cambio de dejarles usar mi tabla de surf—. Así que creo que ha llegado el momento de hacer un ensayo, ¿qué opinas?

—Opino que moriré de un infarto.

—Siempre tan poco exagerada —me reí.

Leah me siguió cuando volví atrás sobre mis pasos hasta llegar a la puerta de la galería.

—¿Qué estás haciendo? —preguntó.

—Un simulacro. Imagina que la gente está a tu alrededor picando algo, charlando y observando los cuadros, y yo soy un visitante muy exigente que acabo de entrar. —Me moví avanzando por el pasillo hasta la primera sala. Una vez allí, dediqué unos segundos a mirar los cuadros. Después me volteé hacia Leah y pregunté—: ¿Es usted la artista?

Ella se echó a reír antes de ponerse seria.

—Sí. —Se quedó callada y yo le dirigí una mirada que insinuaba que debía seguir hablando, así que se apresuró a hacerlo—: Perdona. Es mi primera exposición y estoy un poco nerviosa.

—Pues tienes talento para ser principiante.

—Gracias. En realidad, llevo pintando toda mi vida.

—Interesante. ¿Así que esto siempre fue tu sueño? —pregunté mientras daba un paso para ver el resto de las obras de aquella sala. Ella me siguió.

—¿Pintar? Sí. ¿Exponer? No lo sé.

Me salí del papel un momento, porque la respuesta me dejó un poco descolocado. La miré fijamente, como si una parte de mí pensara que, si lo hacía con la suficiente intensidad, lograría ver lo que había más allá de su piel.

—¿Y para qué ibas a pintar si no?

—Porque sí. Por el placer de hacerlo. De sentirlo.

—¿Nunca piensas qué pensará otra persona del cuadro que estás creando?

—Es usted un visitante muy curioso, ¿no?

Alzó las cejas de una forma muy graciosa y yo sacudí la cabeza, porque tenía razón, se me había ido un poco de las manos.

—Está bien, volvamos a empezar. —Salí de esa sala y fui hacia la siguiente—. Imagina que estás aquí y, de repente, alguien se te acerca para hacerte una pregunta concreta.

—Adelante —me pidió.

Señalé la obra de la chica que sostenía un corazón.

—¿Qué significa exactamente ese cuadro?

Noté que ella se ponía más nerviosa. Porque todo aquello no dejaba de ser algo personal, suyo, que un día después estaría expuesto ante los ojos de todas las personas que quisieran verlo.

—Es el desamor.

—No lo entiendo.

Puede que yo no estuviera jugando del todo limpio, pero necesitaba saberlo. Y a pesar de todo, no era nada que no hubiera podido preguntarle Sam o cualquier persona. Los coleccionistas y los amantes del arte acudían por eso a la inauguración de las exposiciones: para conocer al artista, los secretos que escondía cada obra y decidir si valía la pena pagar por ella, porque deseaban encontrar ese «más» que la hiciera diferente, especial, única.

—Es ese momento exacto en el que una persona decide devolverte tu corazón a pesar de que tú se lo diste. Por eso lo lleva en las manos. Porque había renunciado a él y ahora no sabe qué hacer con algo que sigue sin pertenecerle.

Carajo. Esa chica podía matarme solo con palabras. Y con trazos. Con miradas. Con cualquier cosa. Tenía la capacidad de dejarme clavado en el sitio incluso cuando pensaba que yo jugaba con ventaja. En ese momento entendí que ella siempre iba a ganar. Siempre.

Porque yo iba un paso por detrás intentando entenderme a mí mismo cuando ella ya nos había entendido a los dos. Me aclaré la garganta.

—¿Cómo puedo comprarlo?

—Habla con mi representante —me sonrió—. Debe de estar por ahí. Es alto, suele fruncir mucho el ceño y lleva unos lentes que le quedan muy graciosos.

Gruñí en respuesta, aunque me calmé al notar cómo se disipaba la tensión. Seguimos haciendo aquello un rato más, estudiando las diferentes preguntas que podrían hacerle y la mejor forma de contestarlas. Cuando llegó la hora de cerrar la galería, nos despedimos de Sam, la acompañé hasta el hostal dando un paseo.

—No queda nada para el gran día —suspiró.

—¿Sigues nerviosa? —pregunté.

—Dudo que pueda dormir.

—Ya me imagino…

—Mañana llegará mi hermano.

—Ya lo sé. Y también ese novio tuyo, ¿no?

Noté que su espalda se ponía más rígida y luego se lamió los labios, sin saber que ese gesto dificultaba bastante las cosas para mí y mi autocontrol. Arrancó una flor de la enredadera que crecía a un lado de la calle, tras la cerca del edificio, y le quitó los pétalos despacio.

—En realidad, no es mi novio. No exactamente. Quería habértelo dicho antes, pero no era algo de lo que se me antojara hablar contigo, la verdad —admitió—. Landon es… Tengo una relación con él. Sin etiquetas. Diferente.

—Diferente… —Saboreé esa palabra.

—Estamos juntos —recalcó ella.

—Entiendo. Ya me lo presentarás.

Todavía un poco nerviosa, Leah tragó saliva y me miró agradecida antes de darme un beso en la mejilla y desaparecer por la puerta del hostal. Y sí, una parte de mí había pensado de inmediato que, si no había ningún jodido novio, no sabía qué carajo estaba haciendo ahí parado como un imbécil en lugar de devorar su boca, aun a riesgo de que ella me rechazara, pero otra parte empezaba a entender que a veces las cosas no son tan fáciles como poder hacer algo o no poder. A veces hay más, mucho más.

LEAH

Siempre he pensado que la memoria asociativa es peligrosa. Me refiero a la que no controlamos nosotros mismos, esa que despierta sensaciones olvidadas ante un ligero roce. Yo tenía muchas cosas guardadas en cajas que había ido amontonando en mi interior.

Mi madre era el aroma a lavanda, las manos desenredándome el pelo antes de hacerme una trenza, su temperamento. Papá era la risa vibrante, el olor a pintura y el color. El sabor de una paleta de fresa y la brisa marina eran las tardes paseando por Byron Bay y los días en el instituto. Los Nguyen eran los domingos, el pay de queso y la familiaridad. Y Axel…

Axel era muchas cosas. Ahí estaba el problema.

Asociarlo a tantos detalles tenía esas consecuencias peligrosas, porque su recuerdo me atrapaba siempre. Axel era el amanecer y el atardecer, las luces tenues. Era las camisas estampadas a medio abrochar, el té después de cenar y las noches en su terraza. Era el mar, la arena y la espuma de las olas. Era el tatuaje que llevaba en las costillas, ese «Let it be» dibujado por sus manos. Era las primeras veces que había pasado horas entre las sábanas. Era el gesto de alzar la barbilla para mirar las estrellas y la música suave que envolvía…

La única persona que, si empezara a sonar *Yellow submarine* en cualquier lugar, escucharía también un «te quiero» por cada «todos vivimos en un submarino amarillo».

Y daba igual cuánto corriera, porque no se puede escapar de lo que uno ha sido, a menos que pretendas borrar esas partes de ti mismo.

No fue ninguna sorpresa que no lograra conciliar el sueño, así que intenté calmarme tras dar otra vuelta en la cama y fijé la mirada en el techo de la habitación. Pensé en todo lo que ocurriría en apenas unas horas y noté que se me encogía el estómago. Mis cuadros estarían colgados de las paredes de una galería y delante de un montón de ojos que verían a través de ellos cosas diferentes, traduciendo las pinceladas a su manera, tomando de aquí y allá lo que quisieran…, y eso me asustaba. No poder transmitir lo que pretendía. Inevitablemente, cuando los dejé ir renuncié a eso, a que fueran solo míos y a que tuvieran un solo significado, porque pasaron a tener muchos y a ser de cualquiera que deseara verlos.

Suspiré hondo y cerré los ojos. Justo entonces lo oí.

Un *tic* suave que me hizo fruncir el ceño cuando lo siguieron varios más. *Tic, tic.* Aparté las sábanas y me levanté. *Tic, tic, tic.* Me acerqué hasta la ventana y jalé hacia arriba con fuerza para abrirla. Tuve que frotarme los ojos para cerciorarme de que lo que estaba viendo era real. Axel dejó caer al suelo las piedras que aún llevaba en una mano y se encogió de hombros ante mi desconcierto. Reprimí una sonrisa.

—Tienes treinta y tres años, muchos como para hacer estas cosas.

—Será que me siento joven cuando estoy contigo.

—No lo puedo creer… —susurré.

—Sabía que estarías despierta.

—Son las doce de la noche, Axel.

—Vamos, baja. Es viernes, hay sitios abiertos.

Lo pensé durante un momento, aunque ¿a quién quería engañar? Llevaba horas dando vueltas en la cama y no iba a decir que no. Dejé escapar un suspiro y le aseguré que estaría lista en cinco minutos. Me puse un vestido de verano azul pálido salpicado de lunares blancos y unas sandalias planas, y salí del hostal.

Axel estaba apoyado en la cerca.

—¿No podías llamarme al celular?

—Pensé que sería muy típico —bromeó.

—¿Y las piedras en la ventana no?

—Me pareció más divertido.

Sonrió de esa manera que parecía paralizar el tiempo, congelándolo en la curva de sus labios. Yo odiaba eso. Su magnetismo. Lo fácil que resultaba todo para él. Sacudí la cabeza y avancé a su lado cuando empezó a caminar calle abajo.

—¿A dónde vamos? —pregunté.

—A tomar algo, por ejemplo.

—Estoy muy nerviosa. Tengo el presentimiento de que todo irá fatal, de que me quedaré en blanco, o abriré los ojos y estaré desnuda en medio de la galería.

—Carajo, ojalá ocurra eso. Estaré en primera fila.

—¡Idiota! —le di un empujón y él se rio.

—Saldrá genial —me calmó antes de mirarme de reojo—. Pero por eso fui a buscarte esta noche, porque te conozco y sabía que estarías así, en modo dramático. Además, preparé una sorpresa. Creo…, creo que te gustará. —Tragó saliva un poco inseguro y no supe descifrar su expresión, porque enseguida volvió a mostrarse como siempre.

Yo sentí de nuevo ese cosquilleo que años atrás se apoderaba de mí cada vez que iba a recibir un regalo o que alguien pretendía sorprenderme. Recuerdo que rasgaba el papel a toda prisa sin pensar en nada más, ansiosa e ilusionada. Era como si esas calles familiares desempolvaran partes de la chica que creía haber dejado atrás.

Pero aguanté las ganas y no pregunté.

Llegamos hasta el paseo de la playa y continuamos un poco más hasta la zona en la que había más ambiente. Decidimos parar en un establecimiento abierto casi a orillas del mar, así que, al internarnos hacia la pequeña caseta en la que servían las bebidas, me quité las sandalias y sentí en los pies el tacto del suelo de madera y de la arena.

—¿Sigues teniendo predilección por los mojitos?

—Sí —respondí, y él pidió dos.

—Te aficioné bien, ¿eh?

Contuve el aliento al recordar aquella noche en la que Axel cedió cuando le pedí que quería emborracharme y bailar *Let it be* con los ojos cerrados. Él preparó una jarra de mojito, y más tarde me besó por primera vez bajo las estrellas.

Qué lejano parecía… Y qué cerca a la vez.

Le di un trago largo a mi copa. Sonaba de fondo *Too young to burn* y, como no era temprano, ya había gente borracha haciendo tonterías en medio del lugar, bailando y riendo, mientras a lo lejos algunos se daban un baño nocturno.

—Te invito la siguiente si me dices lo que estás pensando —Axel me miró.

—Una oferta imposible de rechazar —ironicé—. No tomaré una segunda.

Removí el hielo del mojito y bebí por el popote lo poco que quedaba. Axel apoyó un brazo en la barra y me dedicó una de esas sonrisas torcidas que antaño ponían mi mundo del revés.

—Recuérdame quién de los dos es una década mayor —bromeó.

—Recuérdame tú quién de los dos sigue siendo un niño grande —repliqué.

Él se echó a reír. Vestía una camisa clara y suelta, con los primeros botones desabrochados. El viento cálido de esa noche de verano le sacudía el pelo y seguía teniendo la misma mirada cautivadora que me atraía y que temía casi a partes iguales.

Pedí otra copa. No sé por qué cambié de opinión. Él también y brindó conmigo.

—Por los éxitos que están por llegar —dijo, y yo sonreí y bebí un trago sin dejar de mirarlo. Axel alzó una ceja con aire divertido cuando vio que no apartaba los ojos de él—. Una de dos, o soy increíblemente atractivo o estás estudiando a conciencia cuál sería la mejor forma de acabar conmigo y esconder mi cadáver.

—La segunda, por supuesto —me reí.

—Debí imaginarlo. —Dejó la copa en la barra.

Yo me puse seria y sentí un escalofrío.

—En realidad, llevo días dándole vueltas al asunto… Creo que todavía no te he dado las gracias por todo lo que hiciste por mí.

—Sí que lo hiciste, Leah, y no es necesario.

—Déjame acabar. Fue algo desinteresado. Me acogiste en tu casa. Me cuidaste. Y conseguiste que volviera a sentir, a pintar, a vivir. Solo tú y yo sabemos lo que ocurrió durante esos meses y no me importa lo que piensen los demás, porque nunca podrán entenderlo. Así que gracias por eso. Porque fuiste generoso. Un amigo. Familia.

Sus ojos eran un mar revuelto y lleno de sentimientos que no pude leer bien, porque estaban demasiado enredados. Parecía emocionado, pero también inquieto, agitado. Se lamió los labios y mi mirada se quedó suspendida en ese gesto hasta que susurró:

—Pero sigues sin perdonarme...

—No mezcles las cosas.

Y fue casi un ruego. Porque quería quedarme con lo bueno. Su generosidad. Su lealtad. Su sensibilidad. Pero si pensaba en el Axel que me hacía el amor, veía otras cosas. Su cobardía. Su egoísmo. Su debilidad. Sus miedos. Sus palabras punzantes.

Él supo que era un camino que ninguno de los dos queríamos recorrer, porque enseguida cambió de tema, le pidió otras dos copas al mesero a pesar de mis protestas y volvió a mostrarme esa sonrisa torcida tras la que se escondía.

Leah me habló de las clases en la universidad, de que solo le quedaba una asignatura y del proyecto final que prepararía durante el próximo curso, de que no tenía muy claro qué haría después, de las vacaciones que había pasado con Oliver y Bega durante los últimos veranos, de las nuevas técnicas de dibujo que había probado...

Yo me limitaba a escucharla absorto, siguiendo el movimiento de sus labios mientras la madrugada nos abrazaba conforme dejábamos alguna que otra copa más atrás. Terminamos compartiendo la última ante mi insistencia, una de un color rojo que era de fresa, porque ese sabor siempre me recordaba a ella. Se sonrojó cuando se lo dije al oído.

Empezó a sonar *Payphone* y me levanté.

—Baila conmigo —le tendí una mano.

—No —se echó a reír—. He bebido demasiado.

—Vamos, no te dejaré caer. Te sujetaré fuerte.

Volvió a reír y me apartó cuando intenté demostrarle lo fuerte que podía sujetarla, porque supo que solo era una excusa para no separarme de ella. Tomó mi mano con decisión y me jaló hasta el centro de la pista. Seguía descalza. Yo también lo estaba. Sus pies se movían cerca de los míos y yo no podía dejar de mirarla como un imbécil y de pensar en todo lo que me había contado sobre su vida en Brisbane.

—Así que conociste a muchos chicos...

—Bastantes. ¿No era eso lo que querías, Axel? —Dio una vuelta sobre sí misma sin soltar mi mano.

La retuve junto a mi cuerpo y dejé que mis dedos se deslizasen desde su cintura hasta las caderas, que se movían al son de la música. Sus ojos me atravesaron y yo quise quedarme para siempre en esa mirada, bajo sus espesas pestañas.

—¿Qué fue lo que dijiste exactamente? Déjame recordar... —se llevó un dedo a los labios.

—No te esfuerces, lo recuerdo a la perfección.

—Entonces, ¿qué es lo que quieres saber?

—Cualquier cosa.

Continuamos bailando como si no hubiera nadie más alrededor. Y quizá fue por el alcohol que hablaba por ella, pero a pesar de las palabras de agradecimiento que me había dicho una hora atrás, en aquel momento encontré rabia en sus ojos. También resentimiento y decepción.

—¿No recuerdas nada interesante?

—¿Sobre los chicos con los que estuve?

—Sí.

—No hay mucho que contar.

—¿Lo disfrutaste? —La pegué más a mí. Carajo, estaba excitado y enfadado y celoso.

—A veces. Con unos más que con otros.

Tuve que hacer un esfuerzo para seguir el ritmo de la canción mientras imaginaba otras manos acariciándola y mi propia voz pidiéndole que viviera, que saliera, que cogiera, cuando lo que en el fondo deseaba era ser el único que la tocara.

—¿Llegabas al orgasmo siempre?

Sus dedos presionaron mi nuca.

—Axel, te estás pasando.

—¿Los amigos no hacen este tipo de preguntas?

—No arruines esta noche... —fue casi una súplica.

No quería hacerlo, así que cerré la boca y me limité a bailar y a mirarla y a sentir cómo se me erizaba la piel cada vez que nuestros cuerpos se rozaban al moverse con la música. Leah se dejó llevar, con los ojos cerrados, desinhibida y tranquila. Yo sonreí al darme cuenta de que, al menos, había logrado que no pasara aquella noche nerviosa y dando vueltas en la cama. Cuando me di cuenta de que en apenas unas horas empezaría a amanecer, la convencí de que había llegado la hora de irnos a casa.

Volvimos a la barra para agarrar las sandalias.

—¡No están! —Leah frunció el ceño indignada.

—Espera, te ayudo a buscarlas.

Me puse las mías e intenté encontrar las suyas entre los taburetes en los que nos habíamos sentado, pero Leah tenía razón y no había ni rastro de ellas.

—¿Y ahora qué? —gimió un poco borracha.

—Camina descalza, ¿qué más da, cariño?

—No me llames así —balbuceó—. Y tenemos que atravesar un camino de tierra. ¡Me clavaré las piedrecitas! —Estaba muy graciosa así de enfadada y exaltada.

—Yo te llevaré. Vamos.

Me siguió hacia el paseo de la playa. Al llegar hasta el tramo de tierra, una parte que estaba sin asfaltar, me agaché y le dije que subiera a mi espalda.

—¿Estás bromeando? Ahora mismo no puedo ni sumar dos más dos.

—Creo que son cinco. ¡Vamos, sube!

—¡Es ridículo! ¿Y si nos ven?

—¿Desde cuándo te preocupa lo que piensen los demás?

Eso fue suficiente para que Leah avanzara hasta mí. Me encantaba desafiarla. Consiguió trepar por mi espalda y me rodeó la cintura con las piernas y el cuello con los brazos como un mono. Me erguí y empecé a caminar. Ella se movió.

—Carajo, no hagas eso con la pierna.

—¿Por qué? —preguntó riendo.

—Me haces putas cosquillas.

Leah se rio a carcajadas, y cuando aún caminaba con ella a cuestas por el trozo de gravilla, volvió a rozarme en el costado y se me aflojaron las piernas. Me reí. Nos reímos los dos a la vez rompiendo el silencio de la noche. Y, carajo, fue el mejor sonido del mundo.

—¡Axel! ¡Nos caemos! —gritó.

Intenté mantener el equilibrio, pero me tambaleé y terminamos en el suelo, acostados con la mirada clavada en el cielo mientras aún nos reíamos de quién sabe qué. Me llevé una mano al estómago y suspiré hondo cuando logré dejar de comportarme como un niño y giré la cabeza para mirarla.

—Echaba de menos esto… —susurró Leah.

—¿Mi maravillosa compañía?

Rio de nuevo y suspiró satisfecha.

—Esto. Byron Bay. Sus estrellas. También a ti.

—Está bien saberlo —contesté agradecido.

—Y a tu familia, el olor del mar.

—Pues vuelve. Quédate aquí —solté.

—Mi vida está allí ahora…

Sus palabras fueron un golpe de realidad.

Me puse en pie despacio y la tomé de las manos para jalarla. No sin bastante esfuerzo, logré que subiera otra vez a mi espalda y cargué con ella hasta que el camino volvió a estar asfaltado. La dejé en el suelo con cuidado y continuamos hasta el hostal. Ya delante de los escalones, la agarré de la muñeca.

—Olvidas mi beso de buenas noches.

Leah puso los ojos en blanco, pero se inclinó y esta vez su beso no fue solo un roce, fue un beso sincero que me calentó la mejilla.

—Buenas noches, Axel.

La cabeza me dolía horrores.

No sé muy bien cómo, pero conseguí levantarme de la cama y darme un baño. El agua me despejó un poco, aunque seguía notando el estómago revuelto. Maldito Axel y esa capacidad suya para convencerme con un pestañeo sin pensar en las consecuencias, como que iba a pasar un día terrible o que al mediodía había quedado con mi hermano y con Bega en casa de los Nguyen para comer.

Ni siquiera tuve tiempo para ponerme nerviosa, porque había dormido hasta tan tarde que, en cuanto me arreglé un poco y me desenredé el pelo, salí a la calle y caminé un par de minutos hacia la zona más céntrica de Byron Bay. Fui la última en llegar.

Tragué saliva al poner un pie en la casa de los Nguyen. No sé si el estómago se me revolvió por la resaca o por verlos allí reunidos a todos después de tres años; pero cuando Oliver se levantó y vino a abrazarme, escondí la cabeza en su pecho para que nadie viera que se me había escapado una lágrima. Y odié ser tan emocional y no poder hacer como si nada, pero es que…, es que éramos familia, nos unían lazos que iban más allá de lo que podía explicar con palabras, y la sensación que me invadió al encontrármelos a todos alrededor de la mesa fue cálida y confortable.

—Siempre tan dormilona, enana —bromeó mi hermano.

—¡Eso no es verdad! —protesté—. Me acosté tarde.

Los saludé a todos conforme se fueron levantando, empezando por Bega y terminando por Axel, que fue el último en acercarse y darme un beso suave en la mejilla.

Después ocupé mi sitio de siempre. A su lado. Y frente a mi hermano. Mientras Georgia organizaba los platos y nos gritaba a todos que nos pusiéramos más comida, pensé que la reunión sería incómoda, porque era la primera vez que Axel y yo compartíamos espacio con mi hermano desde que él descubrió lo nuestro. Sin embargo, Oliver no tenía los hombros tensos ni lo vi repiquetear con los dedos sobre el mantel de la mesa; estaba tranquilo, rodeando con un brazo el respaldo de la silla de Bega.

—Así que no podías dormir —adivinó él.

—Estarás muy nerviosa —Bega me miró.

Asentí con la cabeza mientras agarraba un panecillo. No podía evitar sentir cierta inquietud al estar al lado de Axel, delante de su familia, de la mía, de la nuestra. Y si no lo conociera tan bien, habría pensado que él se mostraba imperturbable, como siempre, pero no era así, porque percibía rigidez en sus movimientos.

—Oliver, la pregunta que todos nos estamos haciendo ahora mismo es… —Axel miró a mi hermano con una sonrisa traviesa curvando sus labios— ¿cómo demonios conseguiste engañar a esta chica para que aceptara casarse contigo?

Daniël se echó a reír a pesar de la mirada airada de Georgia, y Justin ahogó una carcajada sin dejar de remover la ensalada. Oliver correspondió a la sonrisa de Axel y hubo algo en el gesto, en ese silencio lleno de palabras que solo ellos entendieron, que me emocionó.

—Carajo, si te digo la verdad…, aún no lo sé.

Bega le dio un codazo y lo miró con dulzura.

—Es más tierno de lo que parece —dijo ella.

—Lo sé. Muy tierno. —Axel tragó el bocado que acababa de llevarse a la boca—. ¿Quieres que te cuente anécdotas de cuando era pequeño? Tengo para aburrir.

—Axel, ni se te ocurra… —Oliver intentó darle una patada por debajo de la mesa, pero él la esquivó. Y de algún modo, allí, un día cualquiera, volvieron a ser esos dos chiquillos que prometieron no separarse jamás cuando ni siquiera sabían lo que eso significaba—. Yo también te guardo mucha mierda —le advirtió.

—¡Esa boca, jovencito! —exclamó Georgia.

Me hizo gracia ver cómo mi hermano bajaba la cabeza hacia su plato de inmediato, a pesar de que de «jovencito» ya tenía más bien poco.

—Ahora no me dejes con las ganas —se quejó Bega.

—Una chica decidida que sabe lo que quiere. Así me gusta —Axel sonrió satisfecho.

—En realidad, yo soy el único que puede contar de los dos —Justin les dirigió una mirada malévola—. Ahí donde los ves, Bega, con esas caras de angelitos encantadores, han estado detenidos tres veces. Dos de ellas por idiotas.

—¡Qué bien! —exclamaron Max y Connor al unísono.

—¡¿Cómo dices?! —Georgia se llevó una mano al pecho.

Justin miró a Axel y alzó las cejas.

—¿Mamá no lo sabía?

—Decidimos no alterarla —empezó a decir Daniël, pero cerró la boca en cuanto su mujer lo miró como si quisiera arrancarle la cabeza—. Cielo, fue por tu bien. Douglas y yo pensamos que sería lo mejor. Además, les dimos una buena golpiza, ¿verdad, hijo?

—Ya lo creo. Una golpiza inolvidable.

Axel puso una mueca cuando su madre se levantó para ir a llevar un par de platos a la cocina mientras Daniël la seguía a toda prisa. Entonces se inclinó hacia Bega y susurró:

—En realidad, nos detuvieron por una pelea, nos sacaron de la comisaría y salimos con ellos el resto de la noche hasta que amaneció.

Bega y yo nos echamos a reír bajito, y Oliver sonrió mientras parecía recordar ese día sin apartar sus ojos de Axel. Cuando los Nguyen volvieron a la mesa, la conversación volvió a centrarse en temas menos delicados, como la exposición, la vida de Oliver y Bega en Sídney, y los planes que tenían de cara a un futuro cercano.

—¿No han pensado en mudarse aquí?

Mi hermano frunció el ceño ante la pregunta de Georgia.

—Es complicado por el trabajo, ya saben. Bega es la directora de la compañía, tiene muchas responsabilidades y ocupa un puesto importante.

—Aunque este lugar es precioso —lo interrumpió ella.

—Sí que lo es —terció Axel.

—Nunca se sabe —concluyó Bega, y no me pasó desapercibida la mirada algo sorprendida y esperanzada de mi hermano.

No hablé mucho durante el resto de la comida, porque me limité a escuchar y a mirarlos a todos mientras intentaba retener aquel instante en mi memoria. Después del postre, Daniël descorchó una botella de champán y, tras asegurar que la exposición sería un éxito y servir las copas, alzó la suya para brindar.

—Por la familia —dijo orgulloso.

53

LEAH

Abracé a Landon antes de que pudiera cerrar la puerta del coche. Olía como siempre, a esa colonia que solía ponerse cada mañana y que ya asociaba a él. Su cuerpo contra el mío encajaba igual que ocho días atrás, a pesar de que tenía la sensación de llevar sin verlo mucho más tiempo, como si hubiéramos pasado un mes separados.

—Es como si me hubiera ido a la guerra —bromeó.

Yo me eché a reír mientras me separaba. Landon se inclinó y me dio un beso dulce y bonito, aunque odié no haber tomado yo la iniciativa, ese tendría que haber sido mi primer impulso. Me puse de puntitas para alcanzar sus labios.

—¿Aún es temprano? —preguntó.

—Sí, faltan varias horas. —Me había ido pronto de la comida para recogerlo antes de la exposición—. ¿Quieres dar una vuelta? Quiero enseñártelo todo. ¿Sabes? No sé por qué no volví antes. Deberíamos haberlo hecho. Venir aquí y pasar un día en la playa y luego tomarnos un helado en el mejor sitio del mundo y…

—Leah, respira —se rio mirándome.

—Lo siento. Estoy emocionada. Y nerviosa.

—Todo irá bien. Te lo prometo.

Y a pesar de que Landon no tenía ni idea de arte, ni de exposiciones ni de nada relacionado con ello, lo creí. Porque a diferencia de las promesas de Axel, las de Landon siempre habían sido reales y sentidas, con esa serenidad que no te da pie a cuestionarte nada más.

—Gracias por estar aquí.

—No pensaba perdérmelo.

Sonreí y lo jalé con suavidad.

—Vamos, vamos —lo animé.

Ya había empezado a anochecer cuando llegamos a la galería. Quise aparecer más tarde, cuando estuviera abierta al público, para evitar pasarme cada minuto a punto de sufrir un infarto cada vez que viera a alguien entrando o, por el contrario, las salas vacías; ambas opciones me resultaban igual de temibles. De modo que habíamos consumido la tarde entre paseos, anécdotas de mi infancia que él escuchó con interés y helados compartidos. Después habíamos ido al hostal para que yo me cambiara de ropa.

—¿Lista? —Landon me apretó la mano.

—De ninguna manera. —Pero di un paso al frente y luego otro y otro más hasta alcanzar los escalones de la entrada. Me acerqué a él para susurrarle—: Si en algún momento ves que tengo pinta de ponerme a vomitar, intenta que llegue a los sanitarios.

Su risa alegre me calmó un poco.

—Eso está hecho.

No le dije que, además de los nervios por lo evidente, también me inquietaba el momento en el que Axel y él se cruzaran. No sé por qué me costaba tanto ubicarlos en un mismo entorno, como si algo no encajara en esa idea, pero me resultaba incómodo. Y ese mero pensamiento me hacía sentir culpable; porque Axel ya no era nada mío y tenía que aprender a vivir con ello sin que cada situación despertara sensaciones dormidas.

Había gente dentro. Bastante gente.

Tenía un nudo en la garganta mientras avanzaba hacia las salas de la exposición. Y entonces, cuando entre todas las emociones del día había olvidado esa sorpresa de la que Axel me habló la noche anterior, la entendí. O mejor dicho, la escuché.

Una canción de los Beatles sonaba bajito a través de los altavoces repartidos en diferentes puntos de la galería. Y cuando terminó, las notas de la siguiente empezaron a alzarse entre las voces de los asistentes que charlaban animados sin ser conscientes de que yo estaba a punto de derrumbarme. De que, de algún modo, entre la pintura y la música de mi vida, sentí que mis padres estaban allí, conmigo, acompañándome a través de los recuerdos.

—Leah, ¿estás bien? —Landon se preocupó.

—Sí, perdona —logré esbozar una sonrisa.

Me obligué a respirar hondo antes de internarme entre la multitud. Si he de ser sincera, apenas me enteré de lo que sucedía durante la siguiente media hora. Estaba abrumada y un poco mareada. Me dejé llevar cuando mi hermano me abrazó orgulloso y cuando lo hicieron los demás; no solo los Nguyen, también Blair, Kevin y algunos conocidos y antiguos compañeros del instituto que se habían pasado por allí. Las salas estaban llenas, Justin organizaba el cáterin en la recepción y la música no dejaba de sonar como un regalo inesperado.

Todo era perfecto. Casi todo.

Paré a Sam cuando nos cruzamos.

—¿Has visto a Axel? —le pregunté.

—Creo que antes entró en su oficina —frunció el ceño, como si hasta ese momento no se hubiera percatado de su ausencia—. Iré a buscarlo.

—Ya voy yo —contesté.

—De acuerdo. Espera, Leah —apoyó una mano en mi hombro y sonrió—. Quería que supieras que ya hemos vendido un cuadro y se han interesado por otros tres. La inauguración ha sido un éxito y creo que esto es solo el principio.

Estuve a punto de preguntarle qué cuadro habían comprado, porque el hecho de desprenderme de algo tan mío me incomodó, pero me olvidé de ello en cuanto volví a acordarme de Axel conforme las notas de *Let it be* flotaban a mi alrededor. Avancé por el pasillo dejando atrás a la multitud y abrí la puerta de su oficina sin llamar.

—¿Axel?

Mi voz se perdió en la penumbra y unos brazos sólidos me rodearon y me estrecharon contra un pecho que conocía demasiado bien. Contuve el aliento al notar su respiración cálida en la nuca, y luego…, luego lo sentí agitarse contra mí. Y la humedad en la piel. Los dedos aferrados a mi cintura. El alivio. También el dolor.

Me estremecí cuando supe que estaba llorando.

Parpadeé para contener las lágrimas, pero fue en vano.

Lo abracé más fuerte y deseé poder fundirme con él, ver todo lo que estaba sintiendo, escarbar en su corazón. Y no sabía qué significaba eso, pero tampoco quería pensarlo, porque durante unos minutos de silencio y oscuridad, solo fuimos dos personas que pese a todo seguían queriéndose y compartiendo demasiado.

—Se lo prometí… —su voz ronca nos envolvió.

Cerré los ojos cuando lo entendí.

La promesa que le había hecho a mi padre cuando se dio cuenta de que él nunca lograría exponer y, a cambio, le dijo que conseguiría que yo sí lo hiciera.

Me aferré a él. Apoyé la cabeza en su pecho.

—Gracias por todo, Axel. Por la música.

—Gracias a ti por dejarme volver a tu vida.

54

AXEL

Una parte de mí seguía siendo cobarde y solo deseaba quedarme dentro de aquella oficina para siempre con Leah entre mis brazos. Pero la otra parte estaba intentando abrirse camino poco a poco y sabía que tenía que ir aprendiendo a afrontar la realidad. Como que aquel abrazo era efímero. O que unos metros más allá nos estaban esperando un montón de personas que querían compartir esa noche con ella.

Así que me serené y me separé de Leah despacio.

—Tenemos que volver.

—Lo sé —susurró.

—Ve. Ahora te sigo.

Leah entendió que necesitaba un minuto a solas para serenarme y se fue casi sin hacer ruido, casi de puntitas. Respiré hondo cuando la puerta se cerró. Lo había hecho. Había cumplido la promesa que le hice a Douglas. Y eso de ser fiel a la palabra de uno mismo tenía un algo reconfortante que nunca me había parado a valorar.

Suspiré satisfecho antes de salir.

Recorrí el pasillo hacia la sala más grande y saludé a algunos conocidos antes de que una mujer interesada en una de las obras me abordara. A partir de ese momento, y a pesar de la ayuda de Sam, no tuve un minuto libre en toda la noche. De vez en cuando, veía a mi familia disfrutando. Y también a ella iluminando cada sala a su paso.

Cuando la velada fue llegando a su fin y la galería empezó a vaciarse, Leah se acercó. Iba agarrada de su mano y caminaba junto a él. Me obligué a respirar, aunque me ardían los pulmones, sentía…, no, en realidad no podía ponerle nombre, porque nunca me había sentido así. Y si pensaba que estaba preparado para ese momento, me equivocaba.

Pareció que a ella le fallaba un poco la voz.

—Landon, te presento a Axel —logró decir.

El chico tenía una mirada amistosa y su apretón de manos fue sencillo y afable. Aun así, era imposible no percatarse de la tensión. Cualquiera que me conociera podría darse cuenta de que estaba deseando largarme de allí, como cada vez que algo me resultaba demasiado, como cuando sentía que las cosas me ahogaban y decidía dejarlas encima de un armario.

Así que aguanté...

—Encantado —dije.

—Lo mismo digo. —Landon miró a su alrededor antes de volver a fijar sus ojos castaños en mí—. Esto es sorprendente. Hicieron un trabajo fantástico.

—Gracias.

Ojalá hubiera sido un imbécil. Pero no lo era. Desprendía cordialidad. Y seguramente era mil veces mejor que yo. Más atento. Más valiente. Más luchador. Tragué para deshacer el nudo que me ahogaba.

Casi como un puto milagro, Oliver apareció.

—¿Cómo va eso? Ha sido extraordinario, ¿no?

Asentí aún un poco sobrepasado por todo.

—De hecho, debería ir a ver cómo va Sam.

Hasta que no me alejé hacia otra de las salas no me di cuenta de que no había mirado a Leah ni una sola vez, pero es que me costaba la vida hacerlo en aquella situación. Era dolor. Celos. Carajo. Yo no había sentido celos jamás. No sabía qué demonios era esa angustia y esa inseguridad hasta que me enamoré de ella.

Un rato más tarde cerramos la galería.

Al salir me encontré a mi familia y a los demás en la puerta. Cuando me preguntaron si quería irme con ellos a tomar algo para celebrarlo, sacudí la cabeza.

—Apenas he dormido. Me voy a casa ya.

—Vamos, tú nunca dices que no —insistió Oliver.

Leah mantuvo la vista clavada en el suelo.

—Creo que nosotros también nos vamos —me apoyó mi hermano y, carajo, lo quise por eso, por leerme tan bien incluso cuando ni yo mismo sabía hacerlo.

—Nos vemos mañana —le palmeé el hombro a Oliver—. Pásenla bien.

Empecé a caminar antes de que pudieran intentar convencerme. Y agradecí que mi casa quedara a un par de kilómetros de distancia, porque necesitaba caminar y despejarme, dejar de pensar en sus manos juntas, rozándose.

Había intentado dormir, pero era imposible.

Así que terminé saliendo a la terraza para fumarme otro cigarro; no sé cuántos llevaba desde que había regresado tras la exposición. Estaba contemplando la luna menguante y pensando en todas las cosas estúpidas que había hecho a lo largo de mi vida cuando oí un ruido entre los matorrales que crecían alrededor de la cabaña.

Antes de que pudiera reaccionar, Oliver apareció.

—Carajo, ¡me asustaste! ¿Qué haces aquí?

Él se echó a reír y subió al porche.

—Pasar a verte un rato.

—Son las cuatro de la mañana.

—Sabía que estarías despierto.

Me quitó la cajetilla para tomar un cigarro. Le tendí el mechero, aún un poco confundido, y luego nos quedamos callados un par de minutos hasta que conseguí que me salieran las palabras.

—Se lo prometí a tu padre, ¿sabes? Que haría esto.

Oliver expulsó el humo lentamente.

—Ya lo sé, Axel.

—¿Lo sabías? ¿Él te lo dijo?

Asintió con la cabeza. Parecía incómodo.

—Me habló de esa noche.

—¿Te contó que me animó a que dejara de pintar?

Él apagó la colilla y suspiró hondo.

—No lo entiendes, Axel.

—Pues explícamelo.

—Mi padre te dijo lo que tú querías oír.

—No sabes lo que estás diciendo…

Recorrí de un lado a otro la terraza con una tensión extraña. Por todo, por esa noche y por las de los últimos tres años que me había pasado estancado. No lo entendía. Yo nunca había hablado con Oliver de lo que Douglas y yo compartimos aquella noche, porque para mí había sido con un carajo importante, un antes y un después, y para Oliver… nada, nunca había dicho nada. Intenté tranquilizarme y paré de caminar frente a él.

—Quiero entenderlo —casi se lo rogué.

—Tú no querías pintar, Axel. Porque te suponía un esfuerzo para el que no estabas dispuesto, porque para eso tenías que abrirte y no pensabas hacerlo. Y, carajo, te entiendo, ¿está bien? Yo no sabía qué era sacrificarse de verdad hasta que mis padres murieron.

—Eso no es verdad.

—Sí que lo es. Así que sufrías porque querías algo que tú mismo te negabas. Era como intentar correr un maratón poniéndote obstáculos. Un poco irónico, ¿no?

—No sé de qué estás hablando…

—Axel, mírame. —Lo hice—. Le dijiste a mi padre que lo único que se interponía entre el lienzo y tú eras tú mismo. Lo sé porque insistí durante meses para que me lo contara, ¿y sabes por qué?, porque me chingaba que jamás lo hubieras hablado conmigo y sí con él, algo que te importaba tanto, cuando yo era tu hermano y no conseguía esconderte ni qué carajo había comido el día anterior.

—Oliver…

—No, déjame acabar. Le dijiste eso y él te contestó que no tenías que hacerlo más, que nadie te obligaba, que te habías metido en una guerra en la que solo luchabas contra ti mismo y que nunca ibas a poder ganar.

Carajo, no iba a volver a llorar esa puta noche. De modo que me entraron ganas de pegarle un puñetazo al recordarme mis propias palabras. Así de coherente me sentía: o llorar o golpear. Inspiré hondo.

—Tu problema está aquí —me tocó la cabeza con la mano.

—Tengo ganas de matarte —gruñí.

—Ya lo sé —contestó bajito.

—La mitad del tiempo, cuando te miro, quiero pegarte. Te lo juro. Y la otra mitad me siento culpable. Y entre toda esa mierda, sigues siendo una de las personas que más quiero del mundo, y odio quererte porque sería más fácil lo contrario. Mucho más fácil…

Oliver me quitó otro cigarro y se lo encendió. Dio una fumada. Me fijé en que le temblaba un poco la mano que tenía apoyada en el barandal.

—A mí me dan ganas de estrangularte cada vez que te veo, y entonces me pregunto por qué carajo quería verte. Como esta noche. Cuando te vi mirándola y me di cuenta de que me equivoqué.

Contuve el aliento. Eso no me lo esperaba, qué demonios.

—¿Te equivocaste? —pregunté.

—Sí que estabas enamorado de ella.

—Llegas tres años tarde —repliqué.

El corazón me latía con fuerza cuando él se echó a reír sin humor. No entendía por qué había aparecido en mi casa a las cuatro de la mañana ni cómo era posible que estuviéramos manteniendo esa conversación después de tanto tiempo de silencio.

—Yo no llego tarde, Axel. Yo hice lo que tenía que hacer. Porque era mi hermana, porque mi obligación era protegerla, porque lo sacrifiqué todo por ella para que fuera a la universidad, porque confiaba en ti y me fallaste, porque me mentiste.

—¡Entonces, ¿qué carajo quieres?! ¡Se acabó! Se fue todo a la mierda. ¿Ya estás contento? ¿Qué más necesitas que hablemos? Pensaba que lo habíamos dejado claro.

—Quería que entendieras que tú no es que llegaras tarde, es que no llegaste en ningún momento. —Fue como una punzada de verdad que se me clavó en el pecho.

—Me pediste que la dejara irse —dije con un hilo de voz.

—Y lo hiciste. Sin luchar. Sin intentarlo.

—Me lo pediste —repetí.

—Carajo, Axel, ¿no lo comprendes? Si no te conociera como te conozco, debería haber pensado que mi hermana te importaba una mierda. Como la pintura. Como todo lo demás.

—Te voy a matar…

Sentía…, sentía lava corriendo por mis venas.

Casi no podía respirar. Y a pesar de la furia, de la rabia y de ese momento de ceguera en el que apenas era capaz de decidir si estaba más enfadado conmigo mismo que con Oliver, noté que la pared de ladrillos que nos separaba se iba deshaciendo a nuestros pies conforme nos gritábamos toda la mierda que llevábamos dentro.

—¿Recuerdas lo que me dijiste el otro día?

—No. No, carajo. Ahora no puedo pensar.

—Axel, respira. Mírame —me pidió, y lo hice alterado, con el corazón martilleándome dentro del pecho por tantas cosas…—. Después de que fueras a la exposición. Ese día me dijiste que yo era importante para ti, pero que ella siempre lo sería más. Ese día te enfrentaste a mí y me mandaste a la mierda.

El agujero que sentía en el pecho se fue haciendo más y más grande…

Necesitaba una estúpida máquina del tiempo.

—No puedo cambiar lo que hice…

—Ya lo sé.

—Te fallé.

—Está olvidado.

—Soy un imbécil.

—Eso desde siempre.

Reí sin humor y me froté la cara.

—Ni siquiera sé por qué estás aquí.

—Estoy aquí porque eres mi amigo. Porque después de ver cómo la mirabas, sabía que estarías acabado. Y porque todos la cagamos alguna vez, Axel. Yo el primero.

Debería haber contestado con palabras, decir alguna mierda profunda, pero no podía hablar. Así que solo me acerqué a él, lo abracé y dejé escapar el aire contenido. Y fue un desahogo. Alivio. Últimamente muchas cosas me aliviaban, y eso solo podía significar que había pasado demasiado tiempo acabado.

Oliver me apretó el hombro al separarnos.

—Y cuando te caigas, levántate —dijo.

Asentí con la cabeza y solté un gruñido antes de agarrar un cigarro. Él me imitó. Nos quedamos callados un rato. No podía dejar de pensar en que era cierto que me costaba un mundo enfrentarme a las cosas, arrancar, ir por todas. Y en parte me avergonzaba que, después de todo, hubiera sido Oliver el que viniera a buscarme dos años y medio después, el que me echó de menos, el que intentó arreglar lo nuestro…

Igual que esa noche. Igual que siempre.

Expulsé el humo y lo miré.

—Escucha, Oliver, te quiero.

—Carajo, esto se nos está yendo de las manos.

—… pero sabes que lo de las palabras no es lo mío.

—No me lo jures —soltó una carcajada.

—Mi discurso será una puta mierda.

—Axel… —empezó a sonreír.

—Pero si aún quieres que sea tu padrino…

—¿Quién iba a serlo si no?

Yo también terminé sonriendo.

55

AXEL

—Se vendieron seis cuadros. Seis —repitió Sam—. Es increíble. ¿Se puede saber por qué no estás tan sorprendido como deberías?

—Porque me lo imaginaba.

—La chica es buena, pero…

—No lo estás entendiendo. —Levanté la vista de los papeles que estaba hojeando sobre el escritorio—. Leah no es la mejor y le queda mucho por aprender. Ahí fuera hay miles de artistas que tienen mejor técnica que ella, que saben más y que podrán encontrar mil errores en cada uno de sus cuadros, y tú lo sabes. Pero tiene alma. Cuando alguien mira un cuadro suyo, puede ver las emociones que plasmó y sentirlas. Ella transmite. Y al final, ¿no se trata de eso?

Los últimos días que pasé en Byron Bay apenas vi a Axel; según él, estuvo ocupado con la gestión de la venta de los cuadros y atendiendo otros asuntos. Casi sentí que me evitaba, y a pesar de que esa distancia era un poco como respirar, estar a su lado seguía siendo algo adictivo para mí. Ese pastel de chocolate que te ponen delante cuando estás a dieta o ese chisme que te dices que no quieres oír, pero que necesitas conocer.

No tuve mucho tiempo para pensar en él, porque después de que Landon se fuera a la mañana siguiente de la exposición, casi no me despegué de los Nguyen y de mi hermano y su novia. El lunes, cuando todos comimos juntos por última vez, Axel parecía más pensativo de lo normal, ausente en su propio mundo. Tanto que apenas habló.

—Hijo, ¿te encuentras bien? —preguntó Georgia.

—Sí, genial —la miró distraído, volvió a centrar la vista en su plato y casi no la levantó hasta el momento de despedirnos.

Me dio un beso en la mejilla y me aseguró que me llamaría esa misma semana para comentar algunos asuntos. Después se fue y nosotros emprendimos el camino a pie hasta el hotel en el que se habían hospedado Oliver y Bega. Cuando ella dijo que todavía tenía que organizar su maleta y darse un baño, mi hermano me preguntó si quería que diéramos una vuelta y le dije que sí, porque aún no habíamos pasado un rato a solas y estaba demasiado malacostumbrada a tenerlo para mí sola cada vez que venía a verme a Brisbane.

Me colgué de su brazo mientras caminábamos.

—Estuvo bien volver aquí —suspiré hondo.

—Muy bien —sonrió—. Lo echaba de menos.

Y entonces se me ocurrió algo. En realidad, lo había pensado durante los últimos años, pero nunca había tenido el valor para planteármelo de verdad.

—¿Te gustaría… ir a nuestra antigua casa?

—Leah, no sé si es una buena idea para ti.

—Quiero hacerlo —le aseguré.

—Está bien. Vamos —me tomó de la mano.

Hicimos en silencio aquel recorrido que los dos conocíamos tan bien. Yo casi podía ver las emociones de Oliver mezclándose con las mías, como si fueran colores: la confianza del azul, la incertidumbre de un amarillo intenso, la añoranza del lila…

Habíamos crecido en una propiedad que quedaba a las afueras, justo al lado de la antigua casa de los Jones. Las dos eran viviendas de dos alturas con un pequeño jardín trasero rodeado de árboles que crecían a sus anchas.

Todo seguía igual, pero a la vez tan distinto…

—Está abandonada —gemí mirando la casa.

—No es eso —Oliver me apretó la mano—. La compraron unos ingleses hace años, ya lo sabes. Pretenden venirse a vivir aquí cuando se jubilen y entonces la tirarán y construirán algo nuevo. O al menos eso fue lo que me dijeron.

A pesar del dolor y de imaginarme aquellas paredes convertidas en un montón de escombros, pensé que era mejor así. Porque ese lugar guardaba demasiados recuerdos como para crear otros sobre ellos. Porque si nunca iba a volver a ser lo mismo, y desde luego no lo sería, quizá valía la pena empezar de cero.

—Recuerdo cuando escalabas ese árbol de allí —Oliver rompió el silencio—. Te subías como un mono y te quedabas ahí durante horas, colgada de una de las ramas. Solo Axel conseguía hacerte bajar.

—Y mamá amenazaba con cortarlo.

—Cierto —se rio—. Ella era genial.

—Tenía mucho carácter.

—Como tú. Tan emocional…

—Tú te pareces más a papá.

—¿De verdad lo crees?

—Sí. Eres honesto. Transparente.

Oliver sonrió y me apretó más la mano.

—Te quiero muchísimo. Lo sabes, ¿verdad?

—Yo también a ti. Siempre.

El viento de la tarde agitaba las copas de los árboles y arrastraba lejos algunas hojas que habían caído al suelo.

—Oliver.

—Dime.

—¿Qué hiciste con todas las cosas?

—Tomé lo que pude. —Apartó la mirada—. Los Nguyen me ayudaron. Tengo algunas cajas y ellos guardaron otras. Doné un par de cuadros de papá a una galería que quiso quedárselos y el resto…

—El resto, ¿qué?

—Se quedaron ahí.

—¿En la casa? ¿Crees que lo habrán tirado todo?

—No lo sé y prefiero no pensarlo —suspiró y se frotó el cuello—. Deberíamos volver, Leah. Se está haciendo tarde, tenemos que dejarte en Brisbane y nuestro vuelo sale poco después.

Mientras regresábamos al hotel, intenté apartar esos últimos pensamientos de mi cabeza. Me gustaría poder decir que lo conseguí. Pero no.

FEBRERO

(VERANO. AUSTRALIA)

57

LEAH

Volví a Brisbane. Volví a la rutina. A pintar.

Sin tener que ir a clase, los días se sucedieron unos detrás de otros. Pasaba las horas en la buhardilla, salía de vez en cuando a tomar algo con mis amigas a media tarde o acudía por las noches al departamento de Landon para cenar y dormir acurrucada a su lado.

Pero había una fisura en aquella monotonía.

Y esa fisura se llamaba Axel.

—Así que una feria de arte —comentó Landon mientras me ayudaba a sacar una cacerola de uno de los cajones más altos. Le acababa de decir que acudiría a una ese fin de semana con Axel y que expondría cinco obras—. ¿Vendrás a dormir?

—Sí, solo está a una hora en coche. ¿Quieres venir con nosotros? —lo miré un poco dubitativa, porque sabía que, si respondía que sí, la situación sería extraña, pero al mismo tiempo necesitaba desesperadamente que todo empezara a resultarme normal y, de momento, estaba lejos de conseguirlo.

Landon sacudió la cabeza y suspiró.

—No puedo, tengo cosas que hacer.

Admiraba la serenidad de Landon, su tranquilidad. Quizá porque yo era todo lo contrario, puro nervio e impulsividad. Me dejaba llevar por mis emociones; podía llorar por cualquier tontería o reírme de eso mismo hasta que me doliera el estómago, ir del blanco al negro en un pestañeo y darles tantas vueltas a las cosas que a veces me sentía como una centrifugadora.

—Dime lo que sea que estés pensando.

Se acercó a mí y me dio un beso suave.

—Pienso en lo increíble que eres.

—Lo preguntaba en serio —me reí.

—Y así te respondo. ¿Qué te preocupa?

—Esta situación, ya lo sabes. —Me senté en la barra de la cocina mientras él ponía el agua a calentar y sacaba un paquete de pasta de la despensa—. Quiero que me digas lo que sientes si en algún momento algo te incomoda. No te lo calles, por favor.

Él respiró hondo antes de mirarme.

—Solo complicaría las cosas.

—Pues hazlo. Complícalo.

Yo siempre preferiría eso antes que el silencio.

—Me preocupa cómo te mira —soltó.

—No me mira de ninguna manera.

Landon echó la pasta en el agua hirviendo.

—También que tú lo niegues.

—Si conocieras a Axel, lo entenderías.

Me mordisqueé el labio. No quise ir más allá y contarle que no se fiara de las primeras impresiones con Axel, que la realidad era más descafeinada que lo que su mirada prometía, que en el fondo «no quería tanto las cosas», tal como él me había dicho.

—¿Han hablado? —preguntó.

—¿A qué te refieres exactamente?

—Carajo, Leah. A lo de ustedes. Lo que pasó.

—De eso no había nada que hablar.

—¿Cómo puedes decir…?

—Somos amigos —lo corté alterada—. Y prefiero olvidar que compartimos algo más, porque si recuerdo todo eso, soy incapaz de perdonarlo. No hemos hablado y dudo que lo hagamos nunca; es algo que pasó, algunas cosas es mejor dejarlas atrás para seguir adelante sin llevar un lastre encima, ¿lo entiendes? Porque no puede ser de otra manera.

Landon asintió y me miró serio.

—¿Has dejado de guardarle rencor?

—Sí —y mentí. Le mentí porque era incapaz de afrontar lo contrario y no estaba preparada para responder a esa pregunta siendo sincera. Si decía que no, echaría por tierra todos esos cimientos endebles sobre los que había construido mi nueva relación con Axel.

AXEL

La primera vez que sentí la necesidad de pintar tenía trece años. Ese día Oliver no había ido a clase porque tenía fiebre, así que al volver del colegio fui a su casa para verlo un rato. Rose me abrió la puerta y me sonrió antes de dejarme entrar.

—Pasa, cielo. Oliver está durmiendo.

—¿Más? Qué flojo es —gruñí.

Rose se echó a reír y la seguí a la cocina.

—¿Quieres que te prepare un jugo de naranja?

—Está bien —me encogí de hombros. Lo cierto es que no tenía nada mejor que hacer esa tarde, y no me daban ganas de estar solo—. ¿Douglas tampoco está?

—Sí, en el estudio. Ve a verlo. Ahora te llevo el jugo.

Subí las escaleras de dos en dos hasta la segunda planta. Las notas de *I will* me guiaron hasta su estudio, y cuando llegué allí, lo observé todo con curiosidad. Douglas tarareaba la canción con un pincel en la mano mientras Leah bailaba a su alrededor. Me quedé mirándolos embobado hasta que él se percató de mi presencia.

—¡Hey, chico! Ven aquí.

Paró la música y me sonrió.

Entré. Había estado allí en otras ocasiones, pero normalmente con Oliver al lado y sin prestar demasiada atención a los cuadros llenos de color que inundaban la estancia. Solo una vez me había parado a mirar uno con detenimiento años atrás, cuando Douglas pintó unos escarabajos con las entrañas abiertas y llenas de margaritas.

—¿Qué estás haciendo? —pregunté.

—¿A ti qué te parece? —se echó a reír.

—Me refería a la música tan alta.

—La música es inspiración, Axel. —Volvió a poner la misma canción y luego me miró serio tras quitarle a Leah de las manos un pincel que se le había caído al suelo—. ¿Nunca te he contado cómo supe que estaba enamorado de Rose?

Negué, un poco avergonzado porque Douglas me hablara de forma tan franca de un tema como aquel, me resultaba incómodo. A esa edad, me bastaba con los besos robados que me daba con una compañera de vez en cuando al salir del colegio, y la palabra «amor» me hacía reír.

—Pues fue fácil. Estaba en el paseo de la playa con unos amigos cuando la vi a lo lejos. Rose iba patinando, tenía el pelo revuelto y parecía una salvaje, pero conforme se acercaba, empecé a oír las notas de esta canción en mi cabeza y luego la letra. Todo. Escuché cómo me enamoraba de ella.

—Eso es imposible —mascullé.

—Fue así. Te lo juro.

—¿Y qué pasó luego?

—Que estuve semanas buscándola.

—Debió de pensar que eras un loco.

Él sonrió y puso la misma canción otra vez más. Me quedé mirando cómo mezclaba dos pinturas diferentes en la paleta llena de colores y, conforme fueron pasando los minutos sin que ninguno de los dos dijera nada, me senté en el suelo con la espalda apoyada en una de las paredes del estudio. Desde ahí lo contemplé pintar. Leah volvió a danzar a su alrededor bailando esa canción sin cesar, hasta que, cansada, se acercó a mí.

A pesar de que ya tenía tres años, seguía usando biberón de vez en cuando, como aquel día. El cabello rubio y ondulado le rozaba los hombros y sus mejillas estaban sonrosadas. Dejé que se sentara en mi regazo. Yo no solía hacerle demasiado caso, la verdad, porque a esa edad lo único que me interesaba era salir con Oliver por ahí y hacer algo indebido, pasar las tardes admirando a los surfistas e intentando imitarlos, o mirándoles el trasero a las chicas que llevaban bikinis minúsculos.

Y, sin embargo, esa tarde no necesité nada más.

Había algo relajante en observar la manera en la que Douglas movía la mano y deslizaba el pincel por el lienzo en blanco llenándolo de color. Aparté la mirada de él cuando Leah emitió un suspiro suave y me di cuenta de que se había quedado dormida entre mis brazos con su biberón de catarinas aún en la boca.

—Espera, te la quito de encima.

Dejé que Douglas la cogiera y se la llevara para acostarla. Cuando regresó, yo ya estaba de pie y dispuesto a irme, pero me quedé un segundo mirando el cuadro.

—¿Te gusta lo que ves?

—Sí —respondí.

—¿No quieres probar? —Douglas me tendió un pincel.

Arrugué el ceño un poco inseguro.

—Dudo que sepa hacerlo. Lo estropearía.

—Seguro que no —insistió, hasta que cedí y se colocó a mi lado con su habitual sonrisa, sincera e inmensa—. Te diré lo que tienes que hacer, ¿de acuerdo?

—De acuerdo —asentí.

—Cierras los ojos, dejas de pensar, los abres y pintas.

—¿Y ya está? —repliqué incrédulo.

—Solo es una primera toma de contacto.

—Tienes razón. Está bien.

—¿Preparado?

Asentí con la cabeza. Después cerré los ojos con fuerza y me obligué a apartar cualquier idea que me rondara la cabeza hasta que solo vi frente a mí un cielo despejado. Entonces los abrí. Alargué la mano hacia la paleta de colores, tomé un poco de azul y dejé un pequeño rastro en el cielo de aquel campo abierto que Douglas había estado pintando. La inseguridad de ese primer trazo se disipó conforme el blanco daba paso a más azul, más y más; algo que se tradujo en una extraña satisfacción, la de inventar algo, la de plasmar, dejar, depositar, volcar, vomitar, derramar, expresar, gritar…

—Vaya, tienes claro que el cielo está despejado.

—Me gusta. Me gustan los cielos despejados.

—A mí también —contestó él—. ¿Y esto?

—¿Esto? ¿Pintar? —arrugué la nariz—. Sí.

—Pues puedes hacerlo siempre que quieras.

Pensé que era una tontería. Seguro que Oliver se echaría a reír si le decía que quería ponerme a pintar como su padre. Me encogí de hombros con fingida indiferencia.

—Quizá sí. Algún día —me limité a decir.

—Te estaré esperando.

Años después entendí que hay sonrisas que esconden verdades. Que hay tardes cualesquiera que se convierten en recuerdos importantes. Que los momentos determinantes ocurren cuando menos te lo esperas. Que el encanto de la vida reside en ese algo impredecible.

60

LEAH

Dentro del coche, miré a Axel de reojo mientras aferraba el volante. Dos días antes habíamos seleccionado los pocos cuadros que llevaríamos y habían venido a embalarlos y recogerlos. En la feria de arte solo podían exponer artistas que formaran parte de alguna galería y, en este caso, Axel había decidido llevarme a mí.

—¿No había nadie mejor? —le pregunté.

—¿Acaso no estás conforme?

—Sí, pero… no sé.

—¿Piensas que te elegí a ti por alguna otra razón, Leah? Te equivocas. En primer lugar, fue una decisión de Sam, ella es la que se encarga de esto. Y en segundo lugar, quizá deberías empezar a plantearte que eres buena. De todos nuestros representados, tú eres la que más vendió durante una exposición inaugural. ¿Te es suficiente esta respuesta?

—Me es suficiente —admití.

—Eso está mejor.

Axel subió el volumen de la música y no dijo nada más durante todo el viaje. Yo no quería pensar demasiado, así que me limité a contemplar el paisaje; tras la exposición, llevaba unas semanas dándole vueltas a mi futuro, a mis expectativas, a intentar decidir qué quería hacer con mi vida. Y lo cierto era que no lo tenía nada claro. Quería pintar, pero no sabía qué más. De algún modo, me estaba dejando llevar tomada de la mano de Axel, pero sin saber con toda seguridad si me conduciría por los caminos adecuados o si podía cerrar los ojos y seguirlo sin tener que preocuparme por nada más.

La feria de arte se realizaba en un edificio grande con numerosas salas. Cuando entramos nos dieron la identificación y nos indicaron que nuestro espacio estaba reservado en la segunda planta a la derecha. Al llegar, mis obras ya estaban allí. Tan solo eran cinco, pero no había espacio para nada más y confiaba en lo que Axel decía sobre que era bueno empezar a darse a conocer en eventos así. El espacio olía a desinfectante y las paredes lisas resultaban bastante impersonales, pero había amplitud.

Axel se ajustaba el cuello de la camisa. Se había arreglado y no estaba acostumbrada a verlo así, con los pantalones largos, la camisa oscura ajustada y el mentón recién afeitado. Pero estaba tan atractivo que durante un segundo de debilidad sentí que su presencia lo inundaba todo. Me inundaba a mí.

Sacudí la cabeza y arrugué el ceño.

—¿Por qué estás tan callado? —pregunté, porque prefería al Axel gracioso que a ese que parecía tan perdido en sus propios pensamientos. Era como si, después del día de la inauguración, algo hubiera cambiado en él.

—No he dormido mucho.

No supe qué más decir.

El día transcurrió con lentitud. Mucha lentitud.

Si Axel hubiera sido el chico de siempre, el despreocupado, el que no tenía filtros, el que me hacía reír incluso cuando estaba enfadada con él, probablemente los minutos no habrían parecido horas; pero se limitó a quedarse un poco rezagado a un lado cada vez que alguien venía y se interesaba por las obras, como si no quisiera involucrarse. Al menos, no lo hizo hasta que vendimos uno de los cuadros a una pareja y él se encargó de los trámites.

En torno a las seis de la tarde nos fuimos.

—¿Y qué pasa con los otros cuadros?

—No te preocupes, los llevarán a la galería.

—De acuerdo. —Me mordí el labio—. ¿Seguro que no te ocurre nada?

Axel jugueteó con las llaves del coche y, en vez de meterlas en el contacto y arrancar, recostó la cabeza en el asiento y lanzó un suspiro cansado. Se llevó un dedo al puente de la nariz y chasqueó la lengua.

—El mes pasado hablé con Oliver... —Guardé silencio mientras la inquietud se abría paso en mi interior—. Hablamos de ti. De todo lo que había ocurrido tres años atrás. Y de mí. De lo que hice mal, de las cosas en las que fallé en aquel momento y...

—No, por favor —le rogué.

—Leah…

—No.

—¿Por qué?

Y supe que aquel era un momento importante, uno de esos momentos que mueven la balanza hacia un lado u otro. Lo pensé mientras el corazón me latía con fuerza dentro del pecho. Tenía la respuesta, pero me dolía tener que dársela.

—Porque entonces te odiaré, Axel —gemí—. Y ahora mismo no puedo hacerlo. Acabas de aparecer en mi vida y… te necesito. No quiero pensar en todo lo que ocurrió ni en por qué lo hiciste. Peor aún, en cómo pudiste hacerlo. No quiero plantearme qué hubiera pasado de no haber hecho esa exposición con la universidad, si entonces tú jamás habrías sacado el valor para volver a mi vida. No quiero que nada se rompa cuando ahora aún estamos reconstruyendo nuestra amistad.

Axel no me miró. Lo vi tomar aire.

—Te hubiera buscado antes o después.

—Ya. Pero nunca lo sabremos.

—Yo lo sé, cariño. Te juro que lo sé.

Tragué para deshacer el nudo que tenía en la garganta. Sentía un regusto amargo, como si las palabras dejaran a su paso esa sensación y todo estuviera tan enredado entre nosotros que era imposible que pudiera encontrar el extremo del hilo y empezar a jalar para arreglarlo.

—Axel, no quiero volver a perderte.

—Es que no dejaría que eso pasara.

Yo nunca lo había visto así. Inseguro. Débil.

—Necesito más tiempo —logré decir—, y quizá algún día…

«Quizá algún día pueda mirarte a los ojos mientras me explicas cómo fuiste capaz de renunciar a lo que teníamos, a esa historia por la que estaba dispuesta a sacrificarlo todo. Cómo pudiste dormirte cada noche sin llorar. Cómo es posible que las cosas sean tan volátiles para ti. Y entonces, puede que empiece a creerte cuando dices que habrías vuelto a buscarme tarde o temprano, porque tres años…, tres años es demasiado tiempo, en tres años se construyen nuevas cosas, en tres años casi había olvidado la forma de la cicatriz que tienes en la frente y la tonalidad exacta del azul oscuro de tus ojos.»

Pensé todo aquello con el corazón agitado.

—¿Qué es lo que quieres de mí ahora? —Había temor en su voz, pero también impaciencia, como si necesitara saberlo de una vez por todas.

—Quiero que seas mi amigo. Quiero volver a tenerte en mi vida. ¿Tú no, Axel? Poder pasar un rato juntos, como la otra noche —le recordé, y esbocé una sonrisa trémula al rememorar cómo habíamos acabado los dos tirados en medio de la calzada cuando le hice cosquillas al montar a caballito—. Quiero al Axel de siempre —concluí.

61

AXEL

Quizá la vida sean momentos. Solo eso. Momentos. Y a veces llegas o no llegas en el instante apropiado. A veces un segundo lo cambia todo. A veces el tiempo es determinante. A veces, cuando tú quieres hablar, la otra persona ya no está dispuesta a escucharte. Supongo que son cosas que pasan. Que en ocasiones deseamos algo, y unas semanas más tarde, apenas lo recordamos o ha perdido todo su valor.

Y lo peor de todo era que entendía a Leah.

Había tardado tres años en estar dispuesto. Tres años de silencio después de decirle que quizá no la quería tanto y de ver cómo su cara se desencajaba entre el dolor y las lágrimas antes de salir corriendo en plena noche. Tres años siendo un imbécil. Se merecía una explicación. Ella se la merecía. Ni siquiera estaba aún muy seguro de qué decirle ni de cómo expresarlo, pero necesitaba intentarlo, al menos hasta que me paré a pensar en qué era lo que necesitaba Leah y me di cuenta de que, por primera vez, debía anteponer sus sentimientos a los míos, porque eso es lo que ocurre cuando quieres tanto a alguien.

Así que me tragué todas las palabras.

Axel no dijo nada más, tan solo asintió despacio y pensativo antes de poner en marcha el coche.

Seguí callada mientras dejábamos atrás las calles y nos alejábamos de la ciudad. Pronto estuvimos circulando por una carretera flanqueada por el bosque tropical. Él me sonrió cuando me miró de reojo durante un tramo recto y el gesto me calmó.

Así que empecé a relajarme, porque estaba agotada tras el día de nervios y esa conversación pendiente que parecía flotar entre nosotros. Valoré la posibilidad de dormir un rato, pero se esfumó de golpe en cuanto vi que nos desviábamos hacia la derecha para adentrarnos en un sendero sin asfaltar y estrecho.

—¿A dónde vamos? —fruncí el ceño.

—¿No tienes ganas de aventuras?

Su mirada traviesa me recordó al Axel de siempre, el que le había pedido que fuera, y me calentó por dentro por esa sensación de familiaridad.

Frenó delante de una playa desierta.

—¿Qué hacemos aquí?

No contestó. Salió de la *pick up,* fue a la parte trasera y abrió el cierre de la lona en la que guardaba las tablas de surf.

—Espero que estés bromeando —mascullé.

—¿No tienes ganas? Vamos, sal del coche.

—Esa no es la cuestión. Ni siquiera llevo bikini.

—¿Ni ropa interior? —El muy idiota sonrió cuando notó que me sonrojaba. Apreté los labios—. No es que vaya a ver algo que no conozca bien, cariño.

Puse los ojos en blanco y él se alejó hacia la orilla. Me quedé allí un minuto largo observándolo caminar bajo el sol del atardecer y preguntándome si no era mejor enfrentarme al Axel desconocido que a ese que siempre me acorralaba contra las cuerdas como si deseara sacar mi parte más impulsiva, esa que yo intentaba dominar y controlar.

Lo insulté mentalmente un par de veces antes de dejarme llevar por el deseo y la envidia que me dio verlo en el agua. Me quité el vestido por la cabeza y di gracias por haberme puesto un conjunto de ropa interior oscura. Después tomé una de las dos tablas que quedaban y me encaminé hacia la playa mientras contemplaba el cielo anaranjado.

—Tardaste —me reprochó cuando lo alcancé.

—Perdona, estaba enumerando todas las razones estúpidas por las que te sigo el juego.

—Me encanta cuando te enfadas.

Se alejó sumergiéndose en el agua y lo seguí.

No logré cabalgar las tres primeras olas buenas, pero en el cuarto intento me mantuve en pie sobre la tabla, con el cuerpo flexionado hacia delante, deslizándome con suavidad mientras el mar y su aroma me envolvían; y todo fue perfecto. Perfecto. Esos momentos de plenitud que surgen cuando menos te lo esperas y que te sacuden, como si te recordaran que sí, que son posibles y que te llenan de energía.

Cuando tras tantas caídas noté que empezaba a estar dolorida y agotada, salimos del agua y nos sentamos en la orilla húmeda para secarnos un poco. El sol casi había desaparecido; los rayos rojizos y anaranjados salpicaban el cielo, que empezaba a oscurecerse y los pájaros que lo surcaban parecían pequeñas sombras desde allí, sobre el murmullo del mar.

—¿Cómo pintarías esto? —pregunté sin pensar.

—¿El cielo? —Axel arrugó el ceño—. No lo sé.

—Algo te habrá venido a la cabeza —insistí.

Dejó escapar un suspiro y relajó los hombros.

—Con las manos…

—¿Cómo dices? —me reí.

—Eso —sonrió—. Con las manos. Tomaría la pintura con los dedos y luego los extendería así hacia arriba —explicó colocándolos como una garra.

Imaginé los rayos así, dibujados de un solo trazo con la yema suave de sus dedos, y me estremecí.

—Deberíamos irnos ya.

—Sí. Vamos —dijo levantándose.

No hablamos durante el trayecto de regreso, pero tampoco fue incómodo. Tenía la sensación de que habíamos encajado algunas piezas que estaban sueltas desde hacía tiempo, y puede que el rompecabezas no fuera perfecto y que siguieran sin estar en su lugar exacto, pero por el momento me servía así. Porque cuando lo miré mientras conducía y cantaba en voz baja la canción que sonaba por la radio, me di cuenta de que volvía a necesitarlo en mi vida. Alejarme de él ya no era una opción. Nunca lo fue, en realidad, al menos hasta que me obligó a hacerlo. Axel era como esa paleta de fresa que estuve años sin probar, pero que, en cuanto lo hice, pasó de nuevo a convertirse en el sabor de mi día a día. El más adictivo.

Cuando llegamos a Brisbane, me acercó a la residencia.

Distinguí a Landon sentado en el escalón del portal. Abrí la puerta del coche incluso antes de que Axel pusiera el freno de mano y salí.

—¿Qué estás haciendo aquí?

—Pensé que podríamos vernos esta noche.

—Claro. No sabía a qué hora acabaríamos. —Noté que Landon se fijaba en mi pelo enredado y en la arena de la playa. Quise borrar la sensación de culpabilidad que me atenazó la garganta, porque no me gustaba sentirme así, que todo fuera tan tenso, tan incómodo—. Paramos después de acabar y se hizo un poco tarde.

—¿Todo ha salido bien? —Me dio un beso en la mejilla.

Asentí, pero no seguí hablando al ver que Axel también bajaba del coche y se acercaba para saludar. Le estrechó la mano a Landon con gesto imperturbable, esa máscara que tanto odiaba y me intrigaba a partes iguales. Landon le preguntó si quería ir a tomar algo, y Axel declinó la oferta diciendo que le quedaba un largo trayecto. Se despidió de mí con un beso en la mejilla.

—¿Por qué hiciste eso? —pregunté.

—¿El qué? —Landon entró en el portal cuando abrí.

—Ya sabes. Eso. Invitarlo a quedarse.

—¿Tiene algo de malo?

—No, pero...

—Dijiste que no le guardabas rencor.

Suspiré al llegar a la habitación y me senté en la cama. Jugueteé distraída con un hilito que colgaba del borde de mi vestido mientras Landon me observaba pensativo. Y por primera vez desde que nos conocimos, tuvimos uno de esos silencios raros de los que es difícil escapar.

Tomé aire al alzar la cabeza.

—Es incómodo —susurré.

Landon se frotó el mentón, tenso.

—Pues no debería serlo, Leah.

—Ya lo sé, pero lo es.

—¿Qué significa eso?

—Nada. No significa nada.

Landon se acercó a la ventana y la abrió; el aire templado de la noche se coló en la habitación. No sé cuánto tiempo estuvimos allí callados, cada uno pensando en sus cosas, pero me levanté cuando no soporté más esa inquietud que parecía apoderarse de todas las cosas bonitas que habíamos construido durante aquellos años: la amistad, la confianza, la seguridad.

Lo abracé por detrás y apoyé la mejilla en su espalda.

Él no se movió, pero tampoco me apartó.

Y en aquel momento eso fue suficiente.

AXEL

Justin me miró. Estábamos en la terraza de casa después de una semana en la que apenas había hablado con Leah. Me encendí un cigarro y resoplé.

—¿Qué te ocurre? —preguntó mi hermano.

—Nada. Me agobia pensar en todo.

—Si no vas a contármelo, me voy.

—Espera, estoy intentando encontrar las palabras... —Lo detuve e inspiré hondo—. Últimamente he estado pensando en mí. En la gente en general. ¿Crees que la realidad se acerca a la idea que tenemos de nosotros mismos? Quiero decir... No estoy seguro de haber sido honesto siempre. Creo que, en el fondo, todos queremos llegar a ser de una forma concreta e intentamos alcanzar ese ideal.

—¿Y eso es malo? Parece un buen propósito.

—Pero, al final, ¿quiénes somos de verdad?

—Supongo que no hay una respuesta para eso.

—Debería haberla. —Apagué el cigarro—. A veces no me encuentro en mi propia piel. Tengo la sensación de que llego tarde a mi vida, de que no estoy en el lugar que debo estar en el momento apropiado; es como si me estuviera perdiendo algo, pero no sé el qué. Y me da miedo no saber pararlo, porque cada vez que lo intento termino dando un paso atrás.

64

AXEL

Sam llamó a la puerta de la oficina antes de entrar.

—Tienes a Hans en la línea dos, lleva intentando localizarte desde ayer por la tarde.

—Carajo. —Había olvidado el celular en algún lugar que no recordaba. Descolgué el teléfono fijo del escritorio para atender al dueño de la galería—. ¿Hans? Perdona. ¿Qué necesitas?

—Escucha, esa chica nueva…, la hija de Douglas…

—Creo que te refieres a Leah Jones.

—Sí. Sam me comentó que se vendieron casi la mitad de los cuadros de la exposición y me mandó esta semana pasada las fotografías de las obras que catalogaron. Creo que es perfecta para un proyecto que tengo entre manos. Pero necesitaría que tú te ocuparas de todo. Y que ella estuviera dispuesta, claro.

—¿De qué se trata? —pregunté.

—¿Estás sentado? De acuerdo. Aquí va.

—¿Estás contenta? ¿Era lo que esperabas?

Asentí mientras salía del aula con Linda Martin. Los pasillos estaban llenos de alumnos a última hora del viernes y yo me había acercado a la universidad para hablar con mi profesora sobre las prácticas que debería hacer el próximo curso.

—La verdad es que no esperaba nada concreto —admití tras un minuto de silencio dándole vueltas a su pregunta—. Así que supongo que cualquier cosa está bien. Estoy… a la expectativa. Sí, creo que esa es la palabra.

—Es bueno probar cosas para saber qué queremos y qué no. —Había empezado a chispear—. El mundo del arte es difícil, ya lo sabes, creo que el secreto consiste en encontrar tu hueco, ese en el que te sientas cómoda. Y en cuanto a las prácticas, piénsalo, las dos opciones son buenas, pero es una decisión tuya, Leah.

—Lo sé, intentaré decirte algo pronto.

Nos despedimos y fui hacia la puerta principal del campus bajo la lluvia, que cada vez caía con más intensidad. Protegí el maletín abrazándolo contra el pecho al recordar que llevaba dentro un par de láminas que quería conservar intactas y maldije en voz baja por haber olvidado el paraguas, aun sabiendo que las tormentas de verano eran frecuentes. Gemí al meter el pie en un charco y me volteé al oír a mi lado una risa ronca y familiar.

—¿Axel? —entrecerré los ojos.

—Vamos, tengo el coche cerca.

—¿Qué haces aquí? —Lo seguí.

—Me dijiste que te reunías hoy con la profesora Martin. —Habíamos intercambiado un par de mensajes dos días antes y, no sé por qué, tuve el impulso de hablarle de las prácticas y de las dudas que tenía, porque ninguna de las dos opciones me convencía del todo y sabía que Axel podría entenderlo—. Vine a hacer unos pendientes. Y a hablar contigo.

No se me pasó por alto su mirada inquieta.

Subimos al coche y, mientras se incorporaba a la calzada, contemplé el movimiento del parabrisas.

—¿Qué querías hablar? —pregunté.

—Es algo delicado. ¿Podemos esperar?

—Landon pasará a recogerme por la residencia en media hora. —Tragué saliva mientras contemplaba su perfil—. Me estás asustando, ¿debería preocuparme?

—No, no es nada malo. Al contrario.

Se quedó en silencio hasta que paró delante de mi edificio. Quitó las llaves del contacto y la lluvia repiqueteó con fuerza contra el cristal y se quedó allí cubriéndolo todo. Pensé que sería bonito pintar algo así: borroso, difuso, caótico.

Axel respiró hondo mientras me miraba.

—Hace unos días me llamó Hans porque estaba interesado en un proyecto relacionado contigo. Necesita a una persona joven, menor de veinticinco años, para cubrir una beca y participar en algunas exposiciones junto a otros artistas de diferentes países. Es una gran oportunidad y la beca cubre todos los gastos, incluida la estancia y un estudio…

—Pero yo ya tengo un estudio —dije.

—El proyecto es en París.

—¿Estás bromeando? —repliqué.

—No. Leah, escúchame…

—¡Es una locura! ¡No puedo irme!

—¿Por qué? —preguntó.

—Por mil cosas. Tengo que empezar las prácticas. Y mi vida está aquí, Axel, no entra en mis planes irme a miles de kilómetros. Sabes que me resulta difícil estar sola, tú sabes lo que me costó venir a Brisbane, el miedo que me daba…

Me sujetó la barbilla con los dedos.

Nuestras miradas se enredaron.

—Yo iría contigo a París, cariño.

Y esos ojos…, esa manera de tocarme…

Aparté la cara y abrí la puerta del coche. Salí, a pesar de la lluvia, y corrí hacia la residencia. Acababa de meter las llaves en la cerradura cuando sentí su presencia a mi espalda. No me volteé. Entré decidida hacia las escaleras. Subí con él pisándome los talones y dejando un rastro de agua a nuestro paso.

—Tienes que irte, Axel —dije tras llegar a la habitación.

Él me ignoró. Se quedó en medio de la habitación con la espalda rígida y la mandíbula tensa mientras yo abría el clóset para sacar ropa seca.

Estaba tan nerviosa que me entraron ganas de reír. ¿Cómo se le había ocurrido algo así? Irme con él a la otra punta del mundo me parecía más arriesgado que jugar a la ruleta rusa. Hacía apenas un mes que había empezado a tolerar su presencia, obligándome a recordar que era mi amigo, que lo que ocurrió en aquella casa fue apenas un pellizco en nuestra historia comparado con haber sido familia durante toda una vida.

Axel me cerró el paso al baño. Sus ojos inquietos revolotearon por mi rostro y se quedaron fijos en los míos.

—¿Qué es lo que te da tanto miedo?

—Ya lo sabes. Ya te lo dije.

—Y te prometí que no estarás sola.

—Me da igual. Déjame pasar, tengo que cambiarme.

No se movió. Siguió ahí en medio, consiguiendo que me temblaran las piernas ante su cercanía.

—Dímelo. ¿Te da miedo lo que pueda ocurrir?

—No sé de qué estás hablando.

—Sí lo sabes. De nosotros.

Fruncí el ceño y alcé la cabeza.

—Eso ni siquiera es una posibilidad.

Axel se apartó y yo entré en el baño. Respiré hondo tras poner el pasador, como si acabara de quitarme un peso de encima y volviera a sentirme protegida, lejos de él. No estaba segura de qué había ocurrido y me atemorizaba tanto que ni siquiera quería pensar en ello. No me di cuenta de que me temblaban los brazos hasta que los levanté para quitarme la blusa empapada.

—Está bien, hablaré a través de la puerta —dijo.

Y no pude evitar apretar los dientes al oír su voz amortiguada. ¿Cómo podía ser tan testarudo e impasible cuando de verdad quería algo y al mismo tiempo dejar de desearlo con tanta facilidad?

—La beca solo tiene una duración de dos meses, así que no te estoy pidiendo que dejes toda tu vida aquí, Leah. Y en cuanto a las prácticas, bueno, estoy seguro de que podría hablarlo con tu profesora y encontrar la manera de convalidarlas; sería como matar dos pájaros de un tiro.

—Ya veo que lo tienes todo pensado —mascullé.

—Claro, soy el mejor representante del mundo.

Puse los ojos en blanco tras abrocharme el pantalón.

—Seguro que habrá más gente interesada.

—No tenemos a ningún otro artista tan joven.

—Pues busca a alguien —respondí.

—¿Podríamos tener esta conversación cara a cara y no a través de una puerta?

Abrí poco después. Al menos, estaba más serena; porque había vuelto a sentirme frente a él pequeña y temblorosa, y no quería ser vulnerable de nuevo.

—Axel, de verdad, suena genial y sé que es una gran oportunidad.

—Una inmensa oportunidad. Hans tiene muchos contactos.

—Ya, pero no es para mí. Lo siento.

Busqué una liga del pelo en la mesa del escritorio.

—Entonces, ¿qué es lo que quieres?

Percibí cierta frustración en su voz.

—¿Sobre qué, exactamente?

—Sobre tu carrera. Sobre pintar. Dime cuál es tu meta e intentaré conseguir que la alcances, pero creo que deberíamos tener esta conversación antes de dar otro paso más. ¿Qué piensas hacer cuando acabes los estudios? ¿Quieres trabajar de otra cosa y pintar en tus ratos libres, o pretendes vivir vendiendo cuadros? Creo que me merezco una respuesta.

Cerré los ojos con fuerza.

Sabía que él tenía razón, que tenía que elegir una dirección. No era mi intención hacerle perder el tiempo ni tomarme aquello como un juego. Pero lo cierto era que no había pensado demasiado en un objetivo concreto. Yo solo sabía que pintar era mi vida, pero no tenía ni idea de cómo plasmar esa idea. Lo único que me venía a la cabeza era la certeza de querer seguir pintando, por simple que pudiera parecer. ¿Y después qué? O más importante, ¿para qué?, ¿cuál era la finalidad? No tenía un sueño concreto, como exponer en una galería de Nueva York y hacerme famosa, o vender mis cuadros por una fortuna y ser rica. Nunca había pensado en ello. Tampoco me había preocupado, porque supongo que lo de tener un trabajo con el que pagar las deudas es una inquietud que te asalta cuando te das cuenta de que tendrás que afrontarlo dentro de poco tiempo. Y, por mucho que intentara imaginarlo, no me veía a mí misma haciendo otra cosa.

—Sí, la idea es esa, poder vivir de esto, supongo —respondí bajito.

Axel tenía el pelo aún mojado y me asaltó el recuerdo de cuando lo veía llegar a casa por las tardes tras perderse un rato entre las olas.

—Entonces, no te entiendo…

—Todo es demasiado complicado.

—¿El problema somos nosotros, Leah?

No quería contestar, porque si le decía que sí daría a entender que las cosas no estaban bien. Y era cierto. Nuestra relación era tan enredada…, tenía tantos nudos que no sabíamos ni cómo empezar a deshacer…

Abrí la ventana y respiré hondo.

—No, no es eso. Me estoy agobiando, Axel. Necesito tiempo, ¿está bien? No es una buena idea seguir hablando ahora.

—¿Eso significa que vas a pensárlo?

Me debatí nerviosa. Pero antes de que pudiera responder llamaron a la puerta y recordé que había quedado con Landon. Lo último que necesitaba era gestionar una situación incómoda. Abrí e intenté disimular la tensión cuando Landon me dio un beso corto en los labios. Expulsé el aire que estaba conteniendo mientras él y Axel se saludaban con un apretón de manos.

—Tengo que irme ya —dijo Axel.

—De acuerdo. —Quería llorar. No sé por qué, pero, dentro de aquella habitación que parecía dejarme sin aire y acompañada por los dos, lo único que sentí fue eso: ganas de llorar.

—Piénsalo, ¿de acuerdo? Y dame una respuesta.

Me estremecí cuando sus labios me rozaron la mejilla. Cuando cerré la puerta, Landon y yo nos miramos fijamente durante un minuto que se me antojó denso e incómodo, todas las cosas que no quería asociar a él, todo eso…

—¿Qué es lo que tienes que pensar?

—Creo que será mejor que te sientes.

66

AXEL

—Te juro que esto es el mayor ejercicio de autocontrol que he hecho en toda mi puta vida, porque cuando lo vi dándole un beso, bueno, quise matarlo. Y es solo un niño. Un niño que encima parece un buen tipo...

Mi hermano me sirvió un café.

—¿Preferirías que fuera un imbécil?

—No, carajo, no.

«Entonces ya estaría muerto», pensé. Luego resoplé mientras Justin atendía a otros clientes que acababan de entrar en la cafetería. Yo jamás había sido celoso, pero durante los últimos meses sentía un desasosiego en el pecho que cada vez se iba haciendo más grande. La inseguridad me carcomía. Y el miedo. Lo mucho que me atemorizaba pasar el resto de mi vida así, borroso dentro de mí mismo, sin poder tocarla nunca más.

Vi a mi padre a través del cristal y me obligué a poner buena cara cuando entró y me dio una palmadita en la espalda antes de sentarse en el taburete de al lado.

—¿Cómo va eso, colega? —preguntó animado.

—He tenido días mejores —admití.

—Vamos, cuéntame tus problemas.

Justin fingió que buscaba un trapo bajo la barra para no reírse delante de él y yo terminé haciéndolo en una sonrisa torcida, mientras pensaba en lo afortunado que era por tener una familia así; porque a pesar de sus defectos y de sus virtudes, no cambiaría nada de ellos.

—Mi problema se llama Leah. Creo que la conoces.

Mi padre me miró con cautela, porque habíamos hablado de ello, pero no después de que apareciera de nuevo en mi vida. No como ese día, cuando no estaba muy seguro de tener filtro. Justin terminó de cobrar y se acercó a nosotros.

—Puedo escuchar, se me da bien —me alentó.

—Está bien. —Me froté el mentón—. Tengo varios problemas. El primero es que necesito convencerla para que acepte ir a París con esa beca que le propusieron.

—Debería aceptar. Es una gran oportunidad. Quizá tu madre pueda hablar con ella…

Justin parecía expectante desde el otro lado de la barra, como si estuviera encantado de ver el espectáculo. A veces me sorprendía lo bien que me conocía mi hermano, teniendo en cuenta todas las trabas que le había puesto para hacerlo años atrás.

—El segundo es que quiero matar al chico que sale con ella.

—Hijo, eso no es… —suspiró—. No está bien.

—Y el tercer problema es que quiero cogérmela.

—Axel —mi padre tragó saliva un poco nervioso.

—De hecho, solo pienso en eso. ¿Algún consejo, papá?

—Fue mejor de lo que pensaba. —Justin se echó a reír con una carcajada ronca, y cuando quise darme cuenta, los tres estábamos haciéndolo, aunque mi padre seguía teniendo las mejillas encendidas y terminó tosiendo, algo azorado.

—Tienes muchos frentes abiertos —comentó.

—No es nada *alucinante* —bromeé.

—No, no lo es —me sonrió.

—Venga, vamos a dar una vuelta.

Nos despedimos de Justin y salimos de la cafetería. Empezamos a caminar hacia el paseo de la playa y lo recorrimos en silencio, solo disfrutando de ese rato juntos. Cuando nos sentamos en el muro que bordeaba la arena, miré a mi padre; con sus lentes de pasta, su sonrisa eterna y el cabello más largo de lo que a mi madre le gustaba y algo revuelto por el viento. Me dieron ganas de fumarme un cigarro, pero no lo hice porque sabía que él preferiría que no tuviera ese vicio.

—Papá…

—Dime, colega.

—Si algún día tengo hijos, solo espero ser la mitad de bueno de lo que tú eres con nosotros.

—Me la han puesto muy fácil.

Parpadeó para contener la emoción, y yo sonreí y me limité a rodearle los hombros con un brazo mientras contemplábamos juntos el azul del mar y a los surfistas que buscaban las olas bajo el sol de la mañana tranquila.

67

LEAH

Por alguna razón, cuando pensaba en París siempre acudía a mi cabeza Claude Monet. Durante el segundo año de carrera, hice el trabajo de fin de curso sobre él y la pintura impresionista. Me fascinaba su determinación, a pesar del rechazo inicial de la burguesía porque rompía con los valores tradicionales del arte en la época; también su obsesión por buscar el color y la expresión etérea de la luz. Las pinceladas libres, cortas y cargadas, el toque vibrante y luminoso. Ese interés por captar el instante, lo impalpable, lo efímero. Me transmitía una sensación reconfortante, como los momentos que guardas en tu memoria y sabes que no podrán repetirse. Era mágico. Plasmar lo volátil con sus colores puros y yuxtapuestos.

Su obra más importante, la que da nombre al movimiento, se titula *Impresión, salida del sol*. Quise convencerme de que no era una señal. El amanecer. Él.

Esos días solo pensaba en Monet.

Solo pensaba en París…

Habíamos salido a cenar y nos habíamos pasado la noche esfor-
zándonos por aparentar que no ocurría nada, pero los dos sabíamos que no estábamos bien. Ni siquiera estaba segura de cuál era
el problema, pero sí podía palpar los silencios incómodos, los temas que evitábamos, las miradas que escondían miedos y dudas.

Me quité los zapatos en cuanto llegamos a su departamento
y caminé descalza hasta la cocina para tomar un vaso de agua.
Cuando me lo bebí y me di la vuelta, Landon estaba apoyado en
la barra y me miraba con gesto serio.

—¿Qué ocurre? —Di un paso hacia él.

—Tenemos que hablar sobre lo de París.

—¿Crees que no debería irme?

—No. En realidad, pienso que es una oportunidad irrepeti-
ble y que tienes que aprovecharla. Pero eso solo lo complica todo
más… —Se pasó una mano por el pelo, agobiado—. Yo te quiero,
Leah, pero te vas a ir allí, con él, a miles de kilómetros de distancia, y no estoy seguro de poder seguir fingiendo que no pasa nada.

—¿Qué intentas decirme? —Tragué saliva.

—Que ya hablaremos cuando vuelvas…

—¿Estás rompiendo conmigo?

—No, porque no hay nada que romper. Tú eres la que nunca
ha querido poner etiquetas a lo nuestro, así que ni siquiera sabemos qué es lo que tenemos. —Resopló y su mirada triste me atravesó—. Vete a París, aprovecha esto y… aclárate. Descubre qué es
lo que quieres de verdad. No quiero enterarme de lo que ocurra
durante esos meses entre ustedes.

—Pero no va a pasar nada.

—Leah, carajo, no estoy ciego.

—¿Qué quieres decir? —Iba a echarme a llorar.

—Que veo cómo te mira. Y que a ti te conozco demasiado como para no darme cuenta de que aún sientes algo por él. —Cerró los ojos, inspiró hondo y se mordió el labio mientras se llevaba las manos a las caderas—. Tú solo… haz lo que tengas que hacer, pero cuando vuelvas, dame una respuesta. Si entonces quieres seguir estando conmigo, tendremos algo real, seremos una pareja normal. Porque no puedo continuar con esto así, ¿lo entiendes?

Asentí despacio, con un nudo en la garganta.

—¿Y qué somos ahora, Landon?

Me limpió las lágrimas y suspiró.

—Somos dos amigos que van a quererse siempre, pase lo que pase.

LEAH

Cuando bajé del autobús ya casi había anochecido. El corazón me latía rápido en el pecho mientras avanzaba por el sendero que conducía hacia su casa, pero necesitaba hacer aquello. Necesitaba…, no sé muy bien el qué, en realidad, pero me había subido por impulso a ese autobús con una idea en la cabeza. Una idea que sabía que mi hermano o Landon habrían considerado una locura, pero que, casi con total probabilidad, a Axel le resultaría casi tan tentadora como a mí. Porque lo cierto era que, en el fondo, seguía teniendo la impresión de que algunas cosas solo podía compartirlas con él, como si temiera que el resto del mundo no fuera a entenderlas de la misma manera.

Decidí llamar a la puerta principal en vez de dar la vuelta y aparecer por la terraza tras contemplar la posibilidad de que Axel no estuviera solo.

No me gustó el vuelco que me dio el estómago.

Llamé con los nudillos y esperé nerviosa.

Axel abrió y me miró sorprendido.

—¿Puedo pasar?

Se apartó, entré y dejé el bolso encima del sofá. Cuando lo miré, intenté recordar las palabras que había pensado decirle, pero me distraje mientras él tomaba una playera del respaldo de la silla y se la ponía. Contemplé el movimiento de sus hombros y de los músculos de su espalda, las líneas rectas que terminaban en una curva, su piel dorada…

—¿Qué haces aquí?

—Quería verte. Y pedirte algo.

—¿Es sobre París? —Negué con la cabeza. Lo cierto es que todavía no le había dado una respuesta sobre eso—. ¿Te ocurrió algo, Leah?

Sus ojos de un azul oscuro brillaron inquietos en aquel rostro tenso y me dieron ganas de alzar la mano y acariciar las arrugas que se formaban en su entrecejo.

—No. Es solo que necesito hacer una cosa.

Tomé aire, nerviosa, y él alzó las cejas y sonrió.

—Si esa cosa pasa por mi cama solo tienes que decirlo, cariño. —Lo taladré con la mirada y él se echó a reír mientras salía a la terraza. Lo seguí—. Vamos, cuéntamelo, Leah. No hagas que me preocupe. Sabes que puedes pedirme cualquier cosa, ¿no?

Me apoyé en el barandal, a su lado.

—¿Cualquier cosa? —pregunté bajito.

—Lo que sea, Leah. Todo.

—¿Incluso entrar en una casa?

—¿Perdona? —parpadeó.

—Entrar en una casa abandonada.

—¿Y por qué demonios querrías…? —Cerró la boca en cuanto entendió lo que pretendía y me mostró una sonrisa minúscula—. ¿Cuándo?

—¿Esta noche?

—De acuerdo. ¿Cenaste?

—No. —Se dirigió a la cocina y fui tras él—. Cualquier cosa estará bien.

—Tengo poco, lasaña que sobró ayer y…

—Eso mismo —lo corté antes de sentarme en uno de los taburetes.

Él calentó dos platos y cenamos en silencio mirándonos de vez en cuando, cada uno pensando en sus cosas. Fue como viajar al pasado durante un instante fugaz. Me terminé el vaso de agua casi de golpe.

—¿Cómo vamos a hacerlo?

—No hay muchos vecinos en esa zona. Iremos por la parte de atrás y treparemos por el muro. Llevaré algo para abrir la puerta. —Me miró—. Estás segura de esto, ¿verdad?

—Muy segura —contesté.

70

AXEL

Quería preguntarle por qué no se lo había pedido a Oliver. O a Landon. O a cualquier otra persona. Se habría ahorrado casi tres horas de autobús, y supongo que el mal trago de verme, porque a pesar de esa «amistad» nuestra, a ratos no estaba muy seguro de que pudiera soportar mirarme. Al menos, a esa conclusión había llegado después de entender que uno de los problemas para no ir a París era que yo la acompañaría.

Pero estaba tan feliz de verla que una parte de mí sabía que haría cualquier cosa que ella quisiera. Porque el corazón se me aceleraba cada vez que la tenía cerca. Porque me ponía duro mirarla. Porque tenía el rostro más bonito del mundo y quería besarla por todas partes. Porque estaba loco por ella.

—¿Estás preparada? Ven aquí, Leah.

Habíamos rodeado la propiedad y teníamos las linternas apagadas, así que tan solo veíamos lo que la luna alcanzaba a iluminar. Ella pisó unos matorrales, la agarré por la cintura y la alcé con suavidad hasta que alcanzó el extremo del muro. Saltó y yo fui detrás. Extendí el brazo hacia ella.

—Dame la mano —le pedí.

Sus dedos encontraron los míos en medio de la oscuridad e ignoré el escalofrío que me recorrió mientras la jalaba avanzando hacia la casa entre los hierbajos que habían crecido demasiado. Subimos al porche trasero y la solté al llegar delante de la puerta. Tomé aire y crucé los dedos para que la puerta se pudiera abrir fácilmente.

—Te alumbro —dijo encendiendo la linterna.

Golpeé la madera con el hombro y el crujido rompió el silencio de la noche. Cerré los ojos y golpeé más fuerte, esta vez se abrió con un chasquido.

—¿Estás lista? —pregunté, y ella asintió.

Esa vez su mano me buscó por voluntad propia y, cuando traspasamos el umbral del que había sido su hogar durante tantos años, me apretó con fuerza. Yo tragué saliva, porque los recuerdos se arremolinaban en cada rincón y en cada uno de los muebles que alguien había cubierto con sábanas.

—Cariño, si necesitas salir, solo dímelo.

—Estoy bien. —Sorbió por la nariz—. De verdad que estoy bien —repitió como si intentara convencerse—. Hay muchas cosas aquí, muchas...

El haz de su linterna iluminó la sala moviéndose conforme lo dejábamos atrás y nos acercábamos a las escaleras. Los escalones crujieron bajo el peso de nuestros pasos, pero solo podía oír cómo me latía el corazón. Dejé que Leah le echara un vistazo a su propia habitación y esperé paciente en el umbral.

Después nos dirigimos al estudio de Douglas.

Yo no estaba preparado para todo lo que sentí al entrar allí. Para ver sus cuadros apoyados en las paredes, pinturas y un par de caballetes. Tragué saliva y me obligué a mantenerme sereno cuando oí el primer sollozo de Leah.

—No pasa nada —susurró en medio de la oscuridad—. Es solo... un momento de debilidad. Pero puedo hacer esto, Axel. Quiero hacerlo.

Comenzó a mover los cuadros y yo la ayudé apartando algunos. Cuando me vi frente a uno de ellos, me quedé sin aire.

—Espera. —Lo tomé.

—¿Qué pasa?

Leah se acercó. Intenté quitar el polvo que cubría el lienzo y lo dejé encima de uno de los caballetes que seguían abiertos. Inspiré hondo.

—Este me lo tengo que llevar.

—¿Qué tiene de especial?

—Fue la primera vez que pinté. No sé por qué tu padre lo conservó. Ni siquiera se me pasó por la cabeza. —Me llevé una mano a la boca mientras Leah seguía iluminándolo con la linterna—. Tú tenías tres años y bailabas aquí mientras él pintaba. Me dejó tomar el pincel y esto lo hice yo. Un cielo despejado... —deslicé las manos por esa zona.

—Tú, siempre cielos despejados.

Me volteé hacia Leah y distinguí la curva de su sonrisa en la penumbra. Nos miramos en silencio, conectados de algún modo que ni siquiera podía entender. Oí su respiración.

—Gracias por acompañarme...

Asentí con la cabeza y continuamos revisando el estudio. Puede que aquello fuera robar, pero, carajo, pensaba llevarme muchas de esas pinturas. No tenían valor. No para los propietarios actuales de esa casa, pero sí para nosotros. Un valor incalculable.

Por algunas cosas vale la pena arriesgarse con los ojos cerrados.

Cuando salimos, le prometí que volveríamos otro día con el coche para llevarnos algunos cuadros y recuerdos. La alcé de nuevo para que alcanzara el muro e intenté ignorar el aroma femenino que desprendía y las ganas que tenía de estrecharla contra mi cuerpo. Cuando empezamos a caminar calle abajo, nos dirigimos varias miradas divertidas. Si pensaba que Leah había cambiado porque parecía más mujer, más serena y más calmada, me equivocaba. Seguía siendo la misma chica dispuesta a cometer locuras y a vivir aventuras, a dejarse llevar cuando la retaba, a pasear conmigo de madrugada bajo el viento templado de la noche de un jueves cualquiera.

—¿Qué estamos haciendo? —pregunté.

—No lo sé —se rio, aunque, bajo la luz de los faroles, pude ver que aún tenía los ojos un poco enrojecidos—. No tengo donde dormir.

—Y tomaste un autobús sin pensar.

—¡Estaba improvisando!

—Vamos a casa —le tendí una mano, ella la miró, negó con la cabeza y siguió hacia adelante—. ¿Qué quieres, pequeña demente?

—Pasemos despiertos toda la noche. Solo paseando, hablando o sentándonos por ahí. —No dijo que todavía no estaba preparada para quedarse a dormir en mi casa, pero a veces podía leer a través de su piel y de la súplica que escondían sus ojos.

—Parece un plan increíble.

Así que eso fue lo que hicimos.

Dejamos atrás las horas mientras recorríamos las calles vacías, conociéndolas desde una perspectiva diferente a la diurna, cuando estaban llenas de gente. Bajamos hasta el paseo de la playa y yo intenté no hacer ninguna estupidez cuando, acostada en la arena, ella me confesó que su relación con Landon no estaba pasando por su mejor momento. Me esforcé por escucharla. Me esforcé por ser su amigo. Me esforcé por no desear cogérmela allí mismo, aunque en vano. Y después, cuando regresamos sobre nuestros pasos y paramos en un parque solitario, nos sentamos en los columpios. Me reí mientras ella se balanceaba y el viento de la noche le revolvía el pelo. Allí, aferrando con las manos las cuerdas del mío y sin apartar los ojos de Leah, me sentí vivo de nuevo. Porque cuando estábamos juntos parecía que el mundo era más colorido, más vibrante, más intenso. Eso era ella para mí.

—Ten cuidado —dije al verla torcerse hacia un lado.

—Si me caigo, ¿me levantarías?

—¿A qué viene esa pregunta?

Leah frenó ayudándose con los pies.

Me miró. Me fijé en su garganta al tragar.

—Si me caigo en París, ¿me levantarás, Axel?

Contuve el aliento cuando la entendí.

—Siempre, cariño. Te lo prometo.

—Me da miedo caminar sola.

—Lo sé. Pero estaré ahí.

Ella asintió aún dubitativa y tomó aire.

—¿Cuándo nos vamos?

Hacía años que no sonreía así.

LEAH

Hay heridas horribles, en carne viva, y hay otras peores, de esas que no sangran, esas que parece que han cicatrizado, pero que, si las rozas, duelen como el primer día.

Axel era mi herida.

MARZO

—

(PRIMAVERA. PARÍS)

AXEL

Contemplé el mar azul e inmenso a través de la ventanilla ovalada, con el corazón todavía un poco agitado, porque lo de volar no era lo mío.

—¿En qué estás pensando? —me preguntó Leah.

Giré la cabeza para mirarla. Estaba preciosa.

—Créeme, no quieres saberlo.

—Vamos, dímelo —insistió.

—Está bien. —Acerqué mi cabeza a la suya para hablar en susurros—. Estoy pensando que estamos a más de veinte mil pies de altura volando en un artefacto que no me da ninguna confianza, pero del que ninguno de los dos podemos escapar... —Deslicé la mirada hasta sus labios cuando se los humedeció—. Así que supongo que, si buscara un momento perfecto para decirte que sigo estando loco por ti, este sería el ideal. O si quisiera contarte que no sé cómo, pero pienso intentar que me perdones cada día. También podría decirte que he estado a punto de besarte varias veces...

—Axel... —Se tensó en su asiento y noté cómo se le aceleraba la respiración.

—Pero como te dije, solo son suposiciones.

Sonreí con inocencia. Leah expulsó el aire contenido.

LEAH

Todos tenemos nuestros mecanismos de defensa. Ante el dolor, ante la traición, ante el peligro. Canalizar las emociones, saber digerirlas e interiorizarlas, no siempre es fácil. En mi caso, lo que más me costaba era aprender a trazar el punto final. Pensaba, pensaba y pensaba en lo mismo, dándole vueltas, observándolo desde diferentes ángulos y perspectivas hasta que daba con una conclusión que para mí era válida. Y entonces…, no sabía qué hacer con esa conclusión. ¿Qué se hace con los sentimientos una vez que consigues etiquetarlos en tu cabeza? ¿Los ordenas por colores? ¿Los guardas en un cajón? ¿Dejas que te acompañen en tu día a día y aprendes a llevarlos encima como si fueran una bufanda que cada vez te aprieta más?

Yo no sabía soltarlos. Dejar ir esos pensamientos.

Quizá por eso todavía no había hablado con Axel, por esa parte de mí que se resistía. Tenía las manos llenas de reproches, pero era incapaz de dejarlos salir a pesar de que llevarlos a cuestas me consumía, porque cada día parecían pesar más. Tenía miedo. No quería abrir esa caja en la que guardaba las cosas feas, todo lo que ocurrió entre nosotros.

Me asustaba que la línea que separaba el odio del amor fuera tan fina y estrecha, hasta el punto de poder ir de un extremo al otro de un solo salto. Yo quería a Axel, lo quería con las entrañas, con la mirada, con el corazón; todo mi cuerpo reaccionaba cuando estaba cerca. Pero otra parte de mí también lo odiaba. Lo odiaba con los recuerdos, con las palabras nunca dichas, con el rencor, con ese perdón que era incapaz de ofrecerle con las manos abiertas por mucho que lo deseara. Al mirarlo, veía el negro, el rojo, un púrpura latente; las emociones desbordándose. Y sentir algo tan caótico por él me hacía daño, porque Axel era una parte de mí. Siempre iba a serlo. Pese a todo.

Un taxista nos estaba esperando en el aeropuerto.

Nos llevó al departamento en el que íbamos a pasar los siguientes meses y, tras ayudarnos a bajar las maletas, le entregó a Axel la llave que Hans le había dado. Después se fue y los dos nos quedamos allí plantados en medio de la calle y alzando la vista hacia el cielo plomizo para contemplar el antiguo edificio de estilo Haussmann.

Axel abrió la puerta y yo lo seguí. Había un ascensor que debía de ser prehistórico con un cartel en la puerta, «Ça ne marche pas», que, a juzgar por el candado que lo mantenía cerrado, debía de significar que no funcionaba. Las escaleras eran estrechas y oscuras, pero sentía un cosquilleo conforme las subíamos arrastrando el equipaje a duras penas.

—Deja las maletas si pesan demasiado.

—Estoy bien —repliqué.

Llegamos a la última planta, la tercera. Axel abrió el departamento y encendió las luces antes de hacerse a un lado. Di una vuelta sobre mí misma contemplando los techos altísimos, las molduras y los rosetones que los recorrían, y los enormes ventanales. La luz se reflejaba en el suelo claro de madera y me pregunté cómo era posible que aquel edificio con pinta de tener tantos años escondiera una casa tan bonita.

Una escalera de metal que se curvaba en la parte superior conducía hasta lo que parecía ser la buhardilla, y deduje que ese sería mi estudio durante los dos meses siguientes. Me quité la chamarra delgada que llevaba puesta y la dejé sobre el brazo de uno de los sofás antes de abrir las tres puertas que escondían un baño y dos dormitorios.

—Puedes quedarte el que tiene la cama más grande —dije, y tomé aire, porque hasta ese momento no había querido ni pensar en lo difícil que iba a ser ver a Axel todas las mañanas, todas las noches, todos los días—. Creo que tiene sentido. Que duermas más amplio y eso. Ya sabes lo que quiero decir. Además, me gustan las vistas del otro.

—Bien —contestó pasando de largo.

Mientras él trasladaba las maletas a los dormitorios, aproveché para subir a la pequeña buhardilla. Sonreí al descubrir el espacio confortable y limpio, con un par de caballetes abiertos, lienzos en blanco y algo de material, aunque tendría que comprar más utensilios que necesitaba.

Oí los pasos de Axel a mi espalda.

—Vaya, tiene buena iluminación.

—Es perfecto —admití.

Él abrió una ventana y el aire fresco ventiló mi nuevo estudio. Suspiré satisfecha mientras revisaba cada rincón y notaba el cosquilleo de la impaciencia apoderándose de mí, porque ya tenía ganas de estrenar aquel espacio y pintar allí, contemplar la calle durante horas y dejarme llevar, sin pensar en nada más, arropada por esas paredes.

—¿Estás contenta?

—Mucho. Sí. También nerviosa.

—Vamos, luego lo miraremos con más tiempo. Quedamos con Hans en menos de media hora y espero que el sitio esté cerca de aquí, porque no tengo ni idea de dónde estamos.

Salimos a la calle. El viento era frío, y más en comparación con las suaves temperaturas a las que estábamos acostumbrados. Llevábamos ropa delgada y cómoda; mientras caminábamos siguiendo las indicaciones del celular, pensé que tendríamos que comprarnos alguna prenda abrigadora a no ser que el buen tiempo llegara de repente.

Resultó que el restaurante en el que habíamos quedado con Hans estaba cerca del departamento, apenas a unas calles del famoso Moulin Rouge, bajo el barrio bohemio de Montmartre. Le Jardin d'en Face tenía una fachada de un verde Veronés y por dentro era confortable, casi rústico.

Un tipo de cabello canoso y sonrisa pronunciada se levantó en cuanto entramos, y Axel y él se dieron un abrazo corto. Después Hans me miró y me sorprendió dándome dos besos.

—Encantado de conocerte, Leah.

—Lo mismo digo, señor Hans.

—Puedes ahorrarte lo de «señor», aún me siento joven —bromeó—. Vengan, reservé una mesa. ¿Qué quieren beber? ¿Pido una botella de vino?

Contestamos que sí mientras nos acomodábamos.

—¿Qué tal el viaje? —se interesó.

—Bien, aunque todavía no tengo muy claro qué hora es —contestó Axel haciéndolo reír—. El departamento es increíble. Y el estudio también, ¿verdad, Leah?

—Es precioso. Me encanta la luz.

—Genial, esa era la idea.

Pedimos los platos y yo me centré en mi ensalada mientras ellos se ponían al día sobre la galería de Byron Bay y nuestros planes en París; para empezar, teníamos que acudir a una fiesta en una sala de arte esa misma semana. Y por la cantidad de propuestas que hizo Hans, íbamos a estar bastante ocupados.

Cuando Axel se levantó para ir al baño, Hans me observó pensativo y me puse un poco nerviosa.

—Así que el arte va un poco en los genes...

Ladeé la cabeza mientras lo miraba sorprendida.

—¿Conocías a mi padre? —pregunté.

—Sí. Compré alguna obra suya hace años. Tenía talento. Y tu madre también, aunque quizá no le fascinaba tanto el mundo del arte como a él, pero cuando se lo proponía... —Jugueteó con la servilleta entre los dedos—. No deberías estar nerviosa, Leah. Confío en tus posibilidades casi más que tú misma. Te irá bien aquí.

—Ojalá pudiera creerlo —sonreí.

—¿Qué es lo que te preocupa?

—Todo. La novedad. La gente. El idioma.

Hans me miró comprensivo y arqueó las cejas.

—Mi madre era australiana y mi padre francés, así que pasé buena parte de mi vida viajando de un lado a otro. Créeme cuando te digo que todo lo que necesitas saber durante los primeros días aquí es cómo saludar a la gente.

Axel volvió a sentarse a mi lado y sonrió.

—¿A los parisinos les gusta saludar?

—Mucho. Y de forma muy específica. Verán, los lunes y los martes es preferible decir *bonne semaine,* los miércoles y jueves utilizar *bonne fin de semaine* y los viernes *bon week-end.*

Me eché a reír porque, sin ninguna razón, aquello me pareció de lo más gracioso. Y, en cierto modo, la tensión que me envolvía desde que habíamos pisado París se disipó de golpe. Me apunté esas expresiones en una servilleta, y Axel no dejó de burlarse de mí. Después me limité a disfrutar de la comida sin darle más vueltas a todos mis miedos, degustando los postres y escuchando las anécdotas con las que Hans nos entretuvo.

AXEL

Me iba a estallar la cabeza. Intenté aguantar hasta que la comida terminó y, en cuanto llegamos al departamento, busqué en la maleta una pastilla.

—¿No te encuentras bien? —Leah me miró.

—Se me pasará. Luego podemos ir a dar una vuelta, salir a ver la zona y cenar por algún sitio, ¿qué te parece?

—Claro. ¿Necesitas algo?

Sonreí travieso y me señalé la mejilla.

—Nunca digo que no a un beso tuyo.

—Eres idiota, Axel. —Subió las escaleras, pero vi la curva de sus labios antes de que desapareciera en el estudio y ese gesto me calentó por dentro.

Suspiré hondo, me tomé la pastilla y me dejé caer en la cama de mi dormitorio con los brazos tras la cabeza, mirando el techo y pensando…, pensando que una parte de mí sentía que estar allí, en París, era como empezar desde cero. Aunque no tuviera ninguna lógica, tenía la sensación de que al bajar del avión era una persona distinta a la que había subido, y me preguntaba si al regresar a casa seguiríamos siendo los mismos o no; porque de algún modo retorcido Leah y yo nos dedicábamos a desnudarnos capa a capa cada vez que nuestras vidas se encontraban en uno de esos cruces en los que debes decidir qué dirección tomar.

La primera semana fue tranquila. Apenas tuvimos tiempo libre, porque cuando no estábamos comprando material, ropa o comida, teníamos que acudir a la galería de la que Hans era socio y conocer a un montón de gente, aunque yo era incapaz de retener sus nombres.

—¿Cómo ha dicho que se llamaba ese?

Axel reprimió una sonrisa y se inclinó para susurrármelo al oído. Yo me estremecí al notar su aliento cálido tan cerca, casi haciéndome cosquillas en el cuello. Esa noche llevaba un pantalón oscuro y una camisa blanca y formal, mucho más formal de lo que recordaba haberlo visto jamás. Era dolorosamente consciente de su atractivo: del mentón recién afeitado, del olor de la colonia que se había puesto antes de salir y de su mirada penetrante.

—Armand Fave —me recordó.

Me terminé de un trago la copa que nos habían servido y sonreí al fijarme en el cuello de la camisa de Axel y en la corbata mal anudada. Lo cierto era que no quedábamos nada en aquel ambiente, ¿qué hacíamos allí?

—¿Qué te hace tanta gracia? —preguntó.

—Nada, ven aquí, deja que te arregle esto…

Estábamos en un rincón del espacio impoluto, lleno de gente que charlaba, bebía y comentaba los cuadros de artistas consagrados que habían participado en la inauguración de aquella sala. Por desgracia, no conocía a ninguno de ellos, así que me sentía un poco perdida.

Di un paso hacia Axel acortando la distancia que nos separaba y él respiró hondo cuando deslicé las manos por su nuca para colocarle bien el cuello de la camisa antes de intentar arreglar el nudo apretándolo un poco.

Su aliento cálido me acarició.

—No deberías acercarte tanto.

—¿Acaso corro peligro?

—Seguro que Caperucita le hizo esa misma pregunta al Lobo Feroz —replicó con la voz ronca, y yo apreté el nudo más de la cuenta—. Carajo, cariño —frunció el ceño llevándose una mano al cuello para aflojársela.

Sonreí satisfecha antes de dar un paso atrás, aunque por dentro estaba temblando. Porque sus palabras, su voz, su mirada... Aún estaba intentando recuperarme de lo que me había susurrado en el avión y de lo complicado que resultaba verlo a todas horas, tenerlo tan cerca e intentar recordar todas y cada una de las razones por las que no debía bajar la guardia.

—Aquí están —Hans nos sonrió—. Quería presentarle a uno de los socios de la galería, William Parks. Y esta mujer deslumbrante es su esposa, Scarlett.

Los saludé a los dos. Tenían un marcado acento inglés y cierto aire distinguido ante el que me costó mantenerme indiferente, porque ambos eran ese tipo de personas que poseen un encanto embaucador y se apoderan del protagonismo absoluto en cuanto entran en un sitio. Todo en ellos desprendía elegancia, lujo y sofisticación.

Tras un rato en el que Axel se encargó de encauzar la conversación, Scarlett me tomó del brazo con la excusa de ir por una copa. No pude negarme. Crucé con ella la sala y empecé a ponerme nerviosa cuando se paró delante de un cuadro inmenso de formas geométricas, líneas quebradas y colores fríos.

—¿Qué opinas de esta obra? —me preguntó.

—Es interesante. —No añadí que, a pesar de ello, para mi gusto le faltaba algo difícil de explicar. El alma, la emoción, la intención.

—El artista se llama Didier Baudin y hasta hace poco menos de un año tan solo exponía en algunas ferias y en un par de restaurantes conocidos que accedieron a echarle una mano. Mi marido y yo vimos en él talento y futuro. Créeme, llevamos años dedicándonos a esto, sabemos distinguir un diamante escondido entre una montaña de piedras y el catálogo que nos enseñó Hans de tus obras nos resultó… refrescante. Sí, creo que esa es la palabra. Algo inesperado en medio de la monotonía. Confía en mí cuando te digo que, trabajando juntos, podemos lograr grandes resultados.

Me guiñó un ojo y yo le di las gracias casi en un susurro, porque no supe qué contestar ni hasta qué punto su interés me halagaba o me incomodaba.

Cuando la inauguración terminó y nos fuimos, eran las once de la noche y las calles de París estaban casi vacías. Hacía frío, pero por encima del vestido llevaba el abrigo que me había comprado la semana anterior. Por desgracia, también los únicos tacones con los que había salido de la tienda.

—Me están matando —protesté.

—Pues quítatelos —Axel se encogió de hombros.

—No estamos en Byron Bay —le recordé.

—¿A quién le importa? Vamos, te llevo.

Me reí y negué con la cabeza, porque me hacía gracia comprobar lo poco que el entorno influía en Axel. Me sujeté del brazo que me ofreció para caminar más ligera y aguanté hasta que llegamos al departamento. Me quité los zapatos en cuanto cruzamos la puerta.

—¿Tendremos que acudir a más fiestas así?

—Me temo que sí —contestó—. ¿Una copa?

Negué mientras él se servía un par de dedos de un licor ambarino. Luego se sentó a mi lado en el sofá y dio un sorbo largo. Tragué saliva cuando su mirada descendió por mi cuello hasta quedarse fija en el escote de mi vestido negro.

Temblé. Por dentro temblé.

Y odié el deseo que sentí.

Las ganas. Los recuerdos.

Me levanté cuando noté que el corazón empezaba a latirme más rápido y le di las buenas noches casi sin mirarlo. Suspiré hondo al cerrar la puerta de mi habitación, me quité el vestido y me puse la pijama antes de acercarme a la ventana y contemplar en silencio las luces de la ciudad, el cielo en el que apenas se distinguían estrellas, tan diferente al de casa, las chimeneas y los tejados de París…

AXEL

Intenté dejarle espacio durante los siguientes días. Leah no estaba demasiado satisfecha con su propio trabajo, a pesar de que se pasaba horas encerrada en el estudio, sumida en su propio caos. Cuando se llevaba distraída una paleta a la boca, no la degustaba despacio, sino que la mordía rompiéndola en pedazos. Había desechado tres lienzos que dejó a medias y yo estuve de acuerdo, porque sabía que podía dar mucho más y, ante todo, quería que ella estuviera contenta con el resultado. Era evidente que sentía presión ante la idea de tener que enseñarle algo a Hans la siguiente semana, pero no le di más importancia; estábamos allí por una beca, quería que se lo tomara con calma y que disfrutara de la ciudad y de la experiencia. Eso mismo me decía a mí mismo cada vez que miraba la puerta cerrada del estudio y sentía que las horas se alargaban llenas de silencios.

Pronto tuve una nueva rutina: subir a Montmartre al amanecer.

A cambio de no poder agotarme entre las olas, terminé perdiéndome por las escaleras empinadas y las cuestas que conducían hacia el barrio más bohemio. Cada mañana, mientras Leah aún dormía, cruzaba la plaza de los pintores y me desviaba hacia la derecha, donde me recibía el Sacré-Coeur. Allí me sentaba en un escalón cualquiera y contemplaba cómo se desperezaba la ciudad lentamente. Después volvía sobre mis pasos y, antes de subir al departamento, desayunaba en la cafetería de la esquina de nuestra calle sin prisa, pensando en ella, pensando en cómo derribar las puertas cerradas con llave que seguían separándonos, esas que estaban llenas de todo lo que aún no nos habíamos dicho.

Tardé días en crear algo con lo que me sintiera satisfecha, aunque no era para nada lo mejor que había hecho. «Pero sí aceptable», pensé mientras le echaba un último vistazo al lienzo sobre el caballete. Suspiré y empecé a limpiar los pinceles y a ordenar un poco el desastre que tenía allí. Bajé y me di un baño. Y solo entonces, mientras me quitaba la humedad del pelo con una toalla después de ponerme ropa cómoda, caí en la cuenta de que hacía horas que no sabía nada de Axel cuando, por regla general, él siempre solía estar rondando a mi alrededor, echándole un vistazo a lo que hacía o proponiéndome mil planes a los que yo solía negarme por miedo a acercarme demasiado y quemarme.

Al pasar junto a su habitación, vi que la puerta estaba entornada y el interior a oscuras. Dudé, pero abrí un poco intentando no hacer ruido. Axel estaba acostado en la cama, con las cortinas corridas, impidiendo que la luz del atardecer entrara. Se incorporó al notar mi presencia.

—¿Te encuentras bien? —pregunté insegura.

—La cabeza, malditas migrañas.

—Deberías usar más los lentes.

—Ya —resopló de mal humor.

—Te traeré algo, espera aquí.

Fui a la cocina, tomé un vaso de agua y una pastilla, y mojé una toalla pequeña con agua fría. Al regresar a la habitación, encendí la lamparita de noche y Axel entrecerró los ojos.

—Me molesta la luz —gruñó.

—No seas tan quejumbroso. Ten, tómatela.

Axel recostó la espalda en la cabecera de la cama y la sábana resbaló por su torso. Como si no pudiera recordar que ya no estábamos en la otra punta del mundo, seguía sin acostumbrarse a eso de usar camisas a menudo. Aparté la mirada de él cuando me devolvió el vaso de agua y lo dejé en el buró. Apagué la luz, le pedí que se acostara de nuevo y le puse la toalla mojada sobre la frente.

—¿No te alivia un poco?

—Me alivia que estés aquí.

Puse los ojos en blanco y suspiré.

—Llámame si necesitas algo…

—Espera. Quédate un rato. Por favor.

Se movió para dejarme hueco en la cama. Había deportes de riesgo menos temibles que ese pequeño espacio en el colchón. No sé durante cuánto tiempo me quedé en silencio, indecisa, mientras Axel parecía retarme, como siempre. Me estremecí.

—¿De qué tienes miedo?

Era como si pudiera oír todas las palabras que me callaba, y mientras me sentaba a su lado y él me jalaba con suavidad para que me acostara, deseé ser opaca a sus ojos. Me quedé rígida, con la mirada clavada en el techo y nuestros brazos rozándose en medio de la cama. Podía notar su respiración pausada a mi lado y la situación me resultó tan íntima, tan peligrosa…

—¿Qué es lo que quieres, Axel?

—No sé. Háblame, cuéntame lo que sea.

Así que eso hice. Le confesé que no me sentía del todo cómoda con lo que había pintado aquellos días, aunque él ya lo sabía. También le hablé del corto encuentro que tuve con Scarlett durante la inauguración de la sala y de que todo me estaba sobrepasando un poco.

—Recuerda que es temporal, Leah.

—Ya. Pero aun así…

No acabé la frase. La piel me hormigueaba. Tenía el estómago encogido. Inspiré hondo y luego intenté relajarme. En algún momento, dejé de contar los segundos que pasaba junto a Axel y de maldecir el cosquilleo que sentía cada vez que se movía y su brazo rozaba el mío. Cerré los ojos y solo vi colores; tonos pasteles, claros, suaves…

Parpadeé confundida.

Y luego lo sentí. Su cuerpo contra el mío, su mano en mi cintura, sus labios junto a mi mejilla, su presencia envolviéndome en un abrazo cálido. Me concentré en respirar cuando me di cuenta de que estaba conteniendo el aliento. Después me quedé allí quieta, muy quieta, preguntándome por qué no me levantaba y me iba.

Quizá porque durante un instante deseé vivir dentro de esa posibilidad que los dos habíamos perdido. No. Que él había tirado a la basura. Y no podía evitar recordar que ahí dentro, entre sus brazos, había sido feliz, muy feliz.

Axel se movió y noté sus dedos aferrándose con suavidad a mis costillas. Entonces lo entendí, conforme parecía recorrer sobre la blusa el contorno de las letras que un día dibujó sobre mi piel y yo quise tatuarme para siempre: «Let it be».

—Axel… —susurré casi sin voz.

—Deja que ocurra, cariño.

Y un segundo después sus labios encontraron los míos y yo solo pude sentir. Como una vez él me enseñó, con la mente en blanco y el corazón abierto, sentí su boca perfecta, su lengua acariciándome, su estómago vibrando cuando dejó escapar un gemido ronco, sus manos colándose bajo mi blusa y quemándome con cada roce de las yemas de sus dedos sobre mi piel, dejando un rastro invisible pero permanente.

Lo sentí todo. Sentí el deseo, el odio, el amor, la amistad, el mar, la decepción. Sentí todas las cosas que Axel había sido para mí y vi las emociones desbordándose encima de una lámina pintada con unas acuarelas demasiado aguadas que terminaban saliéndose del borde.

AXEL

No podía pensar. No podía. No podía.

Porque su boca era una adicción.

Porque estaba fuera de control.

Porque la quería tanto... Gruñí cuando Leah me mordió el labio, pero el dolor solo me encendió más. Jalé su blusa hacia arriba mientras tomaba una brusca bocanada de aire. Ella gimió fuerte cuando presioné mi cadera contra su muslo y notó lo duro que estaba. Necesitaba..., necesitaba aire. Y estar dentro de ella. Y cogérmela hasta que entendiera que tenía que perdonarme, que nadie podría sentir por ella todo esto que me llenaba el pecho y me ahogaba.

Pero no iba a pasar. Porque antes de que pudiera seguir arrancándole la ropa, me quedé paralizado al notar en los labios el sabor salado de sus lágrimas entre besos y saliva.

—No hagas eso. No llores conmigo, carajo.

—Quítate. Por favor, Axel. Por favor.

Creo que nunca unas palabras habían dolido tanto, pero dejé de abrazarla y la solté. Leah se levantó sollozando, salió de la habitación y supe que se había encerrado en la suya cuando oí un portazo resonando en todo el departamento. El corazón me latía agitado y me pregunté si iba a hacer lo mismo de siempre quedándome allí sin luchar, sin reaccionar, dejando pasar los días entre nosotros como si no hubiera ocurrido nada.

Tenía que ir a buscarla. No, necesitaba hacerlo.

LEAH

Me llevé una mano temblorosa a los labios y los toqué como si fueran los de una desconocida, porque no estaba segura de quién era la chica que minutos atrás había gemido bajo el cuerpo de Axel mientras el mundo se deshacía entre besos y oscuridad.

Quería borrar el recuerdo. Quería quedármelo.

Quería… ser otra persona. Más fuerte. Más dura.

Axel era lo salvaje, la necesidad, el impulso. Pero no podía dejar de pensar en Landon, que era lo tierno, lo seguro; ni de compararlo al entender que iba a perderlo. Que quizá lo había perdido ya. Y, a pesar de lo que habíamos hablado antes de irme a París, no estaba preparada para afrontar eso. Porque necesitaba un pilar sólido. Porque con Axel jamás tendría los pies en el suelo, siempre sería como estar volando; el vértigo, el riesgo.

Axel abrió la puerta sin llamar y entró.

Tenía la mirada encendida y una herida en el labio. No me salió la voz para pedirle que se fuera. Lo oí resoplar y recorrió de un lado a otro mi habitación mientras se llevaba una mano a la nuca. Paró y fijó sus ojos en mí atravesándome.

—Necesito que hablemos, Leah.

—No ha pasado nada —gemí.

Se agachó delante de la cama, en la que yo estaba sentada, y cerró los ojos como si estuviera haciendo algún tipo de ejercicio de autocontrol mientras apoyaba la frente en el borde de madera. Cuando alzó la cabeza, quise morirme al ver la angustia en cada gesto, en su mirada.

—Lo intenté… Te juro que lo intenté. Pero no puedo seguir así, fingiendo que no me muero por ti. Porque sí lo hago. Y cada mañana, cuando paso por tu habitación, tengo que frenar el impulso de despertarte a besos, de abrazarte durante el resto del día, y por la noche…, no quieras saber lo que pienso entonces. Necesito entender qué tengo que hacer para que me perdones. Tú solo… dímelo. Y lo haré. Sea lo que sea.

Me limpié las lágrimas con el dorso de la mano.

—Lo dices como si fuera así de sencillo —me temblaba la voz—. Pero es más, Axel. Es mucho más. Es años sin comprender nada. Es todo lo que está roto. Es todo lo que aún puede romperse más. Y es otra persona implicada.

Un músculo tensó su mandíbula.

—¿Estás enamorada de él?

Quise gritarle que sí, pero no lo hice. Porque ya había demasiadas mentiras y palabras vacías entre nosotros como para sumar otra más. Acudió a mi cabeza aquella canción que bailamos juntos el día que pensé que por fin Axel era mío, cuando aún era tan ilusa como para creer que las cosas podían ser tan sencillas. Las notas tristes de *The night we met* me abrazaron mientras lo miraba y me di cuenta de que no había hecho la pregunta correcta. Porque la cuestión no era si estaba enamorada o no de Landon, la cuestión era por qué ya no quería estar enamorada.

—Con él todo es diferente.

—¿En qué? Explícamelo.

—No discutimos…

—Las parejas discuten, Leah.

—No nos hacemos daño…

Axel tragó saliva bruscamente.

—Carajo, yo nunca quise…

—Ya lo sé —lo corté.

—¿Qué te da él que no tengas conmigo?

Me costó dejar ir las palabras, ser sincera.

—Seguridad. Confianza —respiré hondo.

—¿Y acaso no confías en mí, cariño?

—La confianza hay que ganársela, Axel.

Ignoré la súplica que escondía su mirada y tuve que apartar la vista cuando el dolor lo cubrió todo. Yo no quería hacerle daño, pero tampoco mentirle, porque esa era la única verdad a la que me aferraba. Que con Landon me sentía protegida. Y con Axel me sentía como si acabara de tirarme en paracaídas. Quizá por eso, lo que sí me callé fueron las otras cosas que también pensé en aquel momento: que la confianza había que ganársela, sí, y que cualquiera podía lograrlo a base de esfuerzo, buenas intenciones y honestidad. Pero… ¿el amor? No, el amor pasional, ese que te hace estremecerte de los pies a la cabeza o que se te encoja la tripa con una mirada, ese no puede ganarse, porque nace incluso aunque una no quiera que ocurra. Porque el corazón gana a la razón. Porque no hay una fórmula secreta que nos impida enamorarnos de esa persona que resulta inadecuada, o que está llena de defectos, o que tiene pareja, o que jamás se percatará siquiera de que existes…

Y eso era lo que me daba miedo. Mucho miedo.

Contuve el aliento mientras Axel se levantaba. Tenía un nudo en la garganta.

—No deberías haber preguntado eso.

Dejó la mano sobre la manija de la puerta.

—¿Y qué debería haber dicho, Leah?

—Qué es lo que busco. Porque ¿sabes una cosa? —Sorbí por la nariz, sintiéndome tan rota y tan vacía y tan perdida—. Tú tenías razón. Debía ir a la universidad, salir de Byron Bay y afrontar las cosas sola. Pero al hacerlo me di cuenta de que no te necesitaba. La vida siguió.

Había tantas emociones contenidas en su mirada…

—Y eso me hace sentir orgulloso de ti.

—Pues no deberías. Porque entonces entendí que no eras imprescindible, Axel. Entendí que nada lo es, que ese tipo de romanticismo no existe. Y una parte de mí se perdió el día que borré esa idea de mi cabeza. La de que existen amores idílicos por los que valdría la pena luchar contra todo el mundo. Dicho en voz alta suena incluso ridículo, ¿verdad? Supongo que es porque lo es. Porque, como siempre, tú ganas.

Axel dudó. Su pecho desnudo subía y bajaba.

—Carajo, Leah. Siento decirte que me equivoqué, así que supongo que los dos perdimos. Tú por hacerme caso y no confiar en ti misma. Yo por ser un idiota.

Después salió de la habitación.

Y yo intenté respirar, respirar…

LEAH

Apenas hablamos durante los siguientes tres días. Si Axel cocinaba, me decía que me había dejado algo hecho en el refrigerador. Si yo salía a comprar, le preguntaba si necesitaba que le trajera algo. La tensión se asentaba en cada rincón, como partículas de polvo. Y los silencios. Y las miradas esquivas. Lo curioso fue que la situación me resultaba familiar, porque no era la primera vez que vivíamos bajo el mismo techo así, evitándonos y buscándonos a la vez, caminando en círculos alrededor del otro como si estuviéramos a la espera de algo.

Una parte de mí que deseaba acallar no podía parar de recordar la arrebatadora sensación que me había sacudido al sentir de nuevo sus labios sobre los míos. Tan cálidos. Tan ansiosos. Tan salvajes. Y me sentía culpable por ello, irritada conmigo misma por rememorarlo.

La otra parte seguía enfadada con él.

Había masticado durante muchos años lo que ocurrió. Mastiqué, mastiqué, mastiqué..., pero no lo digerí. Quizá por eso no podía perdonarlo. No por lo que hizo, sino por cómo lo hizo y por qué. Me decepcionó que fuera tan cobarde y, sobre todo, que tomara una decisión por mí, peor aún, pese a mí. Que volviera a tratarme como a una niña después de todo lo que habíamos vivido juntos. Que al final no resultara ser el chico sincero del que me había enamorado. Que me decepcionase...

Esa era la palabra. Decepción. Supongo que parte de la culpa fue mía, por creer que era perfecto, por idealizarlo desde que tenía uso de razón derritiéndome al ver su sonrisa torcida, su mirada intensa, su caminar despreocupado; cuando lo más triste era que Axel se escudaba en ese aire sincero y libre para ocultar que, en realidad, siempre había tenido las manos atadas. Él mismo lo hizo; se las ató, se limitó, decidió que era mucho más fácil quedarse en el borde del acantilado en lugar de atreverse a saltar. Y lo peor de todo es que, de haberlo sabido desde el principio, tenía el presentimiento de que nuestra historia no habría cambiado demasiado. Porque Axel siempre me había atraído por sus luces y sus sombras, por su complejidad y sus contradicciones.

Todo lo que era en París con más intensidad.

Y me aterraba caer en la tentación, en la curiosidad.

Era como una tortura lenta y dolorosa tener que verla a todas horas. Quería llegar a ella, pero no sabía cómo. Quería poder decir o hacer algo que no jodiese más la situación. Quería que confiara en mí. Y lo único que hacía era equivocarme una y otra vez.

Esa noche, cuando salió del estudio y la vi bajando las escaleras, no pude ignorar las ojeras que ensombrecían su mirada.

—¿No te ha ido bien?

—No mucho, la verdad.

Nos quedamos callados. Exhalé hondo.

—¿Quieres que vaya al restaurante de aquí abajo y compre algo de comida china para cenar?

—De acuerdo.

No escondí lo mucho que me sorprendió su respuesta, aunque ya debería haberme acostumbrado a las rarezas de Leah. A veces me miraba como si fuera el centro del mundo. Otras veces, con odio y decepción. Me preguntaba cómo conseguía vivir a mi alrededor sintiendo emociones tan extremas y contrarias; ella, que apenas sabía manejar en ocasiones las más sencillas sin que se le escaparan entre los dedos.

Bajé a la calle y regresé poco después cargado con una bolsa de comida. La dejé en la mesa pequeña que había delante del sofá mientras ella traía vasos y servilletas. Le tendí un par de palillos antes de abrir las cajas de cartón. Leah tomó la de tallarines y los probó con gesto ausente, sentada en la alfombra con las rodillas encogidas contra el pecho. La imité y me acomodé a su lado. Nos miramos de reojo. Había tanto en su mirada...

—No llores, por favor —le rogué.

—Odio esto. Odio estar así. Odio odiarte.

—Pues no lo hagas —fue casi una súplica.

—De verdad que lo he intentado…

Recosté la cabeza en el borde del sofá.

—Algún día tendremos que hablar.

—¿Y crees que eso lo arreglará todo?

—No, pero lo necesito. Y la única razón por la que no lo he hecho todavía es porque estoy intentando pensar en qué necesitas tú. —Leah apretó los labios y yo adiviné lo que estaba pensando—. ¿Vas a decir que llego un poco tarde para eso?

—¿Por qué tienes que conocerme así?

—Porque te vi nacer, carajo. No literalmente, gracias a Dios. Pero te llevo algunos años de ventaja.

Ella me mostró una sonrisa débil mientras enroscaba tallarines con los palillos para soltarlos y volver a empezar. Estábamos tan cerca que respirábamos el mismo aire y tuve que recordarme que besarla no sería la mejor idea.

—Axel, me da miedo… —alzó la mirada hacia mí—. Me da miedo todo lo que siento, lo que he ido guardando estos años, esas partes feas… Sabes que no canalizo bien las emociones, que es un problema mío, y siento…. siento que si abro la puerta te haré daño.

—Lo soportaré —susurré.

—Pero es que te quiero. —Me estremecí y eché de menos que no dijera: «Todos vivimos en un submarino amarillo», porque eso era solo nuestro y otra manera de querer—. Y pensaba que con el tiempo los sentimientos se calmarían, y que tú y yo podríamos llegar a ser amigos, pero ya ni siquiera estoy segura de eso. Porque sigue doliendo. Y sigue siendo complicado. Y sigo sin entender lo que pienso la mayor parte del día…

—Respira, cariño.

Le acaricié la mejilla con los nudillos, y ella cerró los ojos en respuesta y tomó una gran bocanada de aire. Luego nos quedamos perdidos en nuestros pensamientos hasta que empezamos a cenar en silencio. A mí me bastaba con sentir que la tenía al lado y que una parte de ella aún deseaba quedarse ahí junto a mí, porque quería pensar que significaba que al menos aún nos quedaba algo. Me pregunté si eso podría ser suficiente, conformarme con que volviera a formar parte de mi vida y nada más, pero el agujero que sentía en el pecho se agrandó y aparté la idea.

Me levanté al acabar para llevarme las cajas vacías y tirarlas a la basura. Preparé un poco de té, abrí la ventana de la sala y me apoyé en el alféizar antes de encenderme un cigarro. Di una fumada larga tras contemplar la ciudad dormida.

—¿Qué está ocurriendo ahí arriba? —señalé el estudio con la cabeza.

—Qué no está ocurriendo —me corrigió—. No está ocurriendo nada.

—¿Es por mí? —Di una fumada breve.

—No.

Supe que mentía. Y supongo que ella notó que me daba cuenta, porque dejó de mirarme y suspiró mientras deslizaba los dedos por el pelo largo de la alfombra.

—Imagino que es por los cambios, ¿sabes? Estaba acostumbrada a trabajar en mi espacio.

Apagué el cigarro y estiré los brazos.

—¿Quieres acompañarme mañana al amanecer?

—Está bien —me miró fijamente antes de sonreír.

Subir a Montmartre cada mañana tuvo un efecto mágico en mí. No tanto por el paseo en sí como por enfrentar el resto del día de una manera diferente. Canalizar la frustración. Intentar mantener la calma. Allí, sentados en lo alto de la ciudad después del esfuerzo del ascenso, Axel y yo dejábamos pasar los minutos hasta que el sol se ponía en lo alto del cielo y el día daba comienzo.

La tercera mañana, Axel me miró intrigado.

—¿En qué estás pensando?

—En catarinas. —Alzó una ceja y yo me reí mientras las luces del alba bañaban los tejados de París—. Estaba recordando que, cuando era pequeña, me encantaba acostarme en la hierba del jardín de casa y observar durante horas las catarinas que solían revolotear cerca del tronco de un árbol. Me vino a la cabeza esa sensación que te acompaña cuando eres pequeño, la de no tener obligaciones ni metas, ni vivir pendiente de un reloj. Era bonito. Poder mirarlo todo desde esa perspectiva de calma. Ojalá ahora fuera igual. Pero solo puedo pensar en que la semana que viene Hans querrá ver algo y no tengo nada que merezca la pena. Y, demonios, lo único que quiero es pasarme el resto del día contemplando un montón de catarinas correteando entre las flores.

Axel sonrió. Sonrió con ternura. Sonrió con amor.

LEAH

Llevaba horas mirando el lienzo en blanco. Bloqueada, pero, al mismo tiempo, con las emociones burbujeando dentro de mí. El problema era que, si las dejaba salir, sabía que Axel entendería todos y cada uno de los trazos; si hablaban de Landon, de mí o, peor aún, de él.

Me sobresalté cuando llamó a la puerta y entró con una bolsa y un paquete envuelto que dejó en medio del estudio mientras lo miraba sorprendida.

—¿Qué es eso?

—¿No es evidente? Un regalo.

—Pero…

—¡Vamos, ábrelo!

Me arrodillé delante del paquete rectangular y unos segundos después hice añicos la envoltura y el lazo rojo intenso. Sonreí. Sonreí hasta que me temblaron las mejillas de felicidad y me levanté para abrazarlo a pesar de que mi cuerpo me pedía a gritos que no lo hiciera, porque tenerlo tan cerca… era complicado; oír su corazón latir contra mi pecho, sentir sus manos en mi espalda, su aliento cálido en el cuello…

—Gracias, ¡es precioso!

—Espera, voy a ponerlo.

Axel tomó el tocadiscos y lo dejó encima de una balda de madera que estaba llena de material de trabajo. Era clásico, parecido al que él tenía en su casa.

—¿Dónde lo compraste?

—En una tienda de segunda mano.

—Pero aquí no tenemos discos…

Me tendió la bolsa que aún llevaba en la mano y luego se concentró en ponerlo oportunamente. Aparté algunos utensilios de la mesa y saqué los discos. Parpadeé para no llorar, aunque una sonrisa me cruzaba la cara. Frank Sinatra, Nirvana, Elvis Presley, Supertramp, Bruce Springsteen, Queen… y los Beatles. Siempre los Beatles. Deslicé despacio los dedos por la portada que tenía dibujado un submarino amarillo y temblé cuando noté que él me miraba.

—¿Por qué hiciste todo esto?

—Ya te lo dije. Es un regalo. Pensé que te gustaría, pensé… que te ayudaría a trabajar. Escucha, Leah —dijo sin mirarme mientras tomaba un disco y lo colocaba con cuidado—. Si tienes que pintar algo que crees que a mí no me gustará, hazlo. Hay artistas que plasman cosas externas, paisajes o rostros, pero tú no eres así. No te funciona eso. Así que, simplemente, haz caso al tatuaje ese que tienes y «deja que ocurra» lo que sea que tenga que pasar. ¿Me entendiste? Porque es un problema que reprimas lo que sientes cuando tus cuadros se basan en eso. Siempre ha sido así —concluyó colocando la aguja.

Empezó a sonar *My way*. Me estremecí.

—Creo…, creo que podré solucionarlo.

—Me alegro —suspiró y sonrió.

—¿Y qué pasa contigo? —pregunté—. ¿Vas a poder hacerlo algún día?

—¿A qué te refieres?

—Ya lo sabes. A esto. A pintar.

Él se rio sin mucho humor y sacudió la cabeza.

—Hace tiempo que me rendí —susurró.

Y entonces vi cómo cambió su expresión al darse cuenta de sus propias palabras, esas que un día usó también para nosotros.

—No quería decir… Es distinto para mí, Leah. Ojalá pudiera, pero…

El corazón empezó a latirme con fuerza.

—¿Me dejas que pruebe algo?

Axel me miró suspicaz, pero apenas opuso resistencia cuando le pedí que se sentara en el taburete de madera frente al lienzo. Me coloqué tras él.

—Relájate.

—Conozco técnicas más efectivas…

—Chsss. Espera un momento.

—¿Qué pretendes exactamente?

—Pintar a través de ti. O contigo. No lo sé.

—Carajo, esto no es una buena idea.

Lo retuve por los hombros cuando intentó levantarse y volvió a ceder tras suspirar sonoramente. Agarré la paleta y observé los colores, que aún estaban húmedos. ¿Qué tonalidad era Axel? Rojo, eso seguro. Rojo intenso. Como el de las cerezas. O un rojo atardecer, más enigmático. Tragué saliva antes de bañar el pincel de color.

Estaba tan cerca que mi cuerpo rozaba su espalda y el olor de su pelo me distraía. Tomé su mano cuando él la cerró en torno al mango del pincel. La voz de Frank Sinatra se arremolinaba dentro de las paredes de aquella buhardilla perdida en medio de París, pero durante un segundo perfecto sentí que estábamos solos en una ciudad fantasma. Axel, yo y el color, la música, la piel áspera de sus dedos…

—Cierra los ojos, tienes que sentirlo.

Me enternecí al verlo tan indefenso, tan tenso.

—¿Por qué tardas tanto? —gruñó inquieto.

—Hay una frase de Pablo Picasso que dice: «La pintura es más fuerte que yo, siempre consigue que haga lo que ella quiere» —le susurré al oído—. Pues eso es justo lo que me ocurre al sentarme delante de un lienzo, y lo que me gustaría que te pasara también a ti. No me digas que no lo deseas, Axel. —Cerré con más fuerza los dedos sobre los suyos mientras acercaba su mano hasta el cuadro guiándolo. Él seguía con los ojos cerrados respirando despacio—. Creo que sería maravilloso que pudieras levantarte una mañana cualquiera y volcar en otro lugar todo lo que sientes, esas emociones que llevas tan dentro… —Su mano se deslizó bajo la mía y los trazos de color mancharon el cuadro. Vi en ellos la contención, la supervivencia, el temor—. ¿Sabes? A veces he pensado que, por una parte, me da miedo estar cerca de ti cuando eso ocurra. El día que vuelvas a agarrar un pincel por voluntad propia…, ¿qué crees que pasará?

—Carajo. Leah, no hagas esto.

—Abre los ojos. ¿No es bonito?

Solo eran salpicaduras y líneas rojas, algunas con más presión que otras, gruesas y finas, seguras y temblorosas, pero todas hechas por sus manos. Nuestras manos. Axel no dijo nada durante un minuto eterno.

—¿Estás bien? Axel…

—Sí, estoy bien.

Pero no lo estaba. Se levantó y soltó el pincel antes de darse la vuelta. Me dio un beso en la frente y se fue dejándome a solas en el estudio.

Entonces yo ya sentía los dedos quemándome de las ganas que tenía de transformar cada latido en un color, y cada color en un latido que agitara el lienzo hasta darle vida.

85

LEAH

Los días volvieron a estar llenos de música, pintura y amanece-res compartidos. Cada mañana, al bajar de Montmartre, desayu-nábamos juntos café y un pan tostado, o una *baguette* con man-tequilla y mermelada; después yo subía al estudio y empezaba a trabajar mientras Axel quedaba con Hans o se perdía hasta la hora de comer.

Me dejó espacio. No volvió a entrar en el estudio y yo me cen-tré en el lienzo que tenía delante como si no hubiera nada más a mi alrededor. Cuando quise darme cuenta, había terminado algo con lo que me sentía satisfecha. Ese día, mientras miraba de reojo la obra acabada y limpiaba los pinceles intentando poner un poco de orden, sonó el teléfono.

Quité la aguja del tocadiscos y descolgué.

—¿Cómo va eso, enana? —saludó Oliver.

—Bien, va mejor.

Unos días antes me había desahogado con él contándole lo mucho que me agobiaba esa sensación de estar pintando para alguien y no solo para mí misma. Él me había calmado asegurán-dome que era el siguiente paso que debía dar.

—Conseguí terminar algo decente para la exposición.

—Sabía que podrías hacerlo.

Me senté en el taburete agotada, pensando en que dentro de unos días volvería a estar en una sala llena de gente, y espe-raba no sentirme tan fuera de lugar como la última vez. En esta ocasión se expondrían veinte obras de artistas jóvenes y prome-tedores, o eso me había explicado Hans cuando comimos con él unos días atrás.

—¿Cómo le van las cosas a Bega?

—Bien, preparando la boda, no parece preocuparle que falte casi medio año para eso. ¿Qué tal está Axel? No hablo con él desde la semana pasada.

—Como siempre. —Me mordí el labio.

—¿Están… teniendo problemas? —dudó.

—No. Sí. Es complicado —admití.

—Él te quiere. Ya lo sabes.

—¿Por qué haces esto ahora?

—Tienes razón, olvídalo. No es asunto mío.

—Yo no quería decir eso, pero…

—Me basta con saber que estás bien. Llámame si necesitas hablar o cualquier cosa, ¿de acuerdo? —se despidió antes de colgar.

Intenté mostrar mi mejor sonrisa cada vez que Hans se acercó para presentarme a alguien o algún visitante se interesó por mi obra, aunque en realidad apenas me enteraba de nada si hablaban en francés y, además, me pasé buena parte de la velada pendiente de Axel, observándolo mientras charlaba con William y Scarlett. Puede que fuera la única persona de toda la sala que podía notar su sonrisa fingida, la rigidez de sus hombros bajo esa camisa ceñida que, probablemente, estaría deseando arrancarse. Y supongo que él era también el único capaz de ver lo que escondían los trazos del cuadro que estaba colgado en la pared: el amor, el odio, las dudas, la culpa, la contención de las líneas que cambiaban de dirección cuando ya parecía que sabían a dónde se dirigían.

De algún modo, todo nos conectaba.

Como si pudiera oír mis pensamientos se volteó y me miró. Se acercó despacio y entornó los ojos.

—¿Cómo va la noche? —pregunté.

—Bien. Interesante —contestó.

—No hace falta que me mientas.

Axel reprimió una sonrisa y se ajustó el puño de la camisa antes de suspirar mirando a su alrededor y tomar una copa cuando un mesero pasó cerca.

—Nunca he sido aficionado a aguantar excesos de ego.

—¿Y aquí hay mucho de eso? —Le quité la copa.

—Carajo, no sé cómo estas paredes no se derrumban bajo su peso.

Sonreí, pero disimulé en cuanto vi que Hans se acercaba a nosotros para felicitarnos por los comentarios que había recibido del público y de sus amigos. Y no pude evitar sentir un cosquilleo de satisfacción. Nos quedamos callados mientras él volvía a echarle un vistazo a mi cuadro; asintió con la cabeza casi sin darse cuenta.

—Un trabajo prometedor, sí. Buena chica.

Percibí un pequeño cambio en la expresión de Axel mientras Hans se alejaba para saludar a unos conocidos, pero no pude descifrar su significado.

86

AXEL

Ya había oscurecido cuando la exposición terminó. Aunque Hans insistió en que fuéramos con él y algunos de sus invitados a cenar, fue un alivio para mí que Leah se excusara asegurándole que estaba cansada. Así que allí estábamos, dando un paseo nocturno por las calles de la Ciudad de la Luz, como si entre aquel laberinto de adoquines intentáramos encontrarnos a nosotros mismos.

—Deberíamos celebrarlo. Cenar algo o tomar una copa.

—Está bien —respondió con la vista clavada en los tejados.

—¿Está bien? ¿Así, tan fácil? —me burlé.

Leah no contestó, de modo que seguimos caminando hacia el departamento. Poco antes de llegar, decidimos parar en un lugar decorado con madera en estilo *vintage;* al fondo, más allá de la mesa en la que nos sentamos, había una máquina de dardos y una mesa de billar que me trajo buenos recuerdos de las noches que Oliver y yo pasamos en Brisbane durante nuestra época universitaria.

Pedimos dos cervezas, un plato de pasta y otro de verduras.

Ella se soltó el pelo que se había recogido en un chongo y dejó que los mechones se deslizaran por su espalda hasta rozarle la cintura. Yo intenté no distraerme demasiado con el escote del vestido que se había puesto esa noche, aunque no era una tarea sencilla. Cenamos hablando de trabajo y de las semanas que estaban por llegar. Al terminar, pensé que lo último que deseaba era regresar a esa casa que compartíamos y ver cómo se encerraba en su habitación. Porque no soportaba más noches fingiendo que no deseaba abrir la puerta y demostrarle que nos merecíamos una segunda oportunidad. Y quería respuestas, palabras; nuestros problemas no iban a solucionarse con silencios.

—Una partida —miré el billar—. ¿Qué me dices?

—Está bien, aunque no tengo mucha idea.

Pedimos otras dos cervezas y fuimos hacia el tapete verde. Las luces eran tenues en la parte más alejada del lugar. Metí una moneda tras tenderle un taco y tomar otro.

—¿Una pregunta por cada bola?

Leah me miró con desconfianza, asintió con la cabeza y deslizó un poco de tiza por la punta del suyo antes de pedirme permiso para sacar. Le di esa ventaja. Ella se inclinó, entrecerró un poco los ojos y golpeó con fuerza. No coló ninguna.

—Mala suerte, cariño. Me toca. —Golpeé la bola blanca y metí una. Suspiré pensativo mientras nos mirábamos, dudando…, dudando hasta que mandé a la mierda esa voz que me susurraba que no era buena idea hacer las cosas así—. ¿Lo que tienes con él se parece en algo a lo que nosotros tuvimos?

Leah abrió los ojos sorprendida.

—¿De verdad, Axel?

—¿Vas a responder?

—Pretendes que mantengamos esta conversación delante de una mesa de billar, ¿en serio? —Chasqueó la lengua y negó con la cabeza—. Estás loco.

—¿Prefieres preguntas más fáciles? Como, no sé, ¿eres más de playa o de montaña?, ¿dulce o salado?, ¿gato o perro? —Vi cómo se tensaba, pero no quise dar marcha atrás.

—Está bien, si es lo que quieres… —me miró—. No es parecido. Es más real.

Ignoré el golpe que sentí en el pecho.

—¿Más real? ¿Acaso lo nuestro fue una broma?

—Eso es una segunda pregunta —apuntó.

—Carajo. —Me incliné y metí otra bola.

—«Más real» en cuanto a cómo deben ser las cosas. Vivir aislados en una casa para que nadie pudiera ver cómo me mirabas no era real. Era un capricho. Una aventura. O al menos así fue como tú lo trataste. Te toca tirar.

Me costó unos segundos apartar la vista de esos ojos que parecían atravesarme. No sé si fue porque me temblaban las manos, pero fallé y no le di a la bola roja.

—Tu turno —di un paso hacia atrás.

Y, carajo, la visión de su trasero enfundado en ese vestido hizo que apenas pudiera pensar en nada más. Cuando se volteó con una mueca satisfecha en su rostro, yo aún seguía intentando no ponerme cachondo en medio de la conversación más importante de mi vida.

—¿Alguna vez pensaste en venir a buscarme?

—Todos los pinches días.

Leah apartó la mirada. Volvió a tirar. Pronto supe que lo de que «no tenía mucha idea» era un envite. Sonreí cuando la segunda bola que metió me lo confirmó.

—¿Por qué sigues teniendo el cuadro encima de tu cama?

—Porque lo miraba a veces, recordaba ese día y me masturbaba pensando en ti.

Ella respiró agitada y apretó los labios.

—Ahora la respuesta de verdad.

—No mentí con lo otro.

—Axel… —susurró suplicante.

—Porque te seguía queriendo.

Ella se inclinó sobre la mesa de billar y noté cómo le temblaban las rodillas sobre aquellos tacones que tan poco le gustaba llevar. Deseé quitárselos y luego besarle los tobillos, subir por las piernas hasta los muslos y arrancarle la ropa interior…

—Tu turno —se apartó.

Para mi satisfacción, metí una bola amarilla.

—Si lo que tienes con Landon es tan real, ¿por qué no estás con él? —Vi cómo se le humedecían los ojos—. Está bien, no contestes. Algunos silencios valen como respuesta.

—Jódete.

—Ojalá, cariño, ojalá… —Me había pegado a su espalda para susurrárselo al oído, y deslicé una mano por su cintura.

Leah se quedó quieta, aunque estaba temblando, y yo me obligué a dejar de ser un cerdo y me concentré en darle a la bola blanca. Fallé. La sentí moverse para tomar posición, pero mantuve la mirada fija en la mesa de juego, porque la tensión que se arremolinaba a nuestro alrededor me estaba ahogando y mis propios impulsos se me iban de las manos. Aferré con fuerza el taco cuando metió una verde.

Alcé la cabeza ante el denso silencio.

—¿No piensas preguntar?

—Me planto aquí —susurró.

—¿Y qué gracia tiene eso?

—¿Es que lo que está ocurriendo ahora tiene alguna? —masculló dolida, se dio media vuelta y se alejó con paso decidido.

Maldije por lo bajo, pagué la cuenta y la seguí calle abajo. Gracias a los tacones que llevaba, no tardé en alcanzarla.

—Espera, Leah. Por favor.

Continuó hasta llegar al portal de nuestro departamento y se detuvo al darse cuenta de que ella no llevaba las llaves. Me quedé contemplando lo indefensa que parecía envuelta en aquel abrigo blanco y con las mejillas encendidas por el frío de la noche. Y me sentí como años atrás, cuando lo único que deseaba era abrazarla y calmarla, pero terminaba presionándola y jalando de esa cuerda que ella se esforzaba por mantener sujeta y atada. Porque, pese al dolor, una parte de mí sabía que tenía que hacerlo. Que con Leah siempre era así. Forzarla para que abriera las compuertas de su corazón y dejara que las emociones salieran de golpe, aunque corriera el riesgo de acabar arrastrado por aquel remolino incontrolable.

—Haz la pregunta —le rogué.

—Abre la puerta, Axel.

—Hazla, Leah. Pregúntamelo.

Una ráfaga de viento le revolvió el pelo.

—Esa noche, cuando fui a buscarte… —Le falló la voz al alzar la mirada para buscar la mía—. Te grité que no entendía que no lucharas por las cosas que querías. Como por las pinturas. Como por mí. Y entonces…, entonces tú…

—Dije que quizá no las quería tanto.

—¿Y era verdad? —susurró bajito.

Di un paso hacia Leah muriéndome un poco por dentro al verla así, tan encogida sobre sí misma, esperando una respuesta que para mí siempre había sido obvia; al menos, hasta que hice el esfuerzo de colarme bajo su piel y entender que ella llevaba tres años esperando esas palabras, tres años dudando, tres años haciéndose esa pregunta.

—Te mentí, carajo. Te mentí.

—¿Y cómo pudiste ensuciarlo todo así? ¿Qué es lo que tienes aquí dentro? —me golpeó el pecho—. Porque aún no lo sé, Axel. Después de tanto…, y no lo sé.

Ahogué el dolor de sus palabras con mis labios. La besé con rabia, con la culpa, con el deseo que ya no podía reprimir, con los dientes, con mi cuerpo presionando el suyo contra la puerta del edificio y sus manos temblorosas contra mi pecho. Quería fundirme con ella, hacerle entender que la quería como no había querido a nadie y que lo que dije entonces estaba tan lejos de la realidad que aún no sabía de dónde saqué el valor para pronunciarlo.

De alguna manera, encajé la llave en la cerradura y la empujé dentro sin dejar de besarla. Me temblaron las manos cuando enredé los dedos en su pelo mientras subíamos el primer escalón. Y el segundo. Y el tercero. Y un par más antes de que supiera que no íbamos a conseguir llegar hasta la última planta.

Apenas veía su rostro en la penumbra. La sujeté de la nuca y presioné mis labios contra los suyos con fuerza, mordiéndola, lamiéndola y abandonando cualquier rastro de cordura.

—Voy a decirte qué es lo que quiero, porque no tiene sentido seguir fingiendo que puedo ser tu amigo sin esperar nada más —hablé sobre su boca suave—. Quiero darte el primer beso de buenos días. Y quiero cogerte cada noche. Quiero venirme encima y dentro de ti. Quiero ser el único que te toque aquí —dije mientras deslizaba una mano entre sus piernas y ella ahogaba un jadeo—. Quiero que grites mi nombre y que vuelvas a morirte por mí.

—Axel… —gimió contra mi mejilla.

Iba a pedirle que me confirmara si había sido claro o necesitaba que fuera más específico, pero lo cierto es que ni siquiera era capaz de usar la boca para hablar. Solo podía besarla, intentar subir otro escalón más… y besarla de nuevo. Le levanté el vestido y rompí las medias de un jalón antes de bajárselas. Leah se sujetó al barandal cuando deslicé mis dedos en ella, y estaba húmeda, estaba… temblando de deseo tanto como yo. Sus manos encontraron la hebilla de mi cinturón y tuve que respirar hondo para no venirme al sentir la calidez de la palma de su mano. Cerré los ojos y la alcé en brazos. Supongo que ella creyó que la subiría hasta el departamento, pero no podía…, no podía pensar…, no podía aguantar más…, no podía hacer otra cosa que no fuera apretarla contra la pared de la escalera con sus piernas rodeando mis caderas.

—Van a vernos, Axel.

—No me importa.

Leah me mordió el cuello cuando empujé con fuerza dentro de ella. Ahogué un gemido de placer y de dolor antes de embestirla más hondo, más duro, porque quería que gritara y que dejara de contenerse, que solo pensara en mí, en nosotros juntos, en lo perfecto que era eso. Me hundí entre sus piernas de nuevo, jadeando, loco por ella. Sentí cómo me clavaba las uñas a través de la camisa y luego sus gemidos en mi oreja, sus dientes en mi piel, sus labios... Esos labios. Los busqué, y Leah se aferró a mis hombros mientras cogíamos desesperados e intentaba decirle con besos que aquello era más, mucho más...

La noté tensarse y su cuerpo tembló.

—Mírame, cariño. Mírame, por favor.

Porque necesitaba que lo hiciera cuando terminara y ella estaba en el borde, esperando la siguiente embestida. Lo hizo. Separó sus labios de los míos y abrió los ojos despacio, buscándome en la oscuridad. Pegué mi frente a la suya y respiré su aliento cálido antes de hundirme en Leah otra vez de golpe, empujándola contra la pared, sintiéndola tanto..., perdiéndome tanto... Gemí cuando me vine con ella, en ella, conteniendo la respiración y con mi corazón palpitando contra el suyo con fuerza.

El silencio nos abrazó. La dejé en el suelo cuando noté que empezaban a fallarme los brazos y busqué su boca de nuevo, pero Leah se apartó. Antes de que pudiera abrocharme los pantalones e intentar retenerla, ella agarró las llaves y se alejó subiendo las escaleras.

—Mierda. Espera, Leah. —Pero ya era tarde.

87

LEAH

Me encerré en el baño antes de abrir la llave de la tina. Ignoré los golpes en la puerta y su voz suplicante, porque no podía enfrentarme a él. Ahogué un sollozo mientras me sentaba en el suelo con la espalda apoyada en la pared.

—Solo habla conmigo. Dame una tregua.

—No puedo. Ahora no puedo… —contesté.

Lo sentía allí, tan solo a unos centímetros de mí, separados por una pared y por un pasado que era un camino polvoriento lleno de recuerdos y problemas.

—Leah, por favor…

—Necesito tiempo.

Hubo un silencio tenso. Luego, su voz:

—Voy a darte media hora para que te calmes y hablemos de una vez por todas. Si entonces no abres la puerta, te juro que la tiro.

Me quedé encogida en el suelo con el murmullo del agua acompañándome. Me sentía como si Axel acabara de abrir con las manos esas heridas que llevaba cosiendo y curando durante tanto tiempo. Y eran heridas llenas. Llenas de él. De mí. De nosotros.

Empecé a desnudarme despacio. Prenda a prenda. Capa a capa. El celular que estaba en el bolsillo del abrigo se cayó al suelo y me quedé unos segundos mirándolo y decidiendo qué hacer. Me agaché para recogerlo. Suspiré hondo, con las lágrimas quemándome las mejillas, y busqué su nombre entre los contactos. Solo fueron tres palabras, pero tardé un mundo en escribirlas y mucho más en mandarle el mensaje a Landon.

«No me esperes.»

Solo eso. Sin un «te quiero» al final ni un «lo siento», porque quería que fuera contundente, que me hiciera caso. Lo conocía lo suficiente como para saber que, a pesar de la conversación que habíamos tenido antes de irme, él me esperaría. Y no quería que lo hiciera. Quizá de una manera egoísta sí, pero mientras me metía en la tina llena de agua caliente, entendí que nunca podría quererlo como él se merecía, de una manera loca y plena, y deseaba que otra persona tuviera la oportunidad de hacerlo. Ni siquiera tenía la sensación de haberlo perdido porque Axel entrara a formar parte de la ecuación. Una parte de mí sabía que lo perdí incluso antes de empezar algo con él, porque nunca le di esa parte más visceral e impulsiva de mí, nunca se lo di todo ni me lancé a sus brazos con los ojos cerrados.

Tomé una bocanada de aire y hundí la cabeza en el agua. Desde allí abajo parecía que el mundo tenía más sentido, tan borroso, tan agitado y turbio. Emergí y respiré hondo. El silencio lo envolvía todo y yo no podía dejar de mirarme las piernas y pensar que apenas unos minutos antes habían estado rodeando el cuerpo de Axel mientras se hundía en mí una y otra vez y yo… en aquel instante solo sentía, lo sentía a él por todas partes, incapaz de pensar en nada más o de frenar aquello, porque una parte de mí seguía perteneciéndole.

En realidad, no me preguntaba si había vuelto a enamorarme de él, sino si alguna vez había dejado de estarlo. Y eso me daba tanto miedo…

Ser tan débil. Volver a ceder el control. Caer.

No me gustaba esa imagen endeble y frágil.

Salí de la tina cuando me cansé de llorar. Me envolví en un una bata blanca y froté con el dorso de la mano el cristal del lavabo para quitar el vaho. Encontré mi reflejo. Un reflejo que me asustó, porque se parecía demasiado a la chica que había sido años atrás. Era igual. Tan igual… Como si una parte de mí hubiera temido cambiar y perderse en ese cambio inesperado. Y de repente necesité eso, perderme para volver a encontrarme.

Tomé las tijeras que estaban en el primer cajón, deslicé los dedos por un mechón largo de cabello y lo corté. Dejé el pelo en el lavabo antes de buscar el siguiente mechón.

Axel llamó a la puerta.

—Abre, Leah. —No contesté. Cerré las tijeras de nuevo—. Abre o la tiro.

Quizá porque sabía que era muy capaz de hacerlo, solté las tijeras antes de abrir la puerta y permitirle entrar, aunque seguía sin estar preparada para mantener esa conversación. El problema era que, probablemente, nunca lo estaría.

—¿Qué estás haciendo? —Axel miró mi cabello desigual—. Carajo, Leah, no quiero que huyas de mí, no puedo soportar eso…

Se acercó y yo dejé que lo hiciera. Cerré los ojos cuando acunó mi mejilla con la palma de su mano y sus labios rozaron mi frente. Tan familiar. Tan cálido. Deseé vivir dentro de aquella caricia para siempre. Su pulgar trazó círculos sobre mi piel y después su voz ronca y profunda me sacudió, despertándome de aquel momento:

—Intentémoslo otra vez.

—No es tan fácil, Axel.

—¿Por qué no? Mírame, cariño.

Y todas las grietas se abrieron de golpe, una a una.

—¡Porque lo rompiste todo! ¡Me rompiste a mí!

Di un paso hacia atrás temblando, incapaz de mirarlo.

—Déjame arreglar eso, Leah.

—¿Acaso sabes cómo hacerlo?

—Lo único que sé es que nos queremos.

Alcé la vista hacia él, hacia su rostro lleno de incertidumbre, sus labios aún enrojecidos por mis besos, su cuello marcado por mis dientes, sus ojos de ese azul oscuro del mar profundo, los mechones de pelo que parecían salpicados por la luz del sol y esa forma suya de mirarme que me hacía sentir tan transparente, tan vulnerable…

—Axel… Tú…, tú eres el pasado.

—Pues el pasado está aquí, carajo, delante de ti, deseando ser tu presente. Y este pasado sabe que cometió el peor error de su vida el día que te dejó ir y no está dispuesto a permitir que ocurra nada parecido sin luchar por ello. —Me sostuvo la barbilla con los dedos para que lo mirara—. Cariño, sé que lo arruiné lo más que pude, pero dame otra oportunidad.

—No me hagas esto —sollocé.

—Leah, por favor, cuando te fuiste…

—¡No! ¡Es que yo no me fui! ¡Es que me echaste de tu vida!

—Ya lo sé y lo siento, pensaba que era…

—… lo más fácil para ti. Lo más cómodo.

—Que era lo mejor para ti —me corrigió, y noté cómo tensaba la mandíbula—. Y te mentí porque no sabía cómo alejarte de mí, y si te hubiera dicho que en realidad el problema era que te quería demasiado, tú nunca te habrías rendido. Y quería que vivieras, Leah. Y que después de vivir me eligieras a mí.

—¿Por qué tuviste que decirme que no me querías? ¿Por qué no pudiste hacer las cosas de otra maldita manera? Como, no sé, hablar conmigo, decidir que nos tomáramos un tiempo y que ya veríamos más adelante cómo ir solucionándolo todo —grité—. Pero no. Me destrozaste. Me hiciste creer que no te importaba lo suficiente y de verdad lo pensé durante meses y meses, y ahora resulta que fui demasiado para ti. Qué irónico, ¿no te parece? Porque casualmente, como las demás cosas de tu vida que terminan siendo demasiado, me apartaste. Como apartaste las pinturas. ¡Como lo apartas todo, carajo!

Axel me sujetó cuando intenté salir.

—Suéltame —escupí furiosa.

—Esta conversación no ha terminado.

—Terminó en cuanto me di cuenta de que no ibas a ser sincero. Debería haber entendido hace tiempo que nunca lo serías, que buscarías excusas…

Algo se agitó en su rostro, pero no me soltó, me abrazó con más fuerza contra su pecho, y sus labios me rozaron la oreja cuando habló en susurros con la voz quebrada:

—Siento haber sido débil, Leah. Siento haber sido tan cobarde. Te juro que aún me cuesta reconocerme cuando lo pienso, pero esa es la realidad. Quiero que sea diferente, estoy esforzándome por conseguirlo, pero tú tienes razón. No era perfecto, ni entonces ni ahora. Quizá fue culpa mía por pretender serlo y la única verdad es que soy un pinche error andante y me paso cada día intentando cambiar eso y arrepintiéndome por todas las cosas que he hecho mal; por haber sido un hermano terrible, un amigo aún peor y, en cuanto a ti, eso…

Le cubrí la boca con la palma de la mano.

—No sigas. No digas nada más, por favor.

Sorbí por la nariz antes de abrazarlo y esconder el rostro en su pecho, llena de alivio y de gratitud, porque necesitaba que él admitiera su cobardía y sus errores, necesitaba saber que era consciente de ello, pero no quería que siguiera torturándose así, porque Axel era todas esas partes malas, pero también muchas más buenas. Y lo que le había dicho aquel primer día que lo dejé entrar en mi estudio de Brisbane era cierto. Lo había odiado, lo había odiado muchísimo, casi tanto como lo había echado de menos.

Nos quedamos allí abrazados durante una eternidad. Una eternidad perfecta, porque no quería soltarlo.

—Quiero enseñarte un sitio —susurró.

—¿Ahora? —me separé para mirarlo.

—Sí. O cuando solucionemos esto —contestó hundiendo los dedos en mi pelo y esbozando una sonrisa que deseé guardar en mi memoria—. Ven, siéntate.

Tomó el taburete y lo colocó delante del lavabo antes de jalarme con suavidad para que me sentara. A través del espejo lo vi alcanzar las tijeras.

—¿Estás bromeando? —me reí entre lágrimas.

—Tú no lo hiciste mucho mejor.

Intenté no moverme mientras él tomaba un mechón de cabello largo; oí el chasquido de las tijeras antes de que el suelo a mi alrededor empezara a llenarse de pelo rubio.

—Solo estoy intentando igualarlo, pero creo que mañana tendrás que buscar una peluquería. Y conseguir que te entiendan en francés cuando intentes explicarles esto —bromeó y, al terminar, nuestras miradas se encontraron a través de aquel reflejo. Axel deslizó sus dedos por mi nuca y luego me besó en la cabeza—. Estás perfecta.

—Sé que te parece divertido, pero no lo es.

Me levanté. Él reprimió una sonrisa.

—Lo decía muy en serio —me aseguró, y me tendió la mano, y yo se la estreché tras una leve vacilación—. Vamos, antes de que salga el último metro.

LEAH

Él era la punta de las estrellas.
Que picaba. Que dolía.
Pero otros días…
Era la curva de la luna,
su sonrisa, su boca.
Y el calor del sol. Su luz.
Yo recorría todas esas líneas,
perdiéndome entre sus vértices,
temblando al encontrarme en él.

LEAH

—¿A dónde vamos, Axel? —pregunté mientras atravesábamos el Sena y nuestros pasos resonaban sobre la calzada del puente de Arcole.

No contestó, tan solo caminó más rápido hasta que llegamos a la plaza de Notre Dame, delante de la catedral parisina. Me agarró por los hombros y me guio con suavidad unos metros más atrás. El frío de la noche me mordía la piel y me estremecí bajo el abrigo.

—¿Qué estás haciendo?

—Quédate quieta aquí.

Y se alejó trazando una línea recta.

Nos miramos fijamente y, a pesar de la distancia, lo oí resoplar bajito antes de llevarse los dedos al puente de la nariz. Alzó la vista al cielo oscuro y volvió a bajarla hasta mí. La luz de los faroles iluminaba la inquietud de su rostro.

—Los dos sabemos que hubo momentos malos, pero quiero que pienses en todo lo bueno que también vivimos juntos. En esas cosas a las que no renunciarías a pesar del dolor de lo demás, en todo eso… —Se mordió el labio inferior nervioso—. Y cada vez que un buen recuerdo aparezca, da un paso hacia mí.

—No entiendo nada.

—Tú solo hazlo. Por favor.

—Esto es raro incluso para ti.

—Cariño…

—Está bien.

Cedí ante el ruego de su voz, a pesar de que no estaba muy segura de que aquello tuviera algún sentido porque, si fuera por los buenos momentos que guardaba de él, habría corrido en vez de caminar. Pero quizá Axel no sabía eso. Quizá él también tenía sus dudas y sus miedos. Así que hice lo que me pidió. Cerré los ojos pensando en nosotros, en el tiempo que me dedicaba cuando era solo una niña y él tenía cosas mejores que hacer por ahí con mi hermano, en las tardes que siempre pasaba por mi cuarto para ver mis progresos cada vez que venía a visitar a mi padre, en cómo cuidó de mí y me abrió las puertas de su casa, en su insistencia al intentar hacerme despertar, en todas las conversaciones que tuvimos y en el día que él cedió cuando le rogué que me regalara un beso mientras bailábamos *Let it be* y todo empezó a cambiar, a llenarse de color y de felicidad y de su piel contra la mía…

Como en ese momento, cuando me di cuenta de que no podía dar otro paso más porque lo tenía delante mirándome como si el mundo se redujera a nosotros dos.

—Podría haber recorrido una distancia mucho más larga —susurré cuando pasaron por mi mente todos esos recuerdos que me había dejado.

Axel me dedicó una sonrisa torcida.

—Quería pensar que si llegabas hasta mí sería una señal de que dirías que sí.

—¿Decir que sí? —fruncí el ceño.

—Mira tus pies.

—Había una piedra circular incrustada en el suelo y, en el centro de ella, una rosa de los vientos de bronce.

—Estamos en el kilómetro cero del país y pensé…, pensé que sería el lugar perfecto para saber si aún queda alguna posibilidad de que nosotros empecemos también desde aquí, desde cero. Porque quiero… todo lo que no tuvimos. Quiero tener una cita de verdad contigo; volver a conocernos, tal como somos ahora. ¿Qué me dices, Leah?

No dije nada, pero tan solo porque estaba intentando convencerme de que el Axel que tenía delante era el mismo de siempre. El chico que nunca había salido con nadie en serio, el que se había pasado media vida mirándose el ombligo, el que casi con total seguridad jamás se imaginó haciendo algo tan ridículamente romántico y perfecto. Parpadeé para contener las lágrimas al pensar en lo complejos que éramos los humanos, yo la primera, con nuestras ideas irrompibles que terminaban haciéndose añicos una noche cualquiera, o lo mucho que podíamos moldearnos y cambiar, avanzar o retroceder.

—¿Tú quieres una cita conmigo?

Axel sonrió e inclinó la cabeza para mirarme.

—Sí, eso quiero. No es tan raro.

—Es una idea… desastrosa.

—Me encantan los desastres cuando son contigo.

Y entonces, por primera vez después de todos aquellos años, me puse de puntitas y jalé el extremo de su chamarra para que se acercara a mí y pudiera besarlo. Fue un beso bonito, sin rabia ni dolor. Fue uno de esos besos que solo reflejan el presente, sin promesas futuras ni rencores pasados. Un beso que me hizo desear llorar y reír a la vez.

ABRIL

—

(PRIMAVERA. PARÍS)

90

AXEL

Una cita. Iba a tener una cita. Ya no recordaba cómo era. La única vez que había hecho algo parecido fue en el instituto, cuando invité a cenar a la chica que me gustaba solo porque quería que después, antes de llevarla a su casa, tuviéramos sexo en el asiento trasero de mi coche. O durante el último año de universidad, cuando tonteé con una profesora y no me equivoqué al pensar que un poco de conversación sería todo lo que necesitaría para terminar subiendo a mi departamento poco más tarde.

Pero en aquel momento no pretendía nada.

Bueno, cogerme a Leah siempre era una pretensión. Pero también era algo más. Quería que disfrutara de lo que no pudo tener tres años atrás: la libertad, poder pasear por la calle simplemente tomados de la mano o besarnos frente a cualquier portal. Quería ser valiente, abrirme con ella y darle todo lo que quisiera tomar de mí. Quería…, no sé, quería tantas cosas que estaba abrumado y nervioso y tenía ganas de comerme el mundo.

Me apoyé en el alféizar de la ventana de la sala y encendí el celular mientras me fumaba un cigarro. Tenía mensajes de Justin, una llamada de mis padres y un par de asuntos de trabajo, pero lo ignoré todo y busqué el nombre de Oliver en la agenda. Respondió al tercer tono.

Hablamos de cómo nos iban las cosas sin entrar en muchos detalles; le conté cómo había sido la exposición y los avances que Leah estaba haciendo.

—Aún me sorprende que estés aguantando allí tanto tiempo. Tú, sin mar, en una ciudad enorme. Ver para creer. Entonces, ¿Leah está bien?, ¿contenta?

—Creo que sí. O eso espero.

—Cuídala, ¿de acuerdo? Esta vez lo digo en serio.

Reprimí una sonrisa antes de darle otra fumada al cigarro.

—En realidad, te llamaba para contarte que esta noche tengo una cita con ella. Tú tenías razón, no fui un amigo ejemplar, te mentí y la regué, así que he estado pensando mucho y he llegado a la conclusión de que quizá debería contártelo todo. Y para eso tengo que remontarme a unos días atrás, cuando la besé y, aunque las escaleras no son el lugar más cómodo, terminamos haciéndolo allí...

—Carajo, Axel, ¡cállate! Maldita sea.

—¿Quieres que te filtre la información?

—Sí, quiero que me la filtres mucho. Me basta con saber que esta noche sales con ella y que vas en serio, que no le harás daño. Ya está, ¿de acuerdo?

—De acuerdo. Pues eso es todo.

—Eres un imbécil —se echó a reír—. Tengo que dejarte, Bega está esperándome para seguir viendo juntos unos veinte catálogos más sobre bodas. Una maravilla.

—Sé fuerte —me despedí entre risas.

91

LEAH

Scarlett removió su café con calma y elegancia mientras me miraba. Sus ojos, grandes y expresivos, tenían ese magnetismo que toda ella desprendía. Cuando recibí su llamada y me dijo que Hans le había dado mi teléfono porque deseaba tomar algo conmigo y charlar a solas, me inquieté, pero lo cierto era que la reunión estaba siendo agradable, aunque yo me limitaba a escuchar todas las anécdotas e historias increíbles que Scarlett me contaba con su marcado acento inglés.

—Así que esa noche que pasamos en Tailandia fue una de las más inverosímiles que recuerdo, pensé que no viviríamos para contarlo —dijo entre risas.

—Han viajado muchísimo —apunté.

Había ido dejando detalles de sus viajes en cada conversación; desde Nueva York pasando por Dubái hasta Tokio o Barcelona. Me pregunté si alguna mañana simplemente se levantaría en su casa y haría algo poco interesante y normal, como pasar el día tirada en la cama comiendo comida chatarra, o cocinar escuchando música y sin prisas…

—¿Y qué hay de ti? —me preguntó interesada.

—Lo cierto es que es la primera vez que salgo de Australia.

—No te preocupes, estoy segura de que a partir de ahora visitarás un montón de lugares y conocerás a mucha gente interesante. Será como abrir los ojos, Leah. ¿Sabes lo que más me gusta de mi trabajo? Justo esto. Como te dije, no es fácil encontrar un diamante entre las piedras, pero ctomarlo y pulirlo hasta que brille de verdad es algo único.

La miré con curiosidad, porque aún no tenía una opinión clara sobre ella. A ratos me resultaba frívola y superficial, pero no podía evitar sentirme atraída por su sonrisa genuina y sus gestos llenos de seguridad.

—No estoy segura de si encajaré…

—Todos encajan en la buena vida, créeme. —Miró a su alrededor fijándose en la comida que disfrutaban los de la mesa de al lado—. ¿Quieres que vayamos a cenar a otro sitio?

—Lo siento, pero hoy no puedo, porque… —«tengo una cita», sonaba tan ridículo que me entraron ganas de reír, aunque también sentí un cosquilleo agradable al pensarlo; cualquiera que nos conociera creería que estábamos locos—, porque tengo un compromiso. Pero podemos quedar la semana que viene.

—Perfecto. Te llamaré.

Scarlett se levantó, pagó la cuenta y se fue antes de que terminara de abrocharme el abrigo y tomara mi bolso. Cuando salí a la calle, caminé despacio hacia el departamento mientras contemplaba la ciudad. Eso era lo que Axel solía hacer cada día, perderse en aquel laberinto de edificios. Yo, en cambio, tenía la sensación de que apenas había saboreado París, tan encerrada en el estudio y tan nerviosa por todo lo que estaba viviendo. Pero aquella noche, al pensar que tenía una cita en la Ciudad del Amor, solo pude sonreír.

92

AXEL

Me desabroché el último botón de la camisa en cuanto empezó a agobiarme y al final decidí que llevarla metida por dentro del pantalón era una idiotez, así que terminó arrugada y algo más suelta. Me miré en el espejo de la sala. Ya estaba afeitado, vestido y listo para salir cuando Leah llegó y me echó un vistazo de arriba abajo antes de sonreír.

—Perdona, se me hizo tarde. Me cambio enseguida.

—Avísame si necesitas ayuda para quitarte la ropa más rápido.

Oí su risa suave antes de que desapareciera en su habitación. Me fumé un cigarro mientras la esperaba y me encantó que se vistiera con unos pantalones de mezclilla ajustados y tenis cómodos. La tomé de la mano en cuanto salimos del portal.

—¿Qué tienes pensado? —preguntó.

—¿La verdad? Nada. Improvisaremos.

Ella se mordió el labio divertida, y yo tan solo me dirigí al lugar que más me gustaba de la ciudad, aquel que tras tantos amaneceres se había convertido un poco en «nuestro». Caminamos por Boulevard de Clichy, entre las luces del famoso Moulin Rouge y los locales cercanos, que destacaban bajo la cúpula oscura del cielo. Me rugió el estómago al percibir el aroma de las *crêpes* que preparaban en los puestos ambulantes para tentar a los turistas que paseaban por allí y me paré en seco delante de uno.

—¿Te tienta la idea de cenar en un restaurante elegante o algo así? Porque podemos ir al restaurante más caro de la ciudad si quieres. O a uno en el que pongan tantos tenedores que tengamos que mirar en Internet cómo usarlos. Pero si no quieres nada de todo eso, simplemente podríamos comprar un par de *crêpes* y cervezas y subir a lo alto de Montmartre para cenar. También podemos ir a cualquier lugar normal.

La miré nervioso y ella se rio, como si disfrutara viéndome así. Esa noche estaba preciosa, con la melena corta rozándole los hombros y los ojos brillantes e ilusionados. Como los tenía siempre antes, cuando era tan feliz que no le cabía la sonrisa en la cara.

Pasó por mi lado para acercarse al puesto.

—Quiero una *crêpe* con *fromage, thon* y *oignon* —le chapurreó al hombre antes de mirarme—. ¿Qué te pido?, ¿una de champiñones y queso?

—Sí. Y otra de Nutella para compartir.

Ascendimos los casi doscientos escalones y avanzamos por la Rue du Mont-Cenis antes de dejar atrás el Sacré-Coeur, la basílica que se alza imponente en lo alto de la colina. Terminamos sentándonos bajo ella, justo en las escaleras que alfombran el suelo. Olía a las flores que salpicaban el jardín de al lado; había algunos turistas cerca del barandal y un chico tocaba una guitarra.

Desde ahí veíamos la ciudad a nuestros pies. Es uno de esos lugares atestados de gente durante el día y vacíos al amanecer o al anochecer, cuando de verdad parece cobrar magia y uno puede relajarse y contemplar las vistas. Daba la sensación de que el tiempo se detenía y los silencios se volvían cómodos, casi necesarios.

—Toma, este es el tuyo.

Leah me tendió la *crêpe* y quité el papel de aluminio distraído, mirando a mi alrededor y pensando que aquella noche de primavera era perfecta. La vi mordisquear la suya con satisfacción y me di cuenta de que ella siempre había sido así; nunca había necesitado mucho para ser feliz, y odié todos los baches del camino que nos habían conducido hasta ese instante.

—¿En qué estás pensando? —me miró.

—En ti. En que creo que merecías más.

—¿No te parece que tengo suficiente? Me estoy dedicando a lo que más me gusta del mundo y ahora mismo estoy cenando en una colina de París y tú estás a mi lado. ¿Qué más podría desear?

—¿Eres feliz, Leah?

—Sí, ¿por qué no iba a serlo?

Quise olvidar su ceño fruncido o cómo su boca se apretó en una línea fina que no me pasó inadvertida, pero el gesto sutil se me quedó clavado en la memoria. Suspiré y le di un mordisco a mi *crêpe* antes de agarrar la botella de cerveza y alzarlo frente a ella.

—¿Un brindis?

—Por esta noche.

Después me bebí el trago que quedaba y le arrebaté el postre del regazo. Leah se rio mientras masticaba el último bocado de su cena e intentó quitármelo.

—¿Qué haces, salvaje? —gruñí.

—¡Ni se te ocurra terminártelo de dos bocados!

—¿Por quién me tomas? Estamos en una cita. Y te recuerdo que la intención es conquistarte y que al final de la noche me dejes llegar a la tercera base, ¿o es la cuarta? No lo sé. Que me dejes cogerte —resumí, y sonreí al ver cómo se le encendían las mejillas.

—Eso no va a pasar.

—¿Estás bromeando?

—No. Es una primera cita —alzó una ceja—. Tú lo quisiste así, a mí no se me ocurrió.

—No pensé que sería con todas sus consecuencias.

Intenté meterle una mano entre las piernas y me gané un empujón y que me arrebatara el postre. Me reí cuando la vi morder y ensuciarse toda la cara de Nutella.

—¿Los besos también están censurados?

—Depende de la situación.

Sonreí travieso. Estábamos sentados en aquel escalón, con su brazo rozando el mío y nuestras miradas entrelazadas. Y pensé que hacía una eternidad que no pasábamos un rato así divirtiéndonos, sin recordar todos los errores que arrastrábamos ni pensar en qué ocurriría mañana; sencillamente estando ahí en ese presente, juntos.

—Yo creo que esta es una situación perfecta. Podría limpiarte el chocolate a besos. O podrías hacerlo tú relamiéndote y luego dejarme probar cómo sabes.

Ella se echó a reír con los ojos brillantes.

—Axel, no has tenido muchas citas, ¿verdad?

—Sabes que no. Dame eso —le quité la *crêpe*.

La compartimos en silencio mientras contemplábamos los tejados irregulares que se recortaban bajo la luna y las luces de la ciudad brillaban e iluminaban hogares, vidas, momentos. Allá a lo lejos, se distinguía la catedral de Notre-Dame y el Palacio de los Inválidos. Me había pasado las últimas semanas paseando por la ciudad y había descubierto que lo mejor era que cada rincón conducía a otro recoveco, a un «más» que se escondía en la siguiente esquina. Pero… no era Byron Bay. Nunca lo sería.

Me preguntaba si Leah también lo echaba de menos.

LEAH

Suspiré contenta mientras alzaba la mirada hacia la cúpula oscura y sin apenas estrellas. Me acordé de nuestro hogar, de lo diferente que era a todo aquello. El tiempo corría allí de una manera distinta también, como si hubiera más cosas que hacer. Yo sentía eso en algún lugar recóndito de mí; las expectativas, las prisas, la presión. Pero todavía no me había parado a desenredar esos nudos, porque me daba miedo y se suponía que estar allí y pintar y asistir a todos esos eventos era el siguiente paso lógico que debía dar. Tampoco quería hablar de eso con Axel después de todo lo que estaba haciendo por mí.

Estar tan lejos de su mar, de su hogar, de toda su vida…

—Casi no se parece a nuestro cielo —susurré.

—Porque está vacío —contestó él.

Axel se levantó y yo lo seguí hasta el muro de piedra que delimitaba el mirador. Se encendió un cigarro y el humo serpenteó en medio de la negrura.

—¿Echas de menos Byron Bay? ¿El mar?

—Tú eres mi mar ahora.

—¡Axel! —me reí y sacudí la cabeza—. Lo digo en serio.

—Yo también. —Chasqueó la lengua—. Supongo que sí, que lo echo de menos. Pero no estoy seguro de que echar algo de menos sea malo. Debería ser al revés. Sirve para darte cuenta de qué es lo que más quieres.

—Y tú adoras tu casa —recordé.

—Algo así. No lo sé. Ya no lo hago como antes.

—¿Por qué no? —lo miré con curiosidad.

—Ya lo sabes. Porque compré esa casa cuando me enamoré de la idea de lo que podría hacer allí dentro, pero nunca llegué a hacerlo. Me imaginaba pintando en esas cuatro paredes y siendo feliz y teniéndolo todo. Pero empiezo a pensar que entre lo que deseamos y lo que al final sucede o somos capaces de hacer hay una gran diferencia. Es como si en un primer momento te miraras en un espejo en el que por la luz te ves fantástico y te dejaras deslumbrar por esa imagen que ni siquiera es real.

—Puedes cambiarlo. Volveremos dentro de poco.

Un mes. Un mes después terminaría la beca y regresaríamos a Australia. No había querido pensar demasiado en el plazo, porque no estaba segura de qué haríamos entonces. Allí, en París, parecía que vivíamos dentro de una burbuja, una en la que yo miraba de nuevo embelesada al chico al que me juré que no volvería a amar, y una en la que él parecía dispuesto a demostrarme que había cambiado, que no quería volver a ser un cobarde. Y me daba miedo la idea de que aquello pudiera estallar ante cualquier cambio.

Axel me miró con los ojos entrecerrados.

—Cuéntame algo sobre ti que no sepa.

Estuve pensándolo durante un rato.

—Dios mío… —me eché a reír.

—¿Qué pasa? —preguntó.

—Es que no sé si es algo bueno o algo terrible que no se me ocurra nada que no sepas de mí. Seguramente, hasta estuviste el día que se me cayó mi primer diente.

—Claro que estuve, ¿por quién me tomas? —frunció el ceño con gesto divertido mientras pisaba la colilla—. Lloraste durante horas. Y estabas muy linda cuando sonreías.

Volví a reírme y, al mirar a mi alrededor, me di cuenta de que nos habíamos quedado a solas. Ya no había turistas y el chico que tocaba la guitarra un rato antes había desaparecido. Suspiré y recordé algo que hizo que se me revolviera el estómago. Miré a Axel.

—Sí que hay algo que no sabes. Durante los primeros meses que pasé en Brisbane, tomé la costumbre de ponerme los audífonos, escuchar a los Beatles y caminar por la ciudad sin rumbo. Uno de esos días llegué hasta un mercadillo lleno de puestos con cosas curiosas. Y no sé por qué, te juro que estuve una eternidad dudando, pero terminé comprando una caracola. A veces, cuando me iba a dormir, escuchaba el mar porque me recordaba a ti.

Axel inspiró hondo sin apartar sus ojos de mí, alzó la mano lentamente y me acarició la mejilla con los nudillos. Cerré los ojos. Después sentí sus dedos entre mi pelo, su cuerpo cada vez más cerca del mío, su aliento cálido sobre los labios.

—Debo de haber sido el imbécil más grande del mundo por dejar escapar a una chica que sabía a fresa, pintaba emociones y escuchaba el mar en una caracola. —Eso me hizo sonreír—. Y no dejo de pensar en todos los besos que no te he dado durante estos años.

Su boca rozó la mía despacio, suave.

Fue un beso intenso y profundo; me sujeté a sus hombros cuando noté que me temblaban las rodillas, y Axel me abrazó, como si deseara protegerme del frío y de todo lo que nos rodeaba, aislándonos en aquel contacto húmedo y dulce. Yo lo notaba contenerse, frenar el anhelo y el impulso salvaje que despertaba aquel beso, y me gustó que lo hiciera, que simplemente nos descubriéramos con la boca en lo alto de la ciudad sin buscar nada más. Lo hicimos durante tanto tiempo que, cuando nos separamos, volví a sentirme como una niña con los labios enrojecidos y las mejillas calientes.

—Vámonos a casa —le pedí.

Nos tomamos de la mano y emprendimos el camino de regreso. Apenas hablamos. De vez en cuando, Axel paraba en cualquier rincón y volvíamos a comernos a besos antes de retomar el paso y seguir descendiendo. Cuando llegamos al departamento, me quité la chamarra y la dejé encima del brazo del sofá.

—¿Te gustó tu cita?

—Mucho —le sonreí.

—¿Como para repetir? —Asentí con la cabeza y él se acercó tras colgar las llaves en la entrada. Puso mis mejillas entre sus manos y me dio un beso en la punta de la nariz antes de rozar mis labios—. ¿Y tanto como para dormir conmigo esta noche? —gruñó, y yo intenté contener el cosquilleo que sentí en la tripa.

—Tanto no —bromeé.

—Vamos, cariño. Solo dormir. Lo juro.

—El próximo día, quizá. Buenas noches.

—No van a ser buenas sin ti —masculló.

Reprimí una sonrisa y me metí en la cama después de ponerme una pijama larga de algodón. Me quedé mirando el techo y rememorando la noche que habíamos pasado juntos. Cuando estábamos bien, estar con él siempre era así: sencillo y divertido, confortable y fácil, excitante y diferente a todo lo demás. Suspiré hondo y me di la vuelta. Y al poco rato, otra más. Y a la media hora, me di cuenta de que no iba a poder dormir, al menos como no consiguiera dejar de pensar en lo cerca que estaba su habitación de la mía y en su voz ronca pidiéndome que durmiéramos juntos...

No sé qué hora era cuando me levanté de la cama.

Fui de puntitas hasta su dormitorio y entré sin llamar. Me temblaban las piernas, pero avancé despacio hasta llegar a la cama y me acosté a su lado. Contuve el aliento cuando él se movió, rodeándome la cintura y apretándome contra su pecho. Cerré los ojos. Sentía su respiración pausada en mi nuca y me concentré en ese sonido perfecto antes de quedarme dormida cobijada en aquel abrazo.

AXEL

Leah no estaba en casa cuando regresé de hacer las compras. Mientras guardaba las cosas en el refrigerador, recordé que aquel día ella tenía que reunirse con Scarlett y otros artistas para hablar de la exposición que ese fin de semana montaban en una galería pequeña. Y no sé por qué, pero subí las escaleras hacia el estudio para echarle un vistazo a lo que había estado haciendo. La había visto tan agobiada durante las primeras semanas que había intentado intervenir lo justo y dejarle espacio.

Contemplé la obra en la que había estado trabajando.

Era diferente, pero a mí me gustó. Una calle de París solitaria, con las cornisas y los tejados de los edificios derritiéndose como si estuvieran hechos de agua, y la nieve salpicando cada rincón, en contraste con esa sensación de calor y poca solidez.

Ya estaba preparando la cena cuando ella llegó. Dejó los cuadernos que se había llevado y el maletín antes de acercarse a la cocina y sentarse en uno de los taburetes mientras yo cortaba en rodajas algunas verduras. Le pregunté qué tal le había ido el día.

—Estuvo genial —admitió—. Es una galería diferente, más auténtica, ¿sabes? Me hace ilusión exponer allí. Solo será un cuadro, pero creo que destacará porque casi todos los demás artistas llevan obras más modernas, más minimalistas. Y Scarlett dice que quizá pasen por allí personas importantes que van estudiando las novedades por si acaso alguno llega a despuntar. Ven, quiero que veas el cuadro.

—Subí antes al estudio.

—¿Y qué te parece? —contuvo el aliento.

—Es buena. Es caótica. A mí me transmite.

LEAH

Aquella mañana Axel se había despertado con dolor de cabeza y, tras mucho insistir, me hizo caso, se tomó una pastilla y volvió a acostarse un rato. Así que subí hacia Montmartre sola por primera vez, en silencio, siendo muy consciente de cada paso que daba porque me preguntaba si todos debían dirigirse siempre hacia una dirección concreta, si aquello era lo que estaba haciendo cuando pintaba, conducirme en cada trazo. El problema era que no sabía aún hacia dónde quería ir. Una parte de mí empezaba a sentir un cosquilleo de orgullo cada vez que Scarlett me aseguraba que, si me dejaba guiar, podría llegar lejos. Y otra parte de mí lo único que deseaba era regresar a casa, poner un vinilo al atardecer y pintar descalza en la terraza mientras el cielo se teñía de ese tono rojo que me recordaba a Axel.

Resultaba tan contradictorio…

Me senté en los escalones mientras la ciudad amanecía y pensé que, quizá, si hubiera tenido claro el futuro que quería desde el principio, en aquel momento no me sentiría tan incómoda en mi propia piel.

Toqueteé el celular hasta que me decidí a llamarlo. Landon respondió al cuarto tono y, tras el saludo inicial, hubo un silencio incómodo que rápidamente intenté romper.

—Solo… quería saber cómo estabas.

—Bien —suspiró—. Terminando el trabajo final.

Tomé aire. Landon no había respondido al mensaje que le mandé días atrás, aunque en realidad no esperaba que lo hiciera. Desde esa noche, había pensado mucho en él, en nosotros y en cómo se sucedieron las cosas. Empezar a ordenar la maraña de sentimientos que yo misma había creado no estaba siendo una tarea sencilla, pero valía la pena intentarlo. Y Landon era una de las piezas clave.

—Lo siento mucho —susurré bajito.

—No hagas eso, Leah. Ya lo hablamos antes de que te fueras. Dejamos las cosas claras.

—Es que no dejo de pensar que nada de esto ha sido justo para ti. Y no es por Axel, te lo prometo. Es por mí. No debería haberte atado a mí durante tanto tiempo solo porque yo te necesitaba y era incapaz de dejarte ir…

—Los dos nos necesitábamos, Leah.

—No es verdad —cerré los ojos.

—Sí que lo es. Tú necesitabas alguien en quien sostenerte y yo necesitaba sostenerte a ti. Sabía desde el principio que nunca lo olvidarías a él, pero aun así me era suficiente lo que teníamos, sentirme útil contigo, lo fácil que era todo…

—Quizá demasiado —gemí.

—Probablemente sí.

Nos quedamos callados durante tanto tiempo que llegué a pensar que Landon había colgado, pero no, seguía ahí, respirando al otro lado de la línea.

—Es como ver el amanecer contigo, aunque estés lejos. Estoy en lo alto de la colina y no te imaginas lo bonito que es esto, cuando la ciudad empieza a despertar y se llena de ruido. Aquí siempre hay ruido, en realidad. Es extraño. Como un murmullo que nunca cesa.

—¿Nos veremos cuando vuelvas?

—Siempre que tú quieras.

—Entonces, pronto, Leah.

Me quedé un rato más allí después de colgar, pensando en la suerte que había tenido al cruzarme en el camino de Landon aquella noche. Quizá no todas las historias estén destinadas a ser un «para siempre», pero no por ello el trayecto recorrido vale menos la pena. Me gustaba la idea de quedarnos con todo lo que nos habíamos dado antes de tocar el fondo vacío de un cajón en el que ya no quedaba mucho que rescatar.

LEAH

Me dolían las mejillas de tanto sonreír cada vez que alguien se acercaba a mi cuadro. Intentaba ser agradable con cada uno de los visitantes, aunque apenas entendiera nada de lo que me decían, excepto cuando Hans o Scarlett se acercaban para hacerse cargo de la situación y echarme una mano con el idioma.

Me fijé en los demás artistas. Todos parecían sentirse cómodos en su propia piel, orgullosos, calmados. Me obligué a dejar de mover los pies y mantuve la espalda recta. Al alzar la vista, tropecé con unos ojos azul oscuro que lo miraban todo desde un rincón de la sala. Axel parecía tan incómodo dentro de aquel traje ajustado, tan contenido, tan poco él...

La parte que aún deseaba caminar descalza y pintar sin pensar quiso acercarse a él y susurrarle al oído cualquier broma que solo entendiéramos nosotros. La otra parte reprimió aquel impulso y esbozó una sonrisa aún más amplia cuando William, el marido de Scarlett, se acercó para saludarme y preguntarme qué tal estaba pasando la tarde.

AXEL

Fue un alivio cuando por fin la exposición terminó y nos largamos de allí. Cada vez me costaba más fingir delante de todas aquellas personas que no estaba deseando irme cuanto antes, porque lo cierto es que me estaba cansando de mantener conversaciones poco interesantes e intentar ser tan correcto cuando casi todos parecían estar actuando en una película de bajo presupuesto y regalando halagos poco sinceros.

—¿Estás bien? —Leah me tomó de la mano mientras caminábamos calle abajo buscando algún sitio en el que parar a cenar—. Parecías incómodo ahí dentro.

—Es que lo estaba.

—¿Por qué?

—¿A ti te hacen sentir cómoda?

—No lo sé. Sí, a veces sí.

No contesté. No sabía qué contestar. Continué andando hasta que vimos un sitio que parecía agradable y nos sentamos en una mesa. Nos sirvieron las bebidas.

—Vamos, cuéntame qué te pasa —pidió.

—No estoy seguro. Es una sensación rara, instintiva, como cuando algo no te da buena espina. Y la mayoría de esas personas no me la dan. Olvídalo. Es nuestra segunda cita y en menos de tres semanas volveremos a casa, quiero disfrutar de la noche.

Leah sonrió, aunque fue una sonrisa temblorosa. Noté que se callaba algo, pero preferí dejarlo pasar antes que seguir dándole vueltas al tema, porque por una parte entendía que ella estuviera deslumbrada y quería que lo disfrutara si eso la hacía feliz.

Pedimos la cena y la tensión se disipó.

—¿A dónde vamos a ir esta noche?

—Esta vez sí lo tengo planeado.

—Vaya, ¿tú planeando algo?

—Sí, y cena rápido o llegaremos tarde.

Media hora después contemplé su sonrisa cuando llegamos hasta la puerta de un pequeño cine parisino bajo la fachada clásica del edificio. La tomé de la mano, compré dos entradas y palomitas y entramos en una sala casi vacía que me recordó a las que salían en las películas europeas, con sus asientos granates y anchos y la escasa iluminación.

Leah se mostró entusiasmada mientras aparecían las primeras escenas de *El chico,* una película de cine mudo. Respiré satisfecho, me llevé un puñado de palomitas a la boca y me incliné para susurrarle al oído.

—Así que esto es lo que hacen las parejas normales. Tienen citas aquí, en el cine. Interesante. Poco práctico, pero nada es perfecto…

—¿Poco práctico? —Leah alzó una ceja.

—Al menos, si no llevas falda.

Se rio antes de darme un codazo.

Intenté concentrarme en la película y mantuve la vista fija en la pantalla hasta que noté que Leah se movía a mi lado. Y luego sentí sus labios en mi cuello. Contuve el aliento. Giré la cabeza para atrapar su boca y ella gimió bajito cuando le lamí el labio inferior. Nos mordimos. Nos besamos. Nos buscamos una y otra vez en medio de la oscuridad de aquel cine, hasta que noté su mano acariciándome por encima de los pantalones y tuve que hacer el esfuerzo de mi vida para mantener la cordura y no arrancarle la ropa allí mismo.

—Cariño…, esto tendrá consecuencias.

—Ya lo sé —sonrió contra mi boca.

—Carajo, ¿y qué hacemos aún aquí?

Me levanté y la jalé mientras se reía bajito. Avanzamos a trompicones hasta el departamento, parando en cada esquina para volver a besarnos o para que pudiera susurrarle al oído que me volvía loco cuando se dejaba ver de nuevo así, tan impulsiva, tan salvaje, tan despierta para mí.

Respiré hondo tras entrar en el portal.

—Tienes un minuto para subir o los vecinos volverán a tener un espectáculo gratis, porque te juro que no aguanto más. Uno, dos… —La seguí mientras su risa vibrante se deslizaba por las escaleras—. Tres —gruñí justo cuando encajó la llave en la cerradura de casa.

La puerta se cerró con un golpe seco y mis manos se perdieron en su cuerpo un segundo después. Leah arqueó la espalda y yo busqué el botón de sus jeans mientras le chupaba el cuello, marcándola, dejando un rastro mío en la piel…

Le quité la blusa por la cabeza con un jalón brusco antes de bajarle los pantalones. Mis ojos se perdieron en su cuerpo desnudo, tan solo cubierto por el conjunto negro de ropa interior. Noté cómo temblaba, pero no se movió, me dejó mirarla, me dejó… desear pintarla así, algo solo para mí que nadie más pudiera ver jamás. Me desabroché los primeros botones de la camisa, porque sentía que me estaba quedando sin aire, pero no llegué a quitarme el resto de la ropa.

—Desnúdate —rogué con un gemido.

—¿Tú no piensas hacerlo?

—Luego —tragué saliva.

Hubo un atisbo de vulnerabilidad en su mirada antes de que moviera los brazos y se desabrochara el sostén. Lo dejó caer al suelo y me humedecí los labios mientras mis ojos se perdían en aquella imagen perfecta y ella se quitaba el resto de la ropa. Di un paso hacia ella, seguido de otro y otro más. Le cubrí el pecho con una mano. Leah se estremeció. Me incliné para capturar aquel temblor de su boca, besándola al tiempo que la recorría con las manos, tan despacio que me dolían los dedos de las ganas que tenía de deslizarlos por su piel, por todas partes, por cada curva y cada línea de su cuerpo desnudo.

Bajé despacio por su cuello, seguí por el arco del hombro y luego deslicé la lengua por sus pechos, deteniéndome ahí cuando la oí jadear, hasta que me desvié al costado para buscar esas tres palabras que yo mismo había trazado años atrás. Besé aquel recuerdo. Y después seguí descendiendo, recorriendo su estómago con los labios, mordiendo y lamiendo y saboreándola como llevaba tanto tiempo deseando hacer. Dibujándola con la boca.

Me arrodillé delante de ella aún vestido, con la camisa arrugada y tan duro que el pantalón empezaba a molestarme. Pero solo podía mirarla desde ahí abajo. Y adorar su mirada turbia, acuosa y llena de tanto…, llena de todo lo que un día tuvimos y aún seguía vivo…

Le acaricié las piernas con suavidad.

—¿Te gusta esto? Verme de rodillas delante de ti. Saber que podrías hacer que me pasara toda la vida así si tú quisieras.

A Leah se le aceleró la respiración. Me encantó que se sintiera poderosa, que supiera que ella tenía el control. Sonreí travieso antes de subir lentamente por su muslo hasta perderme entre sus piernas. Y entonces la besé ahí. Estaba húmeda, temblorosa, anhelante. Sus dedos se enredaron en mi pelo cuando necesitó marcar el ritmo y yo dejé que lo hiciera, porque me gustaba así, exigente y atrevida. La recorrí con la lengua. La cogí con los dedos. Y al final lamí más lento, retrasando el momento hasta que ella gimió mi nombre y la agarré con fuerza de los muslos cuando noté que iba a venirse y empezaron a temblarle las piernas. Seguí hasta arrancarle el último jadeo, hasta que memoricé su sabor y noté que ella necesitaba que me levantara y la abrazara para sostenerse. La estreché con fuerza contra mi pecho.

—Sabes mejor de lo que recordaba.

—Joder, Axel.

—Espero que sea una orden y no solo una expresión, porque te juro que me ha faltado poco para terminar sin tocarme y necesito…, te necesito, no sabes cuánto…

El corazón me latía con tanta fuerza que solo podía oír mis propias palpitaciones mientras lo jalaba hacia su dormitorio y le desabrochaba los botones de la camisa. Se la arranqué por los hombros antes de buscar el cinturón y deslizar las manos por encima del pantalón acariciando su erección al tiempo que cruzábamos el umbral.

Me quedé sin respiración cuando por fin lo tuve desnudo delante de mí, después de tanto tiempo…, tan perfecto, aún con la piel bronceada que parecía pedirme a gritos que mis manos la tocaran. Le di un empujón para que se acostara en la cama y él se dejó caer con los brazos apoyados sobre el colchón, mirándome con tanto deseo que temblé ante la intensidad del gesto mientras subía por su cuerpo hasta que nuestros sexos se rozaron.

Cerré los ojos. Era una mezcla de dolor y amor. Porque necesitaba tanto tenerlo dentro que la espera resultaba dolorosa, y al mismo tiempo, quería retrasarla todo lo posible para sentirlo más, más y más. Aunque Axel no parecía pensar lo mismo.

Se incorporó, sentándose en la cama con la espalda apoyada en la cabecera de madera, y me abrazó sujetándome de la cintura para alzarme y colocarse entre mis piernas antes de empezar a deslizarse dentro de mí. Le rodeé el cuello mientras lo sentía abrirse paso en mi interior con nuestras miradas enredadas y los músculos en tensión, con sus dedos clavándose en mis caderas y los míos acariciándole el pelo. Gruñó cuando me embistió hasta el fondo con fuerza y apretó los dientes. Lo vi contener el aliento.

—Carajo, cariño, carajo…

—Déjame a mí —le rogué—, por favor.

Su respiración se volvió entrecortada cuando empecé a moverme sobre él, haciéndole el amor lento, muy lento, porque no quería que aquello acabara jamás, porque ese instante era perfecto y quería saborearlo; la sensación de tenerlo así, mío, mirándome enamorado como yo lo había mirado a él durante toda mi vida, diciéndome tantas cosas sin necesidad de palabras y cediéndome el control sin dudar ni intentar esconderse. Valiente en lo que sentía, en dejarme ver cada gesto de placer en su rostro, sus ojos vidriosos, su boca buscando la mía cada vez que me balanceaba contra su cuerpo y nos uníamos de nuevo.

Noté cómo se estremecía y respondí moviéndome más rápido, más profundo. Quería…, quería dárselo todo. Axel resopló cuando le susurré al oído que estaba deseando sentir cómo se venía y sus manos se aferraron a mis caderas con fuerza al incrementar el ritmo. Busqué su boca en medio de aquella vorágine de sensaciones: del placer, del sudor, de la piel rozándose con cada embestida, del gruñido ronco que escapó de sus labios cuando terminó mientras me abrazaba y del silencio que se abría paso en el dormitorio envolviéndonos.

Axel acabó de enjabonarme el pelo y abrió la llave de la regadera para quitarme la espuma. Sentí sus labios cálidos en mi frente mientras el agua caliente caía sobre nosotros.

—Lo que te dije aquel día iba en serio, Leah. Quiero darte el primer beso de buenos días. Y quiero cogerte cada noche. Quiero cvenirme encima y dentro de ti. Que grites mi nombre y que vuelvas a morirte por mí. Todo eso. Que tengamos eso. Que seamos una pareja real.

Sonreí contra su pecho y tomé aire antes de mirarlo.

—Todos vivimos en un submarino amarillo.

Axel se echó a reír antes de susurrarme eso mismo al oído, cantándome el estribillo de nuestra canción, cantándome todos esos «te quiero».

Resoplé al descubrir que el otro lado de la cama estaba vacío. Era extraño que durmiera hasta tan tarde, cuando los rayos del sol ya se colaban en la habitación, pero la noche anterior nos habíamos acostado casi al amanecer, hablando y cogiendo y mirándonos como si todo encajara por fin en su lugar y las cosas volvieran a estar como siempre debieron estar.

Salí de la cama, fui al baño y me pasé por la cocina. Me preparé un café y un tazón con avena y leche. Me metí una cucharada en la boca y miré hacia la escalera que conducía hasta el estudio. Dejé el desayuno a un lado antes de subir y abrir la puerta con la intención de tomarla en brazos y convencerla de que bajara conmigo y pasar un rato juntos antes de que empezara a trabajar, pero cuando llegué me la encontré sentada en el suelo con las rodillas encogidas contra el pecho y los ojos llenos de lágrimas.

—¿Qué ocurre? —me arrodillé a su lado.

—Quería ver las fotos de la exposición… —contestó entre sollozos antes de tenderme el celular—. Pero encontré esto. Ya sé que lo que hago no es perfecto…, pero la manera en la que lo dice hace que parezca aún peor.

Leí el artículo que me enseñaba, uno que hablaba de la exposición inaugurada la víspera y que salía en una revista digital inglesa poco conocida. Había comentarios sobre varias obras, pero el que se refería a la de Leah era especialmente malicioso: «Mediocre, falto de creatividad y de coherencia, casi un alarde de ignorancia».

Le agarré las mejillas para obligarla a mirarme. Intenté sonreír para quitarle importancia.

—¿Y qué importa, cariño? Es solo una opinión.

—Pero creo…, creo que tiene razón.

—A mí me gustó. ¿Mi opinión no cuenta?

—Tú no eres objetivo —sollozó.

—Claro que sí. Sobre los primeros cuadros que pintaste cuando llegamos a París te dije que podrías hacer algo mucho mejor. Y no te acepté todas las obras para la exposición de Brisbane, porque algunas no me dijeron suficiente. Así que confía en mí. ¿Por qué te importa tanto lo que piense ese tipo que escribió el artículo?

—Es que me dolió —gimió bajito.

—Pues no le dejes hacerte eso.

—Tú no lo entiendes. No sabes cómo es desnudarte delante de todo el mundo, crear algo y que lo pisoteen. Es personal. No deja de ser mío.

—También es tu trabajo —le recordé.

Me puse en pie, busqué entre los vinilos uno de los Beatles y *Hey Jude* empezó a sonar mientras me acostaba a su lado y la jalaba para que también lo hiciera. Leah me abrazó sobre el suelo de madera, más tranquila, y yo le di un beso en la cabeza.

—Esto iba a pasar algún día, ¿sabes? Mejor antes que después. Lo superarás, como has superado todo lo demás. Habrá gente que pague dinero para tener tus cuadros y otros a los que no les transmitan nada, pero lo importante es cómo te sientas tú, ¿me estás entendiendo? Tienes que estar satisfecha con tu trabajo, nunca muestres un cuadro del que no te sientas orgullosa, porque entonces, si te critican, te dolerá de verdad. Y cuando volvamos a casa haremos las cosas a nuestra manera. Pintarás en la terraza de casa o en tu buhardilla, donde prefieras; iremos a ferias pequeñas, a sitios en los que de verdad quieras estar.

—¿Acaso te arrepientes de este viaje?

—No, ha sido un buen empujón y tienes las prácticas convalidadas. Mira, hoy recibiste tu primera crítica negativa, eso ya es despertar el interés de alguien, y ganaste en experiencia, en darte cuenta de qué es lo que quieres. ¿No estás de acuerdo conmigo?

Asintió con la cabeza, pero no dijo nada.

Y sentí una extraña presión en el pecho...

La casa de Hans parecía sacada de otra época, con sus muebles clásicos de madera oscura, sus techos altos y el papel pintado de las paredes. Mientras avanzaba hacia el comedor principal, me fijé en mis propios pies y en que había alfombras en todas las habitaciones. La mesa ya estaba puesta cuando llegamos; Hans nos había invitado a cenar junto a otros amigos suyos: William, Scarlett y tres americanos que acababan de llegar a París y que dirigían una galería pequeña de Nueva York.

—Siéntense —dijo sonriente señalando la mesa.

Nos acomodamos y Scarlett, que estaba enfrente, me guiñó un ojo antes de dirigirse a la chica que se encargaba del cáterin que habían pedido y preguntarle si en lugar de vino tinto podían traerle una copa de blanco. Después sonrió con comodidad mientras Hans nos presentaba a Tom, Ryder y Michael.

Sirvieron confit de pato de primero, así que Axel pasó directamente al segundo, una *vichyssoise*. A pesar del contratiempo inicial, noté cómo intentaba esforzarse para fingir que una cena casi de etiqueta era su plan ideal para la noche de un viernes. Podía ser encantador cuando se lo proponía, así que pronto consiguió que se rieran de las bromas y que Hans lo mirara con satisfacción cada vez que amenizaba la velada. Yo intentaba ignorar lo nerviosa que me ponía estar sentada a su lado sabiendo que no sentía ni un ápice de toda esa simpatía, aunque no podía culparlo.

—Esta noche estás muy callada, Leah, ¿te ocurre algo? —Scarlett me miró de esa manera tan fija y directa que conseguía ponerme un poco nerviosa—. No habrás leído el artículo de esa revista…, ¿cómo se llamaba, William? —le preguntó a su marido.

—Es un medio inglés, tú le diste la acreditación.

—Cierto, hablaré con ellos. —Tamborileó sobre el mantel—. Hans y yo estuvimos comentándolo hace unos días y fue innecesariamente cruel. Pero viendo el lado positivo, se nos ocurrió algo. Cuéntaselo, Hans.

Noté la mano de Axel rozando la mía bajo la mesa y ese gesto tan pequeño me calmó en aquel momento lleno de tensión, porque odié ser el centro de atención, odié que la comida se me revolviera en el estómago y el silencio que precedió a las palabras de Hans.

—Pensamos que sería interesante para tu carrera reconducir ciertas cosas.

—¿Por ejemplo? —intervino Axel.

—Su trabajo es muy disperso —aclaró Scarlett—. Ella es buena y puede crear una gran obra, pero actualmente el mercado pide un arte muy concreto. Algo más moderno, más atrevido. Podríamos llegar a un acuerdo por una línea específica de obras con alguna de gran formato.

—¿Una línea de obras? Nos vamos en dos semanas —Axel frunció el ceño.

—No, si has pensado en mi oferta —Scarlett me miró.

En cuanto comprendió lo que significaba aquello, Axel me soltó la mano de golpe. Yo todavía no había dicho ni una sola palabra, me sentía como si tuviera algo atascado en la garganta y tampoco me veía capaz de responder. Sabía que lo había hecho mal, que él nunca debería haberse enterado de algo así por otra persona. Logré recomponerme entre aquel mar de dudas y culpabilidad que me arrolló.

—¿Podemos hablarlo en otro momento? —pedí.

—Claro, disfrutemos de la cena. —Hans miró a Axel—. ¿Qué te parece la *vichyssoise*?

—Deliciosa —replicó cortante, y creo que no fui la única que percibió el tono duro de su voz, pero los demás invitados decidieron pasarlo por alto.

El resto de la velada se resumió en una sucesión de anécdotas interesantes y de silencios por mi parte mientras asentía e intentaba mostrarme entusiasmada. Cuando llegó la hora de irnos y nos levantamos, me excusé para ir al servicio antes de ir a recoger mi abrigo. Me entretuve un poco más de la cuenta lavándome las manos y mirándome en aquel espejo ovalado que debía de costar una fortuna mientras me preguntaba quién era la chica que me devolvía el reflejo y las palabras de Scarlett se repetían en mi cabeza: «Ella es buena y puede crear una gran obra». Era un halago y una pequeña puñalada a la vez, dulce y amargo.

Aún estaba despidiéndome de todos cuando Axel ya se había metido en el ascensor. Sostuvo la puerta para dejarme entrar y pulsó el primer botón sin mirarme. Quería decir algo, algo que fuera suficiente para que él me entendiera, pero no sabía qué, porque ni siquiera yo misma tenía claro qué pensaba.

Empezamos a caminar en silencio. Hacía frío.

—Siento no habértelo dicho antes —dije cuando reuní el valor—. Pero es que no sabía…, no encontré el momento adecuado…

—¿El momento adecuado? Carajo, Leah, vivimos juntos.

Axel se paró en medio de una calle cualquiera y se llevó una mano al cuello mientras resoplaba nervioso. Lo vi tomar aire antes de mirarme.

—Cuéntamelo ahora. Cuéntame qué te dijo.

Tragué saliva y me lamí los labios con inquietud.

—Que no tenía por qué irme cuando terminara la beca. Me propuso que me quedara un poco más si quería seguir trabajando con ellos, porque podría hacerme un hueco en la galería.

—¿Y eso es lo que quieres?

Era justo la última pregunta que deseaba que me hiciera y también la más necesaria, la que lo significaba todo y la que yo aún no sabía contestar.

—No lo sé… —susurré.

Axel se frotó la cara agobiado.

—Pues avísame cuando lo sepas, porque, carajo, se suponía que estábamos juntos en esto. Y estoy aquí, Leah, en la otra punta del mundo contigo. Merezco saberlo.

Empezó a caminar, pero mi voz frenó sus pasos de golpe.

—¡Yo no quería pedirte que te sacrificaras por mí!

—¿Estás bromeando? No me iré de aquí sin ti.

Me tembló el labio inferior y lo abracé, abracé esas palabras y todo lo que envolvían, rezando para que Axel no se apartara. Y no lo hizo. Sus brazos me rodearon cobijándome del frío, y después me calmé al sentir sus labios en mi sien, suaves y familiares.

Llevaba un par de días fumando y pensando más de la cuenta, y eso no ayudaba a tener menos dolores de cabeza. Los nervios tampoco. Y por mucho que intentara fingir que no era así, sabía que las cosas no estaban bien. Que no era normal que Leah se encerrara en su estudio durante tantas horas para pintar cuadros que a mí ni siquiera me parecían suyos. Que le quedaba poco tiempo para tomar una decisión. O que me frustraba no entenderla.

Pero era incapaz de decirle lo que pensaba de verdad, porque no quería discutir y me daba miedo que algo así abriera una brecha entre nosotros. Y de algún modo retorcido, estaba siendo cobarde de nuevo, solo que al revés; no para alejarla de mí, sino para evitar perderla.

Me encendí otro cigarro justo cuando ella salió del estudio. La miré mientras bajaba las escaleras con gesto ausente y pensé que tenía que hacer algo, cambiar eso.

—Vístete, vamos a dar una vuelta por ahí.

—¿Ahora? Estoy agotada —gimió.

—Vamos, te estás perdiendo la ciudad.

Leah dudó, pero sabía que tenía razón, así que diez minutos después estuvo lista y salimos juntos del departamento. Ya había anochecido. Tomamos el metro y pronto ella pareció olvidarse de los demonios que había dejado en el estudio y volvió a sonreír por cada tontería que comentábamos o al oír hablar a la gente en francés e imaginarnos qué estarían diciéndose haciendo nuestras propias conjeturas.

—Escondí el cuerpo en el congelador del sótano —dije recreando la conversación cuando el hombre de delante le habló a la mujer que tenía al lado.

—¿Al lado de los chícharos y el pavo? Genial, arruinaste la cena de Navidad —siguió Leah aguantando una carcajada, justo cuando la señora a la que estaba imitando arrugaba el ceño como si de verdad estuviera molesta por encontrar un cadáver junto a la comida.

—¡Mierda! ¡Es nuestra parada! —Me puse en pie y la jalé para salir corriendo con el tiempo justo antes de que se cerraran las puertas.

Caminamos relajados cuando salimos a la calle. La Torre Eiffel brillaba iluminada bajo el cielo oscuro y nos acercamos en silencio, disfrutando del paseo. Paramos cerca del pequeño carrusel que estaba al lado y me incliné para darle un beso lento y colocarle bien la bufanda delgada que llevaba porque por las noches refrescaba.

Leah me miró fijamente, tanto que me asustó.

—¿Qué te ocurre?, ¿en qué estás pensando?

—En que cuando estoy contigo todo está bien.

—¿Y cuando no estamos juntos? —pregunté.

—Entonces, no estoy segura.

Suspiré hondo, porque no sabía qué decirle, pero no me gustaba eso, porque significaba que algo iba mal. Había poca gente alrededor cuando la tomé de la mano y la insté a subir al carrusel, que ya no funcionaba a esas horas. Leah se montó en uno de los caballitos y me sonrió de una manera que hizo que se me encogiera el estómago. Apoyó la mejilla en la cabeza del animal y yo hundí los dedos en su pelo corto.

—Quiero que hables conmigo. Que me expliques qué es lo que te pasa para que pueda ayudarte. En eso consiste esto, Leah, en superar juntos las cosas…

—Ese es uno de los problemas —admitió en susurros.

—¿Cuál? —Le coloqué un mechón tras la oreja.

—Que tengo muchas dudas, no sé qué es lo que siento ni por qué me pasa esto. Pensaba que no me importaba lo que los demás pensaran de mis pinturas y sí me importa. Pensaba que estaba por encima de todo eso y resulta que no. Siento que eso me agobia y me bloquea, pero al mismo tiempo soy incapaz de dar un paso atrás, como si tuviera la necesidad de demostrar que puedo hacerlo, que sirvo para esto…

Intenté ignorar que me dolía casi más que a ella saber que se sentía así y no poder hacer nada por remediarlo, porque yo no era precisamente un ejemplo para tomar en cuenta.

—¿Y eso qué tiene que ver con nosotros?

—Pues que no quiero volver a necesitarte como lo hice hace años, Axel, ni tampoco arrastrarte en mi caos o que esto nos influya. Pero tú estás aquí por mí y eso…, eso no es una tontería que pueda pasar por alto al tomar una decisión.

—A mí me parecerá bien lo que decidas.

—Ese es el problema —contestó triste.

Reprimí un suspiro y la besé para que no siguiera hablando, porque tenía la sensación de que daba igual lo que dijera; estábamos en un callejón sin salida y esa noche no íbamos a arreglar nada. Esa noche… en realidad solo había pretendido dar una vuelta con ella y conseguir que se despejara y que dejara de pensar en el trabajo.

—Ven aquí, seremos como dos turistas.

Caminé hacia la Torre Eiffel y la esperé en medio de la explanada hasta que ella llegó. Saqué el celular para intentar hacernos una foto y, entre risas, terminé agarrando a Leah para alzarla un poco y que los dos pudiéramos salir en el encuadre con el fondo. Después paseamos por la orilla del Sena, con el famoso monumento iluminado a nuestra derecha y disfrutando del silencio de la noche. Leah se subió al muro de piedra que bordeaba la banqueta y yo me situé entre sus piernas para besarla hasta cansarme.

—¿A dónde quieres que vayamos?

—A cualquier sitio. O a ninguno —sonreí contra sus labios—. ¿Sabes lo que significa la palabra *flâneur*? Es el arte de pasear sin prisa por las calles de París, sin objetivos, sin rumbo. Esta noche deberíamos ser dos *flâneurs* —dije con una pronunciación de risa.

—Me encanta cómo suena.

Lo hicimos hasta que la madrugada nos sorprendió. Recorrimos calles sin nombre y rincones por los que quizá nunca volveríamos a pasar, hasta que llegamos a casa y terminamos en la cama. La tumbé boca abajo y me hundí en ella con fuerza, besando los lunares de su espalda mientras la embestía y sus dedos se aferraban a las sábanas antes de dejarse ir y que sus gemidos me arrastrasen a mí. Después nos abrazamos en silencio en la penumbra de la habitación hasta que el sueño venció a las ganas de mirarnos.

LEAH

Scarlett sacó un vestido del clóset y me lo tendió.

—Este te servirá, aunque hubiera sido mucho más fácil haber ido de compras. Eres demasiado testaruda; como dirían los franceses, *têtue*. Ahora ya sabes lo que significa si alguien te lo comenta —dijo resuelta—. ¿Tienes zapatos?

Asentí con la cabeza y Scarlett dejó escapar un suspiro cansado. Nos había invitado el fin de semana siguiente a una fiesta que se celebraría en el mismo hotel en el que se hospedaba, pero mi primer impulso había sido rechazar la oferta porque, en primer lugar, sabía que Axel lo odiaría y, en segundo lugar, no tenía nada que ponerme. Cuando ella me preguntó qué razones tenía para excusarme, lo único que se me ocurrió fue eso último. Había insistido para que fuéramos de compras juntas, pero me había negado. Escabullirme de su firme voluntad para dejarme un vestido fue misión imposible. Scarlett era tan convincente y persuasiva cuando se proponía algo que no tenía ni idea de cómo su marido conseguía mantener algún tipo de independencia a su lado.

Contemplé la inmensa suite en la que nos encontrábamos. Tenía su propia sala, dos baños completos y un vestidor. Más que una habitación de hotel era un pequeño departamento. Ella me señaló el sofá con la cabeza para que me sentara.

—Pediré café —dijo antes de llamar al servicio de habitaciones. Cuando volvió a sentarse, fijó sus ojos en mí—. ¿Has estado pensando en mi propuesta?

—Sí, sigo en ello —contesté nerviosa.

—Si lo que te preocupa es ese representante tuyo, Axel, recuerda que tan solo es un mero intermediario y que, en realidad, firmaste un contrato con Hans y no con él. A menudo pueden confundirse los papeles, pero lo único que importa es el trabajo que realizas para tu galería y tienes la suerte de que Hans no posea solo una.

—Él no es el problema —repliqué.

No me gustó que lo implicara en mi decisión. No quería que nada de eso salpicara a Axel.

Scarlett se levantó para atender al mesero y abrir la puerta cuando llamaron del servicio de habitaciones y trajeron el café, que sirvieron en sendas tazas. Una vez se fueron, retomó la conversación.

—No creas que meto en mi habitación a cualquier chica joven que empieza a despuntar. Si estás aquí es porque de verdad veo algo más en ti, algo grande. Pero antes de encauzarse en ciertos caminos, uno debe estar dispuesto a cumplir algunas normas.

—¿Y qué es exactamente lo que debería hacer?

—Espera aquí. —Fue hasta el escritorio y sacó de un cajón una carpeta gruesa y oscura que dejó sobre la mesa. Le dio un sorbo a su café, tranquila y serena como siempre, y luego la abrió—. Esto es lo que ahora mismo pide el mercado.

Eran fotografías de cuadros. Casi todos de trazos gruesos, sin muchos contrastes ni detalles. Me recordaron a aquel que Scarlett me había enseñado orgullosa cuando la conocí en la inauguración. Por suerte ese día no le dije lo que realmente pensaba del cuadro: que le faltaba alma y emoción. Aparté ese recuerdo cuando caí en la cuenta de que alguna vez había hecho algo parecido, sobre todo cuando solo me dejaba llevar por colores y buscaba un desahogo rápido. Pensé que no podría ser tan difícil repetir algo que ya conocía.

—Quizá…, quizá podría hacerlo.

—Quizá, no. Estoy segura de que puedes. Si pensara lo contrario, Leah, tengo a muchos otros artistas esperando una oportunidad así. Pero quiero que seas tú.

Me gustaba y me repelía a partes iguales lo que sus palabras me hacían sentir: satisfacción e inquietud, orgullo y nerviosismo. Todo entremezclado.

—Pero no sé si el tiempo…

—¿Qué puede suponerte quedarte un par de semanas más? Ya sabes que por parte de Hans no hay ningún problema con el departamento.

Me mordí el labio inferior indecisa.

Axel estaba cocinando cuando regresé, y toda la casa olía tan bien que me rugió el estómago de inmediato. Entré en la cocina y me puse de puntitas para alcanzar sus labios. Sonaba una música suave que venía de arriba e imaginé que habría puesto el tocadiscos.

—¿Cómo salió todo? ¿Bien?

—Sí. Mira. —Tomé la bolsa que traía y saqué el vestido, que era de una tela muy fina color *champagne*, con la espalda descubierta—. ¿Te gusta?

—A mí me gusta cuando vas desnuda.

—Axel… —protesté sonriendo.

—De acuerdo, está bien, también acepto el bikini de vez en cuando. —Me reí y él le echó un vistazo al vestido que aún sostenía en alto—. Seguro que estarás preciosa.

—¿Llevaste tu traje a la tintorería?

—No, ¿tenía que hacerlo?

—Sí, pero no importa, aún quedan varios días.

Me di un baño rápido y cuando salí la mesa pequeña del comedor ya estaba puesta y la cena servida. Axel abrió una botella de vino y se sentó en el suelo sobre la alfombra. Me acomodé a su lado pensando que aquello era perfecto. Cuando estaba con él, volvía a sentirme como años atrás, dentro de la burbuja que en su día creamos en su casa; solo nosotros, como si eso bastara. El problema era todo lo demás.

No hablamos demasiado mientras cenábamos, aunque de vez en cuando Axel me obligaba a jugar a eso de intentar adivinar qué ingredientes llevaba cada plato que probaba. No tenía un paladar muy exquisito, así que solía acertar poco, pero me gustaba que después me explicara la elaboración de sus recetas.

Al terminar, llevé los platos a la cocina.

Tomé la copa de vino cuando volví y me senté de nuevo a su lado. Di un trago. Y luego otro más. Axel alzó una ceja mientras me miraba.

—Vamos, di lo que sea que tengas que decirme ya, o terminarás emborrachándote.

—Es complicado… —Tomé aire—. Le dije a Scarlett que lo pensaría, pero no creo que sea tan horrible la idea de quedarnos aquí un par de semanas más.

—¿Para hacer esa especie de encargo?

Asentí con la cabeza y Axel dejó escapar un suspiro antes de beberse de un trago el vino que quedaba en su copa. Por un momento, pensé que, si él decía que se iba, yo… también lo haría. Y me asustó ese pensamiento. Fue como una flecha que me atravesó y que quise arrancarme de tajo. Porque me di cuenta de que seguía teniendo miedo a hacer las cosas sola, de que siempre necesitaba a alguien a mi lado.

—Pues no se hable más. Nos quedamos.

Me dio un beso y yo inspiré hondo aliviada.

Pero también noté una sensación amarga en el estómago. Esa sensación que aparece cuando te das cuenta de que eres más débil de lo que tú pensabas, de que hay algo dentro de ti que sigue fallando. Recordé las palabras que Axel había dicho semanas atrás en lo alto de Montmartre durante nuestra primera cita: «Es como si en un primer momento te miraras en un espejo en el que por la luz te ves fantástico y te dejaras deslumbrar por esa imagen que ni siquiera es real».

AXEL

Oliver contestó al tercer tono y yo tomé aire.

—Tenemos que hablar —solté sin pensar.

—¿Leah está bien? —preguntó preocupado.

—No lo sé, supongo que sí. Quiero pensar que sí. ¿Has hablado con ella últimamente? ¿Te ha dicho que quiere que nos quedemos unas semanas más aquí?

—No, carajo, no me ha dicho nada.

Lo puse al día de los últimos acontecimientos. Le hablé de Scarlett, que sin duda lo último que me causaba era confianza; toda ella me resultaba vacía, una envoltura bonita que deslumbraba solo durante los primeros cinco minutos. Pero Leah parecía impresionada cada vez que la veía abrir la boca. Y luego estaba ella misma, esa faceta que había sacado a relucir durante aquellas semanas: el ego, la vanidad.

—No lo entiendo. No es propio de ella.

—Lo que me preocupa es que no sepa lo que quiere —expliqué—. Lo entendería si me dijera que esto es lo que llevaba tantos años buscando, que quiere un futuro así, pero no tiene ni idea de qué intenta encontrar y eso… es peligroso.

Me encendí un cigarro. No dejaba de darle vueltas. Quería entenderla y no lo estaba consiguiendo. Y se suponía que en eso consistía todo, ¿no? En la complicidad, en ponerse en la piel de la persona con la que quieres compartir tu vida.

—Pues déjala caer —contestó Oliver.

—¿Perdona? ¿Qué carajo…?

—Vuelve a casa. Créeme, a mí me costó años aceptar que no era una niña y que no podía controlarla como a mí me gustaría. Cuando la dejé en Brisbane después de todo lo que había ocurrido contigo…, te juro que estuve meses comportándome como un paranoico, porque pensaba que era mi responsabilidad y me sentía como la mierda por haberla dejado sola cuando sabía que la estaba pasando fatal y que se dormía cada noche llorando.

—Carajo, Oliver, no me lo recuerdes.

—No lo digo por eso. Si quiere quedarse en París, que lo haga. Que asuma esa decisión.

—No lo entiendes. —Di otra fumada profunda.

—Prueba a intentar explicármelo.

—Estamos juntos. Y no pienso volver a dejarla.

Hubo un silencio antes de que él se echara a reír.

—Nunca pensé que me alegraría de oír algo así.

—¿Qué carajos te fumaste? Deberías compartirlo.

—Quizá cuando vuelvas y salgamos por ahí —bromeó antes de ponerse serio—. Y en cuanto a Leah…, intentaré hablar con ella. Es curioso, ¿verdad? A mi padre siempre le preocupaba lo contrario. Recuerdo oírlo decir alguna vez que le daba miedo que ella terminara centrándose tanto en pintar que no quisiera ni pisar un mercadillo de arte ni desprenderse de sus cuadros para venderlos. El día que tuvieron el accidente… iban a una galería de Brisbane y él estuvo convenciéndola durante días. Y ahora, mira.

Apagué el cigarro, aún pensativo e inquieto.

—Déjalo, no hables con ella. Yo me encargaré de esto, no quiero que tengan problemas.

—De acuerdo. ¿Tú estás bien? —preguntó.

—Bien, si no tenemos en cuenta que he sentido el impulso de meter a tu hermana en una maleta, subirme en el primer avión y regresar a casa, a nuestra vida. Después de tantos años, de tantos problemas…, y tengo la sensación de que estamos más lejos que nunca del lugar donde deberíamos estar en este momento.

—¿Crees en el destino, Leah?

—Depende —suspiró pensativa.

—¿De qué? —yo la miré atento.

—Del día. A veces sí, a veces no.

—¿Y en si nosotros estábamos destinados?

—¿Te lo estás planteando de verdad? —Leah rio.

—Quizá hay cosas que no podemos elegir porque nos eligen a nosotros.

—Dicho así suena bonito —me sonrió—. Me encanta esto. Quedarme horas en la cama contigo solo hablando. O mirándote. O tocándote.

—Lo de tocar me interesa. Dame detalles —susurré.

Ella dejó escapar una carcajada antes de abrazarme.

AXEL

La verdad es que estaba preciosa con ese vestido que le dejaba toda la espalda al descubierto, aunque mi único pensamiento se resumía en arrancárselo, algo complicado teniendo en cuenta que estábamos entre docenas de personas que charlaban y reían a nuestro alrededor. Me dediqué a comer y a beber para intentar que la fiesta fuera más soportable, pero resultaba complicado. En primer lugar, porque no dejaba de pensar en lo genial que sería que Leah y yo estuviéramos en casa, en nuestra casa de verdad, acostados en la terraza y mirando las estrellas; pensando quizá en asistir a alguna feria sencilla de arte el siguiente fin de semana o preparando algo para la galería de la ciudad. Y en segundo lugar, porque me di cuenta de que quizá el que había estado equivocado todo aquel tiempo era yo. Quizá Leah quería eso. Quizá deseaba noches así, entre desconocidos de sonrisas falsas.

La miré. Parecía cómoda en su propia piel. O eso habría dicho si no la conociera del todo y no pudiera percibir la rigidez de su espalda, la tensión que parecía cargar sobre los hombros y ese nerviosismo que se apoderaba de ella en cuanto saludaba a Scarlett, como si su apabullante presencia la hiciera sentir inferior o la deslumbrara.

Me quedé algo rezagado mientras ellas charlaban.

Di una vuelta sobre mí mismo contemplando a todo el mundo envuelto en sus mejores galas, como si fueran regalos de Navidad. Era humo, todo dentro de aquella fiesta daba la sensación de estar hecho de cartón piedra y la autenticidad brillaba por su ausencia. Ni siquiera me parecía real, porque cada vez que miraba a aquellas personas tan solo veía cáscaras vacías. Y no quería que Leah estuviera entre ellas. Había excepciones, sí, como en cualquier sitio, pero el ambiente enrarecido me ahogaba, las apariencias, las conversaciones triviales. Me había pasado media hora escuchando a un grupo de invitados hablando sobre si el color malva volvía a estar de moda y sentía que la cabeza terminaría por estallarme.

Tomé una copa y salí de la sala. Los murmullos quedaron atrás cuando me alejé y empecé a subir las escaleras del hotel hasta llegar a la última planta. Llegué a la azotea.

Corría un viento fresco, pero agradable. Respiré hondo. Me encendí un cigarro sin prisas, contemplando la vida que vibraba allí abajo mientras estaba en una fiesta en la que no conseguía encontrarme. Me asustó pensar que el problema fuera ese, que buscáramos cosas distintas, después de lo mucho que nos había costado volver a caminar juntos...

La sentí a mi espalda. Giré la cabeza.

—¿Qué haces aquí? —Di una fumada.

—Vi cómo te ibas.

—Así que no podías apartar los ojos de mí —bromeé alzando una ceja mientras ella apoyaba los brazos en el pretil—. La próxima vez dímelo y no me separaré de ti.

Sonrió tímidamente, pero ni mi intento por romper el hielo pudo enmascarar la neblina que flotaba sobre aquella noche. Teníamos París a nuestros pies y yo me sentía justo al revés, como si estuviéramos a los pies de esa ciudad, recorriendo callejones sin salida.

—Odio verte así. Ojalá todo fuera más fácil.

—Es fácil. Y estoy bien —mentí—. Ven aquí.

La abracé por detrás y apoyé la barbilla en su cuello mientras ella suspiraba.

—Me siento más perdida que nunca justo en el momento en el que debería haberme encontrado. A veces desearía no haber venido nunca a París.

—No digas eso. ¿Y qué pasa con todo lo bueno? —Subí la mano por su cintura y le acaricié la piel que dejaba al descubierto el escote de aquel vestido—. Entre mis prioridades cuando tomemos un avión y regresemos a casa está la de encerrarnos en la habitación durante varios días. Podremos salir un par de veces si hay buenas olas o nos quedamos sin comida, pero nada más. El resto del tiempo solo seremos tú, yo y mi cama. Nuestra cama —añadí, porque me sonaba mejor.

La vi sonreír y le mordí la mejilla con suavidad mientras bajaba más la mano hasta colarla entre sus piernas. Pensé que protestaría, pero tan solo se arqueó contra mí y yo le susurré que se relajara y me dejara jugar un poco, porque me parecía el mejor plan del mundo para ignorar que, apenas a unos pisos de distancia, se celebraba una fiesta en la que no quería estar. Y deseé que ella pudiera sentir exactamente lo mismo.

MAYO

—

(PRIMAVERA. PARÍS)

j

Retrocedí un par de pasos para contemplar mejor la obra casi acabada. La luz del atardecer entraba en el estudio e iluminaba el lienzo lleno de trazos de tonos fríos y distantes, tal como Scarlett me había pedido. Estaba contenta porque lo había hecho. Ahí tenía la prueba de que podía conseguir algo que me propusiera y sentí una extraña satisfacción antes de empezar a limpiar los pinceles.

Axel entró en el estudio. Miró el cuadro.

—¿Qué te parece? —pregunté.

—Me gusta. —Me mintió, lo noté en sus ojos.

Intenté ignorar que me dolía no verlo tan entusiasmado como esperaba. Nunca me había importado tanto gustar o no gustar a alguien, nunca me había sentido tan expuesta, tan vulnerable y tan débil, pero era como si con cada cuadro me abriera más y más, de forma que cualquiera podía ver a través de mi piel hasta los huesos.

El dilema era que no podía pararlo ni quería dar marcha atrás. Me aterrorizaba la idea de correr otra vez a los brazos de Axel como había hecho cuando perdí a mis padres y necesité aferrarme a él para que me salvara. Le estaba agradecida por ello, le estaría agradecida el resto de mi vida, pero tenía que aprender a abrazarme a mí misma antes de terminar entre los brazos de otra persona y rogarle que tomáramos el próximo avión para irnos de allí. Tenía la sensación de que París me regalaba cierta independencia, lejos de todo lo que conocía, como si fuera un nuevo comienzo.

Axel puso un disco de vinilo y se acercó hacia mí cantando y haciendo tonterías mientras sonaba *All you need is love*. Terminé riéndome y aceptando su mano cuando quiso bailar, hasta que, entre besos, risas y cosquillas, acabamos sobre el suelo de madera del estudio, jadeando y mirándonos divertidos.

—Estás loco —susurré.

—Y comparto ese defecto contigo.

Se acostó sobre mí y me sujetó las manos por encima de la cabeza. Yo arqueé la espalda buscándolo, pero él se despegó un poco y sus labios rozaron los míos en una caricia tan suave que apenas era un beso. Se relamió al apartarse y el gesto me resultó tan erótico que estuve a punto de ponerme a suplicar para que no tardara mucho en desnudarme.

—Quiero saber algo —murmuró—. Eso que dijiste la primera noche que nos besamos, lo de que ya no pensabas en el amor como en algo idílico, ¿aún lo crees?

—No, pero sí pienso que es distinto.

—¿Mejor o peor? —insistió.

—Mejor. Más humano.

—Quieres decir ¿con más errores?

—Algo así —sonreí, porque me gustaba que nos entendiéramos; ojalá fuera así con todo lo demás, pero, claro, era imposible si ni siquiera yo me entendía—. Ahora creo que el amor es más intenso, más real, pero también tiene sus partes amargas. Nada es perfecto. La perfección no sería tan adictiva.

—Así que soy adictivo…

Sonreí y le mordí la boca antes de empezar a quitarle por la cabeza la playera. Entonces me asaltó el recuerdo de verlo a todas horas descalzo y vestido solo con traje de baño, y eché de menos ese gesto despreocupado que hacía tiempo que no veía en su rostro. Pensé que, si tuviera que dibujarlo, ya no recordaría los matices exactos, pero en lugar de intentar rescatar lo poco que quedaba de mi memoria, aparté lejos la imagen, la enterré como enterré los dedos en la piel desnuda de su espalda mientras sentía cómo se deslizaba dentro de mí, acoplándose a mis caderas antes de alejarse para hundirse más fuerte y más duro hasta alcanzar la cima con un gemido que se perdió en su boca.

Nos quedamos abrazados y llenos del momento. Sus manos se deslizaron por mis mejillas con suavidad, como si estuvieran enmarcando mi rostro, como si intentaran crear un cuadro en vivo. Aún tenía la garganta seca cuando hablé:

—¿Qué harías si tuvieras que dibujarme?

Axel me miró durante un segundo eterno y después se levantó y se puso la ropa interior y los jeans, aunque no se molestó en abrochárselos. Aún en el suelo, me incorporé sobre los codos para ver qué estaba haciendo, sorprendida al descubrir que buscaba entre el material de pintura algunos acrílicos.

Se arrodilló entre mis piernas.

—No te muevas —pidió con la voz ronca.

—¿Lo vas a hacer en serio? ¿Pintar?

—Algo…, algo pequeño… —desvió la mirada—. Solo la primera idea que me pasó por la cabeza. Tú intenta estar quieta.

Contuve la respiración mientras Axel llenaba un pincel fino de pintura azul y me sujetaba el brazo en el suelo, al lado del costado. Lo giró, dejando a la vista la palma de mi mano y pasando la punta de sus dedos por mi muñeca, ahí donde latía el pulso. Después deslizó el pincel sobre mi piel y hasta que no recorrió varios centímetros no comprendí que estaba siguiendo el contorno de mis venas, buscándolas bajo la piel pálida y repasándolas con el pincel hasta llegar al antebrazo.

Me mantuve quieta, aunque no pude evitar estremecerme cuando repasó la misma línea con pintura roja, mezclándolas en el camino, subiendo hasta el hombro, la clavícula, y bajando un poco más.

Tiró el pincel a un lado y se manchó las manos de pintura roja. Y justo en ese instante empezaron a sonar los primeros acordes de *Yellow submarine*, el sonido del mar de fondo, la voz entonando aquella letra infantil que habla de ciudades en las que nacemos, de un hombre que habla con el mar, de submarinos amarillos…

—¿Sabes que en realidad el corazón está en el centro del pecho? Lo que pasa es que la punta se dirige hacia la izquierda y dicen que en ese lado se oye mejor. Pero el tuyo está justo aquí. —Los dedos manchados de pintura dibujaron la forma cónica del corazón con tanta delicadeza que me entraron ganas de llorar y no supe por qué—. Y me encanta sentirlo latiendo contra la piel y pensar que también es un poco mío.

Ese día, mientras nos dibujábamos, me di cuenta de que hay palabras que son besos y hay miradas que son palabras. Con Axel siempre era así. A veces me hablaba y lo sentía en la piel, a veces me miraba y casi podía oír lo que estaba pensando, y a veces… me besaba sin besarme. Como el día que pintó un corazón encima de otro siguiendo mis latidos frenéticos.

AXEL

Nos habíamos quedado dormidos en el sofá cuando sonó su celular y Leah se levantó para contestar mientras reprimía un bostezo. Yo hundí la cabeza entre los almohadones, al menos hasta que ella regresó saltando y gritando y lanzándose encima de mí.

Me incorporé despacio, aún soñoliento.

—¡Se vendió el cuadro, Axel! ¡Se vendió! Lo entregué hace un par de días y ya tiene dueño, ¿lo puedes creer? Ni siquiera van a poder colgarlo en la siguiente exposición, pero Scarlett dice que no podría ser una noticia mejor, así que...

—¿El cuadro que te encargó? —pregunté.

—Claro, ¿cuál va a ser si no?

—No lo sé, aún tienen el de París derritiéndose.

Leah frunció el ceño, como si no le gustara el título que acababa de ponerle a esa obra, porque lo cierto era que no recordaba que le hubiera puesto ninguno.

—Y supongo que lo tendrán para siempre.

—¿Por qué dices eso?

—Nunca se venderá.

La seguí cuando se fue hacia la cocina y puse agua a calentar para prepararme un té. La acorralé contra la barra porque tenía la necesidad de tocarla a todas horas y que, además, quería una respuesta sincera y clara a la pregunta que iba a hacerle:

—Así que ya está, lo hiciste, conseguiste lo que querías. ¿Eso significa que vamos a volver ya a Byron Bay? —Me dirigió una mirada que me partió el alma—. ¡Carajo, Leah!

La solté. Cerré los ojos e intenté calmarme. Pero no lo conseguí. Apagué el fuego.

—Scarlett dice que sería una tontería irme ahora después de lo que acaba de ocurrir, porque ni ella se lo esperaba. No hablo de mucho más tiempo, pero quizá unas semanas, ver cómo avanza todo…

—Ver cómo avanza ¿para qué?

—Para tomar decisiones. ¡No lo sé! —Se llevó las manos a la cabeza y me miró frustrada.

—Qué idiotez, ¿qué es lo que quieres?

—Quiero hacer cosas. ¡Quiero ser mejor!

—¿Mejor para quién? —repliqué.

—¡Para todos esos idiotas!

—¿Tú te estás oyendo? Leah, carajo.

—¿Por qué no puedes entenderme?

—¡Porque no te entiendes ni tú misma! Porque si te escucharas, te darías cuenta de que lo que dices no tiene ningún puto sentido. Si son unos idiotas, ¿qué te importa lo que piensen? ¿Pretendes adaptarte a lo que ellos esperan de ti? ¿Es eso? Mírame.

—No quiero discutir contigo… —gimió.

Mierda. Yo tampoco quería discutir con ella, no quería…, pero me la estaba poniendo muy difícil. Era como si hubiera perdido la perspectiva o estuviera inmersa en uno de esos trances de la vida en los que no sabes diferenciar lo que es verdaderamente importante de lo que no. Desde dentro, a veces las cosas se ven borrosas. Pero desde fuera todo era tan claro que me dolía verla sumergida en aquella espiral de dudas y anhelos.

Leah me abrazó. Pero ese día no pude corresponder a su abrazo por primera vez, porque no la reconocía. Porque, irónicamente, cuando por fin pensaba que la tenía, que era mía, era justo todo lo contrario; no era ella misma, ni siquiera suya. No sabía quién era.

AXEL

«Déjala caer», me había dicho Oliver.

El problema era que no podía olvidar la conversación que tuvimos la noche que pasamos juntos en Byron Bay recorriendo las calles de madrugada, cuando terminamos sentados en unos columpios y hablamos antes de que ella decidiera embarcarse en ese viaje: me preguntó si estaba dispuesto a recogerla en el caso de que se cayera en París. Y yo le prometí que siempre estaría ahí.

LEAH

Sentía que estaba haciendo algo, aunque no estaba segura de si ese algo era bueno o malo. Me parecía mejor que nada, llenaba alguna parte de mí que hasta entonces ni siquiera sabía que estaba vacía. En una web de arte colgaron un artículo, encabezado por la fotografía de uno de mis cuadros, sobre el despunte de algunos artistas aún desconocidos. En algún momento en medio de aquellas semanas que pasaba encerrada en el estudio, me di cuenta de que no me importaba que me reconocieran a mí, lo que me importaba eran mis obras. Que les gustaran. Que, al verlas, ladearan la cabeza con interés, o que Scarlett asintiera satisfecha con una sonrisa. Necesitaba sentir que entendían lo que intentaba expresar. De algún modo, era como mandar un mensaje dentro de una botella y cruzar los dedos para que, tras atravesar el mar abierto, alguien pudiera ver claridad entre las letras emborronadas.

Trabajaba desde que me levantaba hasta que me acostaba. Y cuando me iba a la cama, me acurrucaba contra el cuerpo cálido de Axel e intentaba ignorar su ceño fruncido, la tensión de los brazos que me rodeaban y los silencios cada vez más densos.

Quería hablar con él, pero no sabía cómo hacerlo.

Quería decirle que no pensaba quedarme para siempre en París, pero que en ese momento sentía que tenía que estar allí, que si me esforzaba lo suficiente encontraría lo que fuera que estaba buscando. Quería decirle eso y también que odiaba retenerlo conmigo, ver cómo se apagaba cada día mientras fumaba ausente, apoyado en el alféizar de la ventana de la sala y contemplando la ciudad que parecía susurrar a todas horas. Quería...

Quería que las cosas fueran diferentes.

Pero una parte de mí no podía dejar de pensar que, si cedía, si me iba a pesar de no estar segura de hacerlo, sería como volver a colocar a Axel sobre un pedestal, en el centro de mi mundo, preparada para girar alrededor de él. Y me gustaba la relación que teníamos, esa sensación de que estábamos los dos al mismo nivel mirándonos fijamente, sin tener en cuenta la edad ni todo lo que ya habíamos pasado. Solo nosotros. Blancos. Listos para pintar encima la historia que deseáramos vivir a partir de entonces.

—¿Seguro que quieres venir? —Leah me miró insegura.

—Claro. No será para tanto. O sí. Pero lo soportaré.

Le di un beso en la frente para intentar borrar su ceño fruncido y salimos a la calle. Las noches empezaban a ser cálidas y ese día dejé al fin la chamarra en casa. Fue un alivio, una de esas pequeñas victorias que me acercaban más a mi vida pasada. Leah asintió distraída cuando se lo comenté, pero tan solo me tomó de la mano mientras caminábamos hacia el restaurante donde se celebraba una cena de la galería a la que acudirían algunos artistas más y varios amigos de los socios.

Llegamos temprano, así que nos sentamos en uno de los extremos, enfrente de Scarlett y William, que nos saludaron con su habitual actitud condescendiente, aunque Leah no pareció darse cuenta y se limitó a sonreír con timidez. Hans tampoco tardó en aparecer y pronto fueron llegando los demás invitados. Por suerte para mí, un artista llamado Gaspard se sentó a mi izquierda; era una de las pocas personas interesantes con las que me había cruzado durante los últimos meses, porque, al menos, no deseaba quedarme sordo cada vez que hablábamos. Así que me centré en charlar con él, a pesar de que su inglés era algo básico, e intenté mantener las apariencias. La situación con Leah estaba tensa durante los últimos días y quería demostrarle que, pasara lo que pasara, íbamos a seguir adelante. Juntos.

No sé cómo, terminé hablándole de Byron Bay.

—Ese sitio parece diferente —dijo Gaspard con interés.

—Lo es —intervino Hans—. No tiene nada que ver con esto, allí las cosas funcionan de otra manera. Probablemente te gustaría.

—Te llamaré si me dejo caer por allí algún día —apuntó Gaspard mirándome.

«Eso si no estoy aquí», pensé, pero dejé esas palabras contenidas en la punta de la lengua. Removí el plato de *ratatouille* mientras las voces de los invitados se alzaban alrededor y yo intentaba ignorar la espalda recta y tensa de Leah. El recuerdo de ella descalza, acostada en el suelo, sonriente y con el pelo enredado, me golpeó y dejé el tenedor para beber un trago largo de vino. Tenía ganas de pedir algo más fuerte. Algo que me entumeciera un poco.

—Actualmente el mercado pide una respuesta inmediata —apuntó Scarlett mientras varios artistas jóvenes la miraban con interés—. Es una pena, claro, pero se exige productividad. No es algo que busquemos nosotros, sino el cliente, que al final es siempre la pieza clave de cualquier negocio. Las cosas giran en torno a él.

—Todo va muy rápido —apuntó un chico.

—Hay que acoplarse a las circunstancias.

—O cambiarlas —intervine sin poder evitarlo.

A mi lado, vi a Leah apretar el mango del tenedor.

—¿Cómo sugieres que hagamos algo así?

—No sugiero que se haga —aclaré—. Y tienes razón cuando dices que el cliente siempre termina siendo el que manda, pero creo que a veces el cliente no sabe lo que quiere hasta que lo ve. Se trata de no darle solo lo que busca, sino algo más; sorprenderlo.

—Interesante perspectiva —Hans asintió con la cabeza.

—Es algo que funciona en la galería de Byron Bay, por lo visto, pero las cosas aquí son un poco diferentes. No tenemos mucho margen para cometer errores. —Scarlett suspiró y se limpió la boca con una servilleta—. Sorprender al cliente implica correr riesgos.

—Arriesgarse debería ser un requisito fundamental en este trabajo —repliqué secamente.

La conversación se vio interrumpida por el mesero, que dejó una bandeja de postres encima de la mesa antes de empezar a llevarse los platos vacíos de la cena. Agradecí la tregua porque no estaba seguro de poder contenerme durante mucho más tiempo sin insinuar que lo que ella hacía carecía de valor. Todavía pensativo, tomé una *chouquette* espolvoreada de azúcar y me la metí en la boca.

No era tan imbécil e idealista como para no entender la perspectiva de Scarlett. Y le daba parte de razón porque, en ocasiones, como ella misma decía, el mercado exigía ciertas cosas y debías cumplir un mínimo. Había artistas con talento, pero sin un estilo propio, que necesitaban que los guiaran para dar lo mejor de sí mismos. Pero después estaban los que eran como Leah, aquellos que volcaban su personalidad en el lienzo y que no sabían hacerlo de otra manera para conseguir buenos resultados, porque todo lo demás era forzado, neutro, poco auténtico. A ese tipo de artistas yo pensaba que había que acompañarlos en el camino, pero no empujarlos. Eran dos conceptos muy distintos. Una cosa era ir a su lado, ayudarlos a mejorar, a pulir sus puntos fuertes. Y otra era situarte detrás para darles golpecitos en la espalda que marcaran la dirección de sus pasos.

Yo estaba convencido de que ambas actitudes podían combinarse y que no eran conceptos contrarios, solo hacía falta estudiar cada caso de una forma personal. Exigía más trabajo, sí, porque no todos podían venderse de la misma manera, pero el resultado valía la pena. Era lo que más me había gustado de la tarea que empecé a desarrollar en la galería de Byron Bay: buscar, encontrar, decidir dónde encajaba mejor cada artista, destacar sus peculiaridades e intentar corregir los errores. Eso implicaba tiempo, claro. Un estudio. Interés. Resultaba mucho más sencillo pedirles a todos que hicieran una misma obra y desentenderte de lo demás, pero no me imaginaba nada más vacío, con lo gratificante que resultaba encontrar el hueco perfecto para cada uno y ayudarlos a llegar hasta ahí. Pensé en la mueca de disgusto que esbozaría Sam si pudiera escuchar aquello, ella que mimaba y cuidaba cada detalle de su trabajo.

Aguanté el resto de la velada gracias a las dos copas que pedí después del postre. Cuando Leah se levantó y empezó a despedirse de los demás, la imité encantado. Al salir del restaurante, nos dirigimos hacia casa envueltos en un silencio lleno de angustia.

Ella fue directo a la cocina y sacó de la alacena una botella de licor que se sirvió en un vaso. Noté que le temblaba la mano cuando dio un trago largo. Me miró fijamente mientras la tensión se arremolinaba a nuestro alrededor. Era densa. Era asfixiante. Tenía la sensación de que hasta respirar resultaba arriesgado.

—Vaya, no bebiste nada durante la cena. —Le quité la botella y di un trago directamente bebiste. Me lamí los labios antes de mirarla—. ¿Acaso te daba miedo lo que pensaran de ti? ¿No está bien visto en la alta sociedad?

—Vete a la mierda. —Parpadeó—. No... Yo no...

—No te disculpes —repliqué tomando otro vaso.

Fui hacia la sala mientras ella me seguía. Y no es que no quisiera que se disculpara porque estuviera enfadado, sino porque en realidad me lo merecía. Había intentado buscarla, tensar la cuerda, porque cuando caminábamos juntos por la calle me entraron ganas de zarandearla por los hombros para que despertara de una vez por todas.

—Te dije que no vinieras a la cena.

—Como si eso fuera a arreglar algo —casi escupí.

No sé si era por el alcohol, que me dejaba sin filtros, o porque estaba cansado de no poder ser feliz a su lado, de que siempre hubiera un bache en el camino que nos impidiera avanzar. Me senté en el suelo de la sala y bebí y pensé..., pensé en todo lo que nos estábamos perdiendo y en todo el tiempo que ya habíamos convertido en polvo. Y cuando eso me agobió, bebí más. Leah no estaba por allí y casi mejor, porque quizá el licor hablaba por mí, pero por primera vez en toda mi vida no quería verla. Solo durante unos minutos..., solo unos minutos para volver a borrar lo malo y recordar todo lo bueno que teníamos juntos.

«Déjala caer.»

Saboreé esas palabras de Oliver un instante, pero luego sacudí la cabeza y las aparté de golpe, aunque no había dejado de repetírmelas en las últimas semanas.

Me terminé lo que quedaba en el vaso.

Y tras el último trago sentí la presencia de Leah a mi espalda. Me levanté y me volví para enfrentarme a ella, pero me quedé paralizado. Estaba desnuda delante de mí, mirándome con los ojos vidriosos y nada más, nada que se interpusiera entre nosotros. Contuve el aliento al recordar la primera vez que la vi así, la noche que empezó todo, cuando regresamos del Bluesfest y me la encontré desnuda en medio de mi sala; solo que entonces era más niña y más inocente, más vulnerable y más mía, incluso aunque yo no lo supiera.

Pensé que, si pudiera regresar a aquel momento, lo haría todo diferente. En mi imaginación, nunca habríamos llegado a esa situación porque le hubiera enseñado a Leah lo cerca que está el éxito del fracaso, que son dos calles que a menudo se cruzan y avanzan en una misma dirección. En mi imaginación aún la vería pintando lo que sintiera y yo seguiría empapándome de ello y viviendo a través de sus trazos. En mi imaginación llevaríamos más de tres años juntos y ella estaría desnuda sobre la arena de la playa y no en un departamento de París con el ruido de los coches de fondo y el murmullo de la ciudad.

—¿No piensas decir nada? —susurró.

—Este…, este no es el mejor momento…

Leah parpadeó sorprendida y me miró dolida.

—¿Me estás rechazando? —alzó la voz—. Mírame, Axel.

Tragué saliva obligándome a enfrentarla de nuevo, porque aquello me dolía tanto como a ella. O quizá más, si es que pensaba que aún estábamos en aquel punto.

—No te rechazo a ti. Rechazo cogerte como si fueras una cualquiera, que es lo único que podría hacer en este momento.

Leah tenía los ojos húmedos llenos de furia. Fui rápido y atrapé su mano antes de que pudiera rozarme la cara. La sujeté de la muñeca mientras apretaba los dientes y me obligaba a respirar hondo para calmarme. Después la solté.

—No deberías beber si no puedes controlar lo que haces, carajo.

—Me estás haciendo daño a propósito… —Su voz fue un gemido lleno de angustia que me dejó sin aire.

—Yo no quiero hacerte daño. Te lo estás haciendo tú misma, y no entiendo por qué. Intento ponerme en tu piel, pero es complicado, cada vez más complicado…

Leah tomó del baño una toalla blanca y se la enrolló alrededor del cuerpo mientras se mordía el labio inferior indecisa. Cuando me miró, vi algo nuevo en sus ojos, algo que no conocía. La rabia, su lucha interna, el miedo, el ego.

—Quizá te resulte complicado porque tú nunca has intentado hacerlo. Puede que no lo sepas, pero los sueños a veces exigen sacrificios. No todo es fácil, Axel. No se regalan las cosas. Pero supongo que no hace falta pensar en eso cuando puedes dejar encima de un armario todo lo que te supone un mínimo esfuerzo.

Se me dispararon las pulsaciones.

—¿Y qué hay de la fidelidad a uno mismo, Leah?

—¿Qué quieres decir con eso? —se puso rígida.

—Lo que ya sabes. Que nada de esto te representa. Que no es lo que quieres.

—¿Qué sabrás tú? —Una mueca cruzó su rostro—. ¡Estoy cansada de que me digas qué es lo que quiero! ¡Estoy cansada de que tomes decisiones por mí! Y no es la primera vez que lo haces —escupió, y yo supe que se refería a la noche que decidí el futuro de los dos, pero aquello era diferente, aquello… no tenía nada que ver—. ¡Me siento como una marioneta en tus manos! Y sabía que, si te quedabas, harías esto, intentar mover los hilos a tu antojo.

Me llevé una mano al pecho de forma inconsciente, porque carajo, porque eso fue… un golpe. Respiré hondo, esforzándome por encontrar las palabras.

—¿No entiendes que me destroza el corazón ver cómo te conviertes en alguien que no eres?

—¿Y tú no entiendes que ya no sé quién soy? ¡He pasado por tantas fases en los últimos años que ni siquiera me encuentro a mí misma cada vez que me miro en el espejo! ¿Te sirve eso, Axel?

—¡No, carajo, no me sirve una mierda!

Volvíamos a lo mismo, dando vueltas alrededor de ese círculo lleno de ideas confusas del que no íbamos a poder salir. Me llevé una mano a la nuca y me fui a la cocina para buscar lo poco que quedaba en la botella. Cuando regresé al comedor, ella estaba sentada en el suelo con la espalda apoyada en la pared y el cuerpo cubierto por la toalla blanca. Tenía las mejillas llenas de lágrimas y la mirada fija en sus propias piernas desnudas. Me contuve para no caer de nuevo, ir y abrazarla, fingir que no pasaba nada. Así que me senté cerca, en la pared de al lado, y nuestras miradas se enredaron en el silencio de la noche.

No sé cuánto tiempo estuvimos haciendo eso. Solo mirarnos. Solo intentar comprender qué estaba ocurriendo. Solo transformar el silencio en dolor y el dolor en reproches.

Estaba agotado porque sentía que daba igual cuánto me esforzara, nunca conseguiría remediar lo que había hecho mal años atrás, nunca lograría que volviéramos a estar como aquellos días de estrellas y música que tanto echaba de menos. No podía borrar esos tres años. No podía llenar con recuerdos que no existían los huecos vacíos que Leah intentaba ahora cubrir con algo que yo ya sabía que no sería suficiente.

—No podemos seguir así.

—Ya lo sé —repliqué.

Me froté la cara. Ella sollozó.

—No puedo seguir así —aclaró—. No contigo aquí.

—¿Qué intentas decirme?

Sorbió por la nariz y me miró.

—Que, si me quieres, te irás.

Lo primero que pensé fue que la había entendido mal, porque no podía estar diciéndome aquello, así, después de todo lo que habíamos pasado, de las piedras del camino que habíamos superado, de tanto tiempo, carajo, de todo el dolor…

—No lo dices en serio, Leah. No juegues con esto.

—Necesito que vuelvas a casa, Axel. —Ella tenía las mejillas mojadas y los ojos llenos de lágrimas, pero yo…, yo me estaba muriendo en aquel momento, intentando comprender qué estaba ocurriendo—. Necesito… encontrarme. Saber qué quiero. No puedo estar contigo así, arrastrándote en todo esto, haciéndote daño. Tampoco puedo pretender que te mantengas apartado sin opinar, porque está claro que no lo harás.

Tenía un agujero en el pecho.

—¿De verdad quieres romperlo todo?

—Solo te pido un poco de tiempo.

—¡Pues no me pidas eso, carajo! —Me puse en pie, enfurecido y respirando agitado, porque lo único que podía ver era que todo se desmoronaba sin razón—. ¡Solo piensa las cosas y toma una decisión! No es tan difícil. No puede ser tan difícil.

—Axel… —me miró suplicante, temblando.

—No, carajo, no. No voy a largarme y a dejarte aquí sola.

—Necesito que lo hagas. Ya no soy una niña. Quiero tomar mis propias decisiones sin Oliver, sin nadie, sin ti. Tengo la sensación de que me he pasado la vida dependiendo de los demás. Tengo esa sensación y no consigo arrancármela. Y quiero demostrarme que puedo…

—¿Demostrarte o demostrarles? —repliqué.

Leah me miró como si acabara de romperla y yo me sentí como una mierda, así que me arrodillé junto a ella y la abracé a pesar de que intentó que la soltara, la abracé tan fuerte que terminó haciendo lo mismo y aferrándose a mí, llorando contra mi pecho durante lo que me pareció una eternidad. Escondí el rostro en su cuello respirándola.

—¿Tú sabes lo que me estás pidiendo, cariño? —le susurré al oído con el corazón latiéndome atropellado—. Me estás pidiendo que vuelva a irme como un cobarde y que te deje aquí, que me aleje, cuando te prometí que no te dejaría caer. Me pides demasiado, Leah.

—Me dijiste que harías cualquier cosa por mí.

—Carajo, Leah, cualquier cosa que no fuera volver a fallarte y a sentirme como lo hice entonces. Y sé que la regué y que tuve la culpa de que todo se fuera a la mierda; supongo que por eso nunca te he dicho cómo fue para mí, porque sentía que no tenía derecho a hacerlo. Que me arrepentí cada puto día, que he imaginado mil veces cómo serían las cosas ahora si hubiera tomado otra decisión, que en realidad no quería que ningún maldito hombre te tocara y que me moría al pensar que yo mismo te pedí que conocieras a otras personas. Tú no entiendes…, tú no entiendes lo que duele renunciar a algo que quieres tanto porque no eres capaz de hacer otra cosa.

Habló con la voz quebrada y se separó de mí para mirarme:

—Ese es el problema, Axel. Que no nos estamos entendiendo.

—Supongo que por una vez estamos de acuerdo.

Leah rompió el contacto visual cuando se levantó sujetándose la toalla contra el pecho. Tenía los ojos enrojecidos y el pelo alborotado le rozaba los hombros desnudos. Agachó la cabeza antes de murmurar que iba a vestirse y salió del comedor. Oí la puerta de su habitación cerrarse. Dios. Odiaba…, odiaba más que nada en el mundo que hiciera eso. Me traía recuerdos. Lo había odiado entonces y lo odiaba ahora también. Y quizá fue eso, o el licor que aún me quemaba en la garganta, o el hecho de que esa noche me había abierto del todo delante de ella y ya no me quedaba nada más que ofrecerle a pesar de que veía que se me escapaba de las manos, pero avancé por el pasillo y fui directo a su dormitorio.

Llevaba puesta la playera suelta de la pijama y la ropa interior cuando Axel entró sin llamar. Casi me resultó raro verlo allí, porque desde aquella primera noche que me escapé en medio de la madrugada para dormir con él no había vuelto a hacerlo en esa habitación.

—¿Qué quieres ahora? —logré decir.

—No hemos terminado, Leah.

—He dicho todo lo que tenía que decir…

—Y una mierda. No lo has dicho. No lo has hecho. —Dio un paso hacia mí, me agarró de las mejillas y me besó.

Yo cerré los ojos, envuelta en el torbellino de su olor y del sabor adictivo de sus labios. Jaló mi ropa interior con brusquedad y me la bajó por los muslos con rudeza antes de subirme a la cama.

—¿Por qué no lo haces?

—¿El qué? —lo miré y percibí su ceño fruncido, la rigidez de sus dedos cada vez que me acariciaba, la frustración que se leía en su rostro—. Axel…

—Dilo. Di que no me vas a perdonar nunca.

Lo sentí hundirse dentro de mí, nuestras caderas acoplándose, y parpadeé al notar las pestañas húmedas. Me embistió con fuerza.

—Lo entiendo, ¿de acuerdo? Ya te entiendo. Querías vengarte. Querías hacerme lo mismo que te hice a ti, porque te alejé de mí cuando todo parecía estar bien, porque quise que te fueras…

Ningún dolor se acercaba al que sentí en ese momento. Ninguno. Porque nada se parecía a que Axel me cogiera con rabia, con decepción, con la amargura que dejan los besos que saben a despedidas y los errores que arrastrábamos.

Lo abracé mientras seguía empujando dentro de mí. Lo abracé muy fuerte, como si mis brazos rodeándolo pudieran hacerle entender lo equivocado que estaba.

—Jamás me vengaría de ti —le susurré—. Nunca, Axel.

Paró aún jadeante. Tenía los ojos vidriosos. Lo sujeté de la nuca y le di un beso dulce mientras oía su corazón latir agitado contra la otra mano que apoyaba en su pecho desnudo.

—Carajo, cariño, carajo…

—Esto se trata de mí, Axel. Te perdoné hace mucho tiempo, porque por más que me dijerae a mí misma que pretender separar partes de ti, aceptar unas y seguir enfadada con otras, no era cierto —sonreí entre lágrimas, sintiéndome tan transparente de nuevo delante de él—. Podría decirte que volví a enamorarme de ti, pero creo que estaría mintiéndome a mí misma y que solo es lo que me gustaría creer, pero si me paro a pensarlo…, no estoy segura de que alguna vez dejara de estarlo, Axel. Siento como si esos tres años hubieran sido tan solo un paréntesis. Porque seguías estando en la siguiente línea y en la siguiente y en la siguiente…, siempre. No sé lo que es estar sola, ¿puedes entenderlo? No sé lo que es, ni estoy segura de conseguirlo, pero me da miedo ser incapaz de comprobarlo porque entonces viviré eternamente con esa duda. No quiero vengarme de ti. No quiero hacerte daño. No quiero nada de todo eso.

Nunca lo había visto tan niño y tan indefenso como cuando comprendió al fin que no podía darme lo que quería. Rodamos en la cama y entonces fui yo la que estuvo encima, buscándolo, encontrándolo. Axel me contemplaba con tanta intensidad mientras me movía sobre él que el aire se me atascaba en la garganta y las manos que tenía apoyadas sobre su pecho me temblaban. Hicimos el amor mirándonos fijamente y diciéndonos tanto entre cada roce y cada respiración que los besos que nos robamos después fueron alivio, cuando no quedó nada más que añadir y el vacío resultó casi liberador.

Lo abracé al terminar. Me quedé acostada sobre él oyendo el latir atropellado de su corazón y conteniendo las lágrimas. Su voz ronca me acarició.

—Te quiero más que a nada.

—Yo también a ti —susurré.

—Mil submarinos amarillos.

—Millones de submarinos.

112

LEAH

La cama aún olía a él cuando me desperté por la mañana, antes de que me llegara el aroma a café recién hecho. Antes de entrar en la sala, me quedé mirándolo en silencio desde el umbral sin que me viera. Axel estaba fumando delante de la ventana, con el ceño un poco fruncido y marcas en el cuello que habían dejado mis labios la noche anterior. No sé por qué, pero retuve esa imagen: sus dedos flexionados sobre el marco de madera, la luz del sol salpicando el cristal y sus ojos fijos en el cielo de un nuevo día.

Me acerqué a él de puntitas y lo abracé por detrás. Apenas se movió, pero apretó mi mano con la que cubría su estómago. Besé la piel de su espalda antes de soltarlo para ir por café. Después me vestí rápido porque tenía que estar en la galería en apenas media hora y ya llegaba tarde, así que me despedí con un susurro: «Luego hablamos», ante el que él respondió robándome un beso largo.

Supongo que era la rutina de cada mañana.

Pero cuando algo rompe esa rutina, los pequeños gestos se quedan en tu memoria. Cualquier tontería. Como el día del accidente, cuando perdí a mis padres; su mirada divertida a través del retrovisor, *Here comes the sun* sonando de fondo antes de cesar de golpe, o el paisaje borroso que se dibujaba a través de la ventanilla.

No les damos importancia a esos detalles hasta que pensamos que puede ser la última vez que los vemos y entonces adquieren otro valor. Como el beso que Axel me dio esa mañana, la firmeza de sus dedos en mi cintura, el susurro ronco de su voz deseándome que tuviera un buen día y la sonrisa que me dedicó antes de irme y que no llegó a sus ojos.

Porque, cuando regresé al anochecer, solo encontré vacío.

Sus cosas no estaban. Axel se había ido.

Alejarla de mí años atrás fue doloroso.

Alejarme de ella ahora era una tortura.

No podía dejar de pensar que la situación guardaba ciertas similitudes, que quizá no estaba luchando lo suficiente, esforzándome lo necesario. Pero entonces recordaba la desesperación de su voz, que me lo había rogado; por una vez, quería dejarla elegir, confiar en ella, darle espacio para que, si terminaba por caerse al suelo, aprendiera a levantarse sola, sin ayuda. Aunque solo pensarlo me mataba por dentro.

Mantuve la vista fija en la ventanilla ovalada del avión durante horas, incapaz de dormir un poco o de dejar de pensar en ella. Tan solo había llamado a Oliver antes de salir de ese departamento de París en el que habíamos vivido tantas cosas, porque necesitaba saber que él estaba de acuerdo con mi decisión y que no me había vuelto loco, pero, sobre todo, para que se encargara de cuidarla a distancia y de llamarle todos los días.

Cuando aterrizamos, me moví como un autómata por el aeropuerto de Brisbane hasta la cinta de equipajes. Esperé, ausente, tan centrado en el problema que tenía en la cabeza que no me hubiera importado que las maletas tardaran horas en salir.

Y entonces noté la palmada familiar en mi espalda.

Me volteé. Mi padre estaba allí mirándome con su sonrisa eterna y complaciente. Algo se encogió en mi pecho al oír la voz de Justin a su lado, pero estaba tan sorprendido que apenas fui consciente de lo que decían, tan solo me dejé envolver por los brazos de mi padre y cerré los ojos respirando hondo, muy hondo…

Un pensamiento tonto me azotó. El recuerdo de cuando eres pequeño y cualquier cosa puede arreglarse con un abrazo de tu padre, cuando aún no has crecido lo suficiente y sigues viéndolo como a un héroe capaz de solucionar todo lo que se le ponga por delante casi sin pestañear. Qué fácil era la vida entonces. Tan sencilla…

Me separé de él. Miré a mi hermano mayor.

—¿Qué demonios están haciendo aquí?

—Vaya, yo que te había visto blandito al llegar.

—Vete a la mierda, Justin —dije, pero lo atraje hacia mí y le revolví el pelo—. Espera, creo que estoy viendo mis maletas. —Me acerqué a la cinta.

Tras salir del aeropuerto, me ayudaron a subir el equipaje al coche y les pedí si podían esperar un momento porque necesitaba fumarme un cigarro. Así que allí estábamos los tres, bajo un cielo despejado que hacía tiempo que no veía.

—Entonces, Oliver les avisó… —comenté.

—Tienes suerte, ese chico parece dispuesto a perdonarte y preocuparse por ti hagas lo que hagas. Si buscabas un colega para siempre, lo encontraste en él —dijo mi padre.

—Aunque no olvides que nosotros también somos tus colegas —me recordó Justin y, por primera vez en semanas, no pude evitar sonreír.

Una sonrisa de verdad. Le pasé una mano por el hombro para atraerlo hacia mí mientras le daba la última fumada al cigarro.

—Vámonos ya —dije abriendo la puerta del coche.

Justin pasó por mi lado.

—Oye, Axel, y si necesitas llorar…

—Una palabra más y estás muerto.

Subí en el asiento de atrás y vi cómo mi padre reprimía una sonrisa antes de colocarse bien los lentes sobre el puente de la nariz. Al principio intentaron sacar temas de conversación, hasta que se dieron cuenta de que tenía que hacer un esfuerzo cada vez que me preguntaban algo y me dejaron tranquilo, quizá porque me conocían demasiado bien como para saber que necesitaba mi tiempo para digerir lo ocurrido.

Contemplé el paisaje conforme nos alejábamos de la ciudad y la vegetación lo cubría todo. Pensé que por fin volvía a casa. Solo que ya no estaba muy seguro de poder llamarla así si Leah no estaba allí.

JUNIO

(VERANO. PARÍS)
(INVIERNO. AUSTRALIA)

114

LEAH

La primera noche que pasé sola en aquel departamento vacío estuve a punto de abrir la maleta, meter dentro todas mis cosas y tomar el siguiente avión que saliera. Seguir a Axel. Decirle que me había equivocado, que nada de aquello tenía sentido. Pero no lo hice. Me limité a quedarme toda la noche despierta hasta que terminé metiéndome en su cama casi al amanecer porque las sábanas seguían oliendo a él. Siempre asociaba su aroma al mar y al rastro de sal que dejaba en la piel, al sol y a la luz bonita del verano.

Hice aquello durante una semana: intentar trabajar durante el día, encerrada entre las paredes de ese estudio que a veces parecía que se me caía encima, para luego pasarme las noches pensando en él, en las últimas horas que habíamos estado juntos, queriéndonos, haciendo un esfuerzo por entendernos entre tantas dudas y silencios.

Después de esos primeros días en los que volví a convertirme en la chica emocional y vulnerable que no quería ser, tomé una decisión y, una noche, al bajar del estudio, quité las sábanas de su cama antes de ceder a la tentación de acostarme sobre ellas. Las metí en la lavadora. Me senté delante del electrodoméstico con las piernas cruzadas, en el suelo, contemplando el último rastro de él dando vueltas y más vueltas, hasta que cesó. Paró. Al abrir la puerta, el olor a suavizante me golpeó en la nariz y fue en parte alivio y en parte ganas de llorar, porque no podía ser sano echarlo tanto de menos…

Poco a poco empecé a centrarme más en el trabajo. Tener a Scarlett detrás, interesándose por cada paso que daba, me sirvió para obligarme a levantarme cada mañana temprano. Hice algunas cosas que me pidió, dos cuadros similares a los anteriores. También acabé algo más, algo mío, pero no se lo enseñé porque me asaltó el presentimiento de que no le gustaría.

Oliver me llamaba cada tarde. Solíamos hablar de cosas sin demasiada importancia, de su vida, del trabajo, de las noticias del día o de tonterías nuestras, aunque en el fondo me moría por preguntarle si Axel estaba bien.

—Cuéntame qué hiciste hoy —me pidió.

Le quité la envoltura a una paleta y suspiré.

—Estuve comiendo con algunos compañeros de la galería después de pasar la mañana allí para hablar de la exposición que se celebra este fin de semana; ya sabes, organizarlo todo, pulir los últimos detalles.

—¿Estás contenta, entonces?

Odiaba que me hiciera ese tipo de preguntas; me obligaba a pensar y yo no quería darles vueltas a las cosas, porque cuando lo hacía no encontraba las respuestas que creía estar buscando y eso me frustraba aún más.

—Supongo que sí —contesté.

—¿Hay algo más que te preocupe?

Lamí la paleta distraída.

—Me han comentado que quizá debería inscribirme a clases de francés.

—Vaya, eso suena como algo serio. ¿Qué piensas hacer?

—Aún no lo he decidido.

—Tampoco te veo saltando de alegría.

—Ya. —Mordí la paleta hasta romperla.

—¿Qué tal lo de cocinar sola? —preguntó, porque cuando vivía en la residencia, comía en el comedor del centro y no tenía que preocuparme por eso.

—Fatal. Moriré de hambre cualquier día de estos.

—Bromeas, ¿verdad? —se preocupó.

—¡Pues claro que sí! Estoy bien, tonto.

—De acuerdo. Hablamos mañana. Cuídate.

—Tú también, Oliver.

Colgué y me quedé sentada en el sofá sin moverme hasta que anocheció. Puede que nunca hubiera sido tan consciente de lo sola que estaba. Miré el teléfono y pensé que casi resultaba irónico que hubiera apartado de mi vida a la única persona con la que tenía la confianza suficiente como para compartir un sentimiento así de íntimo. Solté el celular en la mesa de lado, me dejé caer sobre los cojines y clavé la mirada en el techo antes de cerrar los ojos y respirar hondo.

115

AXEL

Volví a mi rutina. Me perdía tantas horas entre las olas que cuando regresaba a casa ya era media mañana y me limitaba a picar cualquier cosa que encontrara en el refrigerador. Pisaba lo justo la galería, a pesar de que Sam hacía todo lo que podía para mantenerme ocupado, porque pensar en cualquier otra cosa durante un par de horas al día se convirtió en un alivio. El resto del tiempo me limitaba a torturarme y a pensar y beber demasiado.

Mi madre apareció un sábado por la mañana en casa sin avisar, justo lo último que necesitaba. Me aparté a un lado para dejarla pasar y le quité de las manos las bolsas de la compra que cargaba.

—¿Qué es todo esto, mamá? —me quejé.

—Sopa. Y fruta. Verduras. Comida de verdad, Axel —dijo mientras abría el refrigerador y analizaba de un solo vistazo todos los estantes—. ¿Cuánto hace que no te alimentas como es debido? Estás más delgado. Y pareces un náufrago. Ve a afeitarte, por lo que más quieras, o terminaré por hacerlo yo misma, y te advierto que no tengo buen pulso. Ni paciencia, ya que estamos. ¿Qué haces todavía ahí parado?

—Mamá, no estoy de humor, en serio.

—Haz lo que te he dije —masculló.

Puse los ojos en blanco, pero di media vuelta y me metí en el baño. Busqué un rastrillo, y cuando terminé, me quedé unos segundos contemplando mi imagen en el espejo, preguntándome quién era, qué quedaba de todo lo que creía ser antes de que Leah cambiara ante mis ojos. Y no lo pensé en un mal sentido. Sencillamente algunas personas llegan a ti para revolverlo todo, abrir los cajones llenos de miedos y obligarte a ser mejor, más humano, más real.

Oí un par de golpes en la puerta.

—¿Cuánto tiempo piensas tardar?

Abrí y la miré malhumorado.

—Maldita sea, mamá. Dame un respiro.

—Te he dado demasiados respiros estos años. Culpa mía, por no haberme dado cuenta de las cosas, créeme, todos cargamos lo nuestro. Vamos, acaba y siéntate, la comida está lista.

Me dejé caer en el viejo sofá y acepté el tazón lleno de sopa de sobre que me tendió. Ella se acomodó en el sillón de enfrente, tomó una cuchara y comenzó a comer en silencio.

La miré y sonreí.

—¿Qué te hace tanta gracia?

—Nada —negué con la cabeza.

—Dímelo o volveré mañana.

Era una amenaza en toda regla.

—Me hace gracia pensar que probablemente eres la única persona de la ciudad que compra esta sopa que sabe a…, bueno, no sé a qué sabe, ese es el problema. ¿Qué obsesión tienes con ellas? Recuerdo… —Noté un nudo en la garganta, pero me obligué a seguir adelante—. Recuerdo que Leah se reía cada vez que nos hacías las compras.

Mi madre parpadeó emocionada.

—Debería haberme dado cuenta de lo mucho que la querías, pero es que me resultó difícil encajarlo porque jamás se me hubiera pasado por la cabeza.

—A mí tampoco —me reí.

Me reí porque, carajo, qué irónica era la vida, ¿no? Terminar loco por una persona que llevaba años detrás de mí y en la que jamás me había fijado. Y acabar al revés. Enamorado. Detrás de ella. Deseando que recordara que estaría aquí si algún día decidía regresar.

—Volverá, Axel —dijo un poco insegura, supongo que porque era la primera vez que mi madre y yo hablábamos de algo serio, así, a solas—. Seguro que volverá.

La seguí a la cocina y enjuagué con agua los platos que ella me pasaba después de enjabonarlos. Me quedé tenso a su lado, esperando esa respuesta que necesitaba y que, en el fondo, no iba a poder darme. Porque solo Leah lo sabía.

—¿Por qué estás tan segura?

—Porque es ella, hijo. Su sitio está aquí. Lo que ocurre es que en ocasiones uno no se encuentra ni siquiera dentro de sí mismo, y Leah ha pasado por demasiado durante los últimos años. Está un poco perdida. No siempre caminamos en línea recta, a veces lo hacemos en círculos y cuesta darte cuenta si solo miras al frente, ¿me entiendes? Es una cuestión de perspectiva. Si pudiera verse desde arriba, seguro que lo entendería mejor.

—Creo que necesito un cigarro.

Salí a la terraza y me quedé allí pensando en las palabras de mi madre. Tenía razón. El problema era que me frustraba no haber podido ayudar a Leah a ver las cosas de la manera correcta, aunque una parte de mí empezaba a entender que quizá sí era necesario que lo hiciera ella. Que se conociera a sí misma. Que averiguara qué era lo que de verdad deseaba. Que aprendiera a levantarse tras cada caída. Que viviera en su propia piel la soledad, la nostalgia, la carga de los errores.

—Ponte algo apropiado —me dijo mi madre desde atrás.

—¿Apropiado? ¿Qué quieres ahora?

—Esta tarde hay un mercadillo y quedamos allí con tu hermano, Emily y tu padre dentro de un rato, así que no tardes demasiado. Los gemelos estaban deseando verte y les dije que irías. ¿Por qué no te pruebas esa camisa que te regalé por Navidad?

—Carajo, nada de camisas —gruñí.

—Te saldrán arrugas si frunces el ceño así.

Chasqueé la lengua porque aquello era una trampa en toda regla, pero al final me obligué a darme un baño y arreglarme. Media hora después, paseaba junto a mi familia por un mercadillo lleno de productos y objetos artesanales, con el ambiente festivo que fue creciendo al anochecer y la sensación de que algunas cosas encajaban en su lugar, porque por primera vez, durante apenas unas horas, no me arrepentí de haberme ido, aunque allí hubiera dejado a la persona que más quería del mundo.

116

LEAH

Nunca había pintado tanto. O, al menos, no así. Porque no tenía la misma sensación que los días que me encerraba en mi pequeña buhardilla de Brisbane y me dejaba llevar hasta que caía la noche. Tenía otra sensación, más extraña, más pesada. Sostener el pincel en la mano dejó de ser liberador en algún momento indeterminado y pasó a convertirse en una obligación. Quise pensar que era más real, más maduro que algo así ocurriera porque, al fin y al cabo, se trataba de trabajo, de algo serio, aunque no pudiera arrancarme esa incomodidad que cada día parecía asentarse más en los rincones de mi estudio.

Empecé a salir a pasear a menudo. Quizá porque necesitaba despejarme cuando sentía que el departamento vacío y los pinceles en las manos me asfixiaban. Aprendí a valorar eso que Axel descubrió casi en cuanto puso un pie en París: lo bonito que era caminar por sus calles sin rumbo fijo, simplemente dar un paso y otro y otro más. A veces tenía la esperanza de encontrar la respuesta a todas mis preguntas tras la siguiente esquina y otras veces simplemente no pensaba en nada, dejaba la cabeza en blanco y andaba sin cesar.

Pintar dejó de ser un desahogo liberador.

Los halagos perdieron brillo.

Mi sonrisa también.

117

LEAH

Me preguntaba si podías llegar a olvidarte de ti misma. No prestarte atención. No mirarte al espejo. No pararte a pensar en lo que realmente quieres y, aún más importante, en por qué lo quieres. Supongo que hay semanas en las que los días del calendario parecían tan amontonados que casi no me daba tiempo a ir tachándolos y la vida iba más rápido que yo, así que me perdía en eso: en todas las cosas que tenía que hacer, en obligaciones reales y en otras más que terminé imponiéndome en algún momento que ni siquiera recuerdo.

Y entonces dejas de ser tú. Te conviertes en otra persona.

Igual, pero con diferentes metas, expectativas, sueños…

«Pero ¿quién quiero ser?», me repetía.

118

LEAH

Estaba en una fiesta que se celebraba en aquel mismo hotel donde un día Axel se subió a la azotea para huir de un mundo que no entendía. Recuerdo que, poco antes de que se fuera, le dije que cuando estaba con él era feliz, a pesar de todo. Y quizá ese fue el pellizco que necesitaba para darme cuenta de que aquel no era mi sitio porque, al irse Axel, solo quedó aquello: los vestidos, las fiestas, conocer a personas nuevas con las que no volvería a hablar al día siguiente e intentar ser agradable con todo el mundo. No es que tuviera nada de malo, sencillamente no era para mí. No me satisfacía. El vacío que tanto intentaba llenar seguía estando ahí, cada vez más presente y más hondo, como si se agrandarae.

Me esforcé por disfrutar de la cena, pero sentía un nudo en el estómago que ni un par de copas de vino pudieron aflojar. La gente que esa noche tenía alrededor hablaba en francés; había pensado mucho en la idea de inscribirme a clases, pero una parte de mí sabía que no iba a quedarme el tiempo suficiente como para hacer grandes avances, porque tras varias semanas sola, pintando más que nunca, consiguiendo palmadas de ánimo en la espalda y mejores críticas, no me sentía más completa ni más satisfecha, tan solo infeliz, apática.

Cuando la cena terminó, después de estar un rato hablando con algunos conocidos de la galería, me alejé de la multitud y subí las escaleras hasta la azotea. Tragué saliva y avancé despacio hasta el lugar exacto donde un mes atrás había estado allí con él, con sus manos recorriéndome por debajo del vestido mientras me mordía la mejilla con aire juguetón y me hacía reír susurrándome tonterías al oído.

Apoyé las manos en el pretil y contemplé la ciudad.

Las luces formaban constelaciones allí abajo. Me humedecí los labios al pensar en lo bonito que sería plasmar aquella imagen sobre un lienzo: París, la noche, las vidas que palpitaban entre las calles y los faroles, los puentes y los suelos empedrados. Cerré los ojos mientras el aire cálido de comienzos de verano soplaba suave. Imaginé las pinceladas suaves, los tonos oscuros, el fulgor de las luces, las sombras de pintura húmeda…

Suspiré hondo y di un paso hacia atrás.

Regresé a la fiesta, aunque entendí que, si no lo hacía, nadie me echaría de menos. Y eso fue claridad, una llamarada que me aturdió mientras me movía entre rostros desconocidos y mesas llenas de bebidas.

—¿Dónde te habías metido? —Scarlett me tomó del brazo.

—Necesitaba que me diera un poco el aire.

—Ven, quiero presentarte a una amiga.

Claire Sullyvan era una inglesa que dirigía una galería pequeña en Londres y que me resultó encantadora. Tenía una mirada amable, una sonrisa tímida, y no parecía empequeñecerse ante la presencia de Scarlett. Callada al lado de Claire mientras Scarlett le hablaba de mis avances y de todo lo que había logrado desde que llegué a París, me pregunté por qué desde el principio me había resultado tan fascinante aquella mujer. No es que no lo fuera, tenía una presencia arrolladora, pero me hacía sentir… menos. Gustarle a ella había llegado a tener más valor para mí que gustarle a Axel o a esas personas anónimas de Byron Bay que un día, durante una exposición que sí fue mía de verdad, quisieron gastar su dinero en una de mis obras. Debería haberme sentido deslumbrada por ellos y no por alguien a quien nunca conseguiría conquistar, porque no le gustaba mi estilo ni mi manera de sentir a través de la pintura. No le gustaba mi forma de plasmar, de volcar las emociones.

¿Por qué me había importado tanto su aceptación, su reconocimiento? ¿Por qué a veces invertimos más esfuerzo en los que no lo merecen que en esas personas que sí lo hacen y tenemos delante de las narices?

Sentía que el suelo temblaba bajo mis pies.

—¿Te encuentras bien, cielo? —Claire me miró preocupada.

—Sí, perdonen, solo me mareé un poco.

—Ven, siéntate. —Claire me acompañó hasta una silla y Scarlett desapareció para traerme un vaso de agua fría—. Tienes mala cara, ¿seguro que estás bien?

Asentí, aunque no, no estaba bien.

Porque algunos golpes no los ves venir, sobre todo cuando tú mismo eres el que golpea, cuando no puedes frenar eso.

—Toma, bebe un poco.

Tomé el vaso. Scarlett se sentó a mi lado y, cuando Claire se disculpó poco después para ir a buscar a su marido, vi que tamborileaba en el suelo con sus zapatos de tacón, impaciente.

—No puede decirse que le hayas causado una primera impresión fascinante, pero intentaré enmendarlo. Estoy convenciéndola para que destaque algunas obras nuestras en su galería. No es muy grande, pero sí prestigiosa. Es una buena publicidad. Pasado mañana visitará el almacén y, si todo va bien, la siguiente semana nos dará una respuesta afirmativa. —Seguí callada mirando la sala—. ¿Acaso no te alegras? —alzó una ceja.

—Sí, claro que sí —mentí.

—Pues nadie lo diría.

Reprimí un suspiro. Conocía lo suficiente a Scarlett como para saber que no estaba enfadada, tan solo echaba en falta su momento de gloria, ese en el que me deshacía en sonrisas para darle las gracias. Era como una niña jugando a algo que se le daba muy bien.

Giré la cabeza hacia ella con curiosidad.

—¿Nunca te aburres de esto? —pregunté.

—¿De qué? ¿De las fiestas, de vivir en un hotel…? Claro que no.

En aquella fiesta me despedí de Scarlett, aunque quizá ella no lo supo hasta tiempo después, cuando le mandé un mensaje a Hans para quedar con él y explicarle que me iba, porque se lo debía, y una parte de mí sabía que él sí lo entendería.

Esa noche volví a pintar algo que me nacía de dentro, a salpicar de color las emociones que burbujeaban ansiosas por salir: un lienzo oscuro lleno de luces de una ciudad de la que empezaba a despedirme. Pero lo disfruté. Cada trazo, cada segundo.

Cuando faltaba poco para el amanecer, me senté en la sala de aquella casa que ahora parecía tan grande sin él y tomé el tazón lleno de fresas que acababa de sacar del refrigerador. Sostuve una en alto y sonreí con tristeza al pensar que parecía un corazón algo deforme y que, si Axel hubiera estado allí conmigo, se lo habría dicho entre risas antes de llevármela a la boca y darle un beso de ese sabor que tanto le gustaba.

LEAH

En algún lugar leí una frase que decía que a veces hace falta caer porque el mundo se ve diferente desde el suelo. Y cuando estás ahí supongo que, si quieres moverte, solo te queda la opción de levantarte. No siempre hay un desencadenante concreto que te haga reaccionar, pero a veces el golpe provoca que abras los ojos. Y el velo con el que caminabas desaparece. Empiezas a ver. A ver de una manera diferente. Los colores que antes estaban apagados cobran fuerza y vibran. Te desentumeces. Tomas impulso. Y te levantas.

Y de algún modo, vuelves a sentirte tú mismo.

Me temblaban las manos mientras apoyaba la escalera en el mueble. Y después subí por ella, escalón a escalón, con un nudo en el estómago y una sensación de necesidad que creía que jamás volvería a sentir. La bolsa de lona en la que había guardado todo el material estaba cubierta de polvo, pero la bajé y la llevé hasta la sala para dejarla en medio, en el suelo. Me senté allí mismo mientras un vinilo de Elvis Presley daba vueltas en el tocadiscos y abrí el cierre preguntándome cómo era posible que hubiera tardado años en hacer algo tan sencillo.

Suspiré hondo, me preparé un té, aunque se me antojaba algo mucho más fuerte, y regresé de nuevo allí, con la música como única compañía.

Saqué algunas pinturas. Muchas estaban secas.

Tomé un tubo que seguía precintado y lo apreté con fuerza hasta que la pintura amarilla se deslizó sobre el suelo de madera. Me quedé mirando aquella mancha durante tanto tiempo que, al final, sin saber qué más hacer, me fui a la cama.

Diez minutos después volví a levantarme. Me froté la cara y me arrodillé delante de la plasta amarilla de pintura. No sé por qué, pero ese color me recordaba su sonrisa, su pelo enredado y sus pestañas, el sol. Lo acaricié con la punta del dedo y lo esparcí despacio por el suelo, cubriendo la madera, recorriendo las vetas que desaparecieron bajo la capa de color…

El corazón me palpitó con tanta fuerza que pensé que se me saldría del pecho.

Y noté la sangre corriendo por mis venas, porque supe que algo había cambiado.

121

LEAH

A veces el tiempo corre tan deprisa que apenas eres consciente de su paso y, en otras ocasiones, ocurre justo lo contrario. La última semana que pasé en París fue tranquila y la viví con la sensación de que los minutos se habían transformado en horas.

Cuando no estaba pintando lo primero que se me pasaba por la cabeza, seguía con la costumbre de pasear. Por las mañanas subía a Montmartre, como solía hacer con Axel. Me sentaba en las escaleras y pensaba en todo y en nada; en nuestra primera cita allí, en lo bonita que era la ciudad bajo su cielo plateado, en lo mucho que a mi padre le hubiera gustado recorrer aquellas calles y la pena que me daba que ya jamás pudiera ocurrir. Curiosamente, en aquellos días llenos de soledad y silencio, pensé en mis padres más que nunca; quizá porque siempre seguirían siendo ese nido al que acudir para acurrucarme cuando fuera se desataba la tormenta, o quizá porque no dejaba de preguntarme si se sentirían decepcionados conmigo si podían verme desde algún lugar.

Puede que sonara estúpido, pero, aunque no estuvieran, quería hacerlos sentir orgullosos de mí, demostrarles que lo habían hecho bien, que fueron los mejores padres del mundo.

Y les había fallado. A ellos, pero sobre todo a mí misma.

Supongo que, hasta que una no se rompe del todo, no es consciente de qué tiene dentro. Resultó que, al final, también guardaba mis demonios: mi orgullo, mi vanidad. Cosas sobre mí misma que no conocía, porque nunca habían despertado. Cosas ante las que no quería volver a caer. Pensar en Axel siendo valiente y afrontando sus sentimientos de cara y sin miedo, cuando ni siquiera yo seguía creyendo en él, me dio fuerzas. Porque todos podemos aprender a saltar nuestros errores para dejarlos atrás.

Así que me obligué a reflexionar sobre mí misma por mucho que doliera, porque nunca es agradable mirarse en el espejo cuando no encuentras allí la imagen que desearías, sino la que aún eres, la que intentas dejar atrás.

Y acepté que llevaba años necesitando a alguien a mi lado. Primero fue Axel. Después, cuando todo se rompió, me aferré a Landon para no caer. Y luego Axel reapareció en mi vida recordándome lo mágico que era vivir rodeada de color.

Nunca había estado sola de verdad.

En eso envidiaba a Axel, porque él sí parecía disfrutar de su soledad, no tenía la necesidad de quedarse al lado de otra persona; si lo hacía era sencillamente porque lo deseaba, no porque le ahogara la idea de extender los brazos y no encontrar ningún pilar en el que sostenerse. Yo deseaba ser eso para él. Libre. No quería necesitarlo, quería elegirlo. Y cuando esa idea empezó a enredarse en mi cabeza entre paseos y noches en el estudio, comprendí aquello que Axel me había dicho una vez: «Quería que vivieras, Leah. Y que después de vivir, me eligieras a mí». No es que ya estuviera de acuerdo con las decisiones que tomó, pero empezaba a entenderlo. Empezaba a colarme bajo su piel cuando más lejos estaba y me gustó sentirlo tan cerca pese a todo.

Uno de los últimos días que pasé en París tropecé literalmente con una tienda de discos de vinilo y otros artículos de segunda mano. Caminaba distraída, con los audífonos puestos, y no vi el pequeño pizarrón en medio de la banqueta en el que anunciaban precios especiales por la compra de más de tres vinilos. Entré. No sé por qué, como tampoco sabía por qué me pasaba el día caminando de un lado a otro, simplemente me dieron ganas.

Estuve allí un buen rato fijándome en algunas carátulas, en títulos y grupos que me traían recuerdos. Agarré un par que solían gustarle a mamá y que hacía siglos que no escuchaba, y cuando ya estaba a punto de ir al mostrador para pagar, vi uno que conocía bien: *Yellow submarine,* con esa portada colorida tan atípica.

Sentí un impulso. Algo jalándome. Lo compré.

Y después fui directa a la oficina de correos más cercana. Lo hice con paso apremiante, con esa necesidad salvaje e intensa que hacía tiempo que no sentía. Me gustó volver a sentirme como años atrás, cuando era una niña y no me paraba más de dos segundos a pensar antes de hacer las cosas, a pesar de los tropiezos que algo así implicaba.

Después regresé a casa respirando tranquila. Feliz. Cociné por primera vez en mucho tiempo, puse música y disfruté de la soledad. La disfruté de verdad, sin sentirme triste ni desdichada. Cené una lasaña recién sacada del horno, con el queso gratinado casi burbujeando todavía. Y cuando me acosté en el sofá y cerré los ojos, la pieza del rompecabezas que perseguía desde hacía tanto tiempo apareció de repente, casi por arte de magia.

Llevaba meses cuestionando quién era, buscando respuestas tras puertas vacías, esperando encontrarme. El problema era que no me había parado a pensar en que lo realmente importante no era eso, sino descubrir quién quería ser.

Y una pregunta equivocada lo cambia todo.

122

AXEL

—Ayer llegó un paquete para ti —dijo Justin.

Miré a mi hermano sorprendido y él se encogió de hombros antes de meterse en el almacén de la cafetería. Salió un minuto después con una caja en las manos, era delgada y estaba envuelta con papel de burbujas y la bolsa de la empresa de transporte.

—No pone nada del remitente —masculló.

—Imagino que debe de haber mucha gente que quiera matarte, porque despiertas ese sentimiento instintivo en los seres humanos, pero tengo tanta curiosidad que no me importa correr el riesgo de que sea un paquete bomba. ¡Vamos, ábrelo!

Fruncí el ceño y le gruñí a mi hermano como un animal antes de romper la envoltura y desgarrar el papel de burbujas. Y entonces me dio un vuelco el estómago. Sonreí como un imbécil, como hacía semanas que no hacía, mientras se me aceleraba el pulso.

—¿Un disco de los Beatles? ¿*Yellow submarine?* ¿Quién te manda eso?

—Leah —susurré mientras acariciaba la portada.

—¿Y eso qué significa? —me miró confundido.

Yo alcé la cabeza sin dejar de sonreír. Feliz. Pletórico.

—Que soy jodidamente afortunado. Que aún me quiere.

JULIO

(INVIERNO. AUSTRALIA)

123

AXEL

No podía parar. No podía. Me levantaba pensando en colores y me acostaba lleno de pintura por todas partes; en la ropa, en la piel, en las manos manchadas...

Y cuando sostenía un pincel, solo estaba ahí, absorto en la siguiente línea, concentrado en lo que hacía sin pensar en nada más, ni siquiera en ella. Fue liberador. Encontrarme entre aquellas sensaciones que pensé que no volvería a revivir. Pintar. Solo estar en ese presente firme, con la mirada clavada en la punta fina del pincel que iba repasando bordes y cubriéndolos de color, redondeando esquinas, salpicando la monotonía.

El tiempo empezó a correr más y más deprisa.

Y mientras los días pasaban, lo envolví todo de color.

124

LEAH

Tuve la tentación de cambiar mi boleto de avión y tomar uno que fuera a Sídney. Imaginé lo cómodo que sería encontrar a mi hermano esperándome en la terminal del aeropuerto y abrazarlo con todas mis fuerzas para empaparme de su olor familiar, de la calidez. Y después pararíamos en cualquier restaurante de comida rápida y comeríamos poniéndonos al día, poco antes de ir a su departamento y quedarme allí unos días con él y con Bega, cobijada por sus sonrisas llenas de cariño y buena conversación.

Sería bonito. Pero no lo hice. No cambié el boleto.

Necesitaba aprender a dejar de lanzarme a los brazos de otra persona cada vez que la vida me ponía un traspié. Por una vez, quería abrazarme a mí misma.

Así que llegué a Brisbane una tarde de principios de julio en la que no dejaba de llover. Había pasado cuatro meses fuera de Australia, pero tenía la sensación de que llevaba lejos de casa media vida. Empapada y arrastrando la maleta, subí en el autobús y contemplé por la ventanilla esas calles en las que había vivido durante tres años. Pero hasta entonces no me di cuenta de que, en cierto modo, lo hice estancada, aún dentro de un caparazón y con una mochila en la espalda llena de reproches, rencores y miedos.

Mi habitación de la residencia estaba tal cual la había dejado. Abrí las ventanas para que entrara un poco de aire fresco y saqué la ropa de la maleta para colgarla en el clóset mientras me invadía una sensación extraña porque, de repente, fui muy consciente de que Axel estaba muy cerca, y a la vez tan lejos…

Me pregunté qué estaría haciendo en aquel instante y sonreí al imaginarlo descalzo en su trozo de mar, con la arena pegándosele en la piel y el sol suave del invierno salpicándole las puntas del pelo. Tan suyo, como siempre me había gustado. Diferente.

Llamé a Oliver para avisarle de que había llegado bien.

—Me alegra tenerte en casa de nuevo —dijo.

—Tenemos demasiadas «casas» —sonreí.

—Y ninguna donde deberíamos —replicó.

—Quizá algún día sí, algún día...

—¿Qué vas a hacer ahora? —preguntó.

—Aún es temprano. Iré al estudio, tengo que recoger cosas que dejé allí y quiero aprovecharlo, porque en un mes se me acabará esa beca —fruncí el ceño—. Espera un momento, Oliver, que acaban de llamar a la puerta.

Me aparté el teléfono de la oreja y abrí tras preguntar quién era y no obtener respuesta. Parpadeé confundida, intentando encajar la escena. Mi hermano me sonrió antes de colarse dentro y darme un abrazo tan fuerte que me dejó sin respiración.

—Quería haber ido a recogerte al aeropuerto, pero no llegué a tiempo —me susurró al oído, y se apartó para echarme un vistazo. Me acarició el pelo—. Un buen corte. Estás preciosa, enana. —Volvió a abrazarme.

—¿Cómo es posible...? ¿Qué haces aquí?

—Tenía que ir a Byron Bay, así que esperé a que volvieras para cuadrar las fechas. Salgo hacia allí mañana temprano, pero tenemos el día de hoy por delante.

Me ayudó a terminar de colocar algunas cosas hasta vaciar las maletas y después dimos un paseo por la ciudad y terminamos sentados en el banco de un parque, bajo el cielo que empezaba a oscurecerse. Jugueteé con las mangas de la sudadera delgada que me había puesto mientras intentaba ser sincera con Oliver, aunque no era fácil.

—Sé que me equivoqué, que dejé que todo aquello me nublara la mente, pero, al mismo tiempo, sigo pensando que necesitaba que se alejara de mí. Y lo echo tanto de menos que duele, pero tenía que aprender a estar a solas conmigo misma. —Suspiré hondo y miré a mi hermano de reojo—. Te vas a reír. O a enfadar, no lo sé. Pero cuando apareciste me volví a sentir... pequeña. Porque tuve la tentación de ir a verte a Sídney y no lo hice para intentar demostrarme que podía soportar la idea de no desear un abrazo al llegar.

Oliver arrugó la frente y sacudió la cabeza.

—No hagas eso. No vivas de manera inestable. Entiendo lo que dices y estoy de acuerdo en que es bueno para ti que aprendas a solucionar tus problemas sin apoyarte siempre en los demás. Pero a veces puedes hacerlo, Leah. No significa que debas estar sola para todo. Soy tu hermano, y voy a tenderte la mano cada vez que tú me lo pidas. En eso consisten las relaciones, dar y recibir. No es malo, eso no es malo.

—Pero sí efímero. Y peligroso.

—No, si lo piensas desde la perspectiva adecuada. Yo no necesito a Bega para vivir, ni mucho menos a Axel o a los Nguyen; viví durante años sin todos ellos y, mírame, aquí sigo. Podía solucionar mis problemas por mí mismo, aunque habría sido agradable contar con un poco de ayuda, que no es lo mismo que depender de ella. No los necesito —repitió—, pero quiero tenerlos en mi vida. Es una elección más. Tú tampoco necesitabas verme hoy, eso está claro, pero aquí estoy y espero que sea para mejor.

Lo abracé sin dejar de sonreír y me propuse disfrutar de su compañía durante las horas que nos quedaban juntos. Así que me empeñé en invitarlo a cenar con los ahorros que me quedaban, por mucho que él protestara e intentara pagar ligándose a la mesera para que aceptara su dinero. Me miró malhumorado cuando no lo logró.

—¿Por qué eres tan testaruda?

—¿Por qué lo eres tú?

—Serán los genes.

Me eché a reír y, cuando nos trajeron el recibo de la cena, vi que la mesera había anotado por detrás su nombre y su número de teléfono. Alcé una ceja mientras caminábamos calle abajo y caía una llovizna fina sobre nosotros. A ninguno de los dos pareció importarnos.

—Vaya, sí que te resulta fácil ligar.

—Son los años de experiencia.

—A veces prefiero no pensar demasiado en la época universitaria que vivieron aquí Axel y tú —apunté arrugando el papel para tirarlo a la basura.

—Créeme, es lo mejor —soltó una carcajada.

—¡No es gracioso! —le di un empujón.

—¿Qué quieres que diga? —esbozó una sonrisa nostálgica antes de ponerse serio sin dejar de caminar bajo la lluvia—. No podemos cambiar lo que hemos sido, pero sí decidir quiénes queremos ser. Recuerdo que se lo dije a Axel, que piensas que jamás pasará y el día menos esperado aparece alguien que pone tu mundo del revés. Supongo que estaba demasiado centrado en mí mismo como para darme cuenta de que a él le había ocurrido justo eso. —Chasqueó la lengua—. Ven aquí, enana.

Me rodeó los hombros con un brazo y me arropó un poco contra su costado hasta que llegamos al portal de la residencia. Él había pensado en irse a un hotel, pero yo insistí hasta que cedió para quedarse a dormir en mi habitación. Colocamos algunas cobijas en el suelo y después terminamos allí acostados hablando de la vida en general, de nuestros padres, de aquellos días que debimos valorar más y que ahora recordábamos tanto.

—A mamá le encantaba esa canción de Supertramp, ¿cómo era?

—*The logical song*, me compré el disco hace poco —dije.

—Tú la bailabas en la cocina con ella.

—Era muy pequeña, casi no me acuerdo.

—Yo también he olvidado cosas —suspiró con la mirada clavada en el techo del dormitorio, solo iluminado por los faroles de la calle. El sonido de la lluvia nos hacía compañía—. Pero sí tengo el recuerdo de que en casa siempre había música.

—Y color. Mucho color —añadí.

—Sí, colores por todas partes.

—Mañana tienes que madrugar.

—Sí, deberíamos intentar dormir ya.

—Buenas noches, Oliver.

—Buenas noches, enana.

Me costó pedirle a Oliver que viniera un día a Byron Bay, pero aquello era una situación delicada y, aunque podría no habérselo dicho, quería que estuviera.

Quedamos para comer en un lugar pequeño frente al mar y, una vez allí, cuando se terminó la copa de piña colada casi entrada la tarde, le conté lo que pretendía que hiciéramos esa noche. Al principio parpadeó confundido, pero cuando le di los detalles y le expliqué que mi padre y Justin nos ayudarían, terminó sonriendo de oreja a oreja.

Así que lo hicimos. Seguimos adelante con el plan.

Cuando la noche llegó, fuimos a recogerlos. Primero fui por papá y después paramos el coche delante de la casa de Justin. Oliver soltó una carcajada cuando lo vio acercándose vestido totalmente de negro de la cabeza a los pies. Subió a la parte trasera.

—¿De qué se están riendo? —masculló.

—De nada. Tan solo nos sorprendió que te lo tomaras tan en serio —dije.

—Te faltó un pasamontañas para no llamar la atención —añadió Oliver.

—A mí me parece que vas genial, hijo —papá le sonrió.

—¿Querían que me vistiera muy llamativo? —se quejó.

—Carajo, pagaría por ver eso —me reí y él me dio un golpe en la nuca—. ¡Eh, que estoy conduciendo! Papá, dile algo.

—Algo —respondió para hacer la gracia.

Sonreí y sacudí la cabeza mientras conducía por las calles silenciosas y poco transitadas a esas horas de la noche. Aminoré la marcha cuando llegamos a nuestro destino y rodeé la vieja casa de los Jones para dejar el coche en la parte de atrás, tras el muro que limitaba con la zona boscosa. El silencio nos golpeó cuando puse el freno de mano y ninguno de los cuatro se movió durante un par de segundos.

—Supongo que deberíamos bajar —dije.

—Dame una linterna —me pidió Oliver, y salió del coche y cerró la puerta intentando no hacer ruido.

Los demás lo seguimos. Me invadió una sensación extraña al recordar la noche que había acudido allí con Leah cuando ella me lo pidió; el estremecimiento que me recorrió cuando la sostuve por la cintura para que trepara por ese muro que nosotros estábamos dejando atrás, su mano apretando la mía mientras avanzábamos entre las hierbas, el abrazo intenso y cálido que nos dimos en medio de aquel estudio lleno de polvo y pinturas…

Intenté dejar de pensar en ella, pero fue en vano.

Estuvo a mi lado en cada paso que daba, cuando abrimos la puerta principal y cuando recorrimos la sala con los muebles cubiertos por sábanas. Estuvo cuando subimos las escaleras y cuando revisábamos cada habitación en busca de aquellos recuerdos que había llegado el momento de recuperar; porque era comprensible que para los dueños de aquel lugar no significaran nada y pensaran reducirlos a escombros junto a las paredes que aún se mantenían en pie y que pronto dejarían de estarlo, pero para nosotros aquellos objetos y viejas fotografías eran momentos, instantes, sonrisas. Eran vida.

No sin cierta dificultad, pasamos por encima del muro mochilas llenas y cuadros abandonados que llevaban demasiado tiempo sumidos en aquella oscuridad. Justin se encargaba de analizar cada paso que dábamos y de pedirnos que bajáramos la voz cada cinco minutos. Papá estaba emocionado ante la idea de hacer algo ilegal y de escondérselo a mamá. Y Oliver…, a Oliver apenas le salía la voz mientras iba recogiendo retazos de su vida familiar.

El último viaje que hicimos dentro fuimos él y yo a solas, mientras mi padre y mi hermano cargaban el botín en la cajuela del coche. Entramos y revisamos cada habitación por última vez, acompañados por el haz de luz de la linterna.

—¿Estás bien? —lo agarré del hombro.

—Sí. Gracias por esto, Axel.

—No me las des a mí, fue idea de tu hermana. Me pidió que entráramos aquí hace unos meses, semanas antes de irnos a París.

Yo… no sé, no sé por qué ni siquiera se me había pasado por la cabeza la idea de que en su día no se lo llevaran todo.

—Fue imposible, con Leah tan acabada, con el departamento pequeño que rentamos… —Suspiró y se frotó la nuca—. Tuve que tomar tan solo lo más importante. Y no fue el mejor momento. ¿Sabes? Creo que una parte de mí no quería llevarse entonces todas estas cosas, porque aún dolía demasiado. Te juro que a veces me sigue sorprendiendo haber salido adelante.

Lo entendí sin que dijera nada más.

Porque la muerte es así, te agarra desprevenido, te zarandea y se va dejándote con una sensación de dolor y vacío tan intensa que, en ese instante, uno ni siquiera es capaz de pensar en las personas que se han ido. Es un escudo protector, la única forma de seguir avanzando en el día a día como si no acabara de suceder algo que hizo temblar el suelo sobre el que caminas. Pero después el tiempo pasa; días, meses, años. Pestañeas y te das cuenta de que ya hace cuatro años que todo cambió. Y una tarde cualquiera, mientras estás escuchando música, pintando o en la ducha, te sacude uno de esos recuerdos que antaño habrían sido dolorosos y que, de repente, tan solo son… bonitos.

Sí, eso, bonitos. Llenos de luz. De nostalgia.

El sufrimiento muda de piel y pierde intensidad.

Y los colores fuertes dan paso a otros más suaves.

—Aunque fuera idea de Leah, gracias por esto, carajo.

Oliver me dio una palmada en la espalda que me reconfortó.

Eché un último vistazo a ese sala en la que pasamos tantas tardes con Rose y Douglas, con mis padres y mi hermano y Leah creciendo a mi alrededor sin que yo supiera que iba a convertirse en el amor de mi vida.

Casi al salir, me fijé en una pared y vi un cuadro de ella, uno de los primeros que hizo y el que llamó la atención del amigo de la familia que los invitó a visitar esa galería de Brisbane a la que se dirigían la mañana del accidente. Le tendí la linterna a Oliver.

—Sujétala un momento.

Arrastré el sofá hasta pegarlo a la pared y me subí al respaldo para alcanzar el marco.

—¿Intentas matarte? —preguntó Oliver moviendo la linterna.

—Esto es un puto acto de amor por tu hermana, podrías echarme una mano.

—Voy a darte un consejo —dijo entre risas mientras subía a mi lado—. No intentes ser romántico. Se te da muy mal. Mejor limítate a ser tú mismo.

—Muy gracioso —masculló tomando el cuadro.

Oliver me ayudó a sostenerlo mientras bajábamos de allí. Salimos de la casa riéndonos y pensé que, si Douglas nos viera en aquel momento, se alegraría. Esperé mientras Oliver se volteó una última vez en el campo lleno de hierbas para despedirse, y después saltamos juntos el muro tras tenderle a mi padre el cuadro.

Subimos en el coche. El silencio fue reconfortante.

—Valió la pena —Oliver sonrió feliz.

Yo correspondí a su sonrisa y pisé el acelerador.

Durante los siguientes días pensé mucho en la conversación que había tenido con mi hermano; en la idea de querer algo, pero no necesitarlo. Cuando digerí aquello, cuando me di cuenta de que era lo que estaba haciendo con Axel paso a paso, fui disfrutando más de la soledad, de los paseos al atardecer con los audífonos puestos escuchando música, pensando en Axel, en ese «nosotros» que cada vez parecía más cerca.

Y conforme fui necesitándolo menos...

... empecé a quererlo más.

Saboreé su ausencia. La valoré. Lo eché de menos en la piel.

Aprendí a sentirme bien con lo que tenía. Aprendí a levantarme cada mañana temprano con buena cara, aunque me costara. Aprendí a disfrutar de cada desayuno en la cafetería de la esquina mientras desmenuzaba el bollito de frambuesa con los dedos y contemplaba por el ventanal a la gente que pasaba por la banqueta de enfrente. Aprendí a disfrutar de la jornada que pasaba en la buhardilla entre pinceles y partículas de polvo que se colaban por la ventana cuando el sol caía al atardecer. Aprendí que el éxito y el fracaso son dos cosas que van de la mano y que no se pueden separar. Y aprendí a acostarme cada noche sin llorar, sino con un cosquilleo en la tripa al recordar la sensación que me provocaban sus manos rozándome, sus labios cubriendo mi boca, su voz ronca en mi oído..., él, simplemente él.

Y volví a notar ese hormigueo en los dedos que me impulsaba a pintar, volví a sentir que lo único que deseaba era hacer eso, disfrutar del recorrido vibrante de cada trazo sin pensar en el destino ni en qué pensarían los demás del resultado.

Y una sonrisa me empezó a bailar en los labios.

LEAH

Cada mañana me levantaba más cerca de Axel. De entenderlo. Por fin comprendí que, a veces, la distancia entre aferrarte a alguien o alejarlo de ti es tan corta que cuesta palpar la línea que lo divide; porque tememos lo que amamos, la fragilidad, lo impredecible.

Me di cuenta de que hacía tanto tiempo que lo había perdonado que ya no recordaba la sensación de estar enfadada con él, sino la de estar enfadada conmigo misma, aunque día a día la rabia y la decepción se escurrían y se iban quedando atrás dejando un rastro que ya no podía atraparme, porque caminaba más rápido, más segura.

Una semana antes de tener que vaciar la buhardilla y abandonarla para siempre, mis pasos se dirigieron solos hacia un destino diferente. Iba escuchando música mientras recorría sin prisa la ciudad cuando me di cuenta de dónde estaba al llegar delante de aquel portal. Llevaba en Brisbane casi un mes, pero había evitado acercarme a esa dirección.

Tomé una bocanada de aire pensativa. No sé cuánto tiempo estuve allí plantada mirando mi propio reflejo en el cristal, pero cuando salió un vecino jalando de la correa de un perro y le sujeté la puerta, no volví a cerrarla. Me colé dentro. Subí las escaleras. Y después llamé al timbre con el corazón golpeándome con fuerza en el pecho.

Landon abrió la puerta y parpadeó sorprendido.

—Leah… —Oír su voz me hizo sonreír.

—Siento aparecer sin avisar, pero…

—¿Landon? —una chica lo llamó.

Él se volteó y dijo algo que no llegué a oír.

—Perdona. No quería molestar…

—No molestas, entra. —Landon me tomó del brazo antes de que pudiera irme y me acompañó hasta la cocina.

Una chica morena que llevaba el pelo recogido en una coleta me miró algo sorprendida mientras dejaba a un lado la licuadora en la que, al parecer, intentaba hacer un jugo.

—Sarah, te presento a Leah.

—Encantada de conocerte —me sonrió.

—Igualmente. ¿Necesitas ayuda?

Ella le echó un vistazo a la batidora y se sonrojó.

—Creo que la rompí —frunció el ceño.

—Vaya, una licuadora y un microondas en dos semanas —bromeó Landon con los ojos brillantes mientras ella le dedicaba un puchero—. Supongo que debería pensar lo de pedirte una cuarta cita.

Sarah le dio una palmada en el brazo y puso los ojos en blanco.

—Quizá debería volver en otro momento… —empecé a decir, pero ella sacudió la cabeza.

—Estaba a punto de irme. Y más después de que lo de prepararle un jugo para merendar no haya salido precisamente bien. —Tenía una risa estridente que en cualquier otra persona hubiera resultado molesta, pero en ella me pareció tierna y contagiosa.

—Te llamo más tarde. —De reojo vi cómo Landon se despedía de ella en la puerta con un beso rápido en los labios.

Suspiré contenta.

—Parece encantadora —le dije.

—Lo es —respondió sonriendo.

—Hacen buena pareja. ¿Van en serio?

—Sí, de momento sí. Paso a paso.

No le dije que a veces los pasos más pequeños eran los que lo cambian todo, porque eso él ya lo sabía. Nos miramos durante unos segundos en silencio, hasta que él se acercó y me estrechó contra su pecho. Fue un abrazo bonito, lleno de cariño y de todo lo bueno que habíamos compartido. Y me di cuenta de que Landon había tenido razón durante aquella conversación que tuvimos por teléfono cuando subí a lo alto de Montmartre. Los dos nos habíamos necesitado. Quizá yo más, quizá él menos, pero no habíamos sido libres del todo mientras estábamos juntos.

—Me alegra que estés aquí —me confesó.

—A mí también —le sonreí nostálgica.

—Pensé en llamarte un montón de veces.

—¿Y por qué no lo hiciste?

—Porque sabía que debías hacerlo tú.

Asentí dándole la razón y lo abracé otra vez.

—Quiero enseñarte algo, Landon.

Él me siguió complaciente cuando le pedí que agarrara una chamarra delgada porque aquel día había refrescado un poco. Salimos del edificio y caminamos en silencio durante quince o veinte minutos. Landon no dijo nada incluso cuando encajé la llave en la cerradura de la vieja puerta que conducía a mi buhardilla, aquel refugio en el que me había escondido durante tantos meses tiempo atrás, cuando pensaba que había crecido sin hacerlo.

—¿Estás segura? —me miró dubitativo antes de subir las escaleras.

—Sí. —Jalé la manga de su chamarra para animarlo.

Una vez en la última planta, abrí esa puerta y lo insté a pasar. Él lo miró todo con interés, sus ojos revolotearon de un lado a otro fijándose en los cuadros que había pintado durante aquellas semanas, en el desastre que había en el suelo porque se me había caído la paleta de pinturas el día anterior, en ese rincón tan mío.

—Siento mucho no haberte dejado entrar antes en mi mundo. Fue culpa mía. Quería que supieras que tú…, que lo hiciste bien.

Landon me miró. Suspiró hondo.

—Gracias por esto. No tenías por qué.

—Eso no es verdad. Eras mi amigo, te lo merecías. —Me acerqué a él y nos sonreímos—. Vamos, elige uno, el que más te transmita. Quiero que tengas algo mío. Un buen recuerdo —añadí nerviosa mientras Landon volvía a contemplar las obras.

Se decidió por uno de mis preferidos. Y eso me gustó; que, aunque quizá él no pudiera leer tan bien los cuadros como Axel siempre hacía, sí pudieran transmitirle sensaciones.

Después nos quedamos allí sentados el resto de la tarde, con la espalda apoyada en la pared de madera y las rodillas flexionadas contra el pecho. Landon me habló del trabajo final que ya había entregado, ese que yo tenía en mente empezar a hacer algún día no muy lejano, me contó la noche que había conocido a Sarah en un karaoke tras una cena con los amigos de la universidad y lo divertida que había sido la primera cita que tuvieron juntos. Yo le confesé todo por lo que había pasado durante los últimos meses: los altibajos, las caídas, los días en los que había llorado y aquellos en los que me di cuenta de que seguía enamorada.

—¿Y ahora qué? —preguntó mirándome.

—Creo que llegó el momento de volver a casa.

—Es curioso, pero, aunque a veces deseé hacerlo, nunca conseguí odiar a Axel. Supongo que era porque te miraba…, te miraba como se miran las cosas que sabes que no puedes tener, pero que deseas con todo tu corazón.

Contuve el aliento. Hacía tanto tiempo que no hablaba con alguien sobre él que al oír que otra persona pronunciaba su nombre me estremecí.

Axel. Esas cuatro letras que lo significaban todo.

—Promete que no volveremos a estar tanto tiempo sin hablar —me pidió mirándome con cariño.

—Te lo prometo —le sonreí y apoyé la cabeza en su hombro.

AGOSTO

—

(INVIERNO. AUSTRALIA)

128

LEAH

Supongo que no todas las historias son una línea recta, algunas están llenas de curvas y a veces no sabes qué vas a encontrar cuando tomas cada giro. Hay tramos más difíciles, esos en los que cuesta caminar, cuando te rompes y debes llevar la carga de los pedazos en las manos. Pero todo pasa. Aprendes a avanzar y a limar las aristas de esos errores que pesan. También aprendes a desprenderte de aquello que un día te aportó y ya no. O que las cicatrices son historias y que, en ocasiones, no hay que esforzarse en taparlas, sino en tener el valor de mostrarlas con orgullo, las que siguen quemando y las que superaste.

Aquel día hice eso. Mientras daba un paso tras otro por el sendero que conducía hacia esa casa en la que habíamos vivido tanto, no me escondí. Simplemente caminé calmada y fijándome en mi entorno, en las ramas de los árboles que dibujaban sombras sobre la gravilla y en las hierbas húmedas que crecían al borde de la cuneta.

Al divisar la casa de madera, con la enredadera salvaje que crecía por uno de los laterales, empecé a sentir un cosquilleo en el estómago. Y avancé más rápido. Tanto que me reprimí para no correr. Para cuando llegué a la puerta tenía ganas de vomitar por culpa de los nervios. Contuve el aliento y llamé al timbre. Esperé durante un par de minutos que se me antojaron eternos, con la decepción abriéndose paso, hasta que me di cuenta de que Axel no estaba en casa.

En cierto modo, durante los últimos días había imaginado aquel momento un millón de veces en mi cabeza. Y siempre era… perfecto. El timbre sonaba. Él abría. Yo me lanzaba a sus brazos porque la necesidad de tocarlo era más fuerte que cualquier otro pensamiento. Y buscaba sus labios. Buscaba… alivio.

Pero eso no ocurrió. Así que hice lo mismo que tantas veces atrás; rodeé la casa intentando no tropezar entre los arbustos que crecían alrededor y los árboles que casi rozaban las ventanas. Maldije entre dientes la tonta idea de haberme puesto un vestido en lugar de algo más práctico, pero me olvidé de todo cuando llegué a la terraza y los recuerdos me asaltaron.

Todos llenos de magia. De estrellas. De música.

Entonces vi el azul. Y el rojo. Y el violeta. Y me temblaron las rodillas. Tragué saliva con el corazón latiéndome con tanta fuerza que me llevé de forma inconsciente una mano al pecho. Había tubos de pintura vacíos en el suelo; usados, vividos, sentidos.

Entré en la casa. O, más bien, la casa entró en mí.

Porque cuando abrí la puerta de la terraza y di un paso al frente, sentí que el suelo empezaba a girar a mis pies y que las paredes llenas de pintura me abrazaban con fuerza. Me sujeté al marco de madera para no caerme y se me escapó un sollozo que me dejó sin aire.

Me quedé paralizada intentando entender cada trazo y cada dibujo, cada línea llena de vida. Porque todo era color. Todo. Axel había pintado con sus manos las paredes, trozos del suelo, las patas de las sillas y los taburetes de la cocina; la tabla de surf que estaba apoyada en una pared y el baúl en el que guardaba los discos de vinilo.

Lo había pintado todo. Sin lienzos.

Sonreí entre lágrimas al recordar lo que una vez me dijo: que compró aquella casa porque se enamoró de la idea de lo que podría hacer dentro de ella. Y, al final, lo había cumplido. Literalmente. La había llenado de pintura a su manera, buscando cada borde, cada superficie sin color, cada tabla del suelo que todavía no había rozado con la punta del pincel.

Intenté separar los colores y las líneas que recorrían las paredes hasta que empecé a ver detalles de nuestra historia plasmados allí: esos labios que estaban cerca de una esquina, una caricia suave, estrellas temblorosas salpicando la noche, dos cuerpos enredados con deseo que formaban el tronco de un árbol de hojas pálidas, el mar, las olas engullendo retazos de culpa bajo la luz de un sol suave que me hizo recordar el olor del verano.

Dejé caer al suelo el bolso. Y me moví por la sala palpando con las manos los dibujos secos, los relieves irregulares, notando en la piel de los dedos las veces que había pintado encima de lo que se podía ver, sintiendo…, intentando sentirlo a él en cada trazo. Repasé el borde del marco de madera de la que fue mi habitación, esa en la que cada noche soñaba con colarme en la suya para robarle un beso y que dejara de verme como a una niña. Era un dibujo étnico, bonito y colorido.

Al abrir esa puerta, me quedé paralizada.

En la pared más grande, la que estaba junto a la cama, había pintado un inmenso y brillante submarino amarillo. Era precioso. Especial. Con las ventanas redondas y en medio de un océano azul lleno de estrellas de mar, peces de ojos grandes y un pulpo que se aferraba con sus tentáculos lilas a la cola del submarino. Los trazos de aquel dibujo no eran como los de la sala, no. Estos eran trazos suaves y dulces, con líneas menos punzantes que parecían resbalar por la pared sin esfuerzo.

Seguía sin poder moverme del umbral cuando lo sentí a mi espalda. Me volví. Despacio. Muy despacio. Intentando que dejaran de temblarme las rodillas.

Axel estaba allí, en medio de la sala, vestido solo con un traje de baño aún mojado. Su pecho subía y bajaba agitado con cada respiración mientras sus ojos seguían fijos en los míos, abrasadores, intensos, llenos de tanto…

Quise decir algo. En el trayecto desde Brisbane hasta allí había pensado en un discurso que era más bien una declaración de intenciones, pero todas esas palabras se esfumaron y me quedé vacía, temblando y mirándolo.

Axel dio un paso al frente, pero se detuvo como si tuviera miedo de romper el momento, el hilo invisible que parecía conectarnos. Se me secó la boca. Me sentía feliz, pletórica y nerviosa a la vez. Y torpe, muy torpe. Quizá por eso le pregunté la primera tontería que se me pasó por la cabeza, porque necesitaba romper el silencio:

—¿Por qué pintaste esto?

—Porque es la habitación de los hijos que tendré contigo.

Lo dijo serio, como si fuera algo obvio y estuviéramos allí perdiendo el tiempo mirándonos con todos aquellos metros de distancia que nos separaban. Di un paso hacia él y sonreí entre lágrimas al recordar la noche que me llevó al kilómetro cero de París, esa en la que caminé sin dudar mientras recordaba todo lo bueno que habíamos compartido juntos, una vida entera.

—¿Y qué habrías hecho si no llego a volver?

—No tengo ni puta idea —respiró hondo.

Me paré delante de él, dejando apenas unos centímetros entre su boca y la mía, respirándolo y llevándome conmigo ese olor a mar que tanto había echado de menos. No podía parar de llorar, pero, por primera vez en mucho tiempo, no era de tristeza. Era de alivio. De alegría. De lo afortunada que me sentía. De lo fuerte que me latía el corazón. De las ganas que tenía de tocarlo. Y besarlo. Besarlo hasta cansarme.

Se humedeció los labios. Estaba tan cerca que casi pude sentir la caricia en los míos, recordar cómo era el rastro húmedo de su lengua, su aliento cálido soplándome suave. Nos miramos. Nos miramos durante una eternidad, con la tensión enredándose a nuestro alrededor. Axel dejó que una de sus manos resbalara hasta mi cintura y yo bajé la vista hasta esos dedos que parecían haber caído ahí porque necesitaban cerciorarse de que era real, de que me tenía delante y de que nuestros cuerpos seguían reaccionando ante un roce cualquiera y casi casual. Alcé la cabeza y me zambullí en su mirada azul, en el océano.

—Volviste a pintar —tragué saliva.

Axel sonrió ante mi patético comentario.

—Eso parece —me miró la boca.

—¿Y por qué lo hiciste? Dímelo.

—Porque me daba miedo olvidar todo lo que tenía dentro, eran demasiadas cosas, demasiadas… Y sabes que no se me dan bien las palabras, pero esto que ves aquí es todo lo que somos juntos. —Su voz ronca fue como esa caricia que llevaba tanto tiempo echando de menos—. Somos los amaneceres en la playa y el sonido del mar, somos las noches de estrellas en la terraza, las ganas de desnudarnos, nuestras canciones, el rojo del atardecer y todos los trazos que he hecho pensando en ti. Somos estas paredes que te rodean, lo que hemos vivido. Y también todo lo que está por llegar.

—Axel… —sollocé más fuerte.

—No llores, por favor. —Me abrazó contra su pecho y sentí que por fin llegaba a casa, que todo lo que quería estaba delante de mí y que podía elegirlo sin necesitarlo, después de vivir, después de encontrarme, después de entender quién quería ser.

Me separé de él limpiándome los ojos.

—Había pensado un discurso…

—Cariño, no puedo esperar más.

—… pero tengo que besarte.

—Menos mal, carajo —refunfuñó mientras sus dedos rozaban el borde de mi vestido, y luego estampó su boca contra la mía y yo me derretí entre sus brazos, en aquella casa llena de pintura, de historias y cicatrices que Axel había adornado con colores brillantes.

Cerré los ojos besándolo lento con una sonrisa.

Y entonces sí. Entonces fuimos blanco. Pero un blanco lleno de reflejos por todos esos colores que llegaron antes y que fuimos descubriendo y dejando atrás poco a poco. Un blanco anaranjado. Un blanco azulado. Un blanco amarillento. Un blanco verdoso… Un blanco diferente. Único. Nuestro.

EPÍLOGO

(EN UN TROZO DE MAR AL ATARDECER)

Él está acostado encima de la tabla de surf contemplando cómo se refleja en el agua la luz suave del sol que está a punto de desaparecer tras el horizonte. De repente recuerda aquel día, años atrás, cuando estando en ese mismo trozo de mar se preguntó si era feliz y encontró un atisbo de duda agitándose en su interior, justo minutos antes de que su mejor amigo le pidiera un favor que cambiaría su vida para siempre.

Ahora sabe que la felicidad es caprichosa y enredada.

Pero también es riesgo, búsqueda, aprender a saltar…

Y él saltó hace tiempo. Piensa en ello mientras sale del agua y camina a paso lento hacia la casa de madera que se recorta entre un par de palmeras y la hiedra que intenta trepar por el tejado. Entonces la ve. Sonríe despacio. Ella levanta la vista.

Desde el interior, llega el ritmo alegre de *Twist and shout*.

Se miran fijamente al tiempo que él sube los escalones del porche. Se detiene a su lado y contempla los trazos intrincados sobre el lienzo lleno de color, de aquel atardecer distorsionado que es tan ella, tan suyo, tan caótico y sentido. No dice nada, porque no hace falta, tan solo se limita a sonreír orgulloso antes de entrar en casa.

Ella sigue sus movimientos hasta que desaparece.

Luego empieza a cerrar las pinturas y a limpiar los pinceles mientras la luz anaranjada parece despedirse del día. Poco después, oye a Axel en la cocina preparando la cena. Una vez, mucho tiempo atrás, Leah pensó en lo triste que era ser solo consciente de lo especiales que habían sido ciertos momentos de la vida cuando ya habían pasado, almacenándolos en la memoria. Ahora intenta saborearlos mientras suceden. Ahora se esfuerza por estar en ese presente que un día él le enseñó a vivir. Y es perfecto. Es bonito. Incluso con las partes más amargas, con los días en los que las sombras ganan, con lo bueno y lo malo. Con él. Con la familia que se elige. Y volviendo atrás tan solo para tomar impulso y para recordar a aquellos que ya no están, pero que sigue sintiendo cerca. Ya sin dolor. Ya con una sonrisa nostálgica que a veces se le escapa.

Unas horas después, acostados juntos en la hamaca con las manos de él abrazándola, rememoran algunos de esos instantes. Y hablan de pintura, de sueños aún por cumplir, de ese futuro desconocido que no saben qué les deparará, de lo mágico que es lo impredecible. De las ganas de más. De las ganas de ellos. Y vuelven a ser música. Estrellas titilantes. Colores que brillan. Y él huele a mar, como ella eternamente lo recordó. Y ella tiene el pelo enredado, como él la dibujó un día cualquiera tan solo porque le dieron ganas.

Y simplemente son. Han dejado que ocurra.

Él suspira y le roza la oreja con los labios.

—Estoy pensando en submarinos.

—Nuestro submarino amarillo.

AGRADECIMIENTOS

Hay proyectos que tardan tiempo en encontrar su lugar y, cuando finalmente ocurre, lo hacen arropados por el cariño de todas esas personas que en su día aportaron su granito de arena y lo hicieron crecer poco a poco. Creo que es justo empezar por el hogar que le abrió las puertas a esta bilogía: gracias por el entusiasmo y la confianza al equipo de marketing y de comunicación; a Raquel, David y Lola, mi editora.

A mi agente, Pablo Álvarez, que fue la primera persona que apostó por la historia de Axel y Leah, y se propuso dejarlos en las mejores manos (y lo consiguió).

A las lectoras que me ayudaron a mejorar estas novelas: Inés (tu sinceridad siempre es necesaria), Dunia, Lorena, Elena y mi querida Bea.

A Nerea, que cuando aún no sabíamos dónde terminaría este proyecto no dudó en ser parte de él con sus ilustraciones y su talento.

A María Martínez, por seguir a mi lado.

A Neïra, Saray y Abril, gracias por tanto.

A Daniel, el mejor amigo que podría desear.

A mi familia. Y a mi madre, por leerme siempre.

Y a J, que con su apoyo hace posible que siga escribiendo y perdiendo la noción del tiempo frente a las teclas de la computadora. Y porque cuando lo miro solo puedo escuchar una y otra vez «todos vivimos en un submarino amarillo».